**Pamela Clare**

Diplômée de lettres, d'archéologie et d'histoire de l'art, elle a fait une brillante carrière dans le journalisme, ce qui lui a valu plusieurs prix. Sa passion pour l'écriture de romans étant plus forte que tout, elle publie son premier livre en 2003. Autrice d'une dizaine de romances historiques et contemporaines à suspense, elle puise l'inspiration dans les nombreuses expériences qu'elle a vécues en tant que journaliste.

# L'amour sans entraves

DE LA MÊME AUTRICE
AUX ÉDITIONS J'AI LU

**Les Highlanders du Nouveau Monde**

1 – *Sur le fil de l'épée*
2 – *Fidèle à son clan*
3 – *Plus fort que le destin*

**La famille Blakewell**

1 – *L'amour sans entraves*
2 – *L'offrande irlandaise*
3 – *La femme farouche*

PAMELA

# CLARE

LA FAMILLE BLAKEWELL – 1

# L'amour sans entraves

*Traduit de l'anglais (États-Unis)*
*par Daniel Garcia*

J'AI LU

J'AI LU

POUR elle

Si vous souhaitez être informée en avant-première
de nos parutions et tout savoir sur vos autrices préférées,
retrouvez-nous ici :

**www.jailu.com**

Abonnez-vous à notre newsletter
et rejoignez-nous sur Facebook !

*Titre original*
SWEET RELEASE

*Éditeur original*
Leisure Books, published by Dorchester Publishing Co., Inc., New York

REMERCIEMENTS

Ce roman m'a réclamé sept ans de travail – sept années, parmi les plus difficiles de mon existence, au cours desquelles j'ai cumulé un grave accident d'escalade, un divorce et l'obligation de travailler tout en élevant pratiquement seule mes deux enfants. Je n'aurais pu mener cette entreprise à bien sans les encouragements de tous ceux qui m'aiment et ont cru en moi :

Alicia Condon, mon éditrice ; Natasha Ken, mon agent ; Vince Patarino, mon ex-mari, qui n'a cessé de m'encourager à persévérer, même après notre séparation ; Robert et Mary White, mes parents, ainsi que ma famille et mes amis.

Mais je tiens tout particulièrement à remercier Alec et Benjamin de supporter une mère qui a toujours la tête dans les nuages. Vous êtes ce que j'ai réussi de mieux dans la vie.

# Prologue

*Londres,*
*8 mars 1730*

Alec Kenleigh termina son verre de brandy, savoura la brûlure de l'alcool dans sa gorge. Mais cela ne suffit pas à améliorer son humeur. Ce soir, rien – ni un bon repas, ni le corps d'une femme, ni l'alcool – ne parvenait à le dérider.

Détournant le regard du feu qui crépitait dans la cheminée, il reporta son attention sur Isabelle, assise à sa coiffeuse, où elle brossait sa longue chevelure noire. C'était un rituel : dès qu'elle sortait du lit, elle s'installait devant son miroir. Alec trouvait cela absurde.

— Qu'y a-t-il ? lui demanda-t-elle sans quitter son reflet des yeux.

— Hmm ?

— Tu as l'air bien pensif, observa-t-elle, cessant un instant de se coiffer pour lui couler un regard aguicheur.

En d'autres temps, pareille œillade aurait fait chavirer Alec. À présent, elle restait sans effet.

— Tu m'as donné beaucoup de plaisir, dit-il.

C'était ce qu'elle espérait entendre. Elle rit, comme il s'y attendait, et reprit son brossage.

Isabelle était une beauté – cela, au moins, était indéniable. Alec laissa son regard s'attarder sur le modelé délicat de son visage, puis sur ses seins crémeux, qui se balançaient à chaque mouvement de brosse, les pointes encore érigées. Il n'avait jamais rencontré de femme plus encline aux plaisirs de la chair qu'Isabelle.

Elle sourit avec coquetterie, croyant sans doute qu'il la reluquait.

Le fait est que, physiquement, elle était sans défaut. Et qu'elle avait beaucoup d'expérience au lit. Alors pourquoi se désintéressait-il d'elle ? Il n'était pourtant pas jaloux de ses autres amants. Du reste, il avait été informé de leur existence dès le début. Et il ne s'offusquait pas davantage de sa conversation insipide. Isabelle ne s'intéressait qu'à la mode, aux réceptions et aux ragots. Mais c'était le cas de toutes les femmes qu'il connaissait. Sauf Elizabeth, bien sûr. Mais sa sœur était l'exception qui confirmait la règle. Isabelle Saint-Denis, avec son accent français, sa fortune héritée de son défunt mari et ses appas, ne pouvait pas ne pas éveiller le désir d'un homme. Mais sa séduction s'arrêtait là. Et Alec avait découvert depuis peu qu'il aspirait à davantage.

L'horloge du hall, au rez-de-chaussée, sonna 1 heure du matin. Alec sortit à son tour du lit, et entreprit de se rhabiller. Depuis cinq mois qu'ils étaient amants, il n'était pas resté dormir une seule fois – un arrangement qui leur convenait à tous deux.

— Tu pars déjà ? s'étonna-t-elle.

Elle posa sa brosse et se leva pour aller l'enlacer.

— J'ai peur de ne pas être de bonne compagnie, ce soir, répliqua-t-il, avant de plaquer un baiser sur le bout de son nez.

— Je n'arriverai vraiment pas à te convaincre de rester encore un peu ? insista-t-elle en approchant la main de son entrejambe.

Alec ferma les yeux quelques instants pour mieux goûter à ses caresses expertes, avant de se libérer de son étreinte.

Elle afficha une moue déçue, puis, empoignant un peignoir de soie blanche, appela sa femme de chambre :

— Mary !

Alec acheva de s'habiller, et attacha ses cheveux en catogan avec un ruban de velours.

La journée se terminait mal : sa maîtresse allait bouder. Et elle avait mal commencé : après leur discussion de ce matin, Philip devait le détester. Alec était conscient de s'être montré très dur avec son frère. Mais bon sang, celui-ci n'était plus un gamin. Il était temps qu'il abandonne sa vie de débauche et s'acquitte enfin de ses responsabilités. Du travail l'attendait dans l'entreprise familiale. Désormais, si Philip voulait continuer à dépenser de l'argent chez les catins et autour des tables de jeu, il devrait le gagner.

— Où est passée cette garce* ? Mary ! cria Isabelle. Les domestiques anglais sont trop paresseux ! À Paris, elle ne pourrait pas se permettre une telle lenteur.

— Alors mieux vaut pour Mary qu'elle soit née en Angleterre.

Isabelle répondit d'un reniflement dédaigneux, et ajouta quelques jurons en français à faire rougir un corps de garde. Alec les ignora superbement. Après avoir discipliné les plis de son jabot, il enfila son gilet et récupéra ses souliers sous le lit.

Un bruit de pas se fit entendre dans le couloir, et, presque aussitôt, Mary passa la tête dans l'entrebâillement. Bien qu'il ne lui ait jamais demandé son âge, Alec aurait juré qu'elle n'avait pas plus de seize ans – le même âge que la fille dont Philip avait ruiné la réputation.

---

* En français dans le texte.

— Madame ?

— Fais approcher la voiture de M. Kenleigh. *Et vite** !

La femme de chambre disparut.

— Merci pour ta si charmante hospitalité, Isabelle, lança Alec, qui gagnait déjà la porte. Inutile de me raccompagner, je connais le chemin, ajouta-t-il, peu désireux de supporter une scène.

— Alec, attends !

La jeune femme le rattrapa dans le couloir et l'entoura de ses bras.

— Ne sois pas dur avec moi. Songe à ce que je ressentirai quand tu ne voudras plus de moi.

— Je connais plus d'un homme qui serait heureux de prendre ma place, assura Alec avant de plaquer un baiser sur ses lèvres. Tu n'auras même pas le temps de me regretter.

— Si. Tu sais peut-être donner du plaisir à une femme, mais tu ne connais pas grand-chose à leur cœur.

Alec s'esclaffa.

— Ne me fais pas croire que tu es amoureuse, *chérie**. Tu es simplement vexée que ce soit moi qui ai décidé de mettre fin à notre liaison.

Y mettre fin ? Il n'y avait pas exactement pensé en ces termes, mais à présent que les mots lui avaient échappé, il se rendait compte que c'était bel et bien ce qu'il avait en tête.

La jeune femme s'obligea à sourire malgré la fureur qui étincelait dans son regard.

— Tu me reviendras, prédit-elle.

Alec l'embrassa une dernière fois sur les lèvres, avant de se diriger vers l'escalier.

Tandis qu'il récupérait son manteau, son chapeau et ses gants dans l'entrée, le petit tambourinement contre les vitres lui apprit qu'il pleuvait toujours.

— Monsieur ?

Il se retourna. Mary tenait un chandelier à la main.

— Puis-je vous aider, monsieur ?

— Non, merci, Mary.

Elle le salua et recula, attendant son départ. Isabelle l'écorcherait vive si elle oubliait de verrouiller derrière lui.

Après avoir enfilé sa redingote, Alec s'approcha de la porte. Le carreau était embué, l'empêchant de voir à travers. Il tendit l'oreille dans l'espoir d'entendre sa voiture arriver. Il était pressé de rentrer chez lui, de se coucher, et d'oublier cette journée désastreuse.

Il revoyait encore l'expression incrédule de Philip. Ce n'était pourtant pas comme s'il lui coupait complètement les vivres. Philip habitait chez lui, et il réglait toutes ses dépenses courantes. Alec n'avait posé qu'une seule condition à sa générosité : respecter la volonté de leur père, qui avait demandé dans son testament qu'Alec gère les revenus de Philip jusqu'à son vingt-cinquième anniversaire s'il le jugeait nécessaire. L'échéance tomberait dans moins d'un an. Et à en juger par le piètre état des finances de Philip, Alec avait un peu trop tardé à intervenir.

Mary éternua. Pour s'excuser, elle esquissa une révérence.

Alec lui répondit d'un sourire qui se voulait rassurant. La malheureuse devait souffrir d'être au service d'une femme telle qu'Isabelle, qui ne devait pas hésiter à la gifler à la moindre occasion. Alec lui avait plusieurs fois proposé de l'aider à recruter une femme de chambre française, dans l'espoir qu'elle lui abandonnerait Mary. Avec ses cinq enfants, sa sœur serait ravie de cette aide supplémentaire – et au moins se montrerait-elle plus humaine avec Mary. Mais Isabelle avait mal réagi, se méprenant sur l'intérêt qu'il semblait manifester pour sa domestique. Et elle avait vertement refusé de se séparer de celle-ci.

Le martèlement de sabots sur les pavés mouillés résonna dans la nuit.

— Bonne nuit, Mary. Dormez bien.

— Merci, monsieur. Bonne nuit à vous aussi.

À peine fut-il dehors que la pluie lui fouetta le visage. Remontant son col, il dévala les marches du perron, puis grimpa dans sa voiture. Une fois assis, il ferma les yeux et se laissa bercer par le balancement du véhicule. Mais son esprit continuait de battre la campagne.

Aurait-il dû s'y prendre autrement ? Il aurait certes dû se mêler des finances de Philip plus tôt, avant que la situation menace d'échapper à tout contrôle. Il aurait pu aussi faire enrôler son frère de force dans l'armée, où nombre de cadets de grandes familles apprenaient la discipline. Mais surtout, il aurait dû attendre que Philip ait dormi et dessoûlé avant de lui faire la leçon, au lieu de le cueillir à son retour à la maison, alors que le soleil se levait à peine. Du coup, Philip avait réagi beaucoup plus mal que prévu. L'insulte de son frère lui résonnait encore aux oreilles.

— Espèce de salaud ! lui avait lancé Philip, et, serrant les poings, il s'était jeté sur lui.

Alec avait esquivé sans peine. Philip était si imbibé qu'il tenait à peine debout. Emporté par son élan, il s'était affalé sur le tapis persan.

— Bon sang, Philip, regarde-toi ! avait répliqué Alec. J'aurais dû intervenir plus tôt. Je t'ai laissé faire tant que tu étais le seul à te détruire, mais il n'est pas question que tu en entraînes d'autres dans ta chute.

Philip s'était relevé tant bien que mal, le visage fermé.

— Ce n'était qu'une catin.

— Possible, mais elle n'avait que seize ans !

— C'était sa faute. Je ne lui avais pas demandé de…

— Non ! avait coupé Alec, furieux. Ne te défausse pas de tes responsabilités. Si tu avais été un tant soit peu convenable, tu lui aurais proposé de subvenir à ses besoins ainsi qu'à ceux de l'enfant. Mais tu l'as abandonnée, et elle en est morte.

Philip l'avait fixé un instant, avant de détourner les yeux.

— Je regrette évidemment ce qui s'est passé, avait-il marmonné. Si j'avais su ce qu'elle projetait de faire... Mais enfin, Alec, ce n'est pas une raison pour nous brouiller, avait-il ajouté avec un sourire innocent. Nous sommes frères...

— Tu ne t'en sortiras pas en jouant de ton charme, cette fois, Philip. Soit tu acceptes mes conditions, soit tu n'auras plus un liard.

Le sourire de son frère s'était figé.

— Tu n'oserais pas.

— Je n'hésiterai pas, au contraire.

Alec fut secoué sur son siège comme la voiture roulait sur un nid-de-poule. Dire qu'il avait autrefois envié le sort de Philip ! En tant que fils cadet, ce dernier n'avait pas été contraint de se familiariser avec les rouages de l'entreprise familiale de construction navale. Cette lourde tâche avait incombé à Alec qui, en tant qu'aîné, avait hérité de la fortune Kenleigh bâtie par leur grand-père. Tandis qu'il perdait sa jeunesse sous la férule de tuteurs austères, Philip, plus jeune que lui de six ans, s'était amusé tout son soûl. Leur père, qui avait toujours ignoré Alec, sauf pour le réprimander, avait un faible pour son cadet et lui avait laissé la bride sur le cou.

Aujourd'hui, Alec n'enviait plus du tout son frère. Au contraire, la pitié qu'il lui inspirait désormais se teintait parfois de mépris. Il buvait trop, accumulait les dettes et recrutait ses « amis » chez les filles de mauvaise vie, les soiffards et autres oisifs peu recommandables.

Et puis, il y avait eu cette fille.

Elle était venue frapper à la porte de derrière au beau milieu de la nuit. Socrate avait ouvert et l'avait trouvée accroupie sur le sol, perdant son sang. Alec avait aussitôt appelé un chirurgien, mais celui-ci avait expliqué qu'il n'y avait plus rien à faire. La fille était morte moins d'une heure plus tard, sa vie s'écoulant d'entre ses cuisses dans une mare de sang.

L'attelage s'immobilisa si brusquement qu'Alec faillit tomber de la banquette. Il attendit que la voiture reparte, mais elle ne bougea pas.

Que diable se passait-il ?

Une roue s'était-elle brisée ? Dans ce cas, pourquoi Edward, son cocher, ne venait-il pas l'en informer ?

— Nom d'un chien ! marmonna Alec.

Il ouvrit la portière à la volée.

Le premier coup le cueillit par surprise. Il eut l'impression que son crâne explosait, et il s'affala à genoux sur le pavé trempé. Malgré la douleur, il leva les yeux, et eut juste le temps de voir une crosse de mousquet s'abattre sur lui. Il esquiva et agrippa l'arme pour l'arracher des mains de son propriétaire.

C'est alors qu'un troisième coup survint par-derrière.

Et cette fois, ce fut le noir complet.

Sous un porche, de l'autre côté de la rue, un vieux mendiant ivre, que le froid empêchait de dormir, vit les deux gredins qui avaient assommé l'homme le tirer dans la ruelle dont ils avaient surgi.

Ils réapparurent quelques minutes plus tard, portant l'homme toujours inconscient, qu'ils déposèrent à plat ventre sur le plancher de sa voiture.

— Pauvre gars, murmura le vieillard, qui se souciait pourtant bien peu que les riches se fassent détrousser au coin d'une rue.

Dès que les deux lascars eurent disparu dans la ruelle, il quitta son porche et se rapprocha de la voiture d'un pas vacillant. Dans la précipitation, les deux voleurs avaient peut-être oublié quelque objet précieux.

Et en effet, il vit briller un anneau d'or au doigt de l'homme. Ravi de sa bonne fortune, il voulut s'emparer du bijou. Mais à peine eut-il touché la main de l'homme qu'il recula d'un bond.

La main était aussi froide et rigide que celle d'un mort.

Le vieillard inspecta les alentours du regard pour s'assurer que personne ne l'avait vu. Il ne voulait pas risquer d'être pris pour l'auteur de cet assassinat, et finir au bout d'une corde. Mais cette bague était bien tentante : elle lui rapporterait assez pour calmer sa faim durant quelques jours.

L'anneau glissa sans peine. Ragaillardi, le vieillard entreprit de fouiller les poches du mort. Des voleurs capables d'oublier une bague de ce prix avaient pu laisser un ou deux shillings. Cependant, la position du cadavre l'empêchait d'atteindre ses poches, si bien qu'il dut le retourner sur le dos.

Ce qu'il découvrit alors l'horrifia.

Le vieillard lâcha la bague et s'enfuit aussi vite que ses jambes le lui permettaient.

# 1

*État de Virginie, comté de Lancaster, sur les bords de la rivière Rappahannock, 18 mai 1730*

L'estomac noué, Cassie Blakewell regardait l'embarcation remonter mollement à contre-courant. De toutes les tâches dont elle devait s'acquitter pour faire tourner la plantation, traiter avec les trafiquants d'esclaves était bien la plus désagréable. *Trafiquants d'esclaves.* L'expression même lui arrachait des frissons.

— Laisse-moi négocier, Micah, murmura-t-elle en lissant sa jupe. Je ne veux pas d'ennuis.

Micah hocha la tête, mais son expression trahissait sa contrariété. Ce qui se comprenait. Jusqu'à l'année passée, il avait été seul à prendre les décisions concernant l'achat d'esclaves. Mais l'été précédent, le père de Cassie, qui savait faire respecter son autorité dans le comté, était tombé malade. Leurs voisins planteurs en avaient profité pour donner de la voix et manifester leur hostilité à l'égard des noirs nés libres – il faut dire que, quelques mois plus tôt, une révolte d'esclaves avait passablement échauffé les esprits dans tout l'État de Virginie. Quoique libre, et le meilleur contremaître de la région, Micah se sentait désormais plus en sécurité en se faisant passer pour un esclave devant des étrangers. Mais son orgueil en souffrait énormément.

Dans des arbres tout proches, deux grives échangèrent quelques trilles amoureux. Cassie inspira à pleins poumons l'air printanier, histoire de calmer sa nervosité. Elle aimait passionnément cette rivière et le pays qu'elle irriguait. Alors que tant d'autres s'étaient rués à Williamsburg en quête d'aventure ou de fortune, elle avait préféré rester ici, où se trouvaient les vraies richesses.

La main en visière pour se protéger du soleil, elle regarda le bateau commencer les manœuvres pour accoster au débarcadère.

— Il va essayer de vous rouler.

— Je sais ce que je fais, répliqua Cassie d'un ton coupant, bien qu'elle sût que Micah ne cherchait qu'à la mettre en garde. N'ai-je pas eu Tom à un très bon prix ?

Tom était le dernier esclave arrivé sur la plantation, et Cassie se félicitait de l'avoir acquis pour seulement onze livres [1].

— Parce que personne d'autre n'aurait voulu d'un maréchal-ferrant à moitié aveugle. Vous vous êtes fait rouler.

— Il est très doué. Tu l'as reconnu toi-même.

Micah haussa les épaules.

— Admettons, marmonna-t-il avec une esquisse de sourire.

— Et Nate et Rebecca ? Ne travaillent-ils pas bien ? insista Cassie.

---

1. Le dollar n'existe pas encore : en 1730, la Virginie, comme les autres États américains, est toujours une colonie de l'Angleterre, qui utilise la monnaie anglaise. *(Toutes les notes sont du traducteur.)*

Ce n'était pas parce qu'elle était jeune – et femme – qu'elle n'était pas capable de prendre de bonnes décisions.

— Si, convint Micah. Mais d'ici à quelques mois, ils vous coûteront une bouche de plus à nourrir. Je ne connais pas beaucoup de planteurs qui achètent des couples d'émigrants dont la femme est enceinte [1].

— La plupart des planteurs sont des imbéciles, si tu veux mon avis.

Micah s'esclaffa.

— Oui, mademoiselle Cassie, vous avez raison.

Le bateau terminait d'accoster. Cassie glissa une mèche rebelle sous la masse alambiquée de taffetas et de roses de soie qui lui couvrait la tête. D'ordinaire, elle ne faisait jamais appel à une modiste, mais là, elle avait voulu apparaître comme une jeune lady convenable, et ce chapeau ridicule faisait partie de la panoplie.

— Crois-tu qu'il aura des émigrants ? demanda-t-elle.

Elle n'attendait pas vraiment de réponse. Comment Micah aurait-il pu le savoir ? De toute façon, le flot de migrants avait tari, ces derniers temps ; ceux-ci avaient été remplacés par des forçats ou des esclaves. Cassie aurait préféré éviter d'acheter ces derniers. Certes, son père possédait des esclaves – il était impossible de diriger une grande plantation comme Blakewell Neck sans recourir à une telle main-d'œuvre –, mais les Blakewell ne s'étaient jamais résignés de gaieté de cœur à recourir à cet expédient.

Deux jeunes esclaves avaient bondi sur le débarcadère pour amarrer le bateau. Un homme au visage rougeaud qui se tenait sur le pont adressa de grands signes à Cassie.

---

1. Outre les esclaves de couleur, les planteurs employaient des émigrants impécunieux, dont ils payaient la traversée en échange de sept années de travail gratuit.

La jeune femme sortit un mouchoir parfumé de son réticule et le pressa sous son nez. Les bateaux qui transportaient des esclaves dégageaient toujours une odeur pestilentielle – de sueur, de crasse, de maladie et de mort.

L'homme replet qui l'avait saluée de la main descendit la passerelle et se porta à la rencontre de Cassie. Il regardait cependant autour de lui comme s'il cherchait quelqu'un d'autre – un mari, ou un frère.

— Bonjour, mademoiselle, fit-il, ôtant son chapeau pour révéler une perruque crasseuse qui couvrait à peine son crâne rasé. Le propriétaire de ce domaine est-il dans les parages ?

— Mon père a dû s'absenter pour ses affaires. Il m'a confié le soin de négocier avec vous.

Surpris, l'homme arqua brièvement les sourcils, mais se reprit bien vite.

— Je m'appelle Sylas Edwards, mademoiselle… ?

— Blakewell.

— Mademoiselle Blakewell, répéta-t-il.

Il s'inclina bien bas, mais garda les yeux rivés sur son corsage.

Cassie réprima difficilement un frisson de dégoût.

— J'imagine que vous êtes pressé, monsieur Edwards. Je ne voudrais pas vous retenir trop longtemps. Si nous parlions affaires ?

— Je transporte toute une cargaison d'esclaves et de forçats, expliqua Edwards.

Il adressa un signe à l'un de ses hommes d'équipage afin que celui-ci montre la marchandise humaine.

Il y eut un raclement de chaînes qui souleva le cœur de Cassie. Elle échangea un regard peiné avec Micah avant de reporter son attention sur les créatures misérables, le cou et les chevilles entravés, qui descendaient la passerelle en file indienne et s'alignaient sur le débarcadère. Cinq d'entre eux étaient des esclaves. Les autres étaient des forçats. Mais tous dégageaient la même odeur repoussante.

— Voici cinq jeunes africains solides et musclés, commença Edwards en désignant les esclaves.

Les cinq garçons fixaient le sol. Le plus grand, cependant, se risqua à regarder Cassie. Des cicatrices récentes lui zébraient le torse, et la jeune femme devina qu'il avait été cédé par un autre planteur qui l'avait trouvé trop coriace.

— J'ai aussi un forçat tout droit sorti de la prison de Newgate, ajouta Edwards, qui indiqua un Anglais aussi crasseux que les autres. Mais sachant de quoi il est coupable, je doute que votre père l'autorise à s'installer sur votre propriété.

Il n'en fallut pas plus pour piquer la curiosité de Cassie.

— Quel est son crime ? voulut-elle savoir.

— C'est un violeur, répliqua Edwards, qui s'amusa visiblement lorsqu'elle sursauta.

Cassie dévisagea l'homme. Une barbe hirsute lui mangeait la moitié du visage, et la sueur plaquait ses cheveux noirs sur son crâne. Ses yeux étaient à demi fermés, et si l'esclave qui se tenait à côté de lui n'avait pas eu la bonté de le soutenir discrètement, il se serait probablement écroulé. De toute évidence, il était gravement malade.

— Si votre père a besoin d'étalons pour la reproduction, je puis vous certifier qu'ils ont tout ce qu'il faut là où il faut, précisa Edwards.

Étalon pour la reproduction ? Cassie, qui examinait le forçat, eut un mouvement de recul. Mais Edwards parlait des cinq esclaves.

— Pardonnez mon langage cru, mademoiselle Blakewell, mais votre père vous a confié une tâche masculine, observa le trafiquant.

— Je sais, murmura Cassie, les joues en feu.

Les jambes du forçat se dérobèrent soudain sous lui, et il s'affala sur le sol. Les esclaves durent suivre le mouvement et se baisser pour ne pas être entraînés dans sa chute par leurs chaînes.

S'approchant de l'homme à terre, Edwards lui flanqua un coup de pied dans les côtes et lui intima de se relever.

— Non ! se récria Cassie.

Oubliant l'odeur pestilentielle qui émanait du groupe de malheureux, elle s'interposa entre le trafiquant et le forçat.

— Ne le frappez pas ! Cet homme est malade. Il a besoin d'un médecin.

Edwards s'esclaffa, avant de brandir sa cravache.

— Mon travail est de le vendre, pas de le dorloter. Écartez-vous.

— Monsieur Edwards, si vous désirez en tirer un bon prix, vous devriez commencer par le faire soigner.

— Mais écartez-vous donc, tonna Edwards.

Cassie s'obligea à soutenir son regard menaçant. Un bruit de pas dans son dos l'avertit que Micah s'était rapproché. Rassurée par sa présence, la jeune femme trouva le courage de répliquer d'une voix ferme :

— Vous êtes sur la propriété de mon père, monsieur. Et je parle en son nom. Aussi longtemps que vous resterez sur nos terres, vous respecterez notre code de conduite. Ici, personne ne frappe un homme sans défense, fût-il un forçat.

Edwards la regarda, regarda Micah derrière elle, et laissa retomber la main qui tenait la cravache.

Le forçat laissa échapper un gémissement, puis murmura quelques paroles inintelligibles.

Cassie s'accroupit près de lui et lui toucha le front.

— Il est brûlant de fièvre, dit-elle à Micah.

— Il a besoin de boire, intervint le plus grand des esclaves.

— Oui, bien sûr. Micah, apporte-moi un peu d'eau fraîche, s'il te plaît.

— Mademoiselle Cassie, ce n'est pas prudent, murmura Micah avant de se diriger vers leur chariot, où se trouvait une bonbonne d'eau.

Cassie comprenait son inquiétude. Ils n'avaient encore jamais accueilli de forçats sur la plantation.

— Connaissez-vous cet homme ? demanda-t-elle à l'esclave qui avait parlé.

Il était rare, en effet, qu'un esclave manifeste une quelconque pitié pour un captif blanc. Mais, bien sûr, il était encore beaucoup plus rare que l'inverse se produise.

— Non.

— Pourtant, vous semblez vous soucier de son sort. Pourquoi ?

— Aucun homme ne mérite de mourir comme un chien.

Cassie se redressa et fit face au trafiquant d'esclaves. Sa décision était prise.

— Combien pour ces deux-là ? s'enquit-elle en désignant le forçat, toujours prostré, et l'esclave qui lui avait témoigné de la compassion.

L'esclave et Edwards la fixèrent d'un regard stupéfait. Micah faillit s'étrangler.

— Quarante livres. Trente pour l'esclave et dix pour le forçat.

— Mademoiselle Cassie... commença Micah.

Si la situation n'avait pas été aussi grave, son expression aurait arraché un éclat de rire à la jeune femme.

— Votre père ne sera pas content si vous ramenez à la maison un esclave qui a tout de la forte tête et un forçat agonisant, poursuivit le contremaître. Ne...

— Quarante livres, c'est du vol, monsieur Edwards, l'interrompit Cassie, qui n'avait pas quitté le trafiquant du regard. Ce forçat va probablement mourir. Dans l'état où il est, il ne vaut pas dix livres. Quant à l'esclave, j'aperçois des traces de fouet sur son torse. J'en déduis que son précédent propriétaire s'est débarrassé de lui parce qu'il ne pouvait rien en tirer.

Elle était elle-même surprise du calme avec lequel elle s'exprimait, alors même qu'à l'intérieur, elle tremblait comme une feuille.

— Je vous en offre trente livres, ajouta-t-elle. Vingt-cinq pour l'esclave, et cinq pour le forçat.

Edwards secoua la tête.

— Je ne les lâcherai pas à moins de trente-huit livres.

— Trente-cinq, marchanda Cassie. Pas un penny de plus. Si vous refusez, vous repartirez sans m'avoir rien vendu. Et j'informerai mon père de la brutalité avec laquelle vous avez traité cet homme. Il ne manquera pas d'en avertir nos amis alentour. Croyez-moi, vous feriez mieux d'accepter mon offre.

Ils n'avaient pas beaucoup d'amis parmi leurs voisins, mais le trafiquant d'esclaves n'était pas censé le savoir.

Edwards finit par capituler.

— L'argent, fit-il d'un ton rogue en tendant la main.

Cassie ouvrit son réticule et en sortit quelques pièces qu'elle déposa dans la paume d'Edwards. Celui-ci fit alors signe à un jeune esclave, qui détacha les chaînes des deux hommes pour les séparer des autres.

Edwards sortit de sa poche une feuille pliée en quatre.

— Voici les papiers du forçat. Je vous souhaite qu'il meure. C'est ce qui pourrait vous arriver de mieux.

Cassie ne put retenir un soupir de soulagement lorsqu'il regagna son bateau.

— Vous n'auriez pas dû faire ça, mademoiselle Cassie, murmura Micah. Nous avons déjà assez de travail comme ça sans avoir à surveiller un forçat.

— Tu as sans doute raison, admit-elle.

Il avait bel et bien raison, songea-t-elle. Il faudrait bientôt planter le tabac. Payer les fournisseurs. Son père était souffrant. Et ces derniers temps Jamie, son frère cadet, lui donnait bien du fil à retordre.

— Mais que pouvais-je faire d'autre ? ajouta-t-elle.

Micah posa la main sur son épaule.

— Vous finirez par comprendre que vous ne pourrez jamais sauver tout le monde, répondit-il affectueusement. Rentrons à la maison, maintenant.

Micah et le nouvel esclave, prénommé Luke, portèrent le forçat jusqu'au chariot. Cassie déplia la feuille de papier confiée par Edwards, et lut : *Nicholas Braden, plus communément appelé Cole Braden.* Et plus bas, cette précision : *Violeur récidiviste.*

Elle frissonna. Qu'avait-elle fait ?

Tous ses muscles et ses articulations le faisaient souffrir. Alec tentait de distinguer le décor qui l'entourait, mais la pièce semblait tanguer, et son crâne était si douloureux qu'il referma les yeux. Bon sang ! Pourquoi se sentait-il aussi faible ?

Il se rappelait s'être disputé avec Philip, puis d'avoir vexé Isabelle et de l'avoir quittée alors qu'il pleuvait. Ensuite, ses souvenirs n'étaient plus que parcellaires. Un bateau. L'obscurité. Des odeurs fétides. Des hommes à la peau noire comme la nuit. Une sorcière – du moins, en avait-elle l'air – avec des cheveux gris et un visage couvert d'inscriptions étranges. Il frissonna involontairement. Tout cela n'était-il qu'un affreux cauchemar ?

Alec se souvenait aussi d'un autre visage. Celui d'une jeune femme aux cheveux de cuivre poli, aux yeux d'un vert saisissant et à la voix d'ange. Mais chaque fois qu'il tendait les bras pour l'atteindre, elle se dérobait.

Il porta la main à sa tempe bourdonnante. Des chaînes ! Bien que ses poignets soient libres de leurs mouvements, il se souvenait d'avoir été enchaîné.

Avait-il été enlevé ? Alec remua les jambes, et constata avec soulagement qu'il n'était plus entravé. Celui ou ceux qui l'avaient fait prisonnier devaient considérer qu'il ne constituait plus une menace. Ce qui était du reste la pure vérité. Dans l'état où il était, il ne risquait certes pas de s'enfuir.

Il entendait des enfants jouer dehors. Quelqu'un chantait. Le marteau d'un maréchal-ferrant résonnait dans le lointain. Curieux endroit pour y garder un prisonnier.

Il rouvrit les yeux. Son vertige se dissipa progressivement, et il découvrit qu'il se trouvait dans une espèce de cabane circulaire composée d'une seule pièce. Des rais de lumière filtraient par les interstices des volets de l'unique fenêtre. À côté du lit, une table en pin rudimentaire supportait quelques chandelles en grande partie fondues. Elle était flanquée d'une chaise tout aussi grossière, qu'on aurait jurée taillée à la hache. Il repéra une petite cheminée – éteinte – de l'autre côté de la pièce. Alec n'avait pas froid alors que les printemps anglais n'étaient pas réputés pour leur chaleur…

Il voulut s'asseoir. Mais il avait si mal au crâne qu'il dut se contenter de se hisser sur le coude. Sous le drap qui le recouvrait, il était entièrement nu. Et ses vêtements n'étaient visibles nulle part. Il s'aperçut aussi qu'il portait la barbe – une barbe fournie. Plusieurs semaines avaient dû s'écouler depuis sa dernière soirée londonienne, beaucoup plus de temps, en tout cas, qu'il ne l'avait d'abord imaginé.

La colère s'empara de lui, ce qui ne fit qu'aviver sa migraine. Elizabeth et Matthew devaient s'inquiéter à son sujet. Et peut-être même Philip. Mais qui lui avait fait cela ? Et pourquoi ? Pour le rançonner ?

Des voix lui parvinrent soudain. Elles semblaient se rapprocher. L'une était féminine, l'autre plus grave. Les voix s'arrêtèrent derrière la porte. Alec se rallongea sous le drap et ferma les yeux.

— Merci, Zach, fit la femme.

Sa voix paraissait familière à Alec.

— C'était un plaisir de vous rendre service, mademoiselle Cassie, répondit l'homme. Voulez-vous que je reste ?

— Ce ne sera pas nécessaire. Je ne crains rien. Il est trop faible pour faire du mal à une mouche.

Cassie pénétra dans la cabane, un plateau à la main, et referma la porte d'un coup de pied. Contre toute attente, la fièvre du forçat était brutalement retombée la veille, dans l'après-midi. Le soir, Takotah avait tenté de le nourrir, mais il était encore si faible qu'il n'avait pu avaler que quelques cuillerées de potage. Cette fois, il aurait peut-être faim pour le ragoût de poulet de Nan. Les monstres qui l'avaient transporté jusqu'en Amérique l'avaient traité avec une brutalité insensée. Il était arrivé sur la plantation avec le nez cassé, des bosses sur le crâne, plusieurs côtes fêlées et des marques de fouet sur tout le corps. Il semblait destiné au cimetière, et cependant, il avait survécu. En partie, grâce aux remèdes de Takotah, mais aussi parce qu'il avait manifesté un solide entêtement à ne pas mourir.

La jeune femme posa le plateau sur la table. L'idée de le réveiller lui répugnait, mais il avait besoin de reprendre des forces – même s'il avait bien meilleure mine qu'à son arrivée, une semaine plus tôt. Malgré la barbe qui dévorait le visage et l'hématome sur l'arête de son nez, il était définitivement bel homme – d'une beauté démoniaque.

Cassie commença par pousser les volets pour y voir un peu plus clair. De retour vers le lit, elle se figea. Le drap qui couvrait le forçat avait glissé jusqu'à sa taille, dévoilant son torse musclé. Jusqu'à présent, Cassie n'avait eu aucun mal à ignorer son corps : il n'était alors qu'un assemblage de pièces en souffrances, dont chacune réclamait la plus grande attention. Mais maintenant que ces pièces avaient retrouvé leur unité, elles formaient un corps à la virilité troublante.

La jeune femme s'assit au bord du lit, et posa une main hésitante sur sa poitrine. Sa peau était chaude, vivante. Son pouls battait régulièrement sous sa paume. Elle lui toucha ensuite le front, et sourit, heureuse de constater que la fièvre n'avait pas réapparu. Ainsi endormi, il n'avait rien d'un criminel, songea-t-elle.

Il bougea soudain, aussi vif que l'éclair. Cassie n'eut pas le temps de crier qu'il avait refermé le bras autour de son cou.

— Qui êtes-vous ? siffla-t-il. Et pourquoi me retenez-vous prisonnier ?

# 2

La barbe du forçat lui grattait la joue. Cassie voulut se libérer, mais ses mouvements ne firent que l'asphyxier davantage, et elle finit par s'immobiliser.

S'il ne desserrait pas l'étau autour de son cou, elle allait mourir.

— Essayez de crier, et je brise votre ravissante nuque. Compris ?

Cassie hocha frénétiquement la tête, et articula un « oui » silencieux. L'homme relâcha un peu son étreinte, sans pour autant la libérer.

Cassie avala de grandes goulées d'air.

— Lâchez-moi, coassa-t-elle.

— Répondez d'abord à ma question.

— Je m'appelle Catherine Blakewell, fit-elle, son cœur battant furieusement dans sa poitrine. Dorénavant, vous serez au service de mon père, et cela pendant quatorze ans, conformément aux lois de Sa Majesté. Mon père est disposé à bien vous traiter malgré vos crimes, mais s'il apprenait ce que vous êtes en train de faire, il n'hésiterait pas à vous tuer !

— Mais enfin, de quoi parlez-vous ?

Le bras qui enserrait le cou de Cassie se resserra de nouveau.

— Vous avez été très malade. Je vous ai apporté à manger. S'il vous plaît... vous me faites mal !

— Où sommes-nous ?

— À Blakewell Neck, dans le comté de Lancaster. Monsieur Braden...

— Dans le Lancashire ? Au nord de l'Angleterre ?

— Dans le comté de Lancaster, en Virginie.

Le forçat réagit comme s'il avait reçu un coup de poing en pleine figure : il relâcha Cassie aussi soudainement qu'il l'avait agrippée.

La jeune femme bondit sur ses pieds et recula, jusqu'à se retrouver dos au mur. Elle tremblait de tous ses membres. Elle s'était imaginé bien des réactions au réveil du forçat, mais jamais elle n'aurait pensé subir un tel assaut.

— Quelle date sommes-nous ? demanda le forçat d'une voix faible.

— Le 25 mai. Vous avez eu de la fièvre pendant une semaine. J'ai soigné vos blessures et...

— Mai ? Bonté divine !

— Monsieur Braden...

— Braden ?

Avait-il oublié son propre nom ?

— Vous avez été déporté dans les colonies, expliqua patiemment Cassie, dans l'espoir de raviver sa mémoire. Mon père a racheté votre condamnation au bagne en échange de quatorze années de travail à son service.

Le forçat ne répondit rien. Il porta la main à sa tempe, gémit, et bascula en arrière.

Cassie s'approcha prudemment du lit.

— Monsieur Braden ?

Il semblait dormir, mais il avait déjà feint le sommeil un peu plus tôt, si bien qu'elle était méfiante.

*Londres*

Le verre de cristal s'écrasa sur le mur, à quelques centimètres de la tête du lieutenant Matthew Hastings, manquant de peu le tableau préféré d'Alec. Matthew s'obligea à ne pas sursauter. Manifester la moindre réaction ne ferait que réjouir davantage Philip.

— Je ne te laisserai pas manœuvrer dans mon dos ! tonna Philip.

Il se tenait au milieu du bureau d'Alec, qui était désormais un véritable capharnaüm. Des bouteilles vides gisaient sur le bureau en acajou, des taches de vin maculaient le tapis persan, qui était en outre jonché de papiers, de vêtements et d'assiettes avec des reliefs de nourriture.

— Il faut bien que quelqu'un s'en charge, riposta Matthew.

— Tu n'as aucun droit de prendre des décisions à ma place !

— Si tu étais capable de prendre la moindre décision, je te laisserais volontiers ma place.

Philip vint se planter devant Matthew. Ses yeux étincelaient de colère.

— Je suis l'héritier de cette entreprise, et en tant que tel j'entends que tu me respectes.

— Te respecter ? Tu n'es qu'un débauché, doublé d'un ivrogne. Aucun des employés de cette entreprise, même le plus humble, ne te respecte.

Un instant, Philip parut sur le point d'exploser. Puis sa colère retomba comme un soufflé. Il se passa la main dans les cheveux, et retourna vers le bureau remplir un verre de brandy.

— Un ivrogne ? Un débauché ? répéta-t-il en pivotant face à Matthew. C'est un peu dur à entendre, même si c'est vrai.

Il vida son verre d'un trait avant d'ajouter :

— Savais-tu qu'Alec me haïssait, Matthew ? Et toi, me hais-tu également ? J'espère que non.

— Alec ne te haïssait pas.

Philip éclata de rire.

— J'imagine ce qu'il a pu te dire : « Pauvre Philip, je tiens à lui, mais... »

— Ne te moque pas de ton frère devant moi ! s'emporta Matthew. Tu ne lui arriveras jamais à la cheville, mais essaie au moins d'être digne de son héritage.

Surpris par son éclat, Philip en demeura d'abord sans voix. Puis ses traits se durcirent.

— Je suis l'héritier Kenleigh, articula-t-il. Et c'est mon droit le plus strict d'occuper la place de mon frère.

— Hériter de son titre et de sa fortune est une chose. Prendre sa place en est une autre. Si tu veux du respect, il te faudra le gagner.

— Me... m'aideras-tu, Matthew ?

Matthew ne s'attendait pas du tout à ce revirement. Ni à ce regard implorant. Il rejoignit Philip, qui avait déjà repris la carafe de brandy, et plaça la main au-dessus du verre.

— Non, lâcha-t-il. Pour Alec. Et pour toi.

Un muscle de la mâchoire de Philip tressauta, et la colère brilla de nouveau dans ses yeux. Il reposa pourtant la carafe.

— Laisse-moi. J'ai besoin d'être seul.

Matthew emporta la carafe, et referma la porte derrière lui. De retour dans son bureau, il se laissa choir lourdement dans son fauteuil. Il n'était que midi. Le soleil brillait haut dans le ciel, et les pigeons s'affairaient à nourrir leurs petits derrière la fenêtre. Matthew se promit d'amener un jour les enfants. Anne serait ravie de voir les bébés pigeons.

Il contempla lui-même un moment la scène en se massant distraitement la cuisse droite. Depuis qu'une balle lui avait déchiqueté la jambe, à la bataille de Malplaquet, vingt ans plus tôt, la douleur était devenue sa compagne la plus fidèle. Il y était même si habitué qu'il n'y prêtait plus guère attention. Si Elizabeth ne l'avait pas aimé, en dépit de son infirmité, probablement aurait-il accepté son sort moins facilement. Mais il avait connu tant de bonheurs, ces dernières années, que la perte de sa jambe lui paraissait presque négligeable.

Pauvre Elizabeth. Il ne l'avait jamais vue aussi malheureuse. Il se souvenait encore de ses sanglots déchirants lorsqu'elle avait appris le meurtre d'Alec. Dieu merci, l'épreuve de voir son corps lui avait été épargnée. Celui qui avait assassiné Alec s'était acharné sur lui avec une cruauté insensée. Même sur les champs de bataille, Matthew n'avait jamais vu une telle boucherie. Alec avait été poignardé à de si nombreuses reprises qu'il avait été impossible de dénombrer ses blessures. Son visage avait été atrocement mutilé, et ses yeux arrachés. Matthew ne l'avait reconnu que grâce à ses vêtements. Même Philip avait paru choqué par tant de brutalité. Il était devenu livide, et s'était effondré à genoux, tremblant de tous ses membres.

L'enquête avançait lentement, faute d'indices et, surtout, de suspect. Matthew avait interrogé lui-même la maîtresse d'Alec, Isabelle Saint-Denis, mais elle ne savait rien. Elle avait admis avoir trouvé Alec un peu tendu ce soir-là, précisant même qu'il était parti précipitamment, sans lui avoir fait l'amour une deuxième fois, ce qu'elle avait paru considérer comme un affront majeur. Mais Matthew ne doutait pas un instant de son innocence. Le seul crime d'Isabelle Saint-Denis était l'adultère. Le meurtre n'était pas dans ses habitudes.

Un policier avait bien arrêté un vieux mendiant qu'il avait trouvé errant dans les rues, à parler d'un cadavre sans yeux. Le vieillard avait été emprisonné, dans l'espoir qu'une fois dégrisé, il pourrait se révéler un témoin intéressant. Mais il avait été emporté par le typhus en quarante-huit heures.

Matthew se massa la nuque. Un détail l'intriguait : on avait retrouvé très peu de sang sur le lieu du meurtre. Il avait certes plu ce soir-là, mais aucune pluie n'aurait pu laver aussi rapidement une telle quantité de sang. Le cocher avait été tué, lui aussi : on l'avait retrouvé la gorge tranchée d'une oreille à l'autre. Mais il baignait dans une mare de sang.

Matthew avait eu l'espoir que ce drame inciterait au moins Philip à s'amender. Au début, du reste, il avait paru vouloir s'assagir. Mais aussitôt après les funérailles d'Alec, il avait de nouveau sombré dans l'alcool, ignorant les suppliques d'Elizabeth pour le ramener à la raison. Au contraire, il dilapidait l'argent avec encore plus de férocité qu'avant, s'adonnant aux mêmes vices : l'alcool, le jeu, les filles. Une fois, il avait même fait venir une prostituée ici, qu'il avait possédée sur le bureau d'Alec. Matthew avait entendu leurs râles de plaisir depuis son propre bureau, et avait vécu cela comme une profanation.

Cependant, tout espoir n'était peut-être pas perdu. Philip n'avait encore jamais demandé l'aide de personne. Il ferait de son mieux pour l'encourager à progresser sur la voie du salut. Mais Philip aurait-il la volonté nécessaire ?

Matthew ferma les yeux et pria.

Cassie repiqua le dernier plant de persil, se redressa, et se frotta les mains l'une contre l'autre pour les débarrasser de la terre. Puis, la main en visière pour se protéger de la lumière aveuglante du soleil, elle contempla les nouvelles rangées du potager, et se félicita du travail accompli.

— Oh, tais-toi donc ! lança-t-elle à la pie perchée sur la clôture, qui troublait cette journée merveilleuse de ses jacassements métalliques.

L'oiseau la fixa de ses petits yeux noirs, et cria son mécontentement.

— Tu es mal élevée !

S'estimant de toute évidence insultée, la pie s'envola en jacassant de nouveau avant de se poser un peu plus loin. Pourquoi le Créateur avait-il affublé un si bel oiseau d'un cri aussi discordant ? s'interrogea Cassie.

Les fraisiers étaient déjà en fleurs. Les oignons, qu'elle avait plantés en lisière du potager pour décourager les insectes, approchaient déjà les trente centimètres de haut. Les haricots et les pois grimpaient à l'assaut de leurs tuteurs en bois. Mais si Cassie voulait protéger son potager des animaux errants, il lui faudrait réparer la clôture vermoulue qu'une truie en furie avait à moitié abattue en janvier. La plupart des esclaves travaillaient sous les ordres de Micah, à préparer les champs où seraient bientôt repiqués les plants de tabac, et il n'était pas question de les distraire de leur tâche pour l'instant. Quant à Zach, le seul menuisier du domaine, il avait déjà fort à faire. Luke aurait pu se charger de réparer la clôture, s'il n'avait pas été occupé à surveiller l'encombrant M. Braden.

Le forçat récupérait rapidement. Nan disait qu'il mangeait de bon appétit, et qu'il serait bientôt sur pied. Cassie était soulagée que la cuisinière ait accepté de s'occuper de lui. Après la scène éprouvante de la veille, la jeune femme préférait ne plus avoir affaire à cet homme. Il était décidément trop… dangereux. Cependant, elle avait jugé préférable de n'informer personne de sa mésaventure – pas même Nan, qui servait leur famille depuis toujours, et en qui elle avait toute confiance. Tout le monde s'inquiétait déjà bien assez de la présence de ce forçat sur la plantation sans qu'il soit nécessaire de les terrifier davantage. Du reste, si Cassie avait eu très peur, elle devait reconnaître que M. Braden ne s'était pas réellement attaqué à elle.

Comme la loi l'y obligeait, elle avait fait enregistrer sa présence à Fredericksburg, le chef-lieu du comté. Leurs voisins, ayant ainsi appris la nouvelle, s'étaient récriés qu'ils ne voulaient pas d'un criminel dans les environs. Les Carter et les Lee, qui étaient rarement d'accord sur quoi que ce soit, avaient, pour une fois, fait voix commune. Même leurs voisins les plus proches, les Crichton, qui employaient pourtant plusieurs forçats, s'étaient émus de l'arrivée d'un violeur sur la plantation Blakewell. En fait, Cassie n'était pas dupe : elle savait que les Crichton n'en avaient pas seulement après M. Braden. Ils voulaient surtout montrer qu'ils ne la croyaient pas capable de s'occuper seule de la sécurité de la plantation – pas même avec l'aide du « Nègre », comme ils appelaient Micah.

La jeune femme inspira une grande goulée d'air tout imprégnée des fragrances des herbes aromatiques en fleur : thym, marjolaine, romarin... Sa mère lui avait appris à les reconnaître à l'odeur quand elle était petite fille.

Sa rêverie fut interrompue par l'arrivée d'une demi-douzaine de gamins qui se poursuivaient en criant. Comme d'habitude, Jamie, le petit frère de Cassie, menait la danse.

— Vous ne m'attraperez pas, maudits pirates ! lança-t-il à ses assaillants tout en faisant des moulinets avec une épée imaginaire.

— Oh que si ! répliqua Cassie, qui intercepta à temps le garçonnet de quatre ans, avant qu'il ne foule aux pieds ses rangs de carottes.

Les « maudits pirates » s'immobilisèrent net en voyant la jeune femme faire prisonnier son petit frère.

— Même les pirates doivent savoir obéir aux ordres, déclara-t-elle, la mine sévère. Combien de fois vous ai-je répété de ne pas venir jouer dans le potager ?

Jamie fit la grimace, mais ne dit rien.

— Filez, maintenant, avant que je vous enferme à fond de cale, les chaînes aux pieds !

La petite bande poussa des cris de terreur bien imités, et fila en direction du verger.

Tout bien réfléchi, il serait préférable que Zach répare la clôture au plus vite – Cassie savait que les pirates de cet âge avaient la mémoire courte. Elle secoua la terre accrochée au bas de sa robe et prit la direction de la scierie.

La brise colportait une délicieuse odeur de fournil qui lui mit l'eau à la bouche. Nan faisait le meilleur pain de toute la contrée.

Nettie accrochait des draps sur les cordes à linge derrière la maison. Leur blancheur contrastait avec le noir de sa peau et le rouge de sa robe. Elle adressa un sourire poli à Cassie, qui le lui rendit. Enfants, elles avaient été les meilleures amies du monde, puis les choses avaient changé quand elles avaient remisé leurs poupées de chiffon pour assumer respectivement les rôles de maîtresse et de servante. Comme si une muraille infranchissable s'était soudain érigée entre elles. Ainsi va le monde, avait expliqué le père de Cassie pour la réconforter.

Peut-être. Mais ce n'était pas pour autant qu'elle devait s'en satisfaire.

Un peu plus loin, Cassie aperçut Rebecca, le ventre arrondi par sa grossesse, qui s'escrimait sur la baratte devant la laiterie.

— Bonjour, mademoiselle Cassie, lança-t-elle d'une voix un peu haletante.

Depuis que Rebecca avait pris en charge la laiterie, ils n'avaient jamais produit autant de beurre, de crème et de fromage.

— Laisse-moi t'aider, proposa Cassie – après tout, la clôture pouvait bien attendre encore un peu. Comment vas-tu, aujourd'hui, Rebecca ?

— Très bien, mademoiselle Cassie. Je sens que mon bébé prend des forces. Nan assure que ce sera un garçon, moi je crois plutôt que nous aurons une fille. Mais elle sera solide !

Devant le sourire radieux de Rebecca, Cassie sentit son cœur se serrer légèrement. Ce devait être vraiment merveilleux d'avoir des enfants. Mais avec son père malade et un petit frère quasiment orphelin, elle ne pouvait songer à fonder sa propre famille – à supposer bien sûr qu'elle rencontre un homme auquel elle tiendrait suffisamment pour envisager de l'épouser.

— As-tu demandé son avis à Takotah ? répliqua-t-elle. Elle a un don pour deviner le sexe des bébés avant leur naissance.

L'expression de Rebecca se fit grave.

— Nate refuse que je m'en approche. Il prétend que c'est une sorcière.

— Ne dis pas de bêtises ! Takotah est impressionnante à voir, certes, mais je ne connais pas d'être plus gentil. Nate colporte des superstitions ridicules.

— Oui, maîtresse, acquiesça Rebecca.

Mais elle ne semblait pas convaincue.

Cassie savait qu'il était inutile d'insister. La plupart des serviteurs, et même des esclaves, craignaient Takotah. On l'avait trouvée, dans les bois des années plus tôt, blessée. Les parents de Cassie l'avaient soignée, ignorant ceux qui leur conseillaient de la laisser à son triste sort, arguant qu'elle se révélerait dangereuse lorsqu'elle serait rétablie.

Une fois guérie, Takotah – dont le nom entier était trop compliqué à retenir – avait demandé à rester avec eux pour les rembourser de ce qu'elle estimait être une dette à leur égard. Son peuple, les Tuscarora, avait été décimé.

Tous ceux qu'elle connaissait, y compris son mari et ses enfants, étaient morts, et elle n'avait personne auprès de qui retourner vivre. Cassie, qui n'avait que trois ans à l'époque, l'avait toujours considérée comme un personnage un peu magique. Les tatouages sur son visage participaient évidemment de cette magie.

— Mademoiselle Cassie ! Mademoiselle Cassie ! cria soudain une voix aiguë.

Cassie n'eut pas besoin de se retourner pour deviner qu'il s'agissait d'Elly, la jeune émigrante dont elle avait acheté la traversée l'année précédente. Elly ne manquait pas de bonne volonté, mais elle était constamment dans les nuages, et Cassie ne parvenait pas à lui trouver de poste qui lui convenait. Ces derniers temps, Elly était supposée aider à la cuisine – au grand désespoir de Nan.

— Oui, Elly ?

— C'est le forçat, mademoiselle Cassie ! Il s'en est pris à Nan et...

Cassie n'attendit pas qu'elle ait terminé pour se ruer vers les cabanes des esclaves. Si ce gredin avait brutalisé Nan, elle le remettrait illico au shérif Hollingsworth.

Elle entendit les vociférations bien avant d'atteindre la cabane. Luke se tenait devant la porte, les bras croisés. Il ne semblait pas s'affoler.

— Bon sang, vous êtes sourde, ou quoi ? s'époumonait le forçat. Je ne veux pas manger, je veux parler à votre maître !

Il y eut un fracas.

— Ah, ça, c'est du propre ! s'exclama Nan, ulcérée.

Prenant son courage à deux mains, Cassie pénétra dans la cabane.

— Mon père n'est pas disponible pour le moment, monsieur Braden, déclara-t-elle calmement. Mais je suis là pour vous écouter.

Puis ses yeux s'accommodèrent à la pénombre, et elle étouffa un cri.

# 3

— Monsieur Braden !

Le forçat était planté à côté de son lit, nu comme un ver, sa virilité couverte seulement par un coin du drap qu'il avait tiré à lui.

La pièce était sens dessus dessous. La chaise était renversée. Le ragoût que Nan lui avait apporté était répandu sur le sol et avait éclaboussé le mur. Le bol et l'assiette gisaient dans un coin.

Nullement intimidée par le spectacle de sa nudité, Nan lui tenait bravement tête. Elle semblait outrée qu'il ait osé traiter sa cuisine avec autant de dédain, et on aurait juré qu'elle s'apprêtait à le réprimander tel un enfant qui a fait une bêtise. Sauf que Cole Braden n'était indéniablement plus un enfant.

— Je veux parler à votre père, insista-t-il d'une voix glaciale.

Cassie s'obligea à garder les yeux rivés sur son visage, pour ne pas se laisser distraire par le modelé parfait de son torse.

— Mon père se trouve actuellement en Angleterre pour affaires, répliqua-t-elle. Mais je peux lui écrire, si vous le souhaitez.

— Je n'ai pas l'intention de traiter avec une gamine.

Cassie se raidit.

— Que cela vous plaise ou non, en son absence, mon père m'a délégué son autorité.

Le forçat parut surpris. Puis il dévisagea Cassie avec un mépris perceptible. Elle soutint son regard sans ciller.

— Très bien, lâcha-t-il finalement. J'ai été victime d'un crime. Je m'appelle Alec Kenleigh, et non Nicholas Braden…

— Je me moque de savoir qui vous êtes ! intervint Nan. Vous seriez le roi George que vous auriez quand même besoin de manger si vous voulez reprendre…

— Je possède une entreprise de construction navale dont le siège est à Londres, poursuivit-il, imperturbable. J'ignore comment je me suis retrouvé en Amérique, mais j'ai besoin que votre père alerte les autorités afin que je puisse rentrer au plus vite en Angleterre.

Cassie n'était pas sûre de bien comprendre. Puis elle se mit à rire.

— Vous essayez de me faire croire que vous n'êtes pas un forçat, n'est-ce pas ? Malheureusement pour vous, je ne suis plus une enfant naïve, monsieur Braden…

— Kenleigh. Alec Kenleigh. Si vous voulez bien informer votre père de la situation, je suis convaincu qu'il saura y remédier rapidement.

— Parce que vous imaginez que je vais vous croire ?

— Peu m'importe ce que vous croyez. Je vous demande de m'aider. Si vous me laissez écrire à mon beau-frère, l'affaire sera promptement résolue.

Cassie était furieuse qu'il la considère comme quantité négligeable.

— Écrivez votre lettre, monsieur Braden. Je vous y autorise. Mais sachez que je la lirai. Je ne peux pas vous laisser appeler un contingent de pirates à la rescousse pour venir vous libérer. En échange, je vous demanderai votre parole de ne pas vous enfuir. Promettez-moi de me servir et de servir mon père tant que vous ne nous aurez pas apporté la preuve que votre histoire est vraie. J'ai dépensé l'argent de mon père pour vous sauver la vie. Si vous êtes un gentleman, vous aurez à cœur de le rembourser.

Il y eut un silence. Cassie commençait à penser qu'il refuserait lorsqu'il répondit finalement :

— Ne vous inquiétez pas. Votre père récupérera son argent. Puis-je savoir combien je vous ai coûté ?

— Dix livres.

— Dix livres ? répéta-t-il en s'esclaffant, comme si cette somme lui paraissait dérisoire.

— Me donnez-vous votre parole ?

— Oui, *maîtresse*. Vous avez ma parole d'honneur, assura-t-il, inclinant la tête en un mouvement moqueur de soumission.

— Parfait, conclut Cassie, qui se sentait soulagée, bien que la parole d'un forçat ne soit guère fiable. De mon côté, j'écrirai au shérif du comté. Peut-être pourra-t-il nous aider à découvrir la vérité. Nan, veux-tu aller nous chercher du papier, de l'encre et une plume ? Et demande à Elly de nettoyer la cabane de M. Braden.

— Oui, mademoiselle Cassie.

La cuisinière adressa un dernier regard dédaigneux au forçat, avant de s'éclipser. Personne ne s'était encore jamais permis de lancer sa nourriture contre un mur – surtout sans l'avoir goûtée.

— J'aimerais aussi me raser, et avoir des vêtements. À moins, bien sûr, que la coutume, dans ce pays, veuille qu'une jeune dame puisse se repaître tout son soûl de la nudité masculine.

Cassie sentit ses joues s'enflammer. De colère autant que de confusion.

— Vous aurez des vêtements, monsieur Braden. La Virginie est un pays civilisé. Et personne ne vous a demandé de vous exhiber nu. Du reste, si vous ne m'en aviez pas parlé, je ne m'en serais pas aperçue.

— Ah bon ? fit-il avec un sourire arrogant destiné à lui montrer qu'il n'était pas dupe de son gros mensonge.

— J'ai toujours vécu sur cette plantation, monsieur Braden. Et je me suis occupée aussi bien des animaux souffrants que des esclaves malades. Les hommes diffèrent assez peu des chevaux, des verrats ou des coqs.

— Des coqs ? Pour dire une chose pareille, j'en déduis que vous n'avez pas regardé d'assez près.

— Je faisais allusion à leur même façon de se pavaner, monsieur Braden.

Elle quitta la cabane sur ces mots, en s'efforçant de demeurer le plus digne possible. Mais elle bouillait intérieurement. Cet homme était impossible ! Comment osait-il suggérer – par son sourire – qu'elle appréciait de le voir nu ?

— Dès que M. Braden sera vêtu, il sera libre de déambuler à sa guise dans le domaine, lança-t-elle à Luke au passage, d'un ton qui trahissait sa mauvaise humeur. Mais garde-le à l'œil. S'il tente de s'enfuir, tu as ma permission de l'étrangler.

— Oui, mademoiselle Cassie.

Le petit sourire de Luke ne lui échappa pas. Elle ne trouvait pourtant rien de drôle à la situation. Rien du tout.

Elle rejoignit la maison sans que sa fureur ait diminué d'un iota. L'arrogance de cet homme dépassait les bornes ! Elle l'avait sauvé d'une mort certaine, et pour toute récompense, il ne lui témoignait que de l'ingratitude.

Elle gagna le bureau de son père, s'y installa avec un soupir exaspéré, et écrivit un mot au shérif Hollingsworth, qui habitait à une journée de bateau de Blakewell Neck. Elle jugea inutile, en la circonstance, d'imiter l'écriture de son père. Tout le monde le croyait en Angleterre, officiellement pour y acheter des chevaux. La rumeur prétendait toutefois qu'il était parti se chercher une nouvelle épouse. Cassie n'avait pas démenti. Cependant, la situation exigeait parfois qu'elle produise de fausses lettres revêtues de l'autorité paternelle. Mais ce petit mot au shérif pouvait tout aussi bien être signé de sa propre main.

Quelques-uns de leurs voisins avaient trouvé scandaleux que son père ait pu lui abandonner le soin de diriger le domaine. Les autres y avaient vu une nouvelle preuve de son excentricité. Carter s'était proposé pour aider Cassie, mais elle avait refusé. Elle estimait qu'une femme était aussi compétente qu'un homme pour diriger une plantation, et elle entendait en faire la démonstration.

Sa lettre terminée, elle la plia, et la scella avec quelques gouttes de cire à chandelle. Et si l'histoire du forçat était vraie ? Cette hypothèse la laissa songeuse. Cole Braden n'était peut-être pas Cole Braden, mais un innocent, victime d'une terrible injustice. Son élocution soignée témoignait d'une bonne éducation. Mais pourquoi l'aurait-on enlevé pour l'envoyer aux colonies sous une fausse accusation ? Et avec de faux papiers ?

Non, cette fable était trop fantaisiste pour être crédible. Et puis, un homme aussi suffisant que M. Braden ne pouvait être innocent.

Alec enfila le pantalon de grosse toile que lui avait apporté la cuisinière et l'attacha à la taille. Il avait tellement maigri – sans parler des bleus et cicatrices divers – qu'il avait l'impression de ne plus appartenir à son corps et d'habiller quelqu'un d'autre. Au moins avait-il été autorisé à se raser. Le pantalon ajusté, il passa sa chemise en grimaçant – son geste avait réveillé une douleur dans les côtes. Les vêtements étaient rudimentaires, mais propres. Les pieds nus, il avait l'air d'un paysan. Dire qu'il avait déclaré un jour à Elizabeth et Matthew qu'il rêvait de connaître l'Amérique ! Mais certainement pas dans ces circonstances…

Si Mlle Blakewell tenait parole, sa lettre à sa sœur et à son beau-frère était déjà en route pour le bureau du shérif. Ce dernier, avait-elle expliqué, était un homme de confiance, qui veillerait à ce que la missive soit délivrée à bon port. Alec, cependant, n'était pas rassuré. S'il ne parvenait pas à recouvrer son identité, Blakewell et sa charmante fille seraient en droit d'exiger de lui quatorze années de travail. Ils n'avaient donc aucune raison de le secourir. D'ailleurs, il n'était pas exclu qu'ils aient été complices de son enlèvement. Les planteurs américains recherchaient désespérément de la main-d'œuvre bon marché, d'où leur recours massif à l'esclavage. Si la fille de Blakewell était obligée de travailler dans les champs, comme semblait l'attester la terre qui maculait le bas de sa robe, c'était la preuve que cette plantation manquait de bras.

À en croire cette jeune personne, Alec était resté une semaine dans cette cabane sombre, et il était impatient de retrouver la lumière du jour. La main en visière, pour se prémunir des rayons du soleil, il sortit. Et découvrit un monde entièrement nouveau.

Le soleil lui chauffait agréablement la peau, et une petite brise apportait des odeurs inconnues. Quand ses yeux se furent accommodés à la luminosité, il découvrit qu'il se tenait au milieu d'une sorte de petit village. Des enfants, à peau blanche ou noire, se poursuivaient en riant ou jouaient à l'ombre de cabanes semblables à la sienne. Des femmes vaquaient à leurs occupations : certaines cousaient, d'autres faisaient le ménage, d'autres encore entretenaient un minuscule potager accolé à leur cabane. Alec en déduisit qu'il s'agissait du quartier réservé aux esclaves et aux serviteurs de la plantation. Quoique de construction grossière, les cabanes étaient propres et en bon état.

Au loin, le bleu du ciel se fondait avec la ligne verte d'une forêt. Des pins, d'une taille comme il n'en avait jamais vu, s'élançaient à la conquête des cieux. Des chants d'oiseaux, qu'il ne reconnaissait pas, résonnaient dans l'air.

Il était vraiment très loin de chez lui.

Le géant assigné à sa surveillance ne le lâchait pas d'une semelle, mais il le laissa se diriger vers ce qui ressemblait à des écuries.

— Je m'appelle Alec Kenleigh, se présenta-t-il. Si vous avez l'intention de me suivre toute la journée, autant que nous fassions connaissance.

— Luke, se contenta de répondre l'autre.

Alec distinguait, entre les pans de sa chemise entrouverte, les traces récentes de coups de fouet. Quelles fautes lui avaient donc valu un tel châtiment ? Les récits de Socrate sur les mauvais traitements infligés aux esclaves lui revinrent en mémoire. Socrate avait grandi comme esclave, jusqu'à ce que le père d'Alec, en visite à Jamestown, ne l'achète. Redevenu un homme libre à leur retour en Angleterre, Socrate était pourtant resté dans leur famille, servant d'abord le père d'Alec comme valet de chambre, puis Alec lui-même. C'est Alec qui lui avait appris à lire, mais Socrate s'était si bien coulé dans le moule de la civilisation anglaise qu'il était devenu plus anglais que le roi George lui-même. D'ailleurs, Alec devait supporter ses remontrances quotidiennes sur la manière de s'asseoir, de porter le jabot ou de ne jamais déboutonner son gilet. Que penserait Socrate, aujourd'hui, s'il le voyait pieds nus et vêtu comme un paysan ? Cette idée le fit sourire. Dieu ce que son valet lui manquait !

Une jolie jeune femme au ventre rebondi sortit d'une cabane, puis rentra précipitamment à l'intérieur en apercevant Alec. Il se rendit alors compte qu'à l'exception des enfants, qui continuaient à jouer sans se soucier de lui, tout le monde l'épiait. Et comme la jeune domestique qui lui avait apporté un nécessaire de rasage et avait nettoyé sa cabane, tous ces gens l'observaient avec un mélange de dédain et d'appréhension. Sachant qu'ils le prenaient pour un forçat, il ne pouvait pas vraiment leur en vouloir. Mlle Blakewell lui avait montré les papiers en sa possession. Ici, il était connu comme Nicholas Braden, violeur récidiviste. Et vu la façon dont il l'avait traitée à son réveil, Mlle Blakewell avait toutes les raisons de le croire capable de telles atrocités.

Au-delà des écuries, il découvrit une petite scierie, et des bâtiments qui ressemblaient à des entrepôts. Il passa la tête à l'intérieur de l'un d'eux.

— C'est le séchoir, dit une voix.

Un jeune homme blond, torse nu, s'approcha d'Alec. Il transpirait à grosses gouttes et était couvert de poussière.

— Le séchoir ?

— Pour le tabac, expliqua le jeune homme, qui ouvrit grand la porte du bâtiment. Une fois qu'il est récolté, nous le pendons à ces râteliers en bois jusqu'à ce qu'il soit bien sec.

Alec distinguait en effet une forêt d'échafaudages qui montaient jusqu'au plafond.

— Pour l'instant, l'entrepôt est vide, précisa, bien inutilement, le jeune homme. Zachariah, ajouta-t-il en tendant la main. Mais tout le monde m'appelle Zach.

— Alec Kenleigh.

La poignée de main de Zach était ferme.

— Kenleigh, hein ? Alors, c'est vrai, ce que raconte Elly ? Que vous prétendez être un aristocrate qu'on aurait enlevé ?

— Oui.

Leurs regards s'accrochèrent.

— Gentleman ou forçat, ça ne fait pas de différence pour moi, observa Zach. De toute façon, nous retournerons tous à la poussière.

Se dirigeant vers une citerne destinée à recueillir l'eau de pluie, il y trempa les mains, puis se frictionna le visage.

— Vous verrez qu'ici, les gens ont plutôt l'esprit ouvert, reprit-il. Ce qui importe, ce n'est pas ce qu'un homme a fait autrefois, mais ce qu'il fait maintenant.

Le propos était chaleureux, mais il contenait en filigrane une mise en garde qui n'échappa pas à Alec.

— Je n'ai pas d'autre préoccupation que de rentrer en Angleterre pour reprendre le cours de mon ancienne vie.

— Ma préoccupation à moi, c'est que les femmes et les enfants de cette plantation se sentent en sécurité. Si vous touchez à l'un d'eux, je vous briserai moi-même le cou.

Bien que moins grand qu'Alec, Zach affichait une musculature impressionnante forgée par des années de labeur. Il était donc parfaitement à même de mettre sa menace à exécution.

— Merci de l'avertissement.

— N'en parlons plus, répliqua Zach, qui avait retrouvé le sourire. Je ne suis pas très fier de moi : vous venez à peine de sortir une jambe de la tombe, que je vous menace déjà de vous y renvoyer. Laissez-moi plutôt vous montrer le domaine.

Sous la conduite de Zach, Alec découvrit les différents ateliers de Blakewell Neck. Il y avait une tonnellerie, une forge, un fumoir aux murs de briques, destiné lui aussi au tabac, et même une petite tannerie, construite un peu à l'écart, pour éviter que les mauvaises odeurs ne se propagent aux autres bâtiments.

— Là-bas, sous le grand saule, c'est le cimetière, expliqua encore Zach, pointant le doigt vers un arbre immense qui devait déjà se dresser là bien avant que le premier Européen foule ce sol.

Une petite grille de fer forgé encerclait un lopin de terre sur lequel se dressaient une douzaine de pierres tombales.

— Et derrière la forêt, continua Zach, coule la rivière Rappahannock. Vous y trouverez des poissons plus gros que les plus gros que vous ayez jamais vus.

— Rappahannock, répéta Alec, pour se familiariser avec ce nom étrange – et graver dans sa mémoire cette précision géographique.

Si Mlle Blakewell et son père refusaient de l'aider, il n'aurait d'autre choix que de s'évader. Certes, il avait donné sa parole. Mais il ne serait obligé de la tenir qu'à condition que la jeune femme tienne la sienne.

— De l'autre côté de cette pâture, c'est le verger. Il y a des pommiers dont on tire un cidre capable d'enivrer les buveurs les plus aguerris.

À son ton, Alec devina que Zach parlait d'expérience.

— Où se jette la rivière ?

Zach lui jeta un regard suspicieux.

— Dans la baie de Chesapeake.

Et la baie de Chesapeake, Alec le savait, s'ouvrait sur l'Atlantique. Quelque chose attira soudain son regard.

— Qu'est-ce que c'est que ça ?

Une petite cabane conique se dressait, solitaire, en lisière de la forêt, à l'écart des autres bâtiments de la plantation. Elle était faite de branchages assemblés entre eux, et ne ressemblait à rien de ce que connaissait Alec. Un panache de fumée s'échappait de son sommet.

— La cabane de Takotah, répondit Zach.

— Ta-ko-ta ? Qu'est-ce que cela ?

Zach parut trouver sa question amusante.

— Takotah est une femme – une guérisseuse indienne.

Alec frissonna. L'image d'un visage étrange, couvert de tatouages, lui traversa l'esprit.

— Elle m'a sauvé la vie, comme elle a sauvé la vôtre, précisa Zach. Mais sa tête effraierait plus d'un animal, pour sûr ! ajouta-t-il en s'esclaffant. En tout cas, nous avons tous de la chance, ici. Le maître et Mlle Cassie sont plus humains que tous les autres planteurs de la région réunis.

Alec, qui n'avait pas oublié les cicatrices de Luke, en doutait fortement.

— Le problème avec les planteurs, reprit Zach, c'est qu'ils oublient un peu trop facilement qu'ils sont eux-mêmes pour la plupart d'anciens serviteurs. Prenez Geoffrey Crichton, par exemple. Son grand-père s'était fait payer sa traversée de l'Atlantique, ce qui n'empêche pas ce garçon d'afficher une arrogance sans nom. Du reste, vous ne tarderez pas à vous en apercevoir par vous-même. Mais laissez-moi plutôt vous montrer le moulin à farine. Nous l'avons construit l'été dernier. Même Carter n'en possède pas un pareil.

Alec ignorait qui étaient Crichton et Carter, en revanche, il savait qu'il n'avait encore jamais rien vu qui ressemblât à Blakewell Neck. C'était comme un petit village. Quasiment autarcique, le domaine, immense en regard des critères anglais, pourvoyait à tous les besoins de ses habitants. Mais s'il avait bien saisi les explications de Zach, Blakewell Neck, malgré ses vingt mille hectares de superficie, n'était pas, et de loin, la plus grande plantation des environs. Cet honneur revenait à Carter, lequel, si Zach disait vrai, possédait plus de cent mille hectares. À entendre ces chiffes, Alec comprenait mieux ce qui attirait tant d'émigrants en Amérique. Des propriétés de cette dimension étaient tout simplement impensables dans la vieille Angleterre.

Mais si la terre était vaste, les constructions étaient plutôt rudimentaires. Alec n'avait relevé que quatre bâtiments en pierre – le moulin, le fumoir, la laiterie et, bien sûr, la maison du maître. Tout le reste était construit en bardeaux de bois, comme sa cabane. Et même la maison du maître semblait bien modeste, pour un domaine de cette dimension. Certes, elle était élégante, avec son porche à colonnes et son balcon qui courait le long du premier étage, mais elle demeurait très simple. De la vigne vierge grimpait à l'assaut de ses murs, et des massifs de rosiers multicolores encadraient le porche ; on aurait dit une ravissante auberge de campagne anglaise, mais certainement pas un manoir. La cuisine avait été construite à l'extérieur, et une petite cour pavée la séparait de la maison principale.

Quand Zach finit par s'excuser de devoir l'abandonner – la maîtresse lui avait demandé de réparer une clôture, expliqua-t-il –, Alec était presque impatient de retrouver la cabane qu'il maudissait pourtant un peu plus tôt. Sa promenade l'avait éreinté.

Alors qu'il contournait les écuries, il aperçut Mlle Blakewell qui sortait une jument baie en la tenant par la bride. Ce spectacle lui échauffa aussitôt les sangs. Bien qu'elle fût habillée très strictement, d'une tenue d'équitation un peu passée de mode, sa longue chevelure cuivrée qui cascadait dans son dos lui évoqua lady Godiva. Il avait beau l'avoir traitée de gamine, il devait admettre que tout, chez elle, respirait la féminité accomplie.

Elle le remarqua à son tour, et le demi-sourire qui flottait sur ses lèvres disparut. Avait-elle peur de lui ? ç'aurait été légitime, après tout.

— Monsieur Braden, le salua-t-elle d'une voix glaciale.

Alec était si fasciné par la jeune femme qu'il avait à peine prêté attention à sa monture. Mais quand l'animal passa devant lui, il découvrit l'un des plus beaux chevaux qu'il ait jamais vus. Cette jument n'aurait pas déparé dans les meilleures écuries d'Angleterre.

— Quelle beauté, s'entendit-il dire à haute voix.

Mlle Blakewell s'immobilisa et lui adressa un regard noir.

— Je vous interdis de parler de moi de manière aussi inconvenante.

— Je faisais allusion à votre jument, mademoiselle Blakewell. Elle est magnifique.

Il s'approcha pour flatter l'encolure de ladite jument, qui parut apprécier son geste, car elle tourna la tête et le regarda de ses grands yeux doux.

Mlle Blakewell était devenue cramoisie.

— Je sais que les gentlemen londoniens sont supposés s'y connaître en chevaux, commenta-t-elle d'un ton qui sous-entendait que puisqu'il était un forçat, en réalité, il n'y connaissait rien.

— En effet. Les chevaux sont l'une de mes passions. Je possède quatre juments et un étalon qui sont d'authentiques pur-sang arabes, descendants de grandes lignées. Malheureusement, je ne les monte pas aussi souvent que je le souhaiterais.

Son travail l'absorbait tellement qu'il n'avait pas de temps à consacrer à de longues chevauchées dans la campagne.

— Et moi, je descends de la reine Elizabeth Ire.

Ignorant le sarcasme, Alec examina l'animal avec attention. Un étalon hennit dans l'écurie, et la jument souleva sa queue.

— Elle est en chaleur, observa-t-il. L'avez-vous fait saillir ?

— Je refuse de discuter de ces sujets avec vous, monsieur Braden.

Sur ce, elle s'éloigna, la tête haute.

La propriétaire de la jument était elle aussi une beauté, songea Alec tandis que Mlle Blakewell grimpait en selle, puis éperonnait son cheval. En revanche, sa façon de monter à califourchon, en usant d'une selle d'homme, aurait causé un scandale à Londres.

Il reprit le chemin de sa cabane d'une démarche mal assurée. Encore un peu et ses jambes risquaient de se dérober sous lui.

Il avait pensé à Mlle Blakewell durant toute la matinée. En fait, depuis qu'elle avait posé la main sur sa poitrine, la veille, Alec avait été incapable de se sortir la jeune femme de l'esprit. Elle ne possédait pourtant aucune des qualités qui, d'ordinaire, l'attiraient chez une femme. Isabelle – et toutes ses autres maîtresses avant elle – était petite, mais plantureuse, et ouvertement sensuelle. Mlle Blakewell, au contraire, était grande, plutôt mince, et elle respirait l'innocence. Et alors qu'Isabelle, ou les autres, s'épanouissait dans les salons et les chambres à coucher, Mlle Blakewell semblait manifestement plus à l'aise au grand air.

Pour être franc, Mlle Blakewell lui apparaissait comme la femme la plus captivante qu'il ait jamais rencontrée. Ses lèvres pulpeuses auraient tenté jusqu'à l'archevêque de Canterbury. Et bien qu'elle s'exprimât comme une Anglaise bien née, sa chevelure flamboyante, ses yeux d'un vert lumineux et son sens de la repartie étaient en parfaite harmonie avec cette terre encore un peu sauvage sur laquelle elle avait grandi. L'homme qui lui enseignerait les arcanes de la passion charnelle trouverait à coup sûr en elle une élève de choix.

Bon sang, ses pensées s'égaraient ! Alec pénétra dans sa cabane en se maudissant. Il ferait mieux de songer à sa famille, plutôt que de s'intéresser à une jouvencelle des colonies, fille d'un propriétaire d'esclaves – et qui était de surcroît *son* maître. On lui avait volé sa liberté, et Mlle Blakewell se dressait comme un obstacle sur le chemin de sa libération.

Alec s'allongea sur le lit et contempla le plafond. Lui, Alec Kenleigh, un riche entrepreneur qui construisait des bateaux pour Sa Majesté, était désormais la propriété d'un autre homme. Même si cette situation n'était que temporaire, elle le révoltait au plus haut point. Il s'était toujours opposé à l'esclavage, mais il n'avait jamais vraiment réfléchi à ce qu'était la servitude. Et voilà qu'à présent, il s'en retrouvait la victime…

Mais la soumission, si elle pouvait convenir à certains, n'était pas dans sa nature. Il devait rentrer au plus vite en Angleterre, avant que Philip ne mène l'entreprise familiale à la ruine. Et avant que sa famille ne le considère comme mort.

Il rumina encore un moment, puis la fatigue finit par l'emporter. Il sombra dans un profond sommeil, tout juste troublé par la vision de deux yeux couleur d'émeraude.

# 4

Assise au bureau de son père, Cassie vérifia pour la troisième fois ses additions avant de lâcher sa plume avec un soupir de frustration et de se masser la nuque. Certains jours, la situation lui paraissait désespérée.

Même à supposer que la récolte de tabac soit aussi abondante que la précédente, elle ne parviendrait jamais à rembourser tous les créanciers de son père. Il faudrait cinq bonnes récoltes successives, et au même prix que l'année passée, pour sortir la plantation de l'ornière financière. Malheureusement, les chances qu'un tel miracle se produise étaient très faibles. Même si les nouvelles dispositions réglementaires tendaient à réduire la spéculation sur le tabac, elles ne pouvaient rien contre les causes naturelles susceptibles de détruire une récolte entière. Trop de pluie au mauvais moment pouvait noyer les jeunes plants et les faire pourrir. Pas assez de pluie, et ils sécheraient sur pieds.

Cependant, la plus grande menace pour Blakewell Neck était ailleurs. Si l'un des autres planteurs de la région apprenait que son père était au plus mal, tout ce qu'il avait bâti au cours de sa vie serait réduit à néant. Pour l'instant, Cassie satisfaisait les créanciers en leur versant à échéance régulière – au nom de son père –, les sommes qu'ils réclamaient. La dernière remontait au mois d'octobre précédent. Mais ils se montreraient beaucoup moins patients s'ils découvraient que le maître de maison, qui n'avait pas de fils en âge de lui succéder, n'était plus en mesure de diriger son domaine. La plantation serait mise sous tutelle, un gérant serait nommé, avec les pleins pouvoirs, lequel s'empresserait de commencer à vendre les terres pour rembourser les dettes.

Mais, plus encore que le démantèlement de Blakewell Neck, Cassie redoutait qu'une telle issue ne précipite son mariage. Son père lui avait toujours promis qu'elle épouserait l'homme de son choix, mais un tuteur ne se sentirait pas tenu de respecter une telle promesse. Qu'elle soit encore célibataire à vingt-deux ans était très inhabituel – la plupart des jeunes femmes de son âge étaient déjà mères de famille. Mais jusqu'à présent, Cassie avait décliné toutes les offres, se réservant – avec une totale naïveté, disaient certains – pour le grand amour.

Si un tuteur prenait le contrôle de son existence, elle ne serait même plus consultée. Elle serait mariée à un planteur, et elle devrait obéir à un homme qu'elle n'aimerait pas, et n'aimerait jamais. Autant son père avait toléré, et même encouragé son désir d'indépendance, allant jusqu'à recruter des précepteurs pour lui enseigner l'arithmétique et d'autres matières qu'une jeune fille n'était pas supposée maîtriser, autant un mari se montrerait beaucoup moins compréhensif. La loi autorisait les hommes à frapper leur femme s'ils jugeaient celle-ci récalcitrante. Et Cassie savait qu'ils étaient nombreux à recourir à cette prérogative barbare.

« Oh, papa, s'il te plaît, recouvre la santé ! » supplia-t-elle en silence.

Cassie referma le livre de comptes et le rangea dans un tiroir. Se ronger les sangs ne servirait à rien. Abandonnant le fauteuil de son père, elle s'approcha de la fenêtre ouverte, et s'y pencha. Le ciel était d'un bleu uniforme jusqu'à l'horizon. La jeune femme ferma les yeux et savoura la caresse tiède de la brise sur son visage. Le parfum des roses de sa mère – des rosiers achetés par son père en Angleterre, comme cadeaux pour sa nouvelle épouse – lui rendit son courage et sa détermination. Seul l'avenir dirait si la récolte serait bonne ou mauvaise, inutile donc de s'inquiéter d'une chose sur laquelle elle n'avait de toute façon aucun contrôle. Quoi qu'il en soit, elle continuerait à faire de son mieux…

En bas, dans la cour, des poules picoraient. Rebecca s'était assise sur les marches de la laiterie pour égoutter le petit-lait de sa dernière production de caillé. Quelques enfants s'étaient rassemblés sous le porche pour écouter le vieux Charlie leur raconter l'une de ses histoires captivantes – en l'occurrence, celle de Pocahontas et du capitaine John Smith. Jamie ne se trouvait pas parmi eux. Probablement était-il dans la cuisine en train d'importuner Nan.

— Et alors, les Indiens vont scalper le capitaine Smith ? demanda Daniel, les yeux écarquillés.

C'était le fils de Nettie, et le meilleur camarade de Jamie. Nés à quelques jours de distance, les deux garçons étaient inséparables depuis qu'ils avaient appris à marcher. Nettie n'avait jamais révélé à personne, pas même à Cassie, qui était le père de Daniel. Mais le teint clair du garçonnet et ses cheveux châtains laissaient évidemment deviner que ce dernier était blanc.

— Peut-être, répondit le vieux Charlie, laconique à dessein.

— Mais non, idiot, ils vont le manger, répliqua Peter du haut de ses dix ans.

— Ou le faire cuire, suggéra Beth, qui n'avait que cinq ans, mais témoignait déjà d'un solide tempérament. Ils le feront cuire avant de le manger, pas vrai, Charlie ?

Tous les regards convergèrent vers le vieux Charlie, qui garda le silence. Cassie ne put s'empêcher de glousser. Il ne terminerait pas son histoire tant que les enfants ne se seraient pas calmés. C'était déjà ainsi lorsqu'elle était petite fille.

Entendant un rire masculin, Cassie tourna la tête, le spectacle qui s'offrit à ses yeux lui assécha la bouche. Le forçat, de retour au quartier des esclaves avec Zach et Luke, avait ôté sa chemise et s'affichait torse nu. Après seulement une semaine de travail en plein air, sa peau pâle arborait déjà un beau hâle cuivré ; quant aux cicatrices sur son torse, elles étaient nettement moins visibles. Il se déplaçait avec une grâce féline, et Cassie se fit la réflexion qu'elle n'avait jamais vu plus bel homme.

Cette révélation la troubla plus qu'elle ne voulait l'admettre. Elle avait déjà rencontré quelques très beaux hommes. Tous issus d'honorable famille, avec le teint clair et la peau douce de ceux qui ne sont pas obligés de travailler de leurs mains. Mais elle n'avait jamais ressenti ce frisson presque primitif qui la saisissait chaque fois qu'elle posait les yeux sur Cole Braden. La première fois qu'elle l'avait vu debout, habillé et rasé, elle en avait eu le souffle coupé. La barbe dissimulait un visage au modelé parfait – pommettes hautes, bouche bien dessinée, menton volontaire. Elle rougissait encore au souvenir de sa confusion, cet après-midi-là. Comment aurait-elle pu deviner qu'il parlait de sa jument ?

Elle s'interrogeait cependant : était-elle vraiment attirée par lui ? ou le frisson qu'elle ressentait n'était-il que de la peur ? Après tout, Cole Braden s'était rendu coupable de crimes qui auraient dû le conduire à l'échafaud si sa peine n'avait pas été commuée en déportation dans les colonies. N'importe quelle autre femme à sa place aurait été terrifiée par un tel homme. D'ailleurs, le shérif Hollingsworth, qui lui avait répondu qu'il viendrait interroger le forçat dès que possible, lui avait conseillé de se montrer vigilante.

Inutile, cependant, qu'elle se mente à elle-même. Elle éprouvait bel et bien une attirance pour Cole Braden. Et elle frissonna de nouveau comme il tirait un seau d'eau fraîche du puits, puis plongeait dans celui-ci une coupe d'étain qu'il porta à ses lèvres.

Plus d'une fois, Cassie avait rêvé tout éveillée à ces lèvres. Elle s'imaginait que Cole disait vrai, qu'il était un riche gentleman enlevé de force et déporté à son insu. Dans ses rêveries, elle l'aidait à recouvrer son identité, et pour la remercier il l'embrassait, et... et transi d'amour, il renonçait à rentrer en Angleterre pour l'épouser.

C'était bien sûr une fantaisie romantique – voire un tantinet ridicule. Cassie s'en voulait de perdre ainsi son temps, et pour un homme tel que Cole Braden qui n'était, jusqu'à plus ample information, qu'un forçat.

Au même instant, le forçat en question posa son regard bleu sur elle. Il esquissa un sourire insolent.

Toujours penchée à la fenêtre, Cassie recula si prestement qu'elle se cogna la nuque au châssis de la guillotine. Elle l'avait reluqué sans vergogne, et il avait fini par le sentir. Et maintenant, il riait d'elle !

— Aïe ! s'exclama-t-elle en se massant rageusement la nuque.

Elle était furieuse contre elle-même et contre cet odieux gredin.

Nettie passa la tête par la porte.

— Qu'y a-t-il, mademoiselle Cassie ?

— Rien. Rien du tout, Nettie, répliqua-t-elle, s'efforçant de ne pas passer sa colère sur Nettie.

Micah avait raison, songea-t-elle, en retournant s'asseoir dans le fauteuil de son père. Cole Braden se révélait une source d'ennuis. Geoffrey lui avait offert de le racheter, mais elle avait refusé. Tout bien réfléchi, l'idée n'était peut-être pas si mauvaise...

Mais, non. Ce n'était pas une solution. Les Crichton avaient acquis dans tout le comté une solide réputation de cruauté envers leurs esclaves. Et quoi qu'elle pense de lui, Cassie considérait que Cole Braden n'avait rien fait pour mériter un tel traitement.

Enfin, presque rien.

Alec se leva du banc sur lequel il avait mangé son déjeuner arrosé de cidre frais et s'étira. Ses côtes le faisaient encore souffrir à l'occasion, mais pour le reste, il avait recouvré sa forme en beaucoup moins de temps qu'il ne s'y attendait. Les premiers jours, ses muscles, affaiblis par la fièvre et peu habitués au dur labeur, avaient protesté. Mais son corps commençait déjà à s'habituer à cette nouvelle discipline, et recouvrait chaque jour davantage ses forces. Alec avait été affecté à la scierie, avec Zach – sans doute afin que celui-ci l'ait à l'œil. C'était un travail fatigant, mais pas plus désagréable, bien au contraire, que de rester assis toute la journée derrière un bureau, à approuver des plans de navire ou à négocier des contrats. Dans sa jeunesse, Alec avait demandé à se mêler aux ouvriers sur les chantiers de construction, mais son père le lui avait interdit. Un gentleman travaillait avec son intelligence, pas avec ses mains, lui avait-il expliqué d'un ton sans appel.

Il prit la direction des écuries dans l'intention d'examiner de plus près la jument baie qu'il avait remarquée la semaine passée. Luke et Zach n'avaient pas terminé leur repas, ils ne s'apercevraient même pas de son absence. Et à supposer qu'ils la remarquent, il s'en moquait. Ce n'était pas parce qu'il était disposé à tenir sa parole de ne pas s'enfuir qu'il allait se comporter en prisonnier soumis.

En chemin, il croisa la cuisinière pourchassant une poule qui lui échappait sans cesse, au grand amusement des enfants observant la scène.

— Je vais me faire un plaisir de te transformer en bouillon, stupide volatile ! s'exclama Nan, après avoir une nouvelle fois raté la poule.

Alec se doutait qu'elle n'aurait eu aucun mal à attraper le gallinacée si elle l'avait vraiment voulu, mais le spectacle se serait interrompu du même coup, à la grande déception de son jeune public.

Après avoir travaillé toute la matinée sous un soleil écrasant, il accueillit avec joie la fraîcheur des écuries, tandis que l'odeur de foin et de chevaux lui flattait agréablement les narines. Voilà au moins quelque chose qui lui était familier ! Même s'il commençait à s'habituer à son nouvel environnement, il avait encore souvent l'impression d'être un étranger se mouvant dans un monde lui-même étrange. Les fleurs, les arbres, les oiseaux… tout lui était inconnu.

Le bâtiment n'hébergeait pas seulement la jument de Mlle Blakewell, mais plusieurs autres chevaux tout aussi superbes, et dignes des plus riches domaines anglais. Comment Blakewell avait réussi à se procurer de tels animaux dans cette contrée reculée était un mystère.

Le voyant approcher, un étalon roula des yeux et souffla bruyamment.

— Du calme, mon grand, du calme, murmura Alec.

En réponse, l'étalon frappa le sol du sabot en hennissant. Depuis sa stalle, la jument de Mlle Blakewell lui retourna son hennissement.

— Ah, voilà l'explication ! s'amusa Alec.

Il gratta doucement le garrot de l'animal, histoire de l'amadouer. L'étalon se calma aussitôt.

— Tu es assez près d'elle pour la sentir, mais trop loin pour espérer faire quelque chose.

Il compatissait d'autant plus avec l'étalon que lui-même – bien qu'il répugnât à le reconnaître – était incapable d'ignorer Mlle Blakewell. À présent qu'il était tout à fait remis, son sang s'échauffait dès qu'il apercevait la jeune femme. Et même son travail harassant avec Zach ne l'était pas assez pour qu'il s'endorme rapidement le soir. Il lui fallait une femme. C'était logique, après tout ; près de trois mois s'étaient écoulés depuis sa dernière soirée avec Isabelle. Mais il n'était pas question qu'il jette son dévolu sur une servante. Pas même la petite Elly, qui captivait tellement Zach. Il ne voulait pas prendre le risque d'engrosser une domestique alors qu'il n'avait pas l'intention de demeurer ici plus que nécessaire.

Et il préférait encore se faire moine plutôt que de coucher avec Mlle Blakewell. Outre qu'elle était un peu trop indépendante à son goût pour une femme, il n'oubliait pas que son père l'avait *acheté* dix livres à un trafiquant d'esclaves. Du reste, une liaison avec la fille d'un planteur le conduirait très certainement au bagne, et il avait déjà assez d'ennuis comme cela sans en chercher de nouveaux.

— Ah, les femmes ! murmura-t-il à l'étalon, qui hocha vigoureusement la tête comme pour manifester son assentiment.

Alec se dirigeait vers la jument quand il aperçut un gamin qui l'observait depuis une stalle vide.

— Bonjour, le salua-t-il. Comment t'appelles-tu ?

Le gamin, un garçonnet aux cheveux blonds, à peine assez grand pour porter des pantalons, sortit de la stalle.

— Jamie.

— Bonjour, Jamie, fit Alec, et, s'approchant de la jument, pour lui flatter l'encolure, il lui demanda : Et toi, quel est ton nom ?

Elle était aussi belle que dans son souvenir. Mais pas autant, toutefois, que sa propriétaire.

— Andromède, répondit le garçonnet à la place de la jument.

— Andromède ?

Le garçonnet hocha la tête.

— Et l'étalon ?

— Débaran.

Alec retourna le mot quelques instants dans sa tête, avant de se rendre compte que le gamin avait voulu dire Aldebaran.

— Il est dangereux, précisa l'enfant.

— Qui t'a dit cela ?

Le gamin haussa les épaules.

— Tout le monde.

— Alors, c'est que ça doit être vrai.

— Vous êtes un pirate ?

Alec s'esclaffa. Pieds et torse nus, vêtu en tout et pour tout d'un pantalon ample en coton et les cheveux attachés en catogan, il devait en effet ressembler à un pirate.

— Non, mais je construis des bateaux. Des très grands bateaux.

Le gamin courut à lui et sortit un objet de sa poche.

— C'est le vieux Charlie qui m'a fait celui-là, expliqua-t-il, tendant à Alec un petit bateau en bois. C'est un bateau de guerre.

Bien que minuscule, le vaisseau avait été sculpté d'une main experte.

Alec s'accroupit devant le garçonnet.

— C'est Charlie qui a fait ça ? répéta-t-il d'un ton admiratif – il ignorait qui était Charlie, mais ne jugea pas utile de le préciser. Eh bien, il a fait du bon travail.

Le visage du gamin s'éclaira.

— Je parie que tu t'en sers pour pourchasser les pirates ? enchaîna Alec.

Jamie hocha la tête.

Il avait les yeux verts. De ce même vert resplendissant qui hantait les rêves d'Alec. En revanche, ses cheveux étaient blonds. Mais la ressemblance n'en demeurait pas moins saisissante. Alec comprenait mieux, à présent, pourquoi Mlle Blakewell n'était toujours pas mariée. Elle avait eu un bâtard, et avait ruiné du même coup ses chances de se dénicher un bon parti.

— Si vous voulez, Charlie peut vous en fabriquer un aussi.

— J'aimerais beaucoup, assura Alec, qui ne put s'empêcher d'avoir un pincement au cœur en pensant à son neveu et à ses nièces.

Ils auraient bien grandi d'ici à ce qu'il rentre. Mais il espérait qu'ils ne l'auraient pas oublié.

— Comment vous vous appelez, monsieur ?

Alec hésita.

— Les gens d'ici m'appellent Cole, répondit-il finalement, pour ne pas embrouiller l'enfant.

L'autre poche de Jamie remua soudain, et un petit miaulement en sortit.

— Que caches-tu là, mon garçon ?

Jamie sortit un chaton gris et blanc, si petit qu'il n'avait même pas encore les yeux ouverts.

— Il est très beau, fit Alec, mais il a besoin de sa mère.

— Il est à moi ! répliqua Jamie en serrant le chaton contre son torse.

— Bien sûr qu'il est à toi. Mais il est trop petit pour quitter sa mère. Sans elle, il va mourir.

Le garçonnet regarda Alec, puis le chaton.

— Où l'as-tu trouvé ?

Jamie prit la main d'Alec et l'entraîna vers une stalle.

Cassie fut à la fois soulagée et déçue de constater que Cole n'était plus dans la cour lorsqu'elle sortit de la maison. La bosse sur son crâne la faisait encore souffrir, mais pas autant que son orgueil blessé. C'était la deuxième fois qu'elle se ridiculisait devant cet homme, mais cela ne se reproduirait plus, décréta-t-elle. Jamais.

Charlie avait terminé l'histoire de Pocahontas, et racontait maintenant celle du capitaine Kidd. Jamie, qui ne ratait ses récits pour rien au monde, n'était nulle part visible. Cassie commença à s'inquiéter sérieusement.

— Nan, sais-tu où est Jamie ? s'enquit-elle en poussant la porte de la cuisine.

Nan plumait un poulet destiné au dîner.

— Non, mademoiselle Cassie. Je ne l'ai pas vu depuis une bonne heure. Il a encore disparu ?

— Oui, j'en ai peur, acquiesça Cassie.

Elle se tourna vers Elly qui, penchée sur une bassine, lavait la vaisselle de mauvaise grâce.

— Et toi, Elly, tu ne l'as pas vu ?

Celle-ci secoua la tête d'un air maussade.

— Eleanor ! la tança Nan.

Elly se raidit en entendant son nom de baptême.

— Quoi ?

— Le travail est une vertu, ma fille. Et l'oisiveté un vice. Mais abandonne cette vaisselle et va chercher Jamie.

Elly s'éclipsa en courant presque.

— Je finirai bien par lui apprendre à tenir sa place, maugréa Nan.

— Si quelqu'un doit y parvenir, ce sera toi, assura Cassie avec le sourire. Je vais voir Takotah. La dernière fois que Jamie a disparu, je l'ai retrouvé endormi dans sa cabane.

— Alors emportez un peu de pain et de cidre pour votre père.

Nan posa son poulet pour aller préparer une petite collation qu'elle plaça dans un panier, avant de le tendre à Cassie.

En chemin, la jeune femme appela Jamie. Sans succès.

Takotah était occupée à retourner des plantes qu'elle avait mises à sécher.

— Il n'est pas là, dit-elle avant même que Cassie lui pose la question. Avez-vous inspecté la cuisine ?

— Oui, mais Nan ne l'a pas vu non plus.

Cette fois, Cassie s'inquiéta pour de bon. Elle posa le panier près du foyer.

— Comment va mon père ?

— Son état est stationnaire. Et il parle toujours à l'esprit de votre mère. Mais il mange de bon appétit.

C'était la réponse à laquelle s'attendait Cassie, mais qu'elle aurait préféré ne pas entendre.

— Et le nouvel arrivant ? demanda Takotah.

Cassie soupira.

— Tu veux dire le forçat ? C'est l'homme le plus insupportable que je connaisse.

Takotah sourit, et les tatouages de son visage semblèrent s'animer.

— Il est aussi très bel homme, n'est-ce pas ? Et très fort.

Cassie préféra ne pas approuver, de crainte de révéler ses pensées les plus secrètes.

— Micah prétend qu'il ne faut pas lui faire confiance, et je suis d'accord avec lui, éluda-t-elle.

Elle se garda cependant de préciser que Micah s'était montré favorablement impressionné par la conduite de Cole Braden depuis son arrivée, et qu'il louait son comportement au travail.

Takotah eut un sourire entendu, mais ne dit mot.

En d'autres circonstances, Cassie se serait sans doute offusquée de sa réaction. Mais elle était si inquiète pour

Jamie qu'elle tourna les talons en marmonnant un bref au revoir.

Alors qu'elle approchait de la cuisine, elle comprit qu'il se passait quelque chose. Micah, Zach et plusieurs autres hommes s'étaient rassemblés dans la cour. Micah brandissait un fusil à silex. Et Nan tournait autour d'eux en triturant nerveusement son tablier. Quelques esclaves se tenaient à l'écart et discutaient entre eux à voix basse. Dès qu'ils virent Cassie, tous firent silence.

La jeune femme sentit un frisson lui vriller l'échine.

— Oh, mademoiselle Cassie, c'est affreux ! s'écria Nan en se précipitant au-devant d'elle aussi vite que sa corpulence le lui permettait. Il a disparu !

# 5

Le cœur de Cassie manqua un battement.

— Jamie ?

Et qu'entendait exactement Nan par « disparu » ?

— Non, enfin si, répondit la cuisinière. Mais le forçat aussi ! Il s'est enfui !

— Bonté divine !

S'il était arrivé quelque chose à Jamie, Cassie ne se le pardonnerait jamais. Son frère était sous sa responsabilité. Et c'était elle qui avait imposé le forçat sur la plantation. Pourquoi, mais pourquoi avait-elle pris un tel risque ?

— Il compte probablement utiliser Jamie comme otage, déclara Micah, qui semblait avoir vieilli de dix ans en quelques heures. Braden n'était pas loin de Luke et de Zach pendant le déjeuner, mais quand ils ont eu terminé de manger, ils se sont aperçus qu'il n'était plus là.

— J'ai du mal à croire que Cole pourrait s'en prendre au gamin, objecta Zach.

— Il ne le fera pas, confirma Luke, et tout le monde se tourna vers lui, car il n'avait pratiquement pas ouvert la bouche depuis son arrivée à la plantation. Ce n'est pas son genre.

— Où avez-vous cherché ? demanda Cassie, s'efforçant de lutter contre la panique qui la gagnait.

Elle avait entendu parler des sévices que des malades infligeaient à des enfants. Si M. Braden était capable de violer des femmes, il...

— Partout, mademoiselle Cassie, répondit Nan.

— Il n'a pas pu aller bien loin, assura Micah. Surtout avec un enfant. Nous allons patrouiller à cheval du côté de la rivière. Braden a dû la longer dans l'espoir d'atteindre un port. Si nous ne le trouvons pas, nous inspecterons la route menant à Fredericksburg.

— Je me charge de la route, décréta Cassie.

Les hommes la fixèrent, éberlués, mais ne pipèrent mot.

— Vous ne voudriez tout de même pas que je reste ici à me tourner les pouces, pendant que ce gredin emmène Jamie Dieu sait où ? Dépêchons-nous ! Nous avons déjà perdu assez de temps comme cela.

— Que ferez-vous si vous le trouvez ? voulut savoir Micah.

— Je vais emporter le pistolet de mon père. Je sais m'en servir.

Micah secoua la tête.

— Mademoiselle Cassie...

— Si personne ne veut m'accompagner, j'irai seule. Mais il n'est pas question que j'abandonne Jamie !

— Je vais vous aider ! lança Nate, depuis un coin de la cour.

— Moi aussi, renchérit Tom, bientôt rejoint par d'autres.

Mais le bruit d'une cavalcade les fit tous taire.

— Oh, non ! murmura Cassie, consternée.

Ce n'était vraiment pas le moment.

— Bon sang, pesta Zach.

Micah, à qui la loi interdisait de porter une arme, lui tendit prestement le fusil à silex.

Geoffrey Crichton immobilisa sa monture au milieu de la cour. Ses cheveux blonds disparaissaient sous une perruque poudrée du dernier ridicule. Il sauta à terre et parcourut l'assemblée du regard, avant de s'approcher de Cassie.

— Catherine, fit-il en lui prenant la main pour la baiser, quelque chose ne va pas ?

Cassie répugnait à l'informer des affaires de la plantation. Moins il en saurait, et mieux ils se porteraient. Non pas que Geoffrey fût un mauvais bougre. Mais sachant qu'il n'approuverait jamais qu'elle dirige seule la plantation, elle s'était bien gardée de lui révéler la vérité sur son père. Geoffrey lui avait trop souvent répété qu'il considérait la docilité comme une vertu chez la femme. En revanche, il était inutile d'essayer de lui cacher la disparition de Jamie. D'une part, ils s'apprêtaient à traverser les terres des autres planteurs pour le chercher, d'autre part, elle se sentait dans l'obligation de révéler à ses voisins que le forçat était en fuite.

— Jamie a disparu, expliqua-t-elle, carrant les épaules pour affronter sa réaction. Ainsi que le forçat.

— Ce n'est guère étonnant, commenta Geoffrey très calmement. Mon père et moi nous doutions que cela finirait ainsi.

— Micah et quelques hommes vont suivre la rivière, tandis que je conduirai une patrouille sur la route de Fredericksburg.

Geoffrey toisa Micah avec un dédain manifeste. Cassie savait qu'il considérait tous les hommes à peau noire comme des esclaves, sans exception.

— Si quelqu'un peut me procurer une monture fraîche, je me charge de la seconde patrouille, déclara-t-il. Ce n'est pas la place d'une femme. En outre, j'ai une certaine expérience dans la traque des fuyards. Envoyez un messager à Crichton Hall. Mon père sera heureux de mettre quelques-uns de ses hommes à votre disposition.

Cassie était furieuse qu'il la considère comme quantité négligeable, mais elle préféra ne pas répliquer. Le temps pressait. Et elle avait besoin de l'aide de Geoffrey. La vie de son frère était en jeu.

— Merci, Geoffrey.

Un esclave prit le cheval de Crichton par la bride pour le conduire à l'écurie tandis que celui-ci commençait déjà de distribuer ses ordres.

— Mademoiselle Cassie, ils sont là ! cria l'esclave un instant plus tard en indiquant l'écurie.

Empoignant ses jupes, Cassie s'élança en courant. Les autres lui emboîtèrent le pas.

— Jamie !

Arrivée à la porte de l'écurie, elle vit Cole et Jamie sortir d'une stalle. S'il avait osé toucher à un seul cheveu de son frère... Mais ce dernier semblait très détendu, et n'était apparemment pas blessé. En outre, au lieu de brandir une arme quelconque, comme Cassie s'y était attendue, Cole tenait un... chaton dans les bras. À court de mots, la jeune femme se contenta de les fixer d'un regard stupéfait.

Alec venait d'expliquer à Jamie comment les mères chattes faisaient la toilette de leurs petits quand une foule s'engouffra dans l'écurie. Il y avait là Mlle Blakewell, Micah, Zach, plusieurs esclaves, et un homme vêtu de manière voyante et ridicule, qui s'avançait d'un pas assuré comme s'il était le propriétaire des lieux.

— Que se passe-t-il ? s'enquit-il, comme tous le regardaient avec colère.

— C'est précisément ce que nous aimerions savoir, répliqua Zach.

Le dandy grotesque fusilla le jeune homme du regard.

— C'est moi qui pose les questions, dit-il d'un ton coupant. Approche-toi, forçat. Et ne touche plus à l'enfant.

Aussi ébahi que furieux, Alec comprit enfin.

— Nous parlerons de bateaux et de chatons une autre fois, dit-il à Jamie avec un calme qu'il était loin de ressentir.

Puis, lentement, pour n'effrayer personne, il se pencha pour déposer le chat par terre, que la mère s'empressa de récupérer.

— Tu sais quoi, Cassie ? lança Jamie. Il construit des navires. Et des très grands, encore !

Le garçonnet ne s'était manifestement pas rendu compte de la tension qui régnait autour de lui.

Alec le regarda rejoindre sa mère, qui le serra dans ses bras avec une sorte de désespoir. Des larmes brillaient dans ses yeux, et il sentit son estomac se nouer.

— Seul un monstre ferait du mal à un enfant, fit-il, dans l'espoir de la réconforter.

Il fit un pas dans sa direction, mais un coup de cravache en pleine poitrine l'obligea à s'arrêter.

— Garde tes distances, forçat ! lui intima le dandy.

Alec dut faire appel à tout son sang-froid pour ne pas se jeter sur lui.

— Geoffrey Crichton ! se récria Mlle Blakewell. Ici, personne ne frappe nos serviteurs !

— C'est vrai, j'avais oublié, convint le dandy. Pardonnez-moi.

Ainsi, c'était lui, le fameux Crichton. Alec comprenait mieux pourquoi Zach ne l'aimait pas. C'était un coq prétentieux. Alec échangea un regard avec Zach, qui leva les yeux au ciel et secoua la tête.

— Excusez-le, monsieur Braden, reprit Mlle Blakewell, en adressant un regard noir à Crichton.

Alec vit un muscle tressauter sur la joue du dandy, comme s'il s'obligeait à contenir sa colère, et il éprouva le plus grand respect pour Mlle Blakewell. Beaucoup d'hommes devaient plier devant cet imbécile arrogant, et cependant, elle n'avait pas eu peur de lui tenir tête.

— Je vais chercher du baume pour votre blessure, ajouta-t-elle, faisant allusion à la marque rouge qui lui zébrait le torse.

— Merci de votre sollicitude, mademoiselle Blakewell, mais ce ne sera pas nécessaire. C'est une égratignure de rien du tout.

Elle semblait sincèrement inquiète et, l'espace d'un instant, Alec faillit en oublier qui elle était, et qui elle pensait qu'il était.

— Tout le monde retourne au travail ! ordonna Micah, qui commença de repousser les curieux hors de l'écurie. Tout va bien. Ce n'était qu'un malentendu.

— Nan, emmène Jamie à la cuisine, tu veux, fit Mlle Blakewell.

Elle embrassa Jamie, avant d'ajouter à son intention :

— Et cette fois ne t'éloigne plus ou ce sera la fessée.

— Eleanor ! cria Nan en sortant. Je croyais que tu avais vérifié l'écurie !

— J'avais regardé !

— Il faut croire que tes yeux étaient restés dans tes poches, ma fille.

Zach éclata de rire, et sortit à son tour. Il ne restait plus que Mlle Blakewell, Alec, Luke – qui avait repris son rôle de chien de garde – et le dandy, qui dévisageait Alec comme s'il était quelque créature exotique.

— Je suis navrée, monsieur Braden, insista Mlle Blakewell. Nous avons cru… Jamie avait disparu, et comme on ne vous voyait plus non plus, nous avons pensé…

Dans sa volonté forcenée de s'excuser, elle en bégayait

— Je me doute de ce que vous avez pensé, coupa Alec, plus sèchement qu'il ne l'aurait souhaité. Vous avez eu tort.

Crichton le fixait toujours d'un air méprisant.

— Serais-je le nouvel étalon primé que vous exhibez à vos voisins ? ajouta-t-il.

Bien qu'il se fût adressé à Mlle Blakewell – qui se raidit sous la crudité du propos –, il visait bien sûr Crichton. Celui-ci voulut le frapper de nouveau, mais cette fois, Alec s'y attendait, et il arrêta son mouvement en lui agrippant le poignet.

— Mlle Blakewell vous a expliqué qu'ici, on ne frappait pas les serviteurs, lui rappela-t-il, amusé de voir un mélange de surprise et de peur se peindre sur le visage du dandy.

— Arrêtez, tous les deux ! s'écria Mlle Blakewell.

Alec plongea son regard dans celui de Crichton. Il le dépassait d'une tête, et il était mieux charpenté. Et bien qu'il n'ait pas complètement recouvré sa forme, il aurait facilement l'avantage sur lui.

Finalement, Crichton laissa retomber son bras. Mais ses yeux brillaient de rage.

— Tu le regretteras, forçat, siffla-t-il.

Alec comprit qu'il s'était fait un ennemi. Un vrai. C'était là quelque chose d'entièrement nouveau. Jusqu'ici, il n'avait connu que des différends – mineurs – en affaires, ou des oppositions de salon sur des questions politiques.

— Si vous voulez bien m'excuser, mademoiselle Blakewell, dit-il, je vais rejoindre Zach.

Cassie le regarda sortir, la gorge serrée. Elle se sentait honteuse d'avoir conclu un peu trop vite à un crime impardonnable. Cela ne signifiait pas pour autant qu'elle faisait maintenant totalement confiance à Cole Braden. Mais elle était au moins sûre d'une chose : il ne ferait jamais de mal à Jamie. Son expression, incrédule et choquée, quand il avait compris de quoi on s'apprêtait à l'accuser lui avait suffi pour savoir qu'il n'était pas homme à martyriser un enfant.

Un silence pesant suivit le départ de Cole. Geoffrey, devinait-elle, était encore furieux.

— Êtes-vous certaine de ne pas vouloir le revendre, maintenant que vous savez ce dont il pourrait être capable ? risqua-t-il finalement.

— Non, Geoffrey, merci. Il s'agissait d'une méprise. Nous aurions dû inspecter le domaine avec plus de soin avant de nous alarmer.

L'aveu n'était pas facile à consentir, et Cassie se promit d'avoir une discussion avec Elly.

Geoffrey ne semblait toujours pas convaincu.

— Très bien. Mais je vais tout de même prendre la liberté de vous dépêcher l'un de mes meilleurs hommes pour le surveiller.

— Il est déjà sous surveillance…

— Ce qui ne l'a pas empêché de fausser compagnie à son gardien. Non, Cassie, je ne tolérerai pas d'objections sur ce point. Je vous enverrai un homme demain. Je tiens à assurer votre protection.

Cassie voulut protester, mais Geoffrey n'en avait pas terminé.

— Assez parlé de cette histoire pour l'instant, poursuivit-il. En fait, j'étais venu vous voir pour cela.

Il sortit de sa poche une enveloppe qu'il lui tendit.

Cassie l'ouvrit, et découvrit une invitation pour la réception d'anniversaire de Geoffrey – en l'occurrence, ses vingt-trois ans. Elle aurait lieu, comme d'habitude, le dernier week-end de juin.

— J'espère que vous viendrez avec Jamie, reprit-il, le sourire aux lèvres, comme s'il avait décidé d'oublier sa colère. La fête ne serait pas la même sans vous.

Cassie regrettait à présent de l'avoir admonesté devant tout le monde. Même s'il demeurait inexcusable d'avoir frappé Cole, il n'avait agi ainsi que pour la protéger. Et bien qu'elle désapprouvât ses manières actuelles, elle n'oubliait pas qu'elle l'avait adoré autrefois, lorsqu'ils étaient plus jeunes.

— Merci, Geoffrey. Nous viendrons, bien sûr.

Le sourire radieux qui éclaira le visage de Geoffrey lui rappela soudain le garçon avec qui elle avait pratiquement grandi.

— Voulez-vous rester prendre le thé ? proposa-t-elle, concession aux bonnes manières.

Elle s'efforça de ne pas montrer son soulagement lorsqu'il déclina son offre.

Dès qu'il eut franchi la grille de Blakewell Neck, Geoffrey poussa un cri de joie et lança son cheval au galop. Il avait enfin un plan. Et avec l'aide d'Henry, il se faisait fort de conduire Cassie devant l'autel avant l'hiver prochain. Ensuite... ensuite, la perspective de coucher avec la jeune femme lui incendiait les reins.

Mais il ne dirait rien de tout cela à son père. Il préférait le surprendre. Il attendrait que ce dernier parte à Williamsburg pour l'été avant de passer à l'action. À son retour, son père serait fier de lui, fier d'apprendre qu'il s'était comporté en homme, avait su agir en tant que tel.

Quant au forçat, il ne perdait rien pour attendre. Outre que Geoffrey ne lui pardonnerait pas de l'avoir humilié en public, il n'avait pas aimé la façon dont Catherine l'avait regardé. Probablement s'était-elle laissé influencer par cette histoire ridicule d'erreur d'identité.

Ce n'était certes pas une jeune femme conventionnelle, mais Geoffrey l'aimait envers et contre tout. En revanche, si son père était impatient qu'ils convolent en justes noces, c'était pour une raison purement matérielle. En effet, la dot de Catherine était constituée de quelques centaines d'hectares en bordure de rivière grâce auxquelles ils auraient enfin un accès direct à l'eau, comme les autres grandes plantations. Ils pourraient en outre construire cet embarcadère dont ils avaient toujours rêvé. Geoffrey, toutefois, ne voulait Catherine que pour elle-même. Il n'avait que six ans – et elle, cinq – quand il avait décidé qu'il en ferait un jour sa femme. Elle était venue lui rendre visite alors qu'il était alité avec une mauvaise fièvre. Elle lui avait témoigné une telle gentillesse qu'il était tombé amoureux d'elle.

Il était convaincu qu'elle avait refusé toutes les propositions de mariage uniquement parce qu'elle l'attendait. Cela dit, elle semblait l'éviter, et repoussait toutes ses avances, même les plus discrètes. Pourquoi ? Il l'ignorait. Une chose était sûre, en tout cas : dès qu'il prendrait les rênes de Blakewell Neck, il ferait regretter à Cole Braden d'être né.

# 6

— Je vous ai raconté tout ce dont je me souvenais.

La nuit était tombée depuis longtemps, et les tambours des esclaves résonnaient au loin quand Cole en termina avec son récit. Les flammes des chandelles lançaient des reflets mouvants sur les casseroles en cuivre suspendues à leurs crochets, et sur les visages des deux hommes assis face à face à la table de la cuisine. Le shérif Hollingsworth semblait passer un bon moment : il avait dévoré la collation préparée par Nan et bu presque tout un cruchon de bière. Cole, lui, n'avait pas encore dîné.

Cassie était restée assise près de la cheminée pendant tout l'interrogatoire du shérif. Le récit de Cole était si convaincant qu'elle y aurait volontiers accordé foi, s'il avait apporté le moindre commencement de preuve pour étayer ses dires.

— Revenons à votre traversée, suggéra le shérif. Vous êtes resté en mer au moins six semaines, et pourtant vous prétendez ne pratiquement rien vous rappeler du voyage. Peut-être…

Cole abattit le poing sur la table et se leva.

— Bon sang ! Combien de temps encore devrais-je endurer cet interrogatoire ridicule ?

Il y eut un silence tel que Cassie entendait presque les battements de son propre cœur. Le jeune adjoint du shérif sortit de l'ombre et braqua son pistolet sur Cole.

Le shérif Hollingsworth, lui, ne parut pas plus impressionné que cela par l'éclat de ce dernier. Il tendit tranquillement sa chope à Cassie pour qu'elle la remplisse. La jeune femme s'exécuta et retourna s'asseoir près de la cheminée.

Cole jeta un coup d'œil au pistolet, leva les yeux au ciel avec dédain et se rassit.

— Supposons que vous disiez vrai, reprit le shérif Hollingsworth, qui sortit sa pipe, l'alluma, et tira quelques bouffées avant d'ajouter : Qui aurait pu vouloir vous envoyer ici ? Le coupable devait bien se douter que vous feriez tout pour recouvrer votre véritable identité. Vous ne croyez pas que s'il cherchait à se débarrasser de vous, il aurait mieux fait de vous tuer ?

Cassie hocha la tête. Cela semblait logique.

— Je ne sais pas, avoua Cole. Peut-être que celui qui est à l'origine de cette machination s'imaginait que je mourrais pendant la traversée. De cette façon, il n'y aurait pas eu crime, et donc pas de coupable.

— Mais à qui votre mort profiterait-elle ? insista le shérif Hollingsworth.

— Je n'en ai aucune idée.

— Votre héritier ?

Cole sembla méditer l'hypothèse, avant de secouer la tête.

— Philip a beaucoup de défauts, mais je ne l'imagine pas capable d'un tel geste.

— Vous connaissez-vous des ennemis ?

— Non.

— Des rivaux en affaires ?

— Beaucoup. Mais je n'en vois aucun susceptible de recourir à l'enlèvement ou au meurtre. En revanche…

Cole s'interrompit. Le shérif haussa les sourcils.

— Crachez le morceau, mon gars, si vous voulez avoir une chance de me convaincre. Pour l'instant, je ne crois pas un traître mot de votre histoire.

— Je pense qu'il doit se trouver quelques maris, à Londres, que ma disparition ne chagrinerait pas.

Le shérif s'esclaffa bruyamment en se tapant sur les cuisses, et échangea un regard de connivence avec Cole.

Cassie fronça les sourcils. Seigneur, les hommes étaient bien tous les mêmes !

Une main se plaqua soudain sur la bouche d'Elly, qui sentit son cœur s'emballer dans sa poitrine.

— Ce n'est pas beau d'espionner les gens, lui chuchota Zach à l'oreille avant d'ôter la main.

— Chut !

Elly se concentra de nouveau sur la conversation qui avait lieu dans la cuisine. Malgré le bruit des tambours, elle avait presque tout entendu depuis sa cachette sous la fenêtre.

Elle sentit les lèvres de Zach lui effleurer la nuque, mais préféra ignorer le frisson que cette caresse lui procurait.

— Zach ! Arrête ! murmura-t-elle cependant, quand ses lèvres se firent plus insistantes.

— Fais comme si je n'étais pas là, répliqua-t-il.

Elle voulut protester, mais n'en eut pas le loisir : Zach l'avait fait pivoter pour s'emparer de ses lèvres. Elle aurait dû le repousser, mais n'en trouva pas la force. Son baiser l'enivrait, et elle se surprit à nouer les bras autour de son cou. D'une main, Zach l'attira plus près, tandis qu'il lui caressait les seins de l'autre.

— Arrête, Zach ! protesta Elly, avec plus de véhémence cette fois, car elle se sentait sur le point de s'abandonner.

Zach la lâcha.

— Je t'aime, Elly, murmura-t-il avec un sourire.

Le clair de lune donnait un éclat particulier à ses cheveux blonds, nota-t-elle, ce qui ne l'empêcha pas de le rabrouer :

— Oh, tais-toi donc, Zachariah Bowers ! Tu ferais mieux de penser à autre chose, parce que je ne t'épouserai jamais.

Elle s'efforça d'ignorer la déception qui assombrissait son beau visage. Après tout, estimait-elle, elle était destinée à une vie meilleure que celle qu'elle connaissait actuellement. Il n'était pas question qu'elle passe son existence à cuisiner, à faire le ménage et à élever les enfants d'un homme qui serait tout juste capable de lui fournir un toit et de la nourrir – cet homme fût-il Zach.

— Arrête donc de rêver à Crichton, répliqua-t-il avant de promener les lèvres sur sa gorge. Je sais que tu as envie de moi, Elly.

Elle renversa la tête en arrière, ferma les yeux, et laissa échapper un petit gémissement qui signa sa défaite. Un flot de lave incandescente coulait à présent dans ses veines.

Zach lui releva ses jupes, et elle faillit crier quand il commença à caresser sa féminité. Ses hanches ondulèrent instinctivement sous la pression de ses doigts. Que Dieu lui vienne en aide, mais il disait vrai : elle avait envie de lui.

— Oh, Zach… gémit-elle, s'arquant sous ses caresses.

— Elly ! souffla-t-il, grisé de la sentir réagir avec tant de volupté.

Il s'obligea pourtant à se ressaisir. S'il ne s'arrêtait pas maintenant, il allait la posséder contre le mur de la cuisine comme une vulgaire catin. Il cessa – à contrecœur – ses caresses intimes. Elly gémit de nouveau, cette fois de frustration. Il la désirait, pourtant, mais pas ainsi. Elle méritait mieux. Surtout pour la première fois.

— Laisse-moi venir dans ta cabane cette nuit, Elly, la supplia-t-il.

Elle rouvrit les yeux, et le contempla, les pupilles dilatées par un désir qu'elle ne cherchait même plus à dissimuler. Zach crut qu'elle allait répondre oui. Puis en un instant, la passion déserta son regard pour laisser place à la colère.

— Non ! s'exclama-t-elle, le repoussant sans ménagement.

Elly s'en voulait de sa faiblesse. Elle avait bien failli laisser Zach la posséder ici, à côté du tas de bois destiné à la cuisine. Pis encore : elle avait été au bord de le supplier. Mais quelle chance aurait-elle de se trouver un mari respectable si elle perdait sa virginité ? Son corps était tout ce qu'elle avait à offrir à un homme. Et un gentleman tel que Geoffrey Crichton ne voudrait jamais d'une femme souillée.

— Non, répéta-t-elle, ignorant le désir qui la fouaillait. Je ne peux pas me donner à quelqu'un comme toi.

Les traits de Zach se durcirent.

Incapable de soutenir plus longtemps son regard, Elly tourna la tête.

— Je t'aime, Elly. J'espère qu'un jour tu entendras la voix de la raison, et que tu te rendras compte que tu m'aimes aussi.

Elle le regarda s'éloigner, soudain en proie à un immense sentiment de vide. Elle n'avait pas voulu le blesser, juste lui faire comprendre. Quoi que son cœur ou son corps puissent ressentir, elle n'épouserait jamais un travailleur manuel. Elle ne voulait pas connaître le même sort que sa mère. Si la vie lui avait enseigné une chose, c'était que le bonheur d'une femme et de ses enfants dépendait de l'épaisseur du porte-monnaie de son mari. Or, Zach ne possédait rien.

Un bruit de conversation s'invita dans ses pensées. Le shérif semblait sur le point de prendre congé. Elle se faufila prestement dans l'ombre pour rejoindre sa cabane.

— Je ferai ce que je peux pour vous, promit le shérif. Cela ne signifie pas que je vous crois, mais on ne sait jamais. On voit tellement de choses étranges se produire.

Il se leva et s'étira, son ventre proéminent menaçant de faire sauter les boutons de son gilet, avant d'ajouter :

— Tant que je n'aurai pas eu la preuve que vous n'êtes pas Nicholas Braden, vous demeurerez Nicholas Braden. Vous devrez obéir à votre maître sans protester, et sans causer le moindre trouble au voisinage. En cas de fuite, M. Blakewell sera autorisé à vous faire pourchasser. Et si vous blessez ou tuez quelqu'un, je m'occuperai personnellement de vous faire pendre.

— J'ai déjà donné ma parole à Mlle Blakewell, lui rappela Alec.

— Le bateau sur lequel vous êtes arrivé, *l'Easy Mary*, est reparti depuis longtemps, et j'ignore quand il reviendra. Quant au trafiquant d'esclaves qui vous a vendu à M. Blakewell, il m'est impossible de remonter sa trace. En revanche, je peux essayer de retrouver d'autres passagers de *l'Easy Mary*. Votre lettre est partie pour l'Angleterre. J'ai pris la liberté d'y ajouter un mot de ma main. Si tout se passe bien, nous devrions recevoir une réponse d'ici à la fin de l'été, ou au début de l'automne.

La fin de l'été, ou le début de l'automne ? Alec réprima un juron. Ces quelques mois lui paraissaient une éternité. Ces gens ne comprenaient-ils donc pas qu'il avait une famille qui avait besoin de lui et une entreprise à diriger ?

Il se leva à son tour. Mlle Blakewell souhaita bon retour au shérif.

— La prochaine fois que vous écrirez à votre père, dites-lui qu'il a de la chance d'être loin, déclara celui-ci. Je me sentais en veine, ce soir. Je lui aurais fait les poches aux cartes !

Cassie s'obligea à sourire.

— Je le lui dirai.

— Je vais de ce pas chez les Crichton pour une partie ou deux de whist. Le vieux Crichton me doit cinquante livres, et j'ai bien l'intention de doubler ce chiffre.

Le shérif s'esclaffa, puis fit remarquer :

— Le fils Crichton s'intéresse à vous. J'espère qu'il se décidera à demander votre main à votre père. Ce serait un beau mariage.

Ainsi, ce dandy arrogant mijotait d'épouser Mlle Blakewell ? Grand bien lui fasse, Alec n'en avait cure. Du moins le croyait-il. Mais dans ce cas, pourquoi l'expression horrifiée de Mlle Blakewell – qu'elle parvint difficilement à masquer sous un sourire poli – le réjouit-elle à ce point ?

— Geoffrey et moi ne sommes que des amis d'enfance, répliqua-t-elle. Rien de plus. Bonne nuit, shérif.

Elle referma la porte derrière Hollingsworth, puis se tourna vers Alec.

— Je suis désolée.

Ils n'étaient plus que tous les deux. La lumière des chandelles caressait son visage, et Alec éprouva une furieuse envie de la prendre dans ses bras et de l'embrasser.

— Désolée ?

— Vous n'avez toujours pas dîné.

Elle était décidément très belle, songea-t-il. Quelques mèches flamboyantes s'étaient échappées de sa coiffure et retombaient autour de son visage – il s'était demandé plus d'une fois ce qu'il ressentirait s'il y glissait les doigts. Son décolleté, nota-t-il, laissait entrevoir le sillon qui séparait ses seins le troublant au plus haut point.

— Ne vous inquiétez pas. Je survivrai.

— Peut-être, mais rasseyez-vous. Je préférerais que vous mangiez ici. Je souhaiterais vous entretenir de quelque chose.

Elle s'approcha de la cheminée pour remuer le ragoût qu'on avait gardé au chaud au-dessus des braises. Un délicieux fumet chatouilla les narines d'Alec, qui en eut l'eau à la bouche.

Elle lui remplit une assiette, accompagnée d'une chope de cidre et d'une grosse tranche de pain. Du bon pain blanc, tout frais, à la farine de blé.

Alec se rassit, et donna libre cours à son appétit. Depuis son arrivée, il n'avait guère mangé que de la bouillie de maïs et du pain à la farine de maïs. Il n'aurait jamais pensé qu'un jour, un menu aussi sommaire – ragoût et pain blanc – lui apparaîtrait comme un vrai festin.

— Comme vous avez dû le remarquer hier, lorsque vous vous trouviez dans les écuries, les chevaux ne sont pas aussi bien entretenus qu'ils devraient l'être, reprit-elle en lissant avec un soin exagéré les plis de sa jupe. Nous aurions besoin de quelqu'un pour les étriller et leur faire faire un peu d'exercice.

— Et vous souhaiteriez m'en charger ?

— En plus de vos autres tâches, oui. Vous m'avez laissé entendre que vous vous y connaissiez en chevaux.

C'était un test. Et futé. À défaut de pouvoir s'assurer de son identité, elle voulait au moins vérifier la véracité de certaines parties de son récit.

— En effet, acquiesça-t-il. Je vous ai dit que les chevaux étaient l'une de mes passions.

— Dans ce cas, vous commencerez demain matin.

— À vos ordres, *maîtresse*.

Elle s'empara d'un balai appuyé contre le mur et commença de nettoyer le devant de la cheminée. Bien qu'elle se comportât comme s'il n'était pas dans la pièce, Alec devinait que sa présence la rendait nerveuse. Ses mouvements manquaient de fluidité et, surtout, elle s'abstenait de regarder dans sa direction.

L'estomac plein, Alec se découvrit un appétit d'une autre sorte. Penchée sur son balai, la jeune femme lui offrait une vue imprenable sur son ravissant *derrière** qui lui enflammait les sangs. Il se maudit de sa réaction. Il était un homme fait, que diable, pas un gamin boutonneux qui avait une érection chaque fois qu'il regardait une jolie femme !

— Le ragoût était délicieux, dit-il, histoire de dévier le cours de ses pensées. Merci.

— Je vous en prie, répondit-elle, se décidant enfin à se tourner vers lui. Je sais que vous attendiez davantage de cette rencontre avec le shérif, mais sachez que c'est un homme de parole. Il fera son possible pour découvrir la vérité sur votre compte.

— Vous me permettrez de rester sceptique.

— Vous avez tort. Si ce que vous dites est vrai, vous serez libéré. Ce n'est qu'une question de temps.

Alec se leva de table.

— Un temps dont vous bénéficiez, et qui me coûte cher, commenta-t-il.

— Vous devez comprendre que nous ne pouvons nous contenter de votre parole pour vous rendre votre liberté. Nous avons l'obligation envers la Couronne de...

— Oui, coupa-t-il, et aussi le désir de récupérer ce que je vous aurai coûté jusqu'au dernier shilling. Je le comprends fort bien, mademoiselle Blakewell.

Elle reposa brutalement son balai contre le mur, et lui fit face, les mains plaquées sur les hanches, les joues rouges d'indignation.

— Vous étiez malade, que dis-je, agonisant ! Je vous ai acheté pour vous sauver de l'indignité de mourir les fers aux pieds. Mais croyez bien que j'ai regretté plus d'une fois ma décision.

— Vraiment ? fit-il, un sourire narquois aux lèvres.

Il se moquait d'elle, qui plus est !

— Votre arrogance dépasse les bornes, monsieur Braden. Vous pouvez disposer.

— Bien, *maîtresse*.

Il se dirigea vers la porte.

— Pourquoi faites-vous cela ? lâcha-t-elle.

— Quoi ?

— Pourquoi me parlez-vous sur ce ton ?

— N'est-ce pas la règle de vous appeler « maîtresse » ?

— Si. Mais pas de cette façon.

— Qu'est-ce que ma façon a de particulier ?

— Vous vous exprimez avec trop de... familiarité.

— Je vous demande pardon, maîtresse.

Ses traits exprimaient la contrition, mais Cassie se doutait qu'il était tout sauf sincère. Retenant un soupir exaspéré, elle entreprit de débarrasser la table dans l'espoir qu'il cesserait de la regarder et partirait. Mais ses mains tremblaient, et elle laissa échapper le cruchon – vide – de cidre, qui se brisa sur le sol. Réprimant un juron, elle se baissa pour ramasser les morceaux.

Cole vint s'accroupir à ses côtés.

— Laissez-moi vous aider.

Par pitié ! Pourquoi ne la laissait-il pas en paix ?

— Merci, monsieur Braden, mais je peux réparer seule les dégâts causés par ma maladresse.

— J'ai eu tort de vous provoquer.

— Me provoquer ? Votre grossièreté ne suffit pas à me provoquer, monsieur Braden.

Dans sa hâte à rassembler les morceaux de poterie, elle s'entailla la paume qui se mit à saigner.

Cole voulut lui prendre la main.

— Laissez-moi voir.

Cassie s'empressa de se relever.

— Ce n'est rien.

Ignorant ses protestations, Cole se redressa à son tour et lui prit la main d'autorité. Le contact de ses doigts la frit frissonner de la tête aux pieds.

— La coupure est profonde, commenta-t-il. Il faut arrêter ce saignement.

Il s'empara d'une serviette propre sur la table, et la pressa fermement sur la plaie.

Cassie grimaça.

— Je vous fais mal ?

Comme hypnotisée, elle se trouva incapable de répondre. Pourquoi cet homme produisait-il un tel effet sur elle ?

Ils demeurèrent ainsi, immobiles, pendant ce qui lui parut une éternité, Cole lui tenant la main, et elle regardant tout sauf lui. À la fin, n'y tenant plus, elle risqua un coup d'œil dans sa direction. Ses yeux bleus accrochèrent les siens.

— Le sang doit déjà s'écouler moins vite, fit-il. Avez-vous du baume quelque part ?

— Sur l'étagère du haut.

Il trouva rapidement le bon flacon, et se chargea lui-même d'étaler le baume sur la coupure, qui ne saignait déjà presque plus.

— Ça pique ?

— Oui, répondit Cassie d'une voix étranglée.

Il étalait le baume par petits gestes concentriques, avec beaucoup de douceur. Elle en ressentait un plaisir qui se mêlait étrangement à la douleur de sa blessure.

— Je suppose que cet onguent est l'œuvre de votre guérisseuse indienne, hasarda-t-il, fronçant le nez.

Cassie s'amusa de sa réaction. Avec ses herbes, Takotah concoctait des remèdes dont certains sentaient encore plus mauvais que celui-ci.

— Oui, c'est l'œuvre de Takotah. Mais ce n'est pas « mon Indienne ». Elle ne m'appartient pas. Elle est libre de quitter la plantation si elle le souhaite.

— Alors pourquoi reste-t-elle ?

— Son peuple a été décimé. Elle a perdu son mari et ses enfants. Nous sommes la seule famille qui lui reste.

Cole parut méditer l'argument, puis hocha la tête en silence.

Quel homme étrange ! Doux à certains moments, dur à d'autres. Cassie ne parvenait pas à chasser de sa mémoire l'image de Cole serrant le chaton contre sa poitrine. Depuis la veille, elle avait constaté que tous les enfants, suivant l'exemple de Jamie, l'avaient adopté, et le bombardaient de questions sur les pirates et les vaisseaux de guerre. Il s'efforçait de leur répondre avec une patience angélique. Mais elle n'oubliait pas non plus qu'il avait failli lui briser le cou à son réveil. Qu'il fût potentiellement dangereux ne faisait aucun doute. Cependant, il ne ressemblait pas aux forçats ordinaires.

— Ça va mieux ? demanda-t-il.

Sa voix était profonde, et son regard chaleureux.

Cassie se contenta de hocher la tête. Elle avait peur de parler.

Il prit une autre serviette propre et l'enroula autour de sa main en guise de bandage. Il était si concentré sur sa tâche qu'il plissait le front. Cassie réprima une folle envie de lui caresser la joue.

— Voilà, ça devrait tenir, annonça-t-il, après avoir fait un dernier nœud à la serviette.

Leurs regards s'accrochèrent de nouveau. Il aurait dû la lâcher, à présent, mais il n'en fit rien, et Cassie ne chercha pas à se libérer. Puis, très lentement, il lui retourna la main, et, sans la quitter des yeux, l'approcha de ses lèvres. Ce n'était certes pas la première fois qu'on lui baisait la main, mais jamais son pouls ne s'était emballé ainsi. Ce qu'elle n'avait toujours considéré que comme une manifestation de politesse devenait avec lui un geste terriblement intime. L'effet de surprise passé, elle s'empressa de se libérer.

— Vous n'avez aucune raison de me craindre, murmura-t-il.

— Je ne vous crains pas.

— Vous tremblez.

— C'est à cause de la fraîcheur du soir.

Il sourit.

— Vous mentez.

Elle voulut protester, mais se sentit rougir. Le diable l'emporte ! Pourquoi prenait-il plaisir à l'humilier ?

— Soit vous avez peur de moi, soit vous désirez que je vous embrasse aussi fort que je le désire moi-même, reprit-il.

Son regard s'était assombri et Cassie frissonna de plus belle. Elle savait qu'elle aurait dû s'enfuir, ou appeler à l'aide, mais elle était incapable du moindre mouvement.

— Vous allez trop loin, monsieur Braden.

— Vraiment ? Ou peut-être ne vais-je pas assez loin, au contraire.

# 7

Cole glissa l'index sous son menton, et Cassie sut qu'il allait l'embrasser.

Sa raison avait beau lui répéter qu'elle devait l'arrêter sur-le-champ, ses lèvres tremblèrent d'anticipation, et ses mains, qui auraient dû le repousser, se posèrent légèrement sur son torse musclé. Elle ferma les yeux, sentit le souffle de Cole lui caresser le visage. Puis ses lèvres effleurèrent les siennes.

Cassie crut que son cœur s'arrêtait de battre quand elle entendit la porte s'ouvrir dans son dos. Elle s'écarta vivement de Cole comme si elle s'était brûlée.

— Pardonnez-moi, mademoiselle Cassie, fit Nan. J'ai vu qu'il y avait encore de la lumière, et je me suis demandé si vous aviez besoin d'aide.

— Non, merci, Nan.

Cassie se sentit virer à l'écarlate. Son cœur cognait à grands coups sourds dans sa poitrine, mais elle s'efforça de se recomposer une attitude.

Nan la regarda, puis Cole, puis les éclats de poterie sur le sol, et parut s'alarmer.

— J'ai fait tomber un cruchon en nettoyant la table, et je me suis coupée en ramassant les morceaux, expliqua Cassie. M. Braden a eu la gentillesse de me faire un bandage.

— Avec votre permission, maîtresse, je vais me retirer, dit Cole.

Elle s'obligea à croiser son regard. Son visage ressemblait à un masque de pierre. La passion qu'elle avait lue tout à l'heure dans ses yeux s'était envolée.

— Vous pouvez y aller, répliqua-t-elle d'un ton qui se voulait indifférent.

Comment avait-elle pu perdre la tête aussi facilement ?

Il passa à côté de Nan et sortit.

— Va te coucher, Nan, reprit-elle. Je vais nettoyer.

— Je suis peut-être vieille, mais j'ai encore de bons yeux, rétorqua la cuisinière. Il s'est passé quelque chose ici.

— Ce n'était rien, je t'assure. M. Braden n'avait pas dîné. Je lui ai servi du ragoût. Nous nous sommes un peu disputés pour un motif futile, et j'ai lâché le cruchon de cidre, voilà tout.

Nan ne semblait pas convaincue.

— Vous pensez qu'il nous berne tous, mademoiselle Cassie ?

— Je n'en sais rien, avoua Cassie.

Et c'était la vérité. Tantôt, elle était persuadée qu'il mentait pour échapper à son sort, et la minute d'après elle aurait été prête à jurer qu'il disait la vérité.

— Vous ne croyez pas que vous devriez attendre d'en savoir plus avant de succomber ?

— Succomber ? répéta Cassie. *Moi ?* Enfin, Nan, tu ne parles pas sérieusement ?

Le regard de la cuisinière prouvait le contraire. Cassie voulut protester encore, mais Nan tournait déjà les talons.

— Je vais mettre mes vieux os au lit, annonça-t-elle.

— Nan !

— Bonne nuit, mademoiselle Cassie.

Et elle referma la porte derrière elle.

Cassie tapa du pied et jura. Tout cela était la faute de Cole. Il savait très bien ce qu'il faisait, le bougre ! Ce n'était certainement pas par hasard qu'il avait pris tout son temps pour lui bander la main, et transformer cette opération en manœuvre de séduction. Probablement avait-il prémédité de l'embrasser. Elle s'était laissé piéger avec une facilité déconcertante. Et maintenant, Nan, qui avait toujours eu beaucoup d'intuition, suggérait qu'elle était en train de s'enticher de lui.

Jamais de la vie ! Même si elle devait reconnaître que son statut de forçat et son physique lui conféraient une espèce de séduction animale, Cole Braden n'était pas du tout le genre d'homme qu'elle pourrait aimer.

Toutefois, au souvenir de la douceur avec laquelle ses lèvres avaient frôlé les siennes, elle se demanda s'il était possible qu'une femme puisse tomber amoureuse contre son gré.

Alec se laissa guider par le son des tambours, dont les battements semblaient faire écho à ceux de son cœur. Que diable lui arrivait-il ? Il avait désiré quantité de femmes dans sa vie. Deux ou trois fois, il était même tombé vaguement amoureux. Pour autant, il n'avait jamais perdu le contrôle.

Il n'avait pas prémédité d'embrasser Mlle Blakewell. Mais il n'avait pas non plus prévu que la tentation serait aussi forte. Quand il avait vu l'effet qu'il produisait sur la jeune femme, quelque chose s'était rompu en lui.

Mais c'était de la pure folie ! Voilà qu'il se comportait maintenant comme un cerf en rut. Et de toutes les femmes qui vivaient en Virginie, pourquoi fallait-il qu'il désire précisément celle qu'il ne pourrait jamais posséder, et en qui il ne pourrait jamais avoir confiance puisque son père l'avait *acheté* ? Mais peut-être, justement, la désirait-il parce qu'il savait qu'il ne pourrait pas l'avoir. La certitude de courir au désastre l'excitait sans doute. Quoi qu'il en soit, il n'était plus lui-même depuis qu'il s'était réveillé dans cette plantation.

Mlle Blakewell était certes fascinante, mais il avait intérêt à se la sortir de l'esprit au plus vite. Un forçat ne pouvait se permettre de séduire la fille d'un planteur, sauf à jouer avec sa vie. Et risquer de ruiner la réputation de ladite fille. Même si, en l'occurrence, la réputation de Mlle Blakewell était sans doute déjà ruinée – à cause de son enfant.

Il aperçut à peu de distance des esclaves rassemblés autour d'un grand feu. Les femmes chantaient et dansaient au son des tambours. Le rythme général et leurs mouvements ne ressemblaient à rien de ce qu'il connaissait. Les récits qu'il avait lus en Angleterre relatant des cérémonies tribales africaines décrivaient ces rites comme primitifs. Mais face à ce spectacle, le terme « primitif » ne lui semblait plus du tout approprié. Ces danses traduisaient à l'évidence une inspiration d'essence spirituelle.

Ayant repéré Luke, il s'approcha de lui et le salua. Au lieu de lui rendre son salut, ce dernier se leva, l'œil soupçonneux. Les tambours et les danses s'arrêtèrent subitement, et Alec se rendit compte que tous les regards – même ceux des enfants – avaient convergé vers lui.

— Je suis désolé, dit-il. Je ne voulais pas vous interrompre. J'ai été attiré par la musique.

Il n'avait pas pensé une seconde qu'il ne serait pas forcément le bienvenu parmi ces esclaves.

— Continuez, ajouta-t-il. Je vous laisse. Et pardonnez encore mon intrusion.

Quelqu'un, dans le cercle, murmura quelques mots dans une langue inconnue. Et alors qu'il tournait déjà les talons, Alec sentit une main se poser sur son épaule.

— Reste, lui dit Luke, et il lui désigna une souche d'arbre sur laquelle s'asseoir.

Alec le dévisagea, puis regarda ses compagnons, dont la peau noire luisait à la lumière du feu. Leur expression trahissait un mélange de scepticisme et de curiosité, mais pas la moindre trace de haine. Il s'assit donc, et aussitôt la musique reprit ses droits.

Luke lui sourit.

— Tu es un drôle de type, Cole Braden.

Alec s'esclaffa.

— Les serviteurs blancs préféreraient mourir plutôt que de s'asseoir avec des esclaves, ajouta Luke.

— Pourtant, ils travaillent à vos côtés toute la journée.

— C'est bien pour cela qu'ils nous détestent. Ils ont honte de partager notre labeur. Et d'habiter le même quartier que nous. Car ils savent qu'un jour ils retrouveront leur liberté, alors que pas nous.

Au-delà du feu de joie, Alec aperçut devant les cabanes des serviteurs blancs qui l'observaient avec un mélange de dédain et d'incrédulité. Il avait, sans le savoir, violé une règle tacite à laquelle tout le monde, ici, se soumettait sans se poser de question.

Il préféra reporter son attention sur les danseuses, qui piétinaient la poussière de leurs pieds nus. Leurs mouvements sensuels n'étaient pas vraiment faits pour apaiser son sang toujours en ébullition. Quelqu'un lui tapota l'épaule et lui passa un cruchon de cidre. Il remercia, porta le cruchon à ses lèvres et avala une grande rasade.

Un liquide brûlant lui incendia le gosier. Les yeux embués de larmes, Alec toussa, et tenta tant bien que mal de reprendre sa respiration sous les rires des témoins de la scène. Ce n'était pas du cidre, mais une sorte de whisky – et le plus fort qu'il ait jamais bu.

— Bon sang ! s'exclama-t-il, un peu confus – il se sentait comme un jeune homme à qui l'on venait de servir son premier scotch. Vous auriez pu me prévenir !

Luke se contenta de sourire.

Ne voulant pas déclarer forfait, Alec but une autre gorgée. Cette fois, à part une grimace, il réussit à l'avaler sans encombre.

— Qui vous a appris à brasser ça ? demanda-t-il, tendant le cruchon à Luke, qui en avala une rasade comme si c'était de l'eau de source.

— Le vieux Charlie prétend qu'il tient la recette du maître.

— Le maître ?

— Dans le temps, M. Blakewell avait coutume de venir boire avec nous, expliqua un vieil homme qu'Alec devina être le Charlie en question. Mlle Cassie n'est au courant de rien. Elle est convaincue que le maïs ne sert qu'à faire de la farine, ou de la bouillie.

Les autres éclatèrent de rire.

Alec s'amusa aussi de la plaisanterie, tout en songeant à ce qu'il venait d'apprendre : le père de Cassie n'hésitait pas à boire avec ses esclaves.

— Quel genre d'homme est M. Blakewell ? voulut-il savoir.

Quelqu'un toussota discrètement. Le vieux Charlie baissa les yeux.

— Nous ne sommes que ses esclaves, répondit finalement quelqu'un.

Que diable lui cachaient-ils ?

L'alcool réchauffait l'atmosphère. Alec accepta une autre tournée, et se plongea de nouveau dans la contemplation des danseuses. La jeune Nettie semblait s'intéresser à Luke. Elle était grande, avec une poitrine opulente qui se balançait sous sa robe. Luke, cependant, semblait ne pas avoir remarqué ses œillades pourtant insistantes.

— On dirait qu'elle t'a choisi, lui chuchota Alec.

Luke fronça les sourcils.

— Elle est jeune. Elle ne sait pas ce qu'elle fait.

— J'ai l'impression, au contraire, qu'elle sait très bien ce qu'elle fait.

Luke demeura un moment silencieux, avant de lâcher, à voix si basse qu'Alec dut tendre l'oreille :

— J'étais marié. Nous avions un enfant. Une fille. Mais le vieux maître est mort. Son fils n'était pas aussi bon que lui. Il a voulu ma femme. Il l'a prise.

Il tendit la main vers le cruchon de whisky, en but une longue rasade avant d'ajouter :

— En rentrant des champs, je l'ai trouvée qui pleurait, le visage tuméfié. Je me suis précipité chez le maître, mais ce chien se cachait. Je lui ai crié que je le tuerais s'il recommençait. Cette nuit-là, j'ai démonté la lame d'une scie pour en faire un coutelas que j'ai donné à ma femme. Le lendemain, le maître m'a fait fouetter pour l'avoir menacé. Je m'en moquais du moment qu'il resterait à l'écart de ma femme. Mais il a recommencé. Elle l'a frappé avec le coutelas, lui balafrant le visage. En réponse, il lui a brisé la nuque.

Alec avait une boule dans la gorge.

— Et ta fille ? murmura-t-il.

— Il l'a vendue. Puis il m'a vendu.

— Et tu ignores où elle se trouve ?

Luke secoua la tête.

— Je ne serais pas là si je le savais.

Sur ces mots, il se releva et s'éloigna en direction de la forêt.

Nettie lui emboîta presque aussitôt le pas. Elle revint quelques minutes plus tard, et son expression trahissait sa déception.

Entre-temps les danses avaient cessé. Les esclaves regagnaient leurs cabanes par petits groupes. Alec remercia une dernière fois les hommes qui avaient bien voulu partager leur whisky diabolique avec lui, et prit la direction de sa propre cabane. Il aperçut de la lumière au premier étage de la maison du maître, et ses pensées le ramenèrent à Mlle Blakewell. Il n'éprouvait plus aucun désir pour elle. Pis, elle lui répugnait. Tandis qu'elle vivait dans le confort, pour ne pas dire le luxe, à sa porte, des hommes et des femmes menaient une existence miséreuse. Combien d'esclaves et de serviteurs blancs travaillaient sur la plantation pour l'enrichir ? Cent cinquante ? Deux cents ? La plupart d'entre eux mourraient ici. Et leurs enfants et petits-enfants continueraient d'être les esclaves de cette terre.

Rien au monde ne pouvait justifier une telle situation.

L'Écossais que Chrichton avait mis à la disposition de Cassie pour le surveiller lui barra soudain la route. Ses petits yeux porcins brillaient d'un mépris incommensurable.

— Alors, tu prends goût aux nègres ? Fais attention à...

Alec le saisit par le col.

— Reparle-moi ainsi, et je te brise les dents.

Il le relâcha si brutalement que l'autre tituba avant de s'affaler sur le sol. Tandis qu'Alec continuait tranquillement son chemin, l'autre lui éructa :

— T'as intérêt à surveiller tes arrières, désormais !

Alec l'ignora.

— Cole !

Alec fit la sourde oreille.

— Bon sang, Braden !

Alec pivota sur ses talons, pour se retrouver face à Zach qui le suivait.

— Que me veux-tu ?

Zach leva les mains en signe de reddition.

— Holà, du calme ! fit-il avec un sourire amusé. Je ne cherche pas la bagarre.

— Ce salaud a eu de la chance que je ne lui brise pas le crâne.

— C'est comme ça, ici. Il faudra t'y habituer

— Serait-ce une menace ? répliqua Alec.

Et il se planta devant Zach, prêt à la bagarre, même s'il savait que ce dernier pourrait l'envoyer à terre d'une simple bourrade.

— Non. Moi aussi, je suis contre l'esclavage. Mais il est souvent plus difficile d'être un serviteur blanc qu'un esclave.

— Désolé, mais j'ai du mal à te croire, objecta Alec, qui se remit en marche.

Zach le rattrapa.

— Les esclaves sont souvent mieux considérés, parce qu'ils devront travailler toute leur vie pour leur maître.

Alec eut un ricanement dédaigneux.

— Je ne comprends pas l'argument.

— Les serviteurs blancs qui remboursent leur traversée ne doivent servir leur maître que pendant sept ans. Quand un esclave tombe malade, le maître n'hésite pas à faire venir le médecin pour le soigner. En revanche, si un serviteur blanc est malade, le maître pourra juger que ce n'est pas dans son intérêt de payer le médecin, et il le laissera mourir. Et une servante blanche qui tombe enceinte sera obligée de servir plus longtemps, même si c'est le bébé du maître qu'elle porte.

Alec grimaça de dégoût.

— Comme je te l'ai déjà dit, Braden, nous avons de la chance que Mlle Cassie et son père soient humains envers leur personnel. Y compris toi. Dans nombre de plantations, les forçats gardent en permanence les fers aux pieds, et la nuit, ils sont enchaînés à leur lit.

— C'est de la barbarie.

— Excuse-moi, mais ce n'est pas pire que dans la bonne vieille Angleterre.

— Que veux-tu dire ?

— Je savais ce qui m'attendait en venant ici, mais je suis venu quand même. Je ne supportais plus de devoir courber l'échine devant des aristocrates dont beaucoup n'en valaient pas la peine.

Le sang d'Alec ne fit qu'un tour.

— Manifester de la déférence envers ses supérieurs n'a rien à voir avec l'esclavage, rétorqua-t-il.

— Désolé, mais à mes yeux, c'est une forme d'esclavage.

— La femme de Luke a été violée et assassinée par son maître. En Angleterre, ce salopard aurait fini au bout d'une corde. Ici, il n'est même pas inquiété.

— En effet, il aurait été pendu, admit Zach. À condition qu'un tribunal puisse le juger. Mais tu sais parfaitement que la plupart des aristocrates parviennent à échapper à la justice. Tu prétends être un riche gentleman ? Combien de femmes ont écarté les cuisses devant toi parce qu'elles n'avaient pas le choix ?

Le poing d'Alec s'écrasa sur le visage de Zach, l'envoyant bouler à terre.

— Je n'ai jamais usé de mon rang social pour forcer une femme ! articula-t-il.

La douleur dans ses phalanges n'était rien comparée à la rage qui lui incendiait les veines.

Puis il repensa à Philip, et à cette malheureuse fille qu'il avait engrossée, et sa colère se transforma en nausée.

Zach s'assit, et secoua la tête pour se remettre les idées en place. Son œil droit commençait déjà à enfler.

— Sacrée détente, ma foi ! commenta-t-il. Je veux bien reconnaître que, pour cette fois, je l'avais mérité. Mais ne t'avise pas de recommencer. Je ne voudrais pas abîmer ta belle gueule.

Alec l'aida à se relever.

— J'ai eu tort de m'emporter, marmonna-t-il.

Il était furieux contre lui-même, contre Mlle Blakewell, contre le monde entier.

Zach le gratifia d'une tape amicale dans le dos.

— Ne t'excuse pas. Je l'avais bien cherché. Quel genre d'entreprise possédais-tu en Angleterre ?

— Un chantier de construction navale.

— Et à qui vendais-tu tes bateaux ?

Alec ne comprenait pas la raison de ce brusque changement de conversation, mais il était trop fatigué pour s'interroger plus avant.

— La plupart de nos contrats sont passés avec la Royal Navy, pour des vaisseaux de guerre, répondit-il. Mais nous fabriquons également des navires marchands.

— Pour qui ?

— Pour la Compagnie des Indes Orientales, pour des armateurs qui relient l'Afrique à l'Amérique, pour…

— Autrement dit, tu vendais tes bateaux à des négriers.

Alec eut l'impression de recevoir un direct à l'estomac.

# 8

C'est à peine si Cassie entendit le tonnerre troubler ses rêves.

— *Ou peut-être ne vais-je pas assez loin ?*

*Les bras de Cole se refermèrent autour d'elle. Son odeur virile, sa force contenue lui tournaient la tête. Il s'empara de ses lèvres et l'embrassa avec une telle tendresse qu'elle en eut les jambes coupées.*

— *Cole, murmura-t-elle en enfouissant les doigts dans son épaisse chevelure.*

— *Vous ne croyez pas que vous devriez vous assurer qu'il dit la vérité avant de succomber ? lui demandait Nan, occupée à laver la vaisselle dans son dos.*

*La vérité ? Ah oui, bien sûr, la vérité ! La vérité, c'est qu'elle voulait qu'il continue de l'embrasser.*

*Ses lèvres possédaient littéralement les siennes. Et ses mains…*

Un roulement de tonnerre plus violent que les précédents finit par la réveiller.

Il pleuvait.

Cassie se redressa d'un bond. La pluie, enfin ! Elle sauta à bas de son lit et alla tirer les rideaux. Bien que l'aube fût déjà levée, le ciel était si sombre qu'on se serait cru en pleine nuit.

Elle s'habilla en hâte. À peine finissait-elle d'enfiler sa robe qu'on frappa à sa porte. C'était Rebecca.

— Micah m'a demandé de vous réveiller, mademoiselle Cassie, mais je vois que c'est déjà fait.

— Je descends. Essaie d'aider Nan pour aujourd'hui. Je voudrais qu'Elly nous donne un coup de main dans les plantations.

— Oui, mademoiselle Cassie.

Les deux femmes échangèrent un sourire entendu. Elly ne serait pas ravie de travailler dans les champs.

Cassie décida de ne pas porter de chaussures. S'emparant d'un ruban, elle suivit Rebecca vers l'escalier et s'attacha les cheveux tout en descendant les marches. Au passage, elle constata que le lit de Jamie était vide. Probablement jouait-il déjà dans la gadoue. Il était du genre lève-tôt.

La pluie était dense, froide, pénétrante. Mais depuis toute petite, Cassie adorait les jours de plantation. Outre que, ces jours-là, on oubliait la routine habituelle, on jetait également les convenances aux orties. La boue devenait un trésor qu'il convenait de célébrer. Maîtres et serviteurs travaillaient côte à côte, dans une atmosphère de liesse – du moins était-ce le cas à Blakewell Neck. Car en réalité, aujourd'hui, bien peu de planteurs se mêlaient à leurs esclaves pour planter le tabac. Mais le père de Cassie avait maintenu la tradition, même si elle ne se justifiait plus. Il arguait du fait qu'elle lui rappelait sa jeunesse, époque où les esclaves étaient rares, et où maîtres, esclaves et serviteurs mangeaient souvent à la même table.

Le temps de traverser la cour pour gagner la cuisine, Cassie était déjà trempée.

— Je ne veux pas aller dans les champs, lui lança Elly, sur un ton de défi dès qu'elle entra.

— Tu iras quand même, lui rétorqua Cassie, qui se réjouissait déjà à l'idée de la voir couverte de boue de la tête aux pieds.

— Ce n'est pas un travail pour une femme !

— En Virginie, si.

— Mais les autres femmes restent à l'intérieur !

— Uniquement les femmes âgées, ou celles qui sont enceintes ou qui allaitent encore leur bébé. Et elles ne se tournent pas les pouces pour autant !

— Elly ! intervint Nan, qui remuait le porridge. Obéis à ta maîtresse.

Cinq minutes plus tard, Cassie avait avalé son petit déjeuner et filait dehors. Elly la suivit de mauvaise grâce.

Micah, « aidé » de Jamie, distribuait déjà les tâches à chacun. Cassie chercha Cole des yeux, mais ne le vit pas. Non seulement elle n'avait pas oublié ce qui s'était passé entre eux la veille au soir, mais elle ne comprenait toujours pas comment une telle chose avait pu se produire. Nan avait raison. Laisser Cole l'embrasser alors qu'elle ignorait encore tout de sa véritable identité était pure folie. Il était plus que probable qu'il cherchait à la séduire pour recouvrer sa liberté – ou simplement coucher avec elle. Il avait admis devant le shérif Hollingsworth avoir fréquenté des femmes mariées. Pouvait-on faire confiance à un tel homme – qu'il fût gentleman ou repris de justice ?

Cassie aurait dû remercier Nan de son arrivée inopinée – et qui tombait à pic –, mais elle s'en voulait de lui avoir presque avoué ce qui s'était passé. Elle devait absolument contrôler ses émotions et ses propos si elle ne voulait pas ruiner ce qui lui importait le plus. Gagner le respect des serviteurs et des esclaves, qui n'étaient guère disposés à recevoir des ordres d'une femme, n'avait pas été chose facile. Elle ne pouvait se permettre de voir ses efforts réduits à néant sur un simple coup de tête.

Cela dit, elle avait beau se promettre que cela ne se reproduirait plus, elle gardait un souvenir ému de la douceur et de la tendresse de Cole. Il avait bien failli parvenir à ses fins sans recourir à la force ni à la coercition. Et c'était du reste le plus grave dans cette histoire. Elle avait *désiré* qu'il l'embrasse. Et elle en avait rêvé toute la nuit...

— Bonjour, mademoiselle Cassie, la salua Zach.

Son œil droit était tuméfié.

— Que s'est-il passé ? demandèrent Cassie et Elly d'une même voix.

— Rien.

— C'est douloureux ? s'inquiéta Elly.

— Ce n'est pas du tout ce que vous pensez, assura Zach.

— C'est douloureux ? redemanda Elly.

— Qui vous a frappé ? voulut savoir Cassie. N'essayez pas de le protéger. Je parie qu'il a une plus sale tête que vous. Il ne sera donc pas difficile à repérer.

— Si vous me laissiez parler ? Je n'ai pas encore eu le temps de placer un mot !

Cassie hocha la tête.

— Hier soir, j'ai discuté avec Braden, et mes paroles ont un peu dépassé ma pensée, c'est tout.

— Ainsi, c'est Cole qui vous a frappé ? J'aurais dû m'en douter.

Personne d'autre, sur la plantation, n'aurait essayé de s'en prendre à Zach.

— Et il a un sacré punch ! confirma Zach en se massant la joue. Mais je l'avais mérité. Du coup, je n'ai pas riposté.

— Vous l'avez laissé vous frapper ? s'écria Cassie, médusée.

Décidément, elle ne comprendrait jamais rien aux hommes.

— En fait, je n'ai pas eu le temps de voir venir le coup.

— N'en parlons plus pour l'instant, trancha-t-elle, se promettant cependant d'avoir une petite conversation avec Cole un peu plus tard. Peux-tu montrer à Elly comment planter le tabac, Zach ?

Zach s'était entiché d'Elly, Cassie l'avait deviné depuis longtemps. Cela leur donnerait une occasion de passer un peu de temps ensemble.

— Je parie qu'elle préférerait que ce soit quelqu'un d'autre qui s'en charge, lâcha-t-il.

Cassie le fixa, perplexe. D'autant que les deux se regardaient à présent en chiens de faïence.

— Je me demande bien qui elle pourrait avoir à l'esprit. Tu es le plus expérimenté de tous.

Zach eut un sourire innocent.

— C'est ce que je me tue à lui répéter.

Elly piqua un fard et détourna le regard.

Cassie eut le sentiment que quelque chose lui échappait.

— Va avec Zach, ordonna-t-elle à Elly, sa patience ayant des limites.

— Par ici, mademoiselle Lanham, l'invita Zach.

Elly le suivit, la mine boudeuse.

Ravie d'être débarrassée d'elle, Cassie prit la direction des parcelles réservées aux semis, où les plants de tabac qui avaient germé attendaient d'être repiqués dans les champs. Elle rejoignit Takotah, qui déterrait déjà des plants, dont elle nettoyait les racines, avant de les confier aux esclaves chargés de les porter aux planteurs. Malgré son âge, que personne ne connaissait vraiment, Takotah travaillait toujours sans relâche. Et même si elle n'avait jamais compris pourquoi les Anglais ne produisaient une telle quantité de tabac que pour l'expédier à l'autre bout de la terre, elle traitait sa culture avec le plus grand respect. Car c'était une plante sacrée pour les Indiens.

Cassie salua l'Indienne, qui la gratifia en réponse d'un sourire bref, s'empara d'un déplantoir et entreprit de déterrer les jeunes plants.

Travailler accroupie dans la boue froide n'était pas tâche facile. Au bout d'un moment, Cassie sentit ses doigts s'engourdir et son dos se raidir. Mais elle s'obligea à ne pas y penser, car la journée ne faisait que commencer. Les plantations dureraient jusqu'à la nuit, et recommenceraient le lendemain matin si la pluie persistait.

Un peu avant midi, elle se redressa péniblement et s'étira. La pluie tombait toujours, plus doucement, à présent. Cassie remuait les doigts pour faire circuler le sang quand une clameur retentit. Le vieux Charlie arrivait avec la charrette du déjeuner.

Un petit attroupement se forma rapidement autour de la charrette, et le vieil homme, secondé par Nettie, s'efforça d'organiser le chaos.

— Il y en aura pour tout le monde ! cria-t-il. Reculez !

C'est alors qu'une dispute éclata entre Cyril, l'un des plus jeunes esclaves, et Henry, l'Écossais que Geoffrey avait dépêché pour surveiller Cole.

— J'ai dit, les Blancs d'abord, tonna Henry.

Cyril serra les poings, mais accepta de reculer.

— C'est moi qui donne les ordres, ici ! intervint Cassie. Vous allez tous vous ranger en file indienne, esclaves et serviteurs mélangés.

Puis, s'emparant d'un broc d'eau, elle en versa un mince filet sur les mains de Cyril afin qu'il les nettoie.

— Nettie ! appela-t-elle. Donne à manger à ce garçon. Il a faim.

Nettie hocha la tête et tendit à un Cyril stupéfait un bol de bouillie de maïs fumante, une tranche de pain et une coupe en étain remplie de cidre.

Cassie avait faim, elle aussi, et son estomac gargouillait, mais elle continua de tenir le broc d'eau pour que tous puissent se laver les mains avant de manger. Quand ce fut au tour d'Henry, il ne pipa mot, mais le regard qu'il lui adressa en disait long. Cassie et Micah lui avaient pourtant expliqué à son arrivée qu'aucune discrimination ne serait tolérée ici, mais de toute évidence il refusait de se plier à cette règle. S'il s'entêtait, elle le renverrait à Geoffrey.

Ce souci fut oublié dès qu'elle aperçut Cole qui approchait. Sa chemise trempée était plaquée sur son torse, révélant le modelé parfait de ses pectoraux. Et son pantalon lui collait aux cuisses telle une seconde peau. Pourtant, en dépit de la pluie et la boue, il affichait l'allure d'un gentleman anglais surpris par une averse alors qu'il chassait le gros gibier.

Comparée à lui, Cassie avait l'impression d'être une paysanne misérable. Elle n'avait jamais réussi à être aussi belle que Lucy Carter, ou les autres filles de planteurs, avec leurs coiffures impeccables dont pas une mèche ne s'échappait jamais et leurs robes à la dernière mode de Paris ou de Londres. En vérité, elle ne s'en était jamais souciée jusqu'à présent. Mais tout à coup, elle se rendait compte que la comparaison ne serait pas à son avantage.

C'était idiot de penser à des choses aussi futiles, se tança-t-elle. Surtout un jour pareil. Comme Nan aimait à le répéter, le travail était une bénédiction, et il n'y avait pas de honte à montrer qu'on n'était pas oisif. Lucy Carter et ses amies ne faisaient rien de leurs dix doigts. Elles passaient leur temps à discuter de mode ou de prétendants. Cassie aurait pu faire de même si elle l'avait souhaité, mais cela ne l'intéressait pas. Et puis, qui était Cole Braden, pour qu'elle s'inquiète de ce qu'il pourrait penser de son apparence ?

Ce matin, en arrivant dans les champs, il ne l'avait pas reconnue tout de suite. Penchée sur la terre boueuse, ses cheveux trempés attachés sur la nuque par un simple ruban, il l'avait d'abord prise pour une servante. Et il s'était demandé comment il avait pu ne pas avoir repéré plus tôt une créature aux formes si alléchantes.

Puis il avait vu son visage.

Des gouttes de pluie lui perlaient au nez. De la boue lui maculait les joues. Un étranger l'aurait prise pour une paysanne, mais certainement pas pour la maîtresse du domaine. Elle était tellement concentrée sur sa tâche qu'elle n'avait même pas remarqué qu'il l'observait.

Lorsque la dispute avait éclaté entre Cyril et l'Écossais – celui-là même qu'il avait corrigé la veille –, il avait été surpris qu'elle prenne le parti de Cyril. Il s'était alors souvenu qu'elle était intervenue en sa faveur après que Crichton l'eut frappé. Les Blakewell étaient donc réellement de meilleurs maîtres que la plupart des planteurs. C'était là un point positif en leur faveur.

— Comment va votre main ? s'enquit-il quand ce fut son tour de placer les siennes sous le filet d'eau qu'elle faisait couler.

— Bien, merci, répondit-elle en évitant soigneusement de croiser son regard.

Avait-elle repensé autant que lui à ce qui s'était passé entre eux la veille ? Alec sentit son sang s'embraser de nouveau si bien qu'il faillit oublier pourquoi il attendait ainsi sous la pluie. Il prit machinalement le bol que lui tendait Nettie, et renversa la moitié de son cidre.

Quand Cassie put enfin manger, tous les autres avaient déjà terminé, et les premiers étaient même retournés au travail. Elle racla le reste de bouillie de maïs avec son morceau de pain, puis aida Charlie et Nettie à tout ranger dans la charrette. Celle-ci débordait maintenant de vaisselle vide, que les femmes restées dans les cabanes se chargeraient de laver.

Elle rejoignit ensuite Takotah et reprit son dur labeur. L'après-midi s'écoula avec lenteur. Cassie tentait d'oublier son dos douloureux en écoutant les ragots des servantes qui travaillaient à leurs côtés.

— Rebecca est ronde comme une barrique. Elle aura sans doute des difficultés à l'accouchement, commenta l'une.

— Depuis quand accoucher est facile ? lança une autre.

Les femmes rirent de bon cœur.

— Ma mère recommandait de boire un peu de bière chaque matin. Ça empêche le bébé de trop grossir. Et j'ai eu neuf enfants.

— En suivant le conseil de ta mère ?

— Oui.

— Et ça a marché ?

— Non. Mais ça m'a aidée à garder le moral.

Les femmes s'esclaffèrent de nouveau, et Cassie se surprit à sourire. Elle ne s'aperçut pas que sa coupure s'était rouverte et saignait de nouveau, jusqu'à ce que Takotah lui prenne le poignet et lui tourne la paume vers le ciel.

— Ce n'est rien, assura Cassie en se libérant pour replonger la main dans la terre.

— La pluie et la boue vont empêcher la blessure de cicatriser. Vous devriez vous laver les mains, et laisser votre place à quelqu'un d'autre.

— Pour une coupure de rien du tout ?

— Ce n'est pas raisonnable, insista la vieille Indienne. La blessure pourrait s'infecter.

Cassie pesta intérieurement. Elle savait que Takotah ne lâcherait pas prise, aussi se releva-t-elle à contrecœur.

Elle déambula un moment dans les champs pour prendre la mesure du travail accompli. Si la pluie persistait, ils auraient achevé les plantations d'ici au lendemain soir. Or, les nuages qui obscurcissaient le ciel ne donnaient pas l'impression de vouloir se dissiper de sitôt.

Bien qu'elle eût envie d'un bon bain chaud et de vêtements propres, Cassie ne rentra pas directement à la maison. Elle coupa par la forêt, en direction d'une colline proche d'où elle aurait une vue panoramique sur toute la plantation.

Accoutumée à marcher pieds nus depuis qu'elle était enfant, elle avançait d'un bon pas sur le sentier forestier recouvert d'aiguilles de pin. La pluie tombait moins drue sous le couvert des arbres, qui arrêtaient aussi le vent. Des oiseaux s'échangeaient des trilles de branche en branche. Une biche surgit d'un buisson juste devant la jeune femme et s'éloigna avec grâce. Sans doute était-ce une manœuvre pour entraîner celle-ci loin de son faon qui devait dormir sous le buisson.

Cassie avait toujours aimé la forêt. Quand d'autres craignaient sa pénombre et les créatures sauvages qui la hantaient, elle n'y éprouvait qu'un sentiment de calme et de plénitude. Parfois, elle laissait son esprit vagabonder et imaginait des rencontres inattendues. Une licorne qui traverserait le chemin. Ou un chevalier à l'armure étincelante, qui chevaucherait son destrier à la recherche d'un quelconque trésor spirituel. Ou un beau mais dangereux détrousseur de…

— On se promène, maîtresse ?

# 9

Cassie se figea.

Cole était adossé à un tronc d'arbre, en bordure du chemin. D'où diable sortait-il ? Elle aurait pourtant été prête à jurer qu'elle était seule dans les bois.

— Que... que faites-vous ici ? balbutia-t-elle.

— Pardonnez-moi si je vous ai effrayée. Ce n'était pas volontaire

— Vous... vous ne m'avez pas effrayée. J'ai été surprise, c'est tout.

Il s'approcha d'elle, son regard rivé au sien, et elle se rendit compte qu'elle était sans défense. S'il était vraiment un forçat arrêté pour viol, il n'aurait aucun mal à parvenir à ses fins. Personne ne l'entendrait crier. Pourtant, elle ne s'affola pas. Elle n'avait même pas peur. Non pas que l'homme ne fût pas dangereux. Avec ses vêtements trempés qui lui collaient à la peau, il apparaissait redoutablement viril.

— Ma blessure s'est rouverte, expliqua-t-elle pour rompre le silence devenu pesant. Je ne pouvais plus continuer à travailler.

Il la contemplait, et son regard était si intense qu'elle avait l'impression de le sentir sur elle telle une caresse.

Elle porta instinctivement la main à sa poitrine, comme pour se couvrir les seins.

— J'ai vu l'œil au beurre noir que vous avez infligé à Zach, reprit-elle.

Il eut un sourire machiavélique.

— Et vous avez l'intention de me réprimander ?

— Oui.

— Très bien. Mais ne soyez pas trop sévère. Je me suis déjà excusé. Et Zach l'avait bien mérité.

— Mon père ne tolère pas de bagarres sur la plantation, déclara-t-elle.

Malheureusement, son ton n'était pas aussi sévère qu'elle l'aurait souhaité.

— Il a bien raison, commenta Cole.

— Que... que faites-vous dans la forêt ?

— La pluie me rappelle l'Angleterre, répondit-il avec une pointe de nostalgie dans la voix. Et vous-même, maîtresse ? Que faites-vous là ?

— Je comptais monter sur la colline pour avoir une vue d'ensemble des champs.

Sans mot dire, Cole prit la main qu'elle avait plaquée sur sa poitrine, et la porta à ses lèvres.

Cassie en frissonna de la tête aux pieds.

Alec savait qu'il était fou de faire cela, mais c'était plus fort que lui. Sa robe trempée par la pluie lui moulait les seins et les hanches. Son beau regard vert n'exprimait pas la séduction insolente des femmes qu'il avait pu connaître. Ils reflétaient des émotions brutes, sincères – un mélange d'appréhension, de timidité et de désir.

Incapable de se retenir davantage, il l'enlaça, l'attira contre lui, et s'empara fiévreusement de ses lèvres.

Surprise, elle se raidit un instant, puis se laissa aller contre lui, accueillant sa langue dans sa bouche en même temps qu'elle nouait les bras autour de son cou.

— Cassie, souffla-t-il, abandonnant un instant ses lèvres pour lui embrasser le front et les joues, vous me faites perdre la tête.

Et il captura de nouveau ses lèvres, en proie à un appétit sensuel qui semblait le mettre au défi de le contrôler. Elle s'arqua contre lui en laissant échapper un doux gémissement.

Cassie crut qu'elle allait défaillir. Ce baiser surpassait tout ce dont elle avait toujours rêvé. Et ce que Cole faisait avec sa langue était tout bonnement... inimaginable. Tous les hommes embrassaient-ils ainsi ?

Sa raison lui hurlait de s'enfuir, de ne pas rester dans les bras d'un homme dont elle ignorait toujours la véritable identité. Un homme qui était peut-être un repris de justice. Et qu'elle s'était promis d'éviter !

— Arrêtez ! fit-elle en le repoussant. Nous ne pouvons pas...

Il la lâcha abruptement.

— Vous jouez un jeu dangereux, maîtresse, observa-t-il, le regard glacial.

Sur ce, il tourna les talons.

Cassie le regarda s'éloigner. Il avait raison. Elle jouait un jeu très dangereux. Et s'il l'avait culbutée au milieu du chemin ? Personne n'aurait éprouvé la moindre sympathie pour elle. Aux yeux de la société, les femmes qui acceptaient de demeurer seules avec un homme n'avaient que ce qu'elles méritaient. Cela dit, alors qu'il aurait eu tout loisir de la violer, il ne l'avait pas fait.

En revanche, elle aurait pu perdre la raison au point de le laisser la posséder sans qu'il ait à recourir à la force. Qu'aurait-elle ressenti alors ? Aurait-ce été aussi agréable que ses baisers ? Serait-elle tombée enceinte ? Cette perspective la terrifiait. Bien qu'elle désirât très fort avoir des enfants, elle savait quel traitement l'on réservait aux femmes qui donnaient naissance à un bâtard. Et elle n'était pas disposée à payer un tel prix uniquement pour satisfaire son désir de maternité.

L'avenir de la plantation et de ceux qui y vivaient dépendait de son aptitude à garder la tête haute, elle le savait. Pourquoi diable son corps s'ingéniait-il soudain à la trahir ?

Alec ralentit l'étalon lancé au galop pour le ramener au pas. Cela faisait maintenant deux semaines qu'il entraînait Aldebaran, et il était très satisfait des progrès de l'animal. D'abord rétif, parce qu'il manquait d'exercice, l'étalon prenait désormais plaisir à ces sorties quotidiennes. Soumis à un entraînement régulier, il deviendrait sans peine l'un des chevaux les plus rapides de toute la Virginie.

Alec lui flatta l'encolure, et Aldebaran tira sur les rênes, manifestant son envie de galoper de nouveau.

— Nous irons plus loin demain, promis.

Alec avait engagé Aldebaran sur une route qui les avait conduits au bord de la rivière Rappahannock. Il s'arrêta un moment pour humer les embruns salés venus de la baie de Chesapeake. Des mouettes se laissaient dériver dans les airs, ou plongeaient dans la rivière pour y capturer des poissons. Les moustiques, que les récentes pluies avaient réveillés, voletaient à l'ombre des arbres bordant la route. Cette rivière l'avait amené jusqu'ici, mais un jour, il l'emprunterait en sens inverse pour retourner chez lui.

S'il voulait, il lui serait même très facile de continuer sa route avec Aldebaran au lieu de rentrer à la plantation. Il traverserait la rivière, si bien que les chiens perdraient sa trace. Parvenu sur l'autre rive, il poursuivrait en direction de Williamsburg. Et avec un peu de chance, il réussirait à s'engager comme matelot sur un bateau en partance pour l'Angleterre.

Mais il avait donné sa parole, et il la tiendrait. Du moins, jusqu'à nouvel ordre. Le shérif leur avait adressé un mot quelques jours plus tôt, pour annoncer qu'il viendrait bientôt sur la plantation avec deux déportés ayant voyagé sur *l'Easy Mary* et qui prétendaient avoir connu Nicholas Braden à la prison de Newgate. Il était inutile qu'Alec tente de s'évader, avec tous les risques que cela comportait, alors que sa libération n'était peut-être plus qu'une question de jours. Aussi tourna-t-il la bride à l'étalon pour rebrousser chemin.

Même si cela remontait maintenant à deux semaines, il n'avait pas oublié son petit interlude dans les bois avec Cassie… Mlle Blakewell, corrigea-t-il, s'efforçant ainsi de garder une distance salutaire avec la jeune femme. Comment avait-il pu se laisser aller ainsi ? Cela ne lui ressemblait pas de se laisser dominer par ses sens. Pourtant, si Cass… Mlle Blakewell n'avait pas protesté, il l'aurait culbutée en pleine forêt sans se soucier des conséquences.

Heureusement, elle semblait n'avoir parlé de l'incident à personne. Et depuis, elle s'ingéniait à l'éviter – il en faisait du reste autant de son côté. Elle passait ses journées à s'occuper du potager ou à aider la cuisinière. Il galopait à travers champs pour dérouiller les chevaux, et entretenait les écuries. Mais chaque fois qu'ils ne pouvaient faire autrement que de se croiser – comme ce matin, quand il lui avait sellé sa jument –, Alec sentait son désir renaître, intact.

Où était-elle allée, aujourd'hui ? Ces derniers jours, elle partait toujours à la même heure, emportant avec elle un panier garni de provisions pour au moins deux personnes, sans donner la moindre explication. Une fois, Alec avait questionné la cuisinière, qui lui avait répondu qu'elle emmenait Jamie en pique-nique. Mais c'était faux : Jamie n'avait pas quitté la plantation de la journée. Alec en avait donc déduit qu'elle avait un amant – qui était, pourquoi pas, le père de Jamie.

En quoi cela aurait-il dû le chagriner ? Isabelle avait toujours eu plusieurs amants à la fois. Et la plupart de ses maîtresses étaient des femmes mariées, qui regagnaient le lit de leur mari après avoir réchauffé le sien. Mais l'idée que Cass... Mlle Blakewell puisse faire l'amour avec un autre homme le rongeait, et il en venait, tel un mari jaloux, à échafauder des plans pour la suivre. Même l'alcool de maïs du vieux Charlie n'arrivait pas à lui sortir la jeune femme de l'esprit. Il la voulait. Il voulait l'entendre gémir de plaisir, et crier son nom – son vrai nom – tandis qu'il la conduirait à la jouissance.

Il assura son assise sur la selle et se reprocha ses divagations. Il n'aurait jamais Mlle Blakewell. Et de toute façon, c'était une mauvaise idée. Elle ne pourrait lui apporter que des ennuis.

Il était tellement perdu dans ses pensées qu'il ne remarqua même pas qu'un homme l'épiait depuis un bosquet.

Debout à la porte de la cuisine, Cassie savourait la brise qui s'était levée, et atténuait enfin la chaleur écrasante. L'atmosphère était moite après la pluie de ce matin, et la cuisine ressemblait à une fournaise, bien que le feu ait été réduit au minimum depuis le déjeuner. Même avec sa robe de coton vert pâle, la plus légère qu'elle possédât, Cassie suffoquait. D'autant plus qu'elle venait de passer vingt minutes au-dessus d'une bassine d'eau fumante pour y laver la vaisselle.

— Je parie que Satan lui-même trouve cette journée un peu trop chaude, commenta Nan, occupée à peler des pommes de terre.

Cassie acquiesça, bien qu'elle n'écoutât la cuisinière que d'une oreille distraite.

Elle venait d'apercevoir Cole qui rentrait de sa chevauchée quotidienne. Il conduisait Aldebaran au puits pour qu'il se désaltère, et Jamie les suivait. Cole n'avait pas menti au moins sur un point : il s'y connaissait en chevaux. Cassie s'était permis quelques petites inspections nocturnes afin de s'assurer de la qualité de son travail, et avait été surprise du résultat. Les écuries avaient été nettoyées de fond en comble et réorganisées. Les chevaux étaient tous soigneusement étrillés et pansés, et plusieurs avaient même reçu de nouveaux fers. Aldebaran, le seul étalon dont elle avait toujours eu un peu peur, était devenu doux comme un agneau. Apparemment, elle n'était pas la seule créature vivante à succomber aux caresses de cet homme.

Comme s'il avait senti qu'elle l'observait, il coula un regard dans sa direction avant de plonger le seau dans le puits. Cassie se raidit, mais ses yeux passèrent sur elle sans s'arrêter. Alec Kenleigh. Elle s'enhardit à murmurer son nom. Et pour la centième fois depuis qu'elle avait reçu la lettre du shérif, elle se prit à espérer que Cole disait vrai. Elle se sentirait beaucoup moins coupable de savoir qu'elle désirait un gentleman, plutôt qu'un repris de justice qui lui mentait effrontément.

Car pour ce qui était de le désirer, il ne servait à rien de le nier. Elle pensait à lui toute la journée. Et la nuit, elle se remémorait, avec un luxe de détails qui la crucifiait, ce qui s'était passé entre eux dans la forêt. Depuis ce soir-là, toutes sortes de questions la taraudaient. Était-ce toujours ainsi entre un homme et une femme ? Était-elle une femme perdue, pour le désirer aussi fort ? Existait-il un moyen de chasser les idées licencieuses qui l'habitaient ?

Mais vers qui se tourner pour obtenir des réponses ?

Certainement pas vers Nan. Celle-ci s'inquiéterait pour sa sécurité, et avertirait Micah. En outre, Nan ne s'était jamais mariée. Elle devait donc être ignorante des choses de la chair.

Pas non plus vers Rebecca, bien qu'elle fût mariée et enceinte. Cassie était sa maîtresse, et elle ne voulait pas risquer de perdre le respect qu'elle était en droit d'attendre de sa part. Et puis, si la nouvelle se répandait dans la plantation qu'elle éprouvait des sentiments pour Cole, tous les autres serviteurs blancs la mépriseraient.

Il ne restait plus que Takotah. Cassie savait pouvoir compter sur son absolue discrétion. Mais elle ne se voyait pas davantage lui confier son secret. Comment expliquer ce qui s'était passé dans la forêt alors qu'elle-même n'y comprenait rien ?

Elle s'apprêtait à rentrer dans la cuisine quand elle vit Jamie grimper sur la margelle du puits pour caresser la tête de l'étalon. Elle voulut lui crier de redescendre, mais au même instant Aldebaran piaffa, et ses rênes accrochèrent les jambes de Jamie.

Sous le regard horrifié de Cassie, le petit garçon bascula dans le puits.

# 10

— Jamie !

Cassie s'était précipitée vers le puits. Ignorant les sabots de l'étalon, qui griffaient l'air, elle se pencha sur la margelle.

Et son cœur manqua un battement.

Cole avait réussi à agripper Jamie par la cheville, mais ce dernier était maintenant suspendu dans le vide.

— Il faut couper les rênes ! cria Cole.

L'étalon regimbait fougueusement, furieux de sentir ce poids qui l'entravait.

Cassie retourna en courant vers la cuisine. Nan était sortie et regardait la scène, la bouche grande ouverte. Cassie lui arracha son couteau des mains, et se rua de nouveau vers le puits. Bien que tremblant de la tête aux pieds, elle réussit à cisailler les rênes.

Aldebaran piaffa une dernière fois et, enfin libre, s'enfuit au galop.

— Ne t'inquiète pas, je ne te lâcherai pas, Jamie, dit Cole d'une voix rassurante.

Puis il commença à remonter le garçonnet. Une fois celui-ci hors du puits, il le tendit à Cassie, qui l'étreignit avec force, avant d'aller s'asseoir sur les marches de la cuisine.

— Dieu soit loué ! s'exclama Nan. Et que le Seigneur vous bénisse, Cole Braden !

— Tout va bien, Jamie, murmurait Cassie. Tout va bien. Tu es sauvé.

Elle sentit que sa joue était humide, mais elle n'aurait su dire s'il s'agissait de ses larmes ou de celles de son frère. Elle lui embrassa les cheveux avec tendresse.

— Ne remonte plus jamais sur le puits, chéri. Et dorénavant, tiens-toi à l'écart de cet étalon.

— Ce n'était pas la faute d'Aldebaran, intervint Cole, qui les avait rejoints.

— Jamie n'a rien fait pour provoquer...

— Ce n'était pas non plus la faute de Jamie, la coupa Cole, qui se débarrassait maintenant de sa chemise.

Cassie remarqua alors une douzaine de points rouges sur son torse, son ventre et ses bras.

— Mon Dieu, Cole ! s'écria-t-elle.

— Si j'étais vous, je rentrerais à l'intérieur. Ces maudites guêpes sont furieuses d'avoir été dérangées.

C'est alors que Cassie les entendit – un bourdonnement qui semblait se rapprocher.

— Vite ! cria Nan. Je ne voudrais pas qu'elles rentrent dans ma cuisine.

Jamie toujours dans les bras, Cassie s'empressa de rentrer dans la cuisine. Cole l'imita.

— Elles ont fait leur nid dans une anfractuosité de la paroi du puits, expliqua-t-il en refermant la porte derrière lui. Nous allons les enfumer avant de reboucher le trou.

Cassie déposa Jamie sur la table et chercha des traces sur sa peau.

— T'ont-elles piqué, mon chéri ? demanda-t-elle doucement.

Ravalant un dernier sanglot, Jamie secoua la tête.

Cole, lui, ne pouvait pas en dire autant.

— Je vais chercher de la boue, fit-il, repartant déjà vers la porte.

— Non ! l'arrêta Cassie. La boue ne servira à rien. Asseyez-vous.

Il sourit.

— Oui, maîtresse.

— Je vais chercher Takotah ? proposa Nan.

— Inutile, décréta Cassie. Je peux le soigner seule. Va plutôt prévenir Zach de l'existence de ce nid. Je ne voudrais pas que quelqu'un d'autre se fasse piquer.

— Oui, mademoiselle Cassie. Viens avec moi, mon garçon.

La cuisinière souleva Jamie dans ses bras, le cala sur sa hanche rebondie, et sortit en le tançant vertement :

— Tu m'as flanqué la peur de ma vie, sais-tu ? Je me demande si je ne vais pas te donner une fessée pour la peine.

Cole avait l'impression que des milliers d'aiguilles lui perçaient la peau. Il regarda Cassie attraper un flacon sur une étagère, verser un peu de la poudre blanche qu'il contenait dans un bol, et la diluer avec de l'eau pour en faire une pâte. S'approchant ensuite de lui, elle trempa les doigts dans cette pâte, et entreprit de l'étaler sur ses cloques. La pâte était froide. Ses doigts légers, presque caressants.

— Ce n'est pas trop douloureux ? demanda-t-elle, concentrée sur sa tâche.

Cole eut envie de saisir une mèche de cheveux échappée de sa coiffure, mais il se ravisa.

— Un peu, si.

Elle croisa son regard.

— Comment avez-vous fait pour tenir bon ?

Alec se souvenait de l'expression terrifiée de Jamie lorsqu'il avait basculé dans le vide, et du cri de Cassie.

— Je ne l'aurais jamais lâché, répondit-il, et il tendit la main pour lui caresser la joue.

Ce fut une erreur.

Elle s'écarta vivement, comme s'il l'avait brûlée. Puis elle termina d'appliquer son baume avec des mouvements plus rapides, visiblement impatiente de se débarrasser de lui.

— Voilà, conclut-elle. J'ai terminé. Cela devrait calmer la sensation de brûlure, et faire désenfler les cloques.

Le fait est que son baume miracle commençait déjà à produire ses effets. Sauf sur les cuisses.

— Je crois que j'ai été aussi piqué aux jambes.

Cassie baissa les yeux. Son regard s'attarda une fraction de seconde sur son entrejambe, puis elle releva la tête, cramoisie.

Alec ne put s'empêcher de s'esclaffer.

— Je vais m'en charger moi-même, proposa-t-il en lui prenant le bol des mains. Après quoi, je partirai à la recherche d'Aldebaran.

Il était déjà à la porte quand elle lui lança :

— Je... je ne sais pas comment vous remercier. Ce que vous avez fait...

Il se retourna.

— Nous avons eu de la chance, c'est tout, l'interrompit-il.

Sur ce il sortit, conscient, sans même avoir à se retourner, qu'elle le suivait du regard.

Le nid de guêpes fut l'attraction de l'après-midi. Les enfants regardèrent à bonne distance les hommes l'examiner, puis allumer un feu juste en dessous, pour chasser les insectes de leur refuge. Une odeur âcre de fumée flottait toujours dans l'air lorsque Cassie quitta la cuisine, où elle avait aidé Nan à préparer le dîner.

Elle partit à la recherche de Cole. Elle ne l'avait pas revu depuis l'accident, et elle voulait s'assurer que ses piqûres cicatrisaient correctement. Du moins était-ce ce qu'elle se racontait à elle-même. Elle avait même préparé un peu d'emplâtre, au cas où. Mais la vérité, c'était qu'elle voulait lui parler. Pour le remercier convenablement. Après tout, il avait sauvé la vie de Jamie. Et il ne l'avait même pas laissée lui exprimer sa gratitude.

Elle le trouva dans l'écurie, où il distribuait de l'avoine aux chevaux.

— Monsieur Braden... commença-t-elle, cherchant soudain ses mots.

Elle avait l'impression de perdre tous ses moyens dès qu'elle était en sa présence.

Il lui jeta un coup d'œil et poursuivit sa tâche.

— Je... je voulais vous remercier.

Cette fois, il se tourna vers elle.

— Jamie vous aime beaucoup, ajouta-t-elle, le cœur battant à tout rompre dans sa poitrine.

— Moi aussi, je l'aime bien. Et ce ne doit pas être facile pour vous de l'élever toute seule.

— Non, en effet, murmura Cassie, qui avait la gorge soudain très sèche.

— Mais vous vous en sortez très bien.

Elle ne sut pas quoi répondre à un compliment aussi inattendu.

— Merci, articula-t-elle finalement. À sa naissance, j'étais convaincue qu'il ne survivrait pas. Mais je me trompais. Et depuis, je sais que je ne supporterais pas qu'il lui arrive quoi que ce soit.

Cassie conservait un triste souvenir de cette période difficile, mais c'était du passé, désormais, et elle ne comprenait pas pourquoi les larmes lui nouaient soudain la gorge. Pas plus qu'elle ne s'expliquait pourquoi elle confessait des choses aussi intimes à un homme qu'elle connaissait à peine. Il faut dire que ces derniers temps, elle n'était plus vraiment elle-même.

Elle sentit la première larme rouler sur sa joue. Il s'approcha, l'essuya d'un revers du pouce.

— Sachez, dit-il, que je ne laisserai rien arriver à votre fils.

— Mon fils ? répéta Cassie.

Et elle rit, oubliant du même coup son chagrin.

— Jamie est mon frère !

— Votre frère ? Mais...

Cole semblait sincèrement perdu.

— Oui, mon frère. Ma mère est morte quatre jours après sa naissance. Et mon père ne s'en est jamais vraiment remis. Alors, j'ai élevé Jamie toute seule.

— Je vois, fit Cole, qui dansait à présent d'un pied sur l'autre, mal à l'aise. Je me suis mépris.

— Vous pensiez que j'étais sa mère ?

L'idée était amusante, quoique un peu embarrassante. Cassie sourit. Et Cole l'imita.

Et puis tout à coup, elle n'eut plus envie de sourire. Et la colère la submergea, si violente que, sans même réfléchir, elle gratifia Cole d'une gifle retentissante avant de tourner les talons.

Elle n'avait pas fait trois pas qu'il la saisit par le bras et l'obligea à s'arrêter.

— Vous pourriez vous expliquer, maîtresse ?

La main de Cassie avait laissé une empreinte rouge sur sa joue.

— Vous m'avez prise pour une femme perdue de réputation, et vous avez cru pouvoir en profiter ! Avouez-le !

Pour faire bonne mesure, elle lui donna un coup de pied dans le tibia.

— Aïe !

Comme il se penchait pour se masser le tibia, Cassie en profita pour se ruer vers la porte. Mais il la rattrapa de nouveau, et cette fois, il l'enveloppa de ses bras, la serrant si fort qu'elle pouvait à peine bouger.

— Calmez-vous, et laissez-moi me justifier, ou je vous garde dans mes bras, la menaça-t-il.

Cassie n'avait aucune envie qu'on les surprenne dans cette position. Elle hocha la tête.

Cole la relâcha.

— Vous avez raison sur un point, je ne vous pensais plus vierge…

— Ah, vous voyez ! Vous avouez !

Il l'attira de nouveau contre lui et plaqua la main sur sa bouche pour la faire taire.

— J'imaginais mal, en effet, qu'on puisse être mère et rester vierge ! observa-t-il, railleur. Mais vous en concluez à tort que mon attirance pour vous n'était que le résultat de cette méprise. Vous sous-estimez votre beauté, maîtresse. Si j'avais cherché une femme véritablement expérimentée, je me serais désintéressé de vous après notre premier baiser.

Cassie se débattit furieusement pour tenter de se libérer. Comment osait-il l'insulter ?

— Mon attirance n'est guidée que par vos charmes, assura-t-il. Qui, je dois le dire, vous font quelque peu défaut quand vous vous agitez ainsi.

Et sur ces mots, il la relâcha abruptement.

Emportée par son élan, qui ne rencontrait à présent plus aucun obstacle, Cassie perdit l'équilibre et s'affala dans la paille. Elle demeura un instant inerte, trop mortifiée pour bouger, puis se releva et ôta la paille accrochée à ses vêtements. Ses cheveux s'étaient défaits et retombaient en une masse désordonnée sur ses épaules.

D'abord il avait reconnu l'avoir crue perdue de réputation. Puis il lui avait reproché de ne pas savoir embrasser. Le mufle ! Mais elle ne lui donnerait pas la satisfaction de la voir pleurer. Elle rajusta sa robe, et lui fit face.

— J'étais juste venue vous remercier, monsieur Braden. Vous pouvez retourner à votre travail, à présent.

— Bien, *maîtresse*.

Alec la regarda quitter l'écurie avec toute la dignité qu'elle put rassembler, et s'interdit de se sentir coupable. On aurait pu croire qu'elle venait d'être agressée, mais bon sang, c'était *elle*, qui l'avait giflé ! Et s'il avait usé de la force, c'était uniquement pour l'obliger à l'écouter.

Puis la réalité s'imposa soudain à lui sous un autre angle.

Mlle Blakewell était encore vierge. En soi, cela ne lui importait guère. Il n'était pas de ces hommes qui éprouvaient un plaisir particulier à déflorer les femmes. Il préférait les jeunes veuves ou les femmes mariées, beaucoup plus expérimentées au lit, et qui ne réclamaient pas trop de son temps, lui qui avait des journées déjà surchargées. Une simple relation charnelle lui suffisait amplement.

Cependant, il devait bien s'avouer qu'il ne lui déplairait pas d'éveiller Cassie à la passion. Mais ce n'était pas là sa priorité. Il quitterait bientôt ce pays – le plus tôt serait le mieux. Sa vie l'attendait de l'autre côté de l'océan, loin de cette terre, et loin de Mlle Blakewell. Dieu seul savait ce qui avait pu se passer en son absence. Philip avait-il déjà précipité l'entreprise à la faillite ? Sa famille le tenait-elle pour mort ? Il entreprit de panser Aldebaran, en proie à un sentiment d'urgence, et bien résolu à chasser Mlle Blakewell de son esprit.

Alec ne la revit pas de l'après-midi. C'était tant mieux, du reste, car il n'était pas disposé à subir une deuxième fois un accès de mauvaise humeur. Il ferma les portes de l'écurie pour la nuit et regagna sa cabane. En chemin, il entendit un rire d'enfant jaillir par la fenêtre ouverte de la cuisine. Curieux, il fit un détour pour s'en approcher.

Cassie donnait un bain à Jamie. Une flottille de petits bateaux en bois entourait le garçonnet et, tel un amiral à la bataille, il les précipitait l'un vers l'autre avec autorité. Sa sœur achevait de lui rincer les cheveux en veillant à ne pas faire couler d'eau savonneuse dans ses yeux. Elle était peut-être sa sœur, mais elle aurait fait une merveilleuse mère.

— Bien, fit-elle, il serait temps de sortir de l'eau et de te sécher, ou tu vas te transformer en poisson.

— Je voudrais encore jouer avec mes bateaux !

— Impossible. Regarde : il te pousse déjà des écailles.

Elle lui tira le pied hors de l'eau, et montra les ongles de ses orteils.

— C'est des écailles ? demanda le petit, incrédule.

— C'est en tout cas ce que Takotah prétend.

Sans se soucier de ses protestations, elle le souleva dans ses bras, le déposa sur la table où elle le frictionna vigoureusement, avant de lui enfiler sa chemise de nuit. Jamie récupéra un bateau, puis attendit que sa sœur se soit installée dans le rocking-chair pour grimper sur ses genoux.

Comme elle entonnait une chanson, Alec sentit sa gorge se serrer. C'était une vieille berceuse anglaise qu'il avait entendue des centaines de fois. Pourquoi, ce soir, le rendait-elle si triste ?

Peut-être parce que son neveu et ses nièces lui manquaient plus qu'il ne l'imaginait. Il n'avait jamais désiré être père. Le rôle d'oncle lui suffisait amplement. Son quotidien était dévoré par le travail et ses engagements politiques. Or, il avait trop vu sa mère souffrir d'être délaissée par son mari. Il ne voulait pas répéter la même erreur, se marier, puis abandonner presque chaque soir femme et enfants parce qu'il était pris par ses multiples activités.

Et puis, il n'avait jamais cru à l'amour. C'était une vue de l'esprit. Son père et sa mère, par exemple, n'éprouvaient aucune affection l'un pour l'autre, et avaient vécu sous le même toit comme deux étrangers. Alec n'avait d'ailleurs jamais compris comment ils avaient réussi à avoir trois enfants, alors que son père lui avait toujours donné l'impression de ne s'intéresser qu'à ses maîtresses. Elizabeth et Matthew formaient le seul couple de sa connaissance à partager une affection mutuelle qui, loin de diminuer avec les années, ne faisait au contraire que se renforcer.

Zach donna un baiser sonore à Nan, et en profita pour subtiliser quelques tartelettes qu'il cacha dans son dos.

— Inutile de chercher à me charmer, Zachariah Bowers, lança la cuisinière. Je sais très bien que tu ne t'intéresses qu'à mes gâteaux. Réserve donc tes baisers pour quelqu'un qui en voudra.

— Allons, Nan, ne me dis pas que ça te déplaît de te faire embrasser par un beau gars, répliqua Zach, qui s'était approché de la porte pour tendre discrètement les tartelettes à Jamie.

Le garçonnet éclata de rire et s'enfuit.

— Un beau gars, toi ? riposta Nan, moqueuse. Sache que me voler un baiser est une chose, et que voler mes gâteaux en est une autre. Tu aurais pu au moins en garder un pour toi. Je parie que tu es affamé.

Zach prit une tartelette aux framboises et s'assit sur un tabouret pour la dévorer.

— Tu as vu Elly ? s'enquit-il.

Nan hocha la tête, et désigna du menton la maison du maître.

— Elle est à l'intérieur, à servir des gâteaux et du cidre au jeune Crichton.

La bonne humeur de Zach s'évanouit d'un coup. Il se doutait qu'Elly devait faire son possible pour attirer l'attention de Crichton. Si elle continuait ainsi, il ferait d'elle sa maîtresse, mais épouserait une riche fille de planteurs. Et dès qu'elle tomberait enceinte, il prétendrait ne pas la connaître.

— Cela fait une bonne heure qu'il attend mademoiselle Cassie, précisa la cuisinière.

— Une heure ! Et Elly est restée avec lui tout ce temps ?

Il se leva si brusquement qu'il renversa le tabouret. L'envie le démangeait de courir jusqu'à la maison pour sortir Elly par la peau du cou.

— Oui, mais ils n'étaient pas seuls, le rassura Nan. Calme-toi, Zachariah. Elle ne le sait pas encore, mais c'est toi qu'elle aime. C'est d'ailleurs un grand mystère pour moi. Je me demande ce qu'elle peut bien te trouver.

Zach n'était pas d'humeur à goûter à la plaisanterie. Il n'avait pas revu Elly en privé depuis leur baiser sous la fenêtre de la cuisine. Cependant, chaque fois qu'ils s'étaient croisés, elle lui avait souri. Sans doute regrettait-elle la façon dont elle l'avait traité ce soir-là. Mais Zach ne voulait pas de sa pitié.

— Crichton est venu avec un forçat, ajouta la cuisinière. Et le shérif Hollingsworth ne devrait plus tarder. Il amène une femme, paraît-il.

— Braden est au courant ?

— Non. Il est parti dégourdir un cheval.

— Et où est mademoiselle Cassie ?

— Auprès de son père.

Elly sortit à cet instant de la maison avec un plateau, et se dirigea vers la cuisine. S'il avait été un homme libre, Zach lui aurait arraché le plateau des mains et l'aurait embrassée si fougueusement qu'elle n'aurait pas pu protester. Puis il l'aurait emmenée dans la première église venue. Mais ni l'un ni l'autre n'étaient libres d'agir à leur guise, aussi resta-t-il sur le pas de la porte, à la regarder approcher.

— Si tu étais un gentleman, tu te proposerais pour m'aider, Zachariah, le taquina-t-elle.

Elle n'espérait quand même pas qu'il allait se conduire comme un brave petit chien servile pendant qu'elle flirtait avec un autre homme ?

— Ouais, c'est ça. Et toi, si tu étais une lady, tu ne ferais pas de l'œil au premier type qui vient te renifler le museau.

Elle en resta bouche bée. Satisfait de sa repartie, Zachariah prit le chemin de la scierie en sifflotant.

Après avoir quitté son père, Cassie dirigea son cheval vers la rivière. Elle comptait gagner une petite crique paisible où elle aimait s'isoler pour réfléchir. Elle laissa Andromède boire, puis l'attacha à un tronc, avant d'ôter ses chaussures et ses bas pour plonger les pieds dans l'eau. Bien que la journée fût chaude, la rivière charriait une petite brise rafraîchissante qui la revigora.

L'état de son père ne s'améliorait pas. Elle ne s'y attendait pas vraiment, du reste. Cela faisait maintenant plus de deux mois qu'il ne la reconnaissait même plus, et elle devait désormais envisager la possibilité qu'il ne recouvre jamais la santé. Elle savait que la vérité finirait tôt ou tard par transpirer, et que la vie à Blakewell Neck en serait bouleversée. Mais cette crainte n'était rien comparée au chagrin qu'elle éprouvait en voyant son père glisser peu à peu dans le néant. L'homme énergique et volontaire qu'était autrefois Abraham Blakewell n'existait plus. Il ne restait que son enveloppe charnelle. Et Cassie ne pouvait rien faire d'autre pour lui que prier.

Perché sur ses pattes démesurées, un héron arpentait la rive d'en face à la recherche de nourriture. Il jeta un regard inquiet à la jeune femme, mais ne s'envola pas pour autant. Un poisson argenté bondit hors de l'eau, le temps d'attraper un insecte au vol. Lorsque Cassie était petite, Takotah l'emmenait souvent se baigner dans cette crique, les chauds après-midi d'été. Le courant, en effet, s'y alanguissait, et la rivière était à cet endroit sans danger.

La jeune femme grimpa sur un gros rocher et laissa ses pieds tremper dans l'eau. Elle aurait aimé redevenir cette petite fille libre de ses mouvements, qui flottait sur le dos et regardait les oiseaux se croiser dans le ciel. Hélas, elle était trop âgée, désormais, pour se baigner nue !

Quoique...

La tentation était grande. Il y avait très peu de risque que quelqu'un passe par là et l'aperçoive – aucun champ ne se trouvait à proximité. Et personne, excepté Takotah, ne savait qu'elle affectionnait cet endroit. Certes, elle ne s'était jamais déshabillée en plein air depuis que son corps avait changé, et la perspective de se retrouver nue était un peu terrifiante.

Mais peut-être que si elle ne se déshabillait pas complètement...

Cassie sauta à bas du rocher, et enleva sa robe, qu'elle accrocha à une branche. Puis, craignant de perdre ses épingles à cheveux dans l'eau, elle les ôta une à une et les posa sur une grosse pierre. Pour finir, elle se débarrassa de son corset. La tâche ne fut pas aisée, et elle savait que le remettre sans aide serait encore moins facile. Mais elle se préoccuperait de cela le moment venu.

Vêtue simplement de son pantalon et de sa camisole, elle pénétra lentement dans la rivière. D'abord jusqu'aux genoux, puis jusqu'à la taille, et enfin jusqu'au menton. Elle rit de sa témérité, et savoura la fraîcheur de l'eau sur sa peau. L'onde était si claire qu'elle voyait ses pieds fouler le fond. Elle inspira une grande goulée d'air, puis plongea.

Le monde d'en dessous était totalement différent de celui du dessus. Cela faisait si longtemps qu'elle n'avait pas été sous l'eau que tout lui paraissait nouveau. Les plus gros poissons s'étaient enfuis, mais les petits étaient restés autour d'elle, et des herbes d'un vert tendre ondulaient dans le courant, indifférentes à sa présence. Cassie admira le spectacle jusqu'à ce que ses poumons la brûlent et l'obligent à refaire surface.

Elle ne comptait pas s'attarder. Le soleil lui brûlerait la peau si elle restait trop longtemps dans l'eau. Et puis, du travail l'attendait – notamment au potager. Mais les légumes pouvaient quand même bien patienter dix minutes de plus.

Elle venait juste de repérer un aigle qui tournoyait dans le ciel quand le bruit d'un plongeon brisa le silence, lui arrachant un sursaut. Tournant la tête vers la rive, elle aperçut un cheval qui semblait l'observer, et une forme masculine qui approchait sous l'eau, dans sa direction. Prise de panique, Cassie voulut nager vers l'autre rive de la crique. Mais elle n'eut pas le temps de faire deux brasses qu'un bras puissant se refermait déjà autour de sa taille.

Elle cria, et se débattit. Mais l'inconnu la tenait fermement et l'entraînait vers la rive.

— Lâchez-moi ! hurla-t-elle.

Elle venait de lui donner un coup de genou dans l'entrejambe lorsqu'elle le reconnut.

— Monsieur Braden ? fit-elle, incrédule, alors que la tête de Cole s'enfonçait sous l'eau.

# 11

Cassie vit Cole disparaître, et elle se demanda si elle n'avait pas frappé un peu trop fort. Puis il refit surface, et ses yeux brillaient de colère.

— Seriez-vous devenue complètement folle ?

Cassie était déjà à demi sortie de l'eau, et la brise sur sa peau mouillée la fit frissonner.

— Moi ? s'exclama-t-elle, outrée. Ce serait plutôt à *vous* de vous expliquer. Vous m'avez fait une de ces peurs !

Il émergea à son tour.

— Je pensais vous sauver la vie, mais je vois que j'ai perdu mon temps.

Il marcha jusqu'au rivage. Il avait ôté sa chemise avant de plonger, et des gouttes d'eau ruisselaient sur la peau bronzée de son torse. Ses cheveux, d'ordinaire noués en queue-de-cheval, lui frôlaient les épaules – il avait dû perdre dans l'eau le ruban qui les attachait. Son pantalon trempé lui collait aux cuisses comme une seconde peau et moulait sa virilité, ne laissant plus guère de place à l'imagination.

— Me sauver la vie ? répéta-t-elle en détournant vivement le regard. Je n'étais pas en danger jusqu'à ce que vous sautiez dans l'eau.

— Je vous ai aperçue dans la rivière, et j'ai cru que vous étiez en train de vous noyer. Je me suis trompé, voilà tout. Ma méprise a failli me coûter cher. Vous m'avez presque émasculé.

— Je pensais que vous m'attaquiez, répliqua-t-elle. J'ai voulu défendre ma vie, c'est tout.

Mais pourquoi diable éprouvait-elle le besoin de se justifier ? Elle avait réagi tout à fait normalement à la situation. Comment aurait-elle pu deviner qu'il s'agissait de Cole ?

— Défendre votre vie ? Mais si j'avais voulu vous tuer, je l'aurais fait depuis longtemps ! Et je me serais épargné du même coup bien des soucis.

— Quels soucis ? Je vous ai traité avec humanité, et en récompense, je n'ai récolté qu'ingratitude et humiliations.

Il voulut répondre, mais aucun son ne sortit de sa bouche. Cassie vit son regard changer. Puis elle se rendit compte qu'il avait une érection – le renflement au niveau de son entrejambe ne laissait aucun doute là-dessus. Baissant les yeux sur sa propre tenue, elle étouffa un cri d'horreur et courut se réfugier derrière l'arbre le plus proche. Sa camisole était plaquée sur sa peau ; elle était devenue si transparente qu'elle aurait tout aussi bien pu être nue.

Il laissa échapper un rire, et alla rejoindre Boadicée, la jument qu'il avait abandonnée sur la rive.

— Je ne vois pas ce qu'il y a d'amusant, monsieur Braden. Je vous serais reconnaissante de partir et de me laisser me rhabiller.

— Pardonnez-moi, maîtresse, si je refuse.

— Quoi ? Vous n'avez quand même pas l'intention de rester là ?

— Si. Boadicée a besoin de boire et de se reposer un peu à l'ombre des arbres. Et je suis tellement trempé que j'aurais du mal à remonter en selle dans l'immédiat.

Je vous tournerai le dos si cela vous arrange, mais je ne partirai pas.

— Mais vous... vous êtes... bredouilla Cassie, éberluée qu'il ne comprenne pas à quel point la situation était dangereuse.

— Excité ? Merci de l'avoir remarqué, fit-il, narquois. Il semblerait que vous n'ayez pas réussi à m'émasculer.

Cassie se sentit rougir.

— Vous vous moquez de moi ?

— Moi, maîtresse ? Certainement pas.

— Alors, je vous demande de partir sans faire d'histoires.

— Je vous ai déjà répondu que je partirai quand j'y serai disposé.

— Oh, vous êtes vraiment impossible !

— Vous comptez rester toute la journée derrière cet arbre ?

— Vous pourriez au moins avoir la décence de vous retourner.

Il sourit, pivota sur ses talons, et conduisit la jument au bord de l'eau.

Cassie sortit prudemment de derrière son arbre pour aller récupérer ses vêtements. Elle garda néanmoins un œil sur Cole qui – c'était tout à son honneur – lui tournait consciencieusement le dos. Bien sûr, comme elle l'avait redouté, son corset lui posa un problème.

— Laissez-moi vous aider, proposa Cole, devinant ses difficultés.

— Je n'ai pas besoin de vous, monsieur Braden. Je suis parfaitement capable de m'habiller seule.

— À votre guise.

Son ton était amusé, comme s'il se moquait encore d'elle. Elle essaya de lacer son corset avant de l'enfiler par la tête, mais si elle arrivait ensuite à passer un bras, l'autre s'y refusait catégoriquement. Elle méditait de renoncer à son corset quand Cole lui fit face.

— Tournez-vous, lui ordonna-t-il avec flegme tandis qu'il lui prenait le corset des mains pour le délacer.

Cassie s'exécuta à contrecœur. Elle l'entendit tirer avec impatience sur les cordons, et en déduisit, avec une certaine aigreur, qu'il était familier de la manœuvre.

Quand il eut terminé, il tendit le bras et lui présenta le corset.

— Enfilez-le.

Cassie se glissa dans le corset, l'ajusta sous la poitrine et attendit. Pendant quelques instants, il ne se passa rien. Si elle n'avait pas entendu Cole respirer dans son dos, elle se serait demandé s'il était encore là. Puis il entreprit de lacer le corset. En prenant tout son temps, cette fois.

Cassie devina qu'il brûlait d'envie de l'embrasser sur la nuque.

— Comment ma maîtresse veut-elle que j'ajuste la taille ? s'enquit-il d'une voix caressante.

— Pas trop serré, s'il vous plaît, répondit Cassie, surprise d'être encore capable de parler.

Quand il eut terminé, elle murmura un « merci » à peine audible. Il n'y répondit pas, et ne s'écarta pas non plus.

Cassie n'osait se retourner de crainte que son regard ne trahisse ses pensées. D'un côté, elle espérait ses caresses, elle les désirait même. De l'autre, elle aurait voulu qu'il enfourche son cheval et disparaisse.

Elle ne put retenir un tressaillement lorsqu'elle sentit enfin ses mains se poser sur ses épaules, puis glisser lentement le long de ses bras. Et elle ne put davantage s'empêcher de s'abandonner contre lui. Ni retenir un gémissement quand ses lèvres se posèrent sur sa nuque.

Les mains à présent plaquées sur sa taille, il la fit pivoter sur elle-même. Ses yeux bleus trahissaient une émotion primitive. Elle aurait dû s'en effrayer, mais ce ne fut pas le cas. Qu'aurait-elle pu redouter d'un homme dont le simple contact lui procurait un tel plaisir ?

Elle ferma les paupières. Il approcha ses lèvres des siennes. Cassie gémit de nouveau, et se surprit à lui rendre son baiser tandis que sa main s'aventurait sur son torse.

— Vous n'avez pas idée de l'effet que vous me faites, murmura-t-il d'une voix rauque.

Était-il possible qu'il soit aussi réceptif à ses caresses qu'elle l'était aux siennes ? Elle sourit, lui toucha la joue.

Il la serra étroitement contre lui avec un grognement, et quand ses lèvres s'emparèrent de nouveau des siennes, ce fut avec une férocité qui lui coupa le souffle. Lorsque, un instant plus tard, il embrassa la naissance de ses seins, juste au-dessus de la camisole, Cassie ne put retenir un petit cri de bonheur. Elle crut défaillir quand il referma la main sur l'un de ses seins, et en titilla la pointe du pouce.

— Cole... gémit-elle, d'une voix qu'elle ne reconnut pas.

Sa main se figea.

— Cole ? répéta-t-il sèchement. Ainsi, pour vous, je suis Cole ?

Il la lâcha, et s'écarta.

— Rhabillez-vous, ordonna-t-il.

Tout d'abord, Cassie n'en crut pas ses oreilles. Mais quand elle le vit tourner les talons et rejoindre sa jument, elle comprit qu'elle avait bien entendu. Confuse et tremblante, elle récupéra sa robe et l'enfila maladroitement. Qu'avait-elle donc fait pour mériter sa colère ? s'interrogea-t-elle, partagée entre la rage et l'orgueil blessé.

Le menton fièrement relevé, elle alla détacher Andromède.

— J'ignore ce que j'ai fait pour susciter un tel changement d'attitude, monsieur Braden, mais je ne suis pas une catin dont vous pouvez user et abuser à votre gré.

Le tremblement de sa voix trahissait son désarroi.

Il se retourna d'un bloc.

— Quel genre de femme faut-il être pour être disposée à faire l'amour avec un homme qu'elle pense être un violeur ? rétorqua-t-il.

Cassie comprit tout à coup, et se sentit pâlir.

— Vous n'avez pas encore obtenu votre libération, monsieur Braden, répliqua-t-elle en montant en selle. Vous feriez bien de ne pas l'oublier. Votre arrogance pourrait vous nuire.

— Vous avez entièrement raison, maîtresse.

Alec laissa à la jeune femme dix bonnes minutes d'avance, avant d'enfourcher à son tour sa monture et de prendre le chemin du retour. Elle n'aimerait pas qu'on la voie regagner la plantation en sa compagnie, les cheveux défaits, devinait-il. Cela ne manquerait pas de susciter des rumeurs désobligeantes.

Quand il l'avait aperçue dans l'eau, il avait pensé à Ophélie, l'héroïne d'Hamlet, flottant, magnifique mais sans vie, dans la rivière. Sur le coup, il avait vraiment cru qu'elle se noyait. Mais la suite lui avait douloureusement prouvé qu'elle était bien vivante ! Et malgré la froideur de l'eau, le spectacle de sa camisole moulant ses formes l'avait embrasé tout entier. S'il était sensé, il mettrait un terme à ses tourments en passant à l'action – après tout, elle en avait autant envie que lui. D'ailleurs, il avait été sur le point de le faire. C'est alors qu'elle avait murmuré ce nom qui n'était pas le sien, le ramenant brutalement sur terre. S'il devait lui faire un jour l'amour, ce serait en tant qu'Alec Kenleigh, et non pas Cole Braden.

Alec était convaincu qu'en son âme et conscience, elle le croyait. Mais pour une raison qu'il ne s'expliquait pas, elle refusait pour l'instant de l'admettre. Elle ne l'aurait jamais laissé la caresser et l'embrasser si elle avait pensé une seule seconde qu'il puisse être un repris de justice condamné pour viol. Et elle lui aurait encore moins rendu ses baisers avec une ferveur qui l'avait bouleversé.

Mais, bon sang, il ne devrait pas céder à cette attirance qu'elle lui inspirait ! Cassie Blakewell n'était pas du tout le genre de femme qu'il lui fallait – elle était trop autoritaire et trop péremptoire. Et puis, elle possédait des esclaves.

« Des esclaves qui avaient peut-être été transportés sur des navires construits par les chantiers Kenleigh », lui souffla une petite voix.

Un craquement dans les arbres effraya soudain sa jument, qui commença à ruer et à rouler des yeux.

— Du calme, ma belle, lui murmura Alec en lui flattant l'encolure.

Il scruta brièvement les fourrés d'où le bruit semblait provenir, puis donna un coup de talon à la jument pour la lancer au galop. Boadicée répondit au quart de tour. Un grand arbre s'abattit en travers du chemin juste derrière eux, les manquant de peu.

Alec tira sur les rênes, sauta à bas de sa selle et revint sur ses pas. L'arbre était grand, mais vieux, et la plupart de ses branches étaient mortes. Sans doute avait-il succombé à sa belle mort. Toutefois, en s'approchant, il remarqua des traces de coups de hache à la base.

Il inspecta les alentours du regard. Personne. Les herbes avaient été piétinées, nota-t-il, preuve que quelqu'un s'était trouvé là peu de temps auparavant. Qui ? Et pourquoi ? Il remonta en selle, et dirigea sa monture entre les arbres dans l'espoir de trouver d'autres indices. En vain.

Quand il rentra enfin à la plantation, une bonne heure plus tard, deux attelages étaient garés devant la maison. Il reconnut l'un des deux comme appartenant au shérif Hollingsworth et pressa l'allure pour parcourir les derniers mètres.

Sa libération n'était plus qu'une question de minutes.

Après avoir attaché sa jument à la balustrade du porche, il grimpa en hâte les marches du perron. C'est Nettie qui lui ouvrit. Elle le conduisit dans un salon aux dimensions modestes, mais très élégamment meublé. Il eut à peine le temps d'apercevoir Cassie, le shérif et Geoffrey Crichton qu'une femme se précipitait vers lui.

— Bonjour, Cole ! lança-t-elle d'un ton aguicheur. J'espère que je t'ai manqué ?

Alec vit Cassie se cramponner aux accoudoirs de son fauteuil. Elle était devenue blanche comme un linge.

— Qui est cette femme ? demanda-t-il d'un ton brusque.

— Une ancienne prisonnière de Newgate qui nous a confirmé que vous étiez bien Nicholas Braden, répondit Crichton avec un sourire de triomphe.

— C'est impossible.

— Vous feriez mieux d'arrêter de mentir, car cela ne vous mènera nulle part, reprit Crichton, qui avait posé une main possessive sur le dossier du siège de Cassie.

Alec n'avait jamais été traité de menteur, et s'il s'était trouvé chez lui, en Angleterre, il aurait corrigé cet impudent comme il le méritait. Il s'obligea à garder son calme.

— J'ai dit la vérité, répliqua-t-il, s'adressant au shérif, qui s'était assis sur un canapé où il occupait la place de deux personnes. Je m'appelle Alec Kenleigh, et c'est la première fois que je vois cette femme.

— Encore des mensonges ! fit Crichton.

— Sally, vous devriez y regarder de plus près, conseilla le shérif à la femme. Nous savons déjà que vous êtes une voleuse et une prostituée. Si vous êtes en plus accusée de faux témoignage, vous serez condamnée au pilori, et je me chargerai personnellement de faire appliquer la sentence.

La femme pâlit légèrement. Puis elle s'approcha d'Alec pour l'inspecter de la tête aux pieds. Elle dégageait une mauvaise odeur, et son visage portait les stigmates d'une vie de débauche. Quel genre d'homme pouvait encore payer pour une créature aussi repoussante ?

— Vous dites avoir connu Nicholas Braden en prison ? intervint Cassie.

Elle avait revêtu une robe bleu pâle, et ses cheveux étaient parfaitement coiffés. Il aurait été difficile de deviner qu'un peu plus tôt, elle nageait à moitié nue dans la rivière.

— Exact, acquiesça la femme. Et si vous voulez savoir, il a un gros appétit pour les femmes.

Cassie détourna le regard. Elle était atrocement pâle.

— Cassie, elle ment…

— Il est monté comme un étalon, continua la femme. Et il sait sacrément bien se servir de son morceau.

— Cela suffit ! se fâcha Crichton. Ces détails indécents ne nous intéressent pas. Et Mlle Blakewell n'a pas besoin d'entendre de telles horreurs.

— Reconnaissez-vous, oui ou non, Nicholas Braden ? insista le shérif.

Il y eut un silence. Sally glissa un regard à Crichton, avant de reporter son attention sur Alec.

— Oui, répondit-elle finalement.

— Qui vous force à mentir ? articula Alec en lui attrapant le bras pour l'obliger à le regarder dans les yeux. Cette personne se trouve-t-elle dans cette pièce ?

La prostituée écarquilla les yeux, apeurée, et se mit à bredouiller des paroles incompréhensibles. Alec comprit qu'il avait vu juste. Quelqu'un faisait pression sur elle pour qu'elle mente. Et ce quelqu'un se trouvait probablement dans ce salon. Il voyait mal Cassie se rendre coupable d'une telle monstruosité. Alors, qui ? Crichton ? Le dandy le détestait, c'était évident, et Sally semblait le redouter. Mais Crichton méprisait tous ceux qu'il considérait comme ses inférieurs. Le shérif ? Quelle motivation aurait pu l'animer ?

Il lâcha la fille, pour qui il n'éprouvait que du dégoût et de la pitié. La questionner ne servirait à rien, elle n'en dirait pas plus.

— Qu'est-ce que vous en dites, Murphy ? demanda le shérif.

Alec remarqua alors un type d'une quarantaine d'années, plutôt fluet, et affublé d'un long nez. Il se tenait dans un coin de la pièce, son chapeau à la main.

— Je suis sûr de rien, répondit-il, après avoir examiné Alec. Braden était grand, et il avait les cheveux noirs. Mais il avait pas le même nez. Et il était pas aussi robuste.

— Et ma voix ? intervint Alec. La reconnaissez-vous ? Braden s'exprimait-il avec recherche ?

Murphy parut réfléchir.

— Je suis pas sûr, répéta-t-il. Braden avait du vocabulaire, mais sa voix... Ça remonte déjà à quelques mois. Je suis désolé, mais je me souviens plus très bien.

— Avez-vous quelque chose à ajouter, l'un ou l'autre ? s'enquit le shérif. Auriez-vous vu ou entendu des choses avant de prendre la mer ?

Sally fit signe que non, les yeux rivés au plancher.

Murphy se gratta le menton, avant de hocher la tête.

— Braden est tombé malade juste avant qu'on embarque. Il tremblait de tous ses membres, et il était plus capable de manger, ni de marcher. J'aurais pensé qu'ils le laisseraient mourir là-bas plutôt que de l'envoyer en Amérique.

— Épargnez-nous vos supputations, lança Crichton d'une voix crispée. Contentez-vous des faits.

— Quelques gars ont prétendu que Braden était mort la nuit précédant l'appareillage. Comme ses chaînes étaient vides, le lendemain matin, je les ai crus. Mais ensuite, sur le bateau, j'ai entendu l'équipage raconter qu'un type, Braden, faisait un tel tapage, que le capitaine avait dû le mettre aux fers et lui donner le fouet. Je me souviens de m'être dit que la fièvre avait dû lui déranger l'esprit.

Alec ferma les yeux. Des images confuses lui revenaient à la mémoire. Ses poignets attachés au-dessus de la tête. L'obscurité. Une soif inextinguible. Un bâillon sur sa bouche. La morsure du fouet sur sa peau.

— Ce n'était plus Nicholas Braden, dit-il. C'était moi.

— Ainsi, vous avez découvert un matin que les chaînes de M. Braden n'étaient plus occupées, et on vous a dit qu'il était mort ? interrogea Cassie, qui avait repris quelques couleurs.

Murphy hocha la tête.

— Et le lendemain, l'équipage vous a expliqué qu'il se trouvait à bord ?

— Oui, mademoiselle.

— L'avez-vous revu, après ce...

— Cela ne prouve rien, coupa Crichton, s'interposant entre Murphy et la jeune femme. Depuis quand croyez-vous la parole d'un voleur ?

Murphy baissa les yeux.

Le shérif Hollingsworth se leva.

— J'ai bien peur d'être de l'avis de M. Crichton. Même s'il demeure un petit doute, je ne dispose pas en l'état d'éléments suffisants pour vous libérer, Braden. Nous allons devoir attendre les réponses de Londres. D'ici là, vous resterez Nicholas Braden.

Alec vit tous ses espoirs anéantis. Il s'obligea cependant à ne pas laisser éclater sa colère.

— Nicholas Braden est mort, et on m'a fait prendre sa place. Cela me semble évident.

— Peut-être. Mais il me faut des preuves, insista le shérif, avant de se tourner vers Crichton : Venez, Geoffrey. Je sens une odeur de pain frais en provenance de la cuisine.

Sur ce, il entraîna Crichton vers les cuisines, après avoir ordonné à Sally et à Murphy de l'attendre dans sa voiture.

— Je vous aurai à l'œil, Braden, lança Crichton au passage.

— Allez au diable ! marmonna Alec, avant de sortir à son tour.

# 12

Cassie emboîta le pas à Geoffrey. En traversant la cour, elle jeta un coup d'œil en direction d'Alec, qui reconduisait Boadicée à l'écurie. Le sourire poli qu'elle affichait à l'attention de Geoffrey masquait son tourment intérieur. Sally l'avait convaincue que Cole n'était qu'un menteur et un manipulateur. Puis Murphy, qui semblait plus fiable, l'avait ébranlée, et elle se demandait de nouveau si Cole ne disait pas la vérité. En tout cas, ce que décrivait Murphy paraissait pour le moins bizarre.

— Catherine ? Vous m'écoutez ?

— Pardonnez-moi, Geoffrey, j'avais la tête ailleurs, répliqua-t-elle, forçant son sourire.

— Je vous disais que ma chienne préférée a accouché d'une nouvelle portée, et je me demandais si Jamie ne voudrait pas d'un chiot.

— C'est une très bonne idée, Geoffrey. Je suis sûre qu'il adorerait avoir un chien.

— Alors, c'est entendu. Ils devraient être sevrés d'ici mon anniversaire. Vous pourrez en choisir un et le ramener chez vous.

Nan avait disposé une collation sur la table, et le shérif s'était déjà assis pour y faire honneur. Dans un coin, Elly raccommodait l'une des chemises de Jamie.

— Tu pourrais peut-être t'installer dehors, Elly, lui suggéra Cassie.

— Mais il va pleuvoir ! protesta Elly, qui semblait manifestement ravie de se retrouver dans la même pièce que Geoffrey Crichton.

Cela faisait déjà quelques mois qu'elle s'illusionnait à son sujet, et Cassie n'était pas dupe de son manège. Mais peut-être était-il temps d'avoir une conversation avec elle afin de lui mettre les points sur les *i*.

— Est-ce qu'il pleut, pour l'instant ? lui objecta Nan.

— Non, fut obligée de convenir Elly.

— Je vais t'aider, proposa Cassie.

Elle s'empara du panier à ouvrage et accompagna la jeune fille dehors.

— Tu devrais cesser de faire des œillades à Geoffrey Crichton, murmura-t-elle, quand Elly se fut assise sur le banc accolé au mur de la cuisine. Ce n'est pas convenable. Tu te comportes comme une chèvre en chaleur.

Sur ces mots, elle regagna la cuisine, laissant une Elly sans voix. Geoffrey et le shérif discutaient tout en mangeant, mais, apparemment, Cole Braden ne les intéressait déjà plus.

— Trois enfants d'esclaves sont morts sur la plantation Walker, disait le shérif. Et il paraît que Jamestown tourne au ralenti.

— La malaria ? demanda Cassie, qui se doutait de la réponse.

— La malaria, confirma Hollingsworth.

La jeune femme sentit son estomac se nouer. Plusieurs centaines de personnes succombaient chaque été à cette fièvre redoutable.

— Les Walker n'avaient donc pas de quinine ?

— Si, bien sûr. Mais pourquoi l'auraient-ils utilisée pour leurs esclaves alors qu'ils risquaient d'en avoir besoin pour eux-mêmes ? fit valoir le shérif avec un détachement qui stupéfia la jeune femme.

— Je suis sûre que les mères de ces enfants se sentent réconfortées de savoir que leur progéniture est morte pour que leurs maîtres puissent dormir en paix, répliqua-t-elle sèchement.

— Surveillez votre langue, mademoiselle Blakewell, lui intima le shérif. Que dirait votre père s'il vous entendait parler ainsi devant un invité ?

— Il l'approuverait, et il enfoncerait même le clou, intervint Geoffrey, avec un sourire à l'adresse de Cassie. Vous savez bien que c'est un extrémiste.

Elle savait que Geoffrey disait cela dans son intérêt, pour apaiser la colère du shérif. Elle ne se trouva pourtant pas la force de lui rendre son sourire, car elle savait qu'au fond de lui il partageait l'avis d'Hollingsworth, ce qui la mettait en rage. Les remèdes, quels qu'ils soient, devaient servir à ceux qui en avaient besoin.

— C'est vrai qu'il a toujours été bizarre, acquiesça le shérif, la bouche pleine. Abraham Blakewell se montre trop bon pour les miséreux.

Cassie préféra ne pas répondre. Si elle avait été un homme, elle ne se serait pas privée d'exposer son point de vue. Mais une femme devait simplement s'assurer du confort de ses invités. Au moins espérait-elle qu'ils ne s'attarderaient pas.

Dehors, sur son banc, Elly mourait d'envie de jeter par terre la chemise qu'elle raccommodait et de la piétiner rageusement. Si quelqu'un, ici, se conduisait comme une chèvre en chaleur, c'était bien cette arrogante Mlle Blakewell. Elly n'avait pas les yeux dans ses poches, et elle avait bien remarqué comment la maîtresse rosissait dès que Cole Braden se trouvait dans les parages. Elle avait beau être une demoiselle de bonne famille, elle en pinçait pour ce forçat. Comme elle-même en pinçait pour… Zach.

À quoi bon nier l'évidence ? Quand Zach l'embrassait, elle sentait le monde chavirer. Mais Zach n'était que menuisier. Il ne gagnerait jamais beaucoup d'argent. Et elle n'était pas venue jusqu'en Virginie pour risquer de crever de faim. Ce qu'elle ressentait pour Zach ne devait donc pas entrer en ligne de compte, car il ne serait jamais capable de lui offrir la vie dont elle rêvait.

Abandonnant son aiguille, elle sortit le billet caché dans son corset et le déplia.

— Pourquoi n'avez-vous pas répondu à ma lettre ? lui avait demandé Geoffrey à son arrivée.

— Une dame n'écrit pas à un gentleman, lui avait-elle répondu. Ce n'est pas convenable.

Elle n'avait bien sûr pas osé lui avouer qu'elle ne savait pas lire, et qu'elle ignorait donc le contenu de sa lettre.

— Vous avez raison, Eleanor, avait-il acquiescé. Mais asseyons-nous donc, et discutons un peu. Oubliez un instant votre travail. D'ailleurs, c'est une honte qu'une aussi jolie femme soit obligée de travailler. Vous devriez habiter votre propre maison, et avoir des serviteurs pour s'occuper de vous.

— Je ne crois pas que…

— Allons, allons, avait-il insisté, l'obligeant à s'asseoir près de lui.

La femme qu'il avait amenée avec lui boudait dans un coin, et Nettie observait la scène depuis le couloir d'un air désapprobateur. Mais Elly n'avait pas pu résister au sourire engageant de Geoffrey. Et avant que les autres arrivent, ils avaient parlé longuement – principalement de Blakewell Neck et du forçat. Geoffrey avait posé beaucoup de questions. Elly lui avait expliqué qu'elle avait peur de Cole Braden – ce n'était pas vrai, mais elle avait cru lui plaire, car elle avait deviné qu'il le détestait –, et il lui avait assuré qu'il ferait son possible pour qu'elle n'ait rien à craindre de sa part. Puis il lui avait proposé une rencontre plus intime, en forêt. Stupéfaite, Elly avait secoué la tête, et Geoffrey s'était empressé de s'excuser de son audace. Pour se faire pardonner, il l'avait invitée à assister à sa réception d'anniversaire en compagnie de Mlle Blakewell. Le shérif était arrivé sur ces entrefaites, mettant fin à la conversation.

Mlle Blakewell ne voudrait jamais le croire, mais Elly savait bien que Geoffrey s'était entiché d'elle. Elle reprit son aiguille et rêva, comme à son habitude, de jolies robes, de réceptions, et de journées passées à ne rien faire. Sauf que bientôt, ce ne serait plus un rêve. Et ce jour-là, Mlle Blakewell, Nan, et tous les autres, sur la plantation, qui la considéraient comme une moins-que-rien, seraient forcés de la traiter avec respect.

Cassie picorait dans son assiette. Trois chandeliers éclairaient la pièce, lui conférant un éclat qui contrastait avec son humeur très sombre. Le shérif était parti aussitôt sa collation avalée, mais Geoffrey s'était attardé, jusqu'à ce qu'elle se sente obligée de l'inviter à dîner. Il avait insisté pour manger dans la maison du maître, plutôt que dans la cuisine, et Cassie avait cédé de peur de le fâcher.

— Encore un peu de vin, ma chère ?

— Non, merci.

Nettie entra avec une tarte aux pommes embaumant la cannelle, qu'elle posa au centre de la table.

— Merci, Nettie. Nous nous servirons nous-mêmes.

Cassie n'avait aucun appétit, pas même pour le dessert. Nan leur avait pourtant préparé un festin – une attention que Geoffrey n'avait pas paru remarquer. Le père de Cassie lui avait souvent répété que l'argent rendait les hommes aveugles aux plaisirs simples de la vie, et à en juger par l'attitude de Geoffrey, il avait raison. Enfournant les bouchées les unes à la suite des autres, il avait exposé avec beaucoup de complaisance ses projets pour le domaine familial une fois qu'il en aurait hérité. À croire qu'il était impatient que son père parte au cimetière.

Cassie ne pouvait pas vraiment l'en blâmer. Le père de Geoffrey était un homme sans cœur, aussi cruel avec sa famille qu'avec ses serviteurs et ses esclaves.

La pendule sonna 10 heures.

— Il se fait tard, remarqua Geoffrey, après avoir englouti son morceau de tarte. Et vous m'avez l'air fatigué.

Il se leva, tira la chaise de Cassie. Elle le raccompagna jusqu'à sa voiture.

— Comment cela se passe avec Henry ? demanda-t-il.

— Ç'a été un peu difficile au début, mais il s'adapte.

— Difficile ?

— Oui, il était un peu trop rude avec les esclaves.

— S'il devait encore vous désobéir, renvoyez-le-moi. Il sait ce qui l'attend chez les Crichton.

Cassie ravala une réplique cinglante. Quoi qu'il en soit, elle n'avait plus du tout envie de renvoyer Henry.

Le cocher monta sur son siège et s'empara des rênes.

Geoffrey se tourna vers la jeune femme.

— Savez-vous que je vous aime depuis que je suis enfant ?

Mal à l'aise, Cassie détourna le regard.

— Nous étions très proches, à l'époque, admit-elle.

— Je vous aime toujours, Catherine. Et j'ai l'intention de faire de vous ma femme.

— Geoffrey, je…

— Je ne vous oblige pas à me répondre tout de suite, l'interrompit-il. En fait, je n'avais pas prémédité d'aborder le sujet ce soir. Mais ç'a été plus fort que moi.

Cassie chercha ses mots. Elle ne voulait pas le blesser, mais elle ne désirait pas davantage qu'il se berce d'illusions.

— Geoffrey, nous ne pourrons jamais nous marier, répondit-elle finalement, et elle le sentit se raidir. Nous ne pensons pas la même chose, vous et moi.

— C'est normal, répliqua-t-il. Depuis quand les hommes et les femmes pensent-ils la même chose ?

Cassie s'obligea à contenir son irritation.

— Je ne souhaite pas me marier.

— C'est la faute de votre père. Il vous a mis en tête des idées qui ne sont pas dignes d'une femme.

— Je...

— Je sais que vous n'êtes pas de mon avis, Catherine, mais la place d'une femme est aux côtés de son mari. Il en a toujours été ainsi depuis que l'humanité existe. Vous apprécierez d'être mon épouse. Je vous chérirai. Je vous protégerai. Je veillerai à vos besoins. Et nos enfants seront élevés comme des princes et des princesses.

Cassie était fatiguée, et sa patience était à bout.

— Je ne vous épouserai pas, Geoffrey, parce que je ne vous aime pas.

Ses mâchoires se crispèrent.

— J'en sais plus sur vous que vous ne l'imaginez, ma chère. Le jour où je vous demanderai officiellement de m'épouser, je vous assure que vous serez ravie de me donner votre consentement. D'ici là, je vous souhaite une bonne nuit.

Et, sans prévenir, il la prit par la taille et pressa ses lèvres sur les siennes.

Cassie s'y attendait si peu qu'elle ne lui opposa, sur le coup, aucune résistance. Mais elle en éprouva un fort sentiment de répulsion.

Il resserra son étreinte, et voulut forcer le barrage de ses lèvres.

— Arrêtez ! lui ordonna-t-elle, avant de le gifler à toute volée.

Il ne la relâcha pas pour autant.

— Ne me combattez pas, Catherine, répliqua-t-il, son haleine empestant le vin. La bataille est perdue d'avance. Laissez-moi plutôt vous montrer combien je vous aime.

Sur quoi, il tenta à nouveau de l'embrasser.

— Elle vous a demandé d'arrêter, Crichton.

# 13

Cassie faillit s'étrangler.

Cole se tenait à quelques mètres d'eux.

— Vous n'avez pas à vous mêler des affaires d'un gentleman, Braden, répliqua Geoffrey sans lâcher Cassie.

— Vous n'êtes pas un gentleman, Crichton.

— Tout va bien, souffla Cassie, retrouvant sa voix. Geoffrey s'apprêtait à partir.

Elle sentait ce dernier hésiter. La haine entre les deux hommes était palpable.

Finalement, Geoffrey la libéra et s'écarta.

— Bonsoir, Catherine. Souvenez-vous de ce que je vous ai dit.

Il monta dans sa voiture, et cria au cocher :

— Qu'attends-tu pour démarrer, imbécile ?

L'attelage s'ébranla et, un instant plus tard, il fut avalé par l'obscurité.

— Je crois que je vous dois à nouveau des remerciements, murmura Cassie.

Alec s'aperçut qu'elle tremblait.

— Vous devriez éviter de rester seule avec lui, lâcha-t-il, un peu plus sévèrement qu'il ne l'aurait voulu.

Il était venu demander des explications à Cassie. Mais quand il avait vu Crichton l'embrasser de force, il avait dû faire appel à toute sa volonté pour ne pas le massacrer sur place.

Elle releva fièrement le menton.

— Ne me dites pas ce que je dois ou ne dois pas faire.

Elle voulait la bagarre ? Très bien ! Elle l'aurait.

— Vous vouliez peut-être qu'il abuse de vous.

— Comme vous avez abusé de moi ?

Alec s'esclaffa. Puis il s'approcha d'elle d'une démarche de prédateur s'apprêtant à fondre sur sa proie.

— Je ne me souviens pas de vous avoir vue repousser mes caresses, rétorqua-t-il. Mais peut-être voulez-vous comparer mes baisers aux siens ?

— Vous avez bu. Je le sens à votre haleine.

— Vous avez raison. J'ai bu. Et je suis venu réclamer des explications.

Toute la soirée, la colère avait agi sur lui tel un venin, que l'alcool n'avait fait que rendre encore plus insidieux.

— Quelles explications ?

— Est-ce vous qui avez obligé Sally à mentir sur mon identité ?

— Quelle ingratitude ! Je...

— Répondez à ma question.

— Vous êtes ridicule, répliqua-t-elle, et elle tourna les talons pour rentrer dans la maison.

Mais Alec se mit en travers de son chemin.

— Répondez-moi, insista-t-il.

— Bien sûr que non ! Je ne vois même pas comment vous avez pu penser une chose pareille !

— Sachez que je peux lire dans vos yeux quand vous mentez.

— Alors vous savez que je dis la vérité.

— Pour Sally, oui. Mais pourquoi mentez-vous au sujet de votre père ?

Elle écarquilla les yeux de surprise.

— Que... que voulez-vous dire ?

— Personne ne l'a revu depuis des mois. Il se trouverait prétendument en Angleterre. Mais tout ce que je sais, c'est qu'il a laissé sa fille s'occuper seule de la plantation.

Cassie se raidit.

— En quoi cela serait-il un problème ? Seriez-vous de ceux qui pensent qu'une femme ne connaît rien à rien en dehors de la couture et du ménage ?

— Diriger une plantation comme celle-ci est un travail d'homme.

— Qui a édicté cette règle ? Pourquoi une femme ne serait-elle pas tout aussi capable qu'un homme ?

— Chacun son rôle. Les femmes élèvent les enfants, tiennent la maison…

— Pendant que les hommes s'occupent de tout le reste.

Il était évident qu'elle était furieuse contre lui, mais cela ne fit qu'ajouter à la colère d'Alec.

— Je n'ai pas envie de discuter de cela avec vous, trancha-t-il. Un jour vous vous marierez, et vous découvrirez le bonheur de servir votre mari.

— Si je dois me marier, ce sera avec un homme qui me considérera comme son égal.

— Mieux vaut régner en enfer que servir au paradis, n'est-ce pas, Cassie ?

— Mon choix de vie ne vous regarde pas, répliqua-t-elle d'une voix chevrotante.

— Très bien. Puisque vous ne me faites pas confiance, moi non plus. Mais il y a une différence de taille entre nous : ma vie est entre vos mains. Et cela ne me plaît pas du tout !

— Vous semblez oublier que si j'ai votre vie entre les mains, c'est que je l'ai sauvée. Un peu d'humilité ne vous ferait pas de mal.

Sur ces mots, elle rentra à l'intérieur et claqua la porte.

Alec se retrouva tout bête. C'était la deuxième fois en peu de temps.

— Un peu de courage, Daniel. Il faut que tu boives ce remède, le pressa Cassie en lui soulevant la tête.

Comment expliquer à un enfant de quatre ans que sa survie dépendait de l'horrible décoction qu'elle s'efforçait de lui faire avaler. Après avoir goûté une fois au mélange amer de quinine et de cidre, le garçonnet avait refusé d'en prendre davantage.

— Tu as envie d'aller mieux ?

Il hocha faiblement la tête. La fièvre le faisait frissonner.

Cassie déglutit péniblement. Jamie aurait très bien pu se retrouver à sa place.

— Alors, il *faut* boire, mon chéri.

Le garçonnet entrouvrit à contrecœur ses lèvres desséchées et vida le contenu du verre.

— Voilà, c'est très bien, le félicita Cassie.

Elle laissa retomber la tête de l'enfant sur l'oreiller et adressa un sourire qui se voulait rassurant à Nettie.

— Éponge la transpiration avec un linge. Et laisse-le boire s'il a soif, lui conseilla-t-elle. Je reviendrai lui donner une autre dose cet après-midi.

La malaria avait fini par atteindre Blakewell Neck. En moins de vingt-quatre heures, quatre esclaves et deux enfants, dont Daniel, s'étaient retrouvés alités, en proie à une violente fièvre. Ceux qui ne vomiraient pas la quinine se rétabliraient en quelques jours – et Cassie priait pour que Daniel soit du lot.

Elle resserra le cordon de la petite bourse de cuir qui renfermait la poudre miracle, puis déposa un baiser sur la joue du garçonnet. Mais celui-ci avait déjà sombré dans un sommeil léthargique.

— Il est solide, dit Nettie, qui semblait vouloir se raccrocher à cet espoir.

— Oui, acquiesça Cassie.

Elle se leva, et étreignit les mains de Nettie avant d'ajouter :

— Et nous allons bien nous occuper de lui.

— Merci, Cassie, répondit la jeune femme, incapable de retenir plus longtemps ses larmes.

Cela faisait des années que Cassie ne l'avait pas entendue l'appeler par son prénom.

On frappa à la porte. Cassie supposa qu'il s'agissait de Luke, qui revenait déjà avec l'eau qu'elle l'avait envoyé quérir quelques minutes plus tôt. Les médecins anglais, avec leurs idées originales, interdisaient à leurs patients atteints de la malaria de boire. Mais Takotah lui avait enseigné qu'empêcher un malade de boire n'était pas seulement cruel, mais pouvait aussi se révéler très dangereux. Et Cassie préférait s'en remettre à la sagesse de Takotah, plutôt qu'à l'arrogance pompeuse des médecins occidentaux.

Elle alla ouvrir. Luke entra, une cruche d'eau dans chaque main, qu'il déposa sur la table de chevet. Depuis ce matin, il tournait autour de la cabane, cherchant par tous les moyens à se rendre utile. Il avait même apporté une brassée de petit bois, alors qu'on était à la fin juin et qu'il était inutile d'allumer un feu. Cassie ne se serait jamais doutée qu'il aimait à ce point Daniel.

— Si tu as besoin de quoi que ce soit, je serai devant la porte, dit-il à Nettie.

Celle-ci s'autorisa un sourire – le premier de la matinée.

— Tu ne vas quand même pas griller au soleil toute la journée ? Il fait plus frais à l'intérieur. Assieds-toi. Daniel risque de te réclamer quand il se réveillera.

Luke regarda Daniel, puis sa mère, avant de tirer un tabouret trop petit pour lui.

— Appelez-moi, s'il y a du changement, fit Cassie.

Mais aucun des deux ne parut l'avoir entendue.

— Tu dois avoir soif, disait Nettie à Luke.

Et elle lui servit un verre d'eau, qu'il but d'un trait, sans quitter la jeune femme des yeux.

« C'était donc cela », songea Cassie, qui s'étonnait d'avoir été à ce point aveugle. Luke s'était entiché de la mère de Daniel. Elle sortit, et referma doucement la porte derrière elle.

Bien que le ciel fût couvert, la chaleur était accablante. La jeune femme rejoignit la cuisine où l'attendait son déjeuner. Elle était inquiète pour l'avenir. D'abord Geoffrey. Et maintenant, la malaria. Elle disposait d'une bonne dose de quinine, qu'elle avait achetée lors de sa dernière expédition à Williamsburg, mais elle savait qu'elle n'en aurait pas assez pour tout le monde si la fièvre s'installait durablement sur la plantation.

Puisse le Ciel les aider !

Elle était épuisée, et aurait aimé faire une sieste. Le sommeil l'avait boudée une grande partie de la nuit. En partie à cause de Geoffrey et de ses idées bizarres. Pourquoi parlait-il tout à coup de mariage alors qu'il savait pertinemment qu'elle ne l'épouserait jamais ?

Elle s'essuya les lèvres d'un revers de manche, comme pour effacer l'empreinte de son baiser. Elle n'avait rien éprouvé d'autre que de la répulsion. Alors qu'elle gardait un souvenir ému de son étreinte avec Cole, au bord de l'eau.

*Quel genre de femme faut-il être pour être disposée à faire l'amour avec un homme qu'elle pense être un violeur ?*

La question de Cole l'avait hantée toute la nuit, mais elle demeurait incapable de lui apporter une réponse. Si elle croyait vraiment qu'il était un repris de justice, pourquoi désirait-elle ses caresses ? Et si elle pensait, au contraire, qu'il disait la vérité, pourquoi continuait-elle à le traiter en serviteur ? Certes, elle n'était pas capable à elle seule d'obtenir sa libération légale – il fallait, pour cela, le verdict d'un magistrat. Mais du moins pouvait-elle lui faire grâce de tout travail manuel. Et lui demander conseil pour la plantation. Ne prétendait-il pas diriger une grande entreprise ?

Mais pourquoi l'aiderait-il ? Après tout, il n'était pas différent des hommes qu'elle connaissait ; la veille, il lui avait fait clairement comprendre qu'il désapprouvait qu'elle remplace son père. Et si elle tentait de l'intéresser au fonctionnement de Blakewell Neck, sans doute s'empresserait-il de critiquer ses décisions.

« Diriger une plantation est un travail d'homme », avait-il décrété.

— Comment va Daniel ? demanda Nan dès qu'elle poussa la porte de la cuisine.

— Il dort. Mais la fièvre n'est pas tombée.

— Asseyez-vous. Vous devez être affamée.

Nan lui servit une tranche de pain et du fromage. Cassie la remercia, mais s'aperçut qu'elle n'avait pas d'appétit.

— Qu'y a-t-il ? s'inquiéta la cuisinière. Je lis dans vos yeux que quelque chose ne tourne pas rond.

Posant la main sur son front, elle ajouta :

— Vous n'avez pas contracté la fièvre, j'espère.

— Non, je suis juste fatiguée, la rassura Cassie.

Et elle s'obligea à mordre dans son pain. Nan avait déjà assez de soucis comme cela sans qu'elle l'ennuie en lui racontant les avances de Geoffrey.

Elle s'apprêtait à prendre une deuxième bouchée lorsque la porte s'ouvrit à la volée.

— Mademoiselle Cassie ! s'écria Nate, haletant. Venez vite ! C'est Rebecca !

— Le bébé veut naître ?

Il était encore un peu tôt, mais les bébés arrivaient rarement à la date prévue.

Nate secoua la tête.

— Non. Elle a la fièvre.

Cassie se releva d'un bond.

— Nate, va puiser de l'eau fraîche. Et rejoins-moi dans votre cabane.

— Vous croyez qu'on va… ? commença Nate, qui semblait perdu.

— Nous ferons tout notre possible, le rassura Cassie, avant de se tourner vers la cuisinière : Nan, va trouver Zach ou Cole. Que l'un des deux aille chercher Takotah.

Nan hocha la tête et partit aussi vite que ses courtes jambes le lui permettaient en direction de la scierie, où Zach et Cole coupaient du bois de charpente.

Nate, en revanche, s'était figé.

— Je ne veux pas que cette sorcière s'approche de ma Becky !

— Sois raisonnable, Nate. Takotah ne vit peut-être pas comme nous, mais personne ne s'y connaît autant qu'elle en remèdes.

— Elle a pourtant pas réussi à sauver votre mère, riposta Nate.

— Ce n'était pas la faute de Takotah.

Si Cassie était restée auprès de sa mère, comme Takotah le lui avait demandé, sans doute serait-elle en vie aujourd'hui. Mais Cassie n'avait pas pu supporter ses cris de souffrance. Elle s'était enfuie en pleurant.

— On raconte qu'elle a une potion qui peut rendre inefficace la semence des hommes. Et une autre capable de tuer un bébé dans le ventre de sa mère, s'entêta Nate. C'est une sorcière !

— Billevesées ! s'emporta Cassie, qui commençait à perdre patience – après tout, ces potions étaient des secrets de femmes, qui ne regardaient pas les hommes. Ta femme et ton bébé ont besoin de toi, Nate !

ajouta-t-elle. Dépêche-toi donc d'aller les retrouver au lieu de perdre ton temps à dire des bêtises !

Alec pénétra dans la cabane de l'Indienne. Dès que ses yeux se furent habitués à la pénombre, il vit qu'elle n'était pas là. Il était tendu, et se reprochait cette réaction ridicule. Ce n'était qu'une vieille femme. Une vieille femme qui lui avait sauvé la vie, et qui était censée en sauver une autre aujourd'hui. Une odeur étrange lui chatouilla les narines : elle provenait du centre de la cabane, où la fumée d'un feu montait jusqu'aux herbes suspendues juste au-dessus.

Il tournait les talons pour repartir, et s'immobilisa soudain. L'Indienne lui faisait face – il ne l'avait pas entendue arriver. Ses longs cheveux gris, coiffés en deux nattes, lui arrivaient presque à la taille. Son visage était couvert d'étranges tatouages, et elle portait des vêtements en peaux de bêtes. À sa grande surprise, elle lui sourit et lui tapota affectueusement le bras. Ce simple geste suffit à le mettre aussitôt à l'aise.

— Vous êtes redevenu fort, commenta-t-elle.

— En effet. Merci. On m'a dit que vous m'aviez sauvé la vie.

Elle balaya sa gratitude d'un revers de main.

— Je crois surtout que vous aviez envie de vivre. Allons voir Rebecca.

Alec sursauta. Il ne lui avait pas annoncé la raison de sa venue.

— Comment le savez-vous ?

Elle sourit de nouveau.

— Pour Rebecca ? Disons que le vent a murmuré à mes oreilles. À moins que son mari n'ait la voix qui porte un peu trop loin ?

À leur arrivée dans la cabane du tanneur, Cassie administrait déjà une première dose de quinine à

Rebecca, qui gisait sur le lit, toute frissonnante de fièvre, les mains croisées en un geste protecteur sur son ventre rebondi.

Debout à côté du lit, Nate n'avait toujours pas désarmé et ferraillait avec Cassie.

— Je vous répète que je veux pas de cette sauvage près de…

Il s'interrompit, et pâlit en voyant Takotah entrer.

L'Indienne l'ignora et s'approcha de la malade.

Rebecca écarquilla les yeux.

— La touchez pas ! cria Nate.

Il voulut se jeter sur l'Indienne, mais Alec, vif comme l'éclair, le plaqua contre le mur.

— Rebecca, commença Cassie très calmement, Takotah est ici parce que je lui ai demandé de venir. C'est la seule qui puisse vous aider. Laissez-la au moins essayer.

Ce n'était plus la jeune femme innocente qu'Alec avait embrassée au bord de la rivière. Ni la fille de planteur au caractère bien trempé. Elle s'exprimait avec l'assurance d'une femme habituée à diriger du personnel. Tout à coup, elle lui rappelait sa sœur, Elizabeth.

Le regard de Rebecca passa de son mari, qui tentait d'échapper à l'emprise d'Alec, à Takotah, qui s'était tranquillement assise au bord du lit.

— D'accord, répondit-elle enfin d'une voix à peine audible.

Nate laissa échapper un soupir résigné et cessa de lutter.

Fermant les yeux, Takotah posa les mains sur le ventre de Rebecca.

— Votre bébé est vivant et en bonne santé, annonça-t-elle au bout d'un moment. Je sens qu'elle bouge.

— Elle ? répéta Rebecca avec une esquisse de sourire.

Alec se demanda quel pouvoir possédait l'Indienne pour deviner tant de choses par une simple imposition des mains.

— Mais il faut vous débarrasser de cette fièvre, reprit Takotah.

Elle fit signe à Cassie de verser de l'eau dans une bassine pour y tremper un linge avec lequel elle baigna le front de la malade.

Alec lâcha Nate.

— Viens, l'ami, dit-il. Laissons faire les femmes. Nous ne pouvons que les gêner.

Et il poussa Nate vers la porte, tout heureux – à sa grande surprise – lorsque Cassie le remercia d'un sourire.

# 14

Alec se força à boire une énième gorgée d'alcool. Distraire Nate relevait du parcours du combattant. Avec l'aide de Zach, il avait d'abord occupé le mari en plein désarroi en lui donnant du bois à couper. Puis, la journée de travail terminée, ils avaient joué tous les trois aux cartes. Mais juste avant le coucher du soleil, Cassie était arrivée avec de mauvaises nouvelles. Les contractions avaient commencé, comme si le corps affaibli de Rebecca cherchait à se débarrasser de ce fardeau supplémentaire qui l'empêchait de lutter contre la fièvre. Nate paraissait si affolé qu'Alec avait décidé qu'il ne restait plus qu'une solution : l'enivrer. Malheureusement, aucun homme n'aimait boire seul.

Le vieux Charlie leur avait généreusement offert un pichet de son fameux alcool de maïs afin d'aider la bonne cause, mais il avait prudemment refusé de se joindre à eux. Les trois hommes s'étaient installés devant un feu de camp. Ils étaient assez éloignés de la cabane pour que Nate ne puisse pas entendre les cris de souffrance de Rebecca, mais assez près pour qu'il aperçoive la porte. Enfin, il n'était plus vraiment capable de la voir, à présent : ses paupières s'alourdissaient, et sa tête dodelinait. Ses deux compagnons n'étaient guère en meilleur état. Alec avait l'esprit très embrumé, et quand il tendit le pichet à Zach, celui-ci le fixa un moment d'un air abruti, comme s'il ne savait pas ce qu'il devait faire, avant de s'en emparer et de le porter à ses lèvres.

Cette soirée rappelait à Alec les cinq accouchements de sa sœur. Chaque fois, Matthew et lui s'étaient installés dans le salon pour attendre, et avaient vidé des verres de whisky en silence, grimaçant dès qu'un gémissement leur parvenait de l'étage. Apparemment, il en était toujours ainsi : les hommes, qui avaient la réputation d'être le sexe fort et d'être capables de protéger leurs femmes de toutes les souffrances, étaient soudain inutiles et désarmés quand celles-ci mettaient leurs enfants au monde.

Zach hoqueta et tendit le whisky à Nate. Mais Nate n'était plus avec eux. Il s'était écroulé dans l'herbe, inconscient.

— Bon, fit Zach en se relevant avec difficulté, je crois qu'il a sa dose.

— Ouais, confirma Alec d'une voix pâteuse.

Quoique fonctionnant au ralenti, ses sens l'alertèrent soudain. Quelqu'un l'appelait.

— Monsieur Braden !

Il se leva non sans mal alors que Nan arrivait en courant.

— Eh bien, quelle fine équipe ! s'exclama-t-elle en découvrant le trio.

— N'est-ce pas ? répliqua Alec, qui aurait juré que le sol ondulait sous ses pieds.

— Regardez-vous, monsieur Braden ! Vous tenez à peine debout ! Et Zachariah ! Vous devriez avoir honte de vous mettre dans cet état alors que la maîtresse a besoin de vous !

Alec se faisait l'effet d'un gamin surpris le doigt dans un pot de confiture.

— Désolé, Nan, mais nous avons fait de notre mieux pour consoler Nate, expliqua-t-il, s'ébrouant mentalement pour s'éclaircir les idées. Vous avez besoin de nous ?

Nan les fixa d'un regard ironique.

— Oui. De vos bras. Ou, du moins, de ce qu'il vous reste de force après tout ce que vous avez ingurgité. Suivez-moi.

Il s'exécuta, et cette petite marche l'aida à reprendre ses esprits.

— Le bébé se présente mal, expliqua Nan. Et Rebecca est trop faible pour pousser. Pauvre mademoiselle Cassie ! C'est très dur pour elle. Je la comprends. Elle n'avait que dix-huit ans quand sa mère est morte. Et elle s'est toujours sentie coupable.

— Coupable de quoi ?

— Elle aurait voulu rester au chevet de sa mère, et aider Takotah, mais elle ne supportait pas de voir sa mère souffrir. Elle s'est enfuie dans la forêt. Quand elle est revenue, le bébé était né, mais sa mère était morte.

Un cri étouffé leur parvint. La cuisinière se tut un instant et ils pressèrent le pas.

— Le maître ne s'est jamais remis de la disparition de sa chère Amanda. C'est à cette époque que nous avons commencé de le perdre…

La cuisinière s'interrompit brusquement. Alec lui demanda de continuer, mais Nan demeura obstinément muette. Elle se reprochait visiblement d'en avoir trop dit.

Cassie essayait d'ignorer les douleurs dans ses bras et ses épaules. Elle devait tenir bon pour Rebecca.

Elle était assise sur le lit, derrière la future mère, qu'elle avait installée en position semi-assise pour que la gravité aide l'enfant à descendre. Malheureusement,

Rebecca était trop affaiblie par la fièvre pour pousser. Elle n'était même pas capable de se redresser. Martha, une servante qui avait déjà accouché neuf fois, lui tenait une jambe, et Takotah l'autre. Cassie s'était adossée au mur, mais elle sentit ses forces l'abandonner.

À en juger par le regard de Takotah, les choses ne se présentaient pas bien. Le bébé arrivait par les pieds, et Rebecca avait perdu des eaux souillées de sang. Takotah avait bien essayé de retourner le bébé, mais cela n'avait fait qu'aggraver les saignements de la mère. Pour couronner le tout, Rebecca avait vomi la quinine dès que les contractions avaient commencé.

En entendant la porte s'ouvrir, Cassie soupira de soulagement. Elle avait demandé à Nan de ramener Nate, et fut surprise de voir celle-ci entrer en compagnie de Cole.

— Nate est ivre mort, mademoiselle Cassie, expliqua la cuisinière sans masquer son dédain. Et celui-ci ne vaut guère mieux.

Cassie interrogea Cole du regard. Il ne semblait pas trop soûl.

— Il me reste assez de force pour vous aider, assura-t-il.

— Très bien, monsieur Braden.

Rebecca laissa échapper un gémissement. Puis un autre. Nan s'empressa de lui tenir une jambe afin de libérer Takotah. Et Cole se précipita vers Cassie.

— Je m'en occupe, dit-il en prenant sa place derrière Rebecca.

Son haleine empestait l'alcool, mais ses gestes étaient sûrs lorsqu'il appuya Rebecca contre son torse.

Cassie baigna le visage de Rebecca avec un linge humide. Celle-ci gémissait de plus en plus fort, et Cassie s'arma de courage. Pas question qu'elle répète deux fois la même erreur.

Rebecca souffrait tellement qu'elle sanglotait et s'agrippait aux draps. Cassie ferma les paupières quelques instants pour contenir ses propres larmes. Le jour des funérailles de sa mère, le pasteur lui avait expliqué que si les femmes accouchaient dans la douleur, c'est que Dieu les punissait du péché d'Eve. Elle n'avait pas voulu en croire un mot, et malgré la douleur manifeste de Rebecca, elle refusait toujours d'y croire. Un tel dieu, s'il existait, serait parfaitement méprisable.

Rouvrant les yeux, elle s'aperçut que Cole l'observait, comme s'il cherchait à lire dans ses pensées. Elle s'empressa de détourner le regard.

— Du courage, Rebecca, du courage, répétait Takotah d'une voix douce, mais ferme. Vous allez vous en sortir. Et votre bébé aussi.

Mais le regard de l'Indienne ne semblait pas aussi confiant que ses paroles.

Les gémissements de Rebecca se firent plus rares, et elle retomba dans sa léthargie.

— Pauvre petit agneau, murmura Nan, bouleversée.

— Les hommes devraient y réfléchir à deux fois avant de lâcher leur semence dans le ventre des femmes et de leur occasionner de telles douleurs, marmonna Martha.

Elle échangea un regard entendu avec la cuisinière, puis fusilla Cole du regard. Ce dernier ouvrit la bouche, comme s'il voulait prendre la défense de son sexe, puis se ravisa, et garda le silence.

— Il faut la faire boire, déclara Takotah, qui remplit un gobelet d'eau.

Cassie le prit et l'approcha des lèvres de Rebecca.

— Rebecca, dit-elle, forçant la voix pour l'obliger à ouvrir les yeux. Rebecca, vous devez boire.

Rebecca la regarda. Elle avait les yeux vitreux et semblait ne pas comprendre ses paroles.

Cassie força le gobelet entre ses lèvres. Rebecca but une gorgée, détourna la tête et retomba dans l'inconscience. De l'eau tomba sur le poignet de Cole.

— Désolée, murmura Cassie, qui s'empara d'un linge pour l'essuyer.

— Ce n'est que de l'eau, dit-il.

Au son de sa voix, Rebecca revint à elle.

— Nate ? fit-elle. C'est toi, Nate ?

Takotah hocha la tête à l'intention de Cole, qui mit un instant à comprendre.

— Oui, Rebecca, répondit-il.

— Il l'appelle Becky, lui chuchota Cassie.

— Oui, Becky.

Cassie indiqua le gobelet et fit signe à Cole de parler à sa place.

— Tu dois boire, Becky. Le… euh, le bébé a besoin d'eau, bredouilla-t-il.

Cassie s'amusa de sa mine embarrassée. Quoi qu'il en soit, cette fois, grâce à son intervention, Rebecca vida le contenu du gobelet à petites gorgées.

— Quand les contractions recommenceront, profitez de ce qu'elle croit que vous êtes son mari pour l'encourager à pousser, conseilla Takotah. Plus vite l'enfant naîtra, mieux cela vaudra pour eux deux.

Cole hocha la tête, mais à en juger par son regard, il était loin de se sentir à l'aise.

Les contractions recommencèrent presque aussitôt. Entre deux cris, Rebecca appela son mari.

— Je suis là, Becky. Je suis là. Prends ma main.

Elle lâcha le drap auquel elle s'agrippait pour étreindre la main de Cole.

— Le bébé est presque sorti, mais tu dois encore l'aider, Becky. Pousse !

Cassie craignait que Rebecca ne soit trop fiévreuse pour comprendre l'injonction, ou trop faible pour s'y conformer, malgré la présence rassurante de Cole. Mais à son grand étonnement, la future mère releva la tête et se mit à pousser.

— Bravo, Rebecca, la félicita Takotah.

— C'est bien, Becky, l'encouragea Cole.

Rebecca laissa échapper un long cri de bête blessée, avant de se laisser aller contre le torse de Cole, pantelante.

— Repose-toi un peu, Becky, murmura-t-il. C'est bientôt fini.

— Je t'aime, Nate.

Cole faisait une telle tête que Cassie se retint de rire.

Après deux nouvelles séries de contractions, les jambes du bébé étaient sorties. À la contraction suivante, Takotah put saisir son petit torse entre ses mains. Comme elle l'avait prédit, c'était une fille.

— Un dernier effort, Becky, lui intima l'Indienne. Ta fille est presque née.

Le visage contracté, Rebecca serrait les dents. Mais quand la tête de son bébé émergea enfin, elle ne put retenir un cri. Puis, délivrée de la douleur, elle sombra dans l'inconscience.

Le cœur battant, Cassie regarda la vieille Indienne masser le nouveau-né en lui chuchotant des mots dans sa langue. Les secondes s'étirèrent, semblables à des heures. Tous attendaient un signe de vie de l'enfant.

Le désespoir menaçait de les submerger lorsque le bébé toussa faiblement, puis avec plus de force, avant de laisser échapper le plus charmant cri que Cassie ait jamais entendu. De bleues ses joues virèrent au rose, et la jeune femme sut, au sourire de Takotah, que le bébé vivrait.

— Loués soient les dieux ! s'exclama Martha, exprimant le soulagement que tous ressentaient.

Cassie sentit ses forces la trahir, et la pièce se mit soudain à danser devant ses yeux. Sans doute se serait-elle écroulée si deux mains solides ne l'avaient saisie aux épaules.

— Ça ne va pas, Cassie ? s'inquiéta Cole. Vous devriez vous asseoir.

— Si... si, je vais bien. C'est juste un peu de fatigue.

Ses mains étaient chaudes. Elle aurait voulu s'abandonner à son étreinte, mais elle le repoussa pour poser un linge humide sur le front de Rebecca, qui dormait à présent. Son corps était secoué de frissons. Son bébé était sauvé, mais elle devrait encore se battre pour sa propre vie.

Takotah avait déjà coupé le cordon, et donnait au bébé son premier bain. Après l'avoir frictionné et enveloppé dans une serviette, elle le tendit à Martha.

Celle-ci embrassa l'enfant sur le front, avant de le passer à Cassie.

Né avec trois semaines d'avance sur le terme prévu, c'était le plus petit bébé que la jeune femme ait jamais vu, avec un minuscule toupet roux sur le crâne. Mais ses yeux bleus semblaient déjà observer le monde qui l'entourait avec beaucoup de curiosité. Sa naissance relevait du miracle.

Cassie était si heureuse, et si bouleversée, qu'elle riait et pleurait en même temps.

— Elle est si... petite, murmura Cole, à côté d'elle.

— N'est-ce pas ?

Le bébé tourna la tête, cherchant son sein.

— Et affamée, ajouta Cole.

Cassie sentit ses joues s'empourprer.

— Voulez-vous la tenir un moment ?

Il écarquilla les yeux.

— Moi ? Je... euh, je...

— Soulevez légèrement sa tête, comme ceci, fit-elle, profitant de son hésitation.

Il prit avec précaution le bébé dans ses bras. Quand leurs regards se croisèrent, Cassie fut stupéfaite de découvrir dans ses yeux une chaleur qu'elle n'y avait encore jamais vue. Et le sourire qui éclairait à présent son visage lui coupa le souffle. L'espace d'un instant, elle eut l'impression qu'ils n'étaient que tous les trois : Cole, le bébé et elle. Et elle se surprit à rêver que cet enfant fût le sien, et que Cole en fût le père.

— Jusqu'à ce que Rebecca ait repris des forces, il faudra une nourrice pour l'allaiter, intervint Takotah, rompant le charme.

— En effet, acquiesça Cassie, qui reprit le bébé des mains de Cole. Je vais le confier à Sarah. Son fils a trois mois, maintenant. Elle devrait pouvoir se charger de la fille de Rebecca.

Takotah hocha la tête.

— Et moi, je vais réveiller le père, annonça Cole.

Alec s'aperçut vite que la tâche ne serait pas aisée. Nate refusait de bouger, même avec quelques coups de pied dans le postérieur. Et Zach ne lui était d'aucun secours : il s'était lui aussi affalé dans l'herbe, et ronflait bruyamment, après avoir vidé ce qui restait d'alcool. Il ne restait plus qu'une solution : Alec s'accroupit auprès du tanneur et le chargea sur ses épaules tel un vulgaire sac de grain. Nate s'avéra plus léger qu'il ne l'aurait pensé, et il n'eut aucune difficulté à le porter jusqu'à l'abreuvoir à chevaux. Là, il plongea son fardeau dans l'eau, et attendit.

Au début, rien ne se passa, et Cole se demanda si Nate n'était pas soûl au point de se noyer.

Puis ce dernier refit surface, toussant et crachant.

— Que… quoi… ?

Alec l'empoigna par le col pour le redresser.

— Que… Où je suis ?

— Dans l'abreuvoir, mon vieux.

Nate baissa les yeux, puis sortit maladroitement de l'abreuvoir en question.

— Je crois que je vais vomir… gémit-il, avant de vider le contenu de son estomac sur les pavés de la cour.

Alec remplit un seau d'eau, qu'il alla vider sur Zach.

— Espèce de fils de… ! grogna Zach qui se releva en titubant. Qu'est-ce que tu fabriques ?

— Ça se voit, non ? Je te réveille. Rebecca a eu son bébé. J'ai besoin d'aide pour remettre le père sur pied.

— Son bébé ?

— Une ravissante petite fille.

Zach regarda autour de lui.

— Où est Nate ?

— Là-bas, répondit Cole, qui désigna Nate toujours courbé en deux.

À ce spectacle, Zach pâlit.

— Ah, non, tu ne vas pas t'y mettre aussi !

Zach se délesta pareillement du contenu de son estomac.

À la réflexion, Cole ne se sentait pas en si grande forme que cela. Il s'éloigna de quelques pas, et inspira de longues goulées d'air frais. La nuit promettait d'être longue.

# 15

Vingt minutes plus tard, Nate et Zach, l'estomac purgé, déclarèrent se sentir beaucoup mieux.

— Tu es sûre qu'elle est rousse ? demanda Nate pour la troisième fois tout en se grattant les bras.

Les moustiques avaient profité de ce qu'il dormait pour s'en donner à cœur joie.

— Oui, répéta Cole. Je l'ai vue de mes propres yeux.

— Et Rebecca, elle va comment ?

— Elle dormait quand je l'ai quittée.

Nate parcourut les derniers mètres qui le séparaient de sa cabane en courant presque. Alec et Zach le suivaient de près.

— Rebecca ? appela Nate en franchissant le seuil.

— Elle dort. Ne la réveillez pas ! s'écria Nan en adressant un regard désapprobateur au trio.

Martha était partie. Il ne restait que Nan, qui nettoyait la cabane, et Takotah, qui rangeait ses remèdes.

— Est-ce que… est-ce qu'elle va vivre ? lui demanda Nate en caressant la joue de sa femme.

— Elle souffre d'une forte fièvre, mais elle a tenu bon jusqu'ici, répondit Takotah. Si, cette fois, elle garde la quinine que je viens de lui administrer, elle devrait se remettre rapidement.

— Mais certainement pas grâce à vous, intervint Nan d'un ton rogue. Pendant que vous ronfliez dans la poussière, Takotah a sauvé votre femme et le bébé. Et même que Cole l'a aidée.

Nate regarda Alec, qui haussa les épaules, puis Takotah.

— Je suis désolé, murmura-t-il. Je regrette d'avoir dit du mal de vous. Je savais pas que les sauvages s'y connaissaient en médecine.

Takotah accepta ses excuses avec un hochement de tête gracieux.

— Ce serait bien qu'elle ait aussi un remède pour le mal de crâne, marmonna Zach, qui se tenait la tête à deux mains.

Amusée, Takotah lui tapota le bras au passage.

— Vous avez surtout besoin d'un peu de repos, lui dit-elle avant de refermer la porte de la cabane derrière elle.

Alec allait sortir à son tour, pour suivre le conseil de l'Indienne, quand Cassie entra avec le bébé emmailloté dans une couverture. Des cernes noirs soulignaient ses yeux, mais ses joues étaient rouges d'excitation. Elle lui décocha un si beau sourire qu'il en oublia d'un coup sa fatigue.

— Voilà votre fille, annonça-t-elle à Nate.

Ce dernier contempla le bébé d'un air émerveillé.

— Je peux la prendre ?

Cassie s'esclaffa.

— Bien sûr. Vous n'avez même pas besoin de me demander la permission. C'est vous le père !

— C'est vrai, murmura-t-il en prenant le bébé dans ses bras.

— Ne lui penchez pas trop la tête, l'avertit Cassie.

Alec regarda la jeune femme montrer à Nate comment tenir son enfant. Il n'avait encore jamais assisté à une naissance, et il en retirait un sentiment étrange. L'épreuve avait été à la fois terrible et magnifique, et la douleur s'était soldée par un petit miracle que Nate berçait à présent dans ses bras.

Cassie lui sourit. Il lui sourit en retour, bien qu'il fût trop perdu dans ses pensées pour comprendre pourquoi elle lui souriait. Si elle était fatiguée – comme semblaient l'attester ses cernes –, elle le cachait bien. Elle exsudait une vitalité qui illuminait la pièce, et tout le monde, dans le minuscule intérieur, paraissait revigoré par sa présence. Il était évident qu'elle aimait les enfants, et Alec se surprit à lui souhaiter d'en avoir un jour. La tristesse qu'il éprouvait à l'idée qu'il ne pourrait en être le père le prit de court. Jusqu'ici, il n'avait jamais désiré ni envisagé d'être père.

Mais avec Cassie, c'était différent. C'était bien là le problème. Il se promit, pour la énième fois, de se tenir à bonne distance de la jeune femme – du moins, jusqu'à ce que sa véritable identité lui soit restituée. Mais une promesse ne suffisait, hélas, pas à éradiquer le désir que Cassie lui inspirait. Et aujourd'hui plus que jamais. Il savait toutefois que céder à ce désir signerait sa perte. Même si la perspective de passer toute une nuit avec la jeune femme valait sans doute de finir aux galères ou sur l'échafaud, il n'avait pas envie de ruiner sa vie pour n'avoir pas su résister à l'appel de la chair.

Tout à coup, la cabane lui parut étouffante. Il avait besoin d'air. Il souhaita bonne nuit à tout le monde et sortit. Mais alors qu'il rejoignait sa propre cabane, il entendit Cassie l'appeler. Il s'arrêta. Elle l'avait suivi, et pressait maintenant le pas pour le rattraper.

— Je voulais vous remercier, fit-elle, le souffle court. Vous les avez sauvées.

Il trouva le compliment un peu embarrassant.

— Vous y seriez arrivée sans moi, assura-t-il.

Et il continua son chemin.

Elle le suivit de nouveau, et marcha cette fois à ses côtés.

— Vous aviez déjà assisté à une naissance ? s'enquit-elle.

— Non. Mais j'étais auprès de ma sœur chaque fois qu'elle a accouché. Et j'ai tenu ses bébés dans mes bras.

— Vous êtes oncle ?

— Oui. J'ai un neveu et quatre nièces.

— Comment s'appellent-ils ?

Une petite voix intérieure lui conseillait de mettre rapidement un terme à cette conversation, mais il ne put s'y résigner.

— Est-ce encore un test pour savoir si je dis la vérité, mademoiselle Blakewell ? répliqua-t-il.

Il s'immobilisa de nouveau et, s'appuyant à une barrique destinée à recueillir l'eau de pluie, il commença de compter sur ses doigts.

— Emily a treize ans, et voudrait déjà être une lady. Victoria a dix ans, et ne s'intéresse qu'aux chevaux. Le petit Matthew a sept ans, et déteste qu'on l'appelle « le petit Matthew ».

Cassie s'esclaffa. Alec ne put s'empêcher de l'imiter.

— Charlotte a cinq ans, et elle m'adore.

— Vous l'avez charmée ?

— Il semblerait que j'ai cet effet sur les femmes.

Ils rirent tous les deux de sa plaisanterie.

— Et la dernière, Anne, n'a que sept mois, conclut-il.

— Ils doivent beaucoup vous manquer.

Son regard était plein de douceur, et sa voix n'était plus qu'un murmure.

Alec hocha la tête de crainte que sa voix ne trahisse son émotion. La vérité, c'était qu'ils lui manquaient terriblement.

Des criquets stridulaient alentour, brisant le silence.

— Vous les aurez retrouvés pour Noël, assura-t-elle en posant la main sur son bras.

Alec n'aurait su dire si elle était ou non sincère. Elle semblait le croire pour de bon, à présent. Et cependant...

Savait-elle seulement à quel point elle était belle ? Même sous la faible clarté d'un croissant de lune, elle resplendissait.

— Vous sentez le citron, fit-il remarquer.

— C'est la pommade de Takotah pour éloigner les moustiques. J'aimerais que tout le monde en mette, mais beaucoup, ici, ont peur de ses remèdes. L'odeur est un peu forte, j'en conviens, mais si vous en voulez, je serais heureuse de vous en procurer.

— Non, merci. Les moustiques m'importunent rarement.

— Vous ne tarderez peut-être pas à découvrir que les moustiques de Virginie ne sont pas aussi civilisés que leurs cousins d'Angleterre.

Elle restait plantée devant lui, les lèvres légèrement entrouvertes, comme si elle attendait qu'il l'embrasse. Alec s'empara de sa main et la serra, se retenant d'aller plus loin.

— Bonne nuit, mademoiselle Blakewell.

Puis il pivota sur ses talons, et rentra dans sa cabane dont il referma la porte.

— Aïe !

Cassie arracha la brosse à cheveux des mains d'Elly. L'expérience tournait à la torture.

— Je vais finir toute seule, Elly.

— Mais, mademoiselle Cassie...

— Tu en as assez fait, merci. Tu peux disposer.

Après un dernier regard contrit, Elly quitta la chambre.

Cassie termina de se brosser les cheveux – ou ce qu'il en restait. Elly ne lui avait pas accordé un instant de répit depuis une semaine. Tour à tour boudeuse ou flagorneuse, elle ne pensait de toute évidence qu'à l'accompagner à Crichton Hall.

Au début, Cassie avait refusé catégoriquement. Elle était convaincue qu'Elly se ridiculiserait devant Geoffrey, et qu'elle embarrasserait tout le monde. Puis elle s'était souvenue de la première fois où sa mère l'avait autorisée à veiller assez tard pour admirer les toilettes des dames invitées à la réception qu'elle donnait. Elle avait été éblouie par leurs bijoux scintillants et leurs robes de soie chatoyantes. Elle avait eu l'impression de vivre un conte de fées, et elle était montée se coucher la tête pleine de rêves romantiques.

Peut-être se montrait-elle trop sévère avec cette pauvre Elly, dont elle pouvait comprendre le désir. La meilleure société de Virginie assisterait à la réception annuelle des Crichton, que seul le bal du Gouverneur surpassait en éclat.

Cela dit, Cassie ne voyait pas comment employer Elly à Crichton Hall. Il était impensable qu'elle aide en cuisine, car elle serait capable d'y fomenter une rébellion. Et Cassie ne lui faisait pas assez confiance pour la charger de surveiller Jamie. Il ne restait qu'une solution : faire d'Elly sa femme de chambre, une position normalement dévolue à Nettie. Elle avait donc proposé à Elly de la coiffer pour tenter de la préparer à son nouveau rôle. Mais l'expérience s'était révélée beaucoup plus douloureuse qu'elle ne l'avait imaginée.

Quand elle eut achevé de se brosser les cheveux, elle les attacha en un chignon tout simple – elle partait juste faire une promenade à cheval.

Les cernes sous ses yeux avaient presque entièrement disparu. La malaria avait marqué un répit, du moins à Blakewell Neck, et Cassie avait enfin pu s'octroyer quelques nuits de vrai sommeil. Ils étaient plutôt chanceux, au bout du compte : dix-sept personnes, seulement, avaient contracté la fièvre, et tous en avaient réchappé grâce à la quinine et aux bons soins de Takotah. Daniel était de nouveau en pleine forme. Et Rebecca, quoique encore faible, était désormais capable de s'occuper de son bébé. Nate était en admiration devant leur fille, qu'ils avaient prénommée Catherine, en son honneur. Et le couple faisait désormais l'éloge de Takotah à qui voulait les entendre.

Le rôle de Cole dans l'accouchement n'était pas non plus passé inaperçu. Cassie s'aperçut que les femmes de la plantation ne le redoutaient plus. Au contraire : elles le saluaient avec un grand sourire lorsqu'il passait. Les plus jeunes, celles qui n'étaient pas encore mariées, se risquaient même à flirter avec lui, gloussant lorsqu'il était à proximité, ou lui décochant des œillades appuyées. Cassie n'en concevait aucune jalousie. Pour tout dire, elle se félicitait de la distance polie qui s'était instaurée entre Cole et elle depuis la naissance de la petite Catherine.

Pourtant, ce soir-là, il l'avait émue bien davantage qu'elle ne voulait l'admettre. Sa gentillesse et son désir de se rendre utile l'avaient surprise. Et la façon dont il avait murmuré des encouragements à Rebecca l'avait troublée. Depuis, elle ne cessait de se demander s'il lui manifesterait la même tendresse si elle était sa femme et qu'elle portait leur enfant.

Quant à sa véritable identité, elle croyait de plus en plus à son histoire, même si celle-ci lui paraissait improbable. Il était certes possible que la fièvre ait altéré ses facultés mentales, et qu'il s'imagine vraiment être quelqu'un d'autre. Quoi qu'il en soit, Cassie était désormais convaincue qu'il n'était pas le genre d'homme à molester une femme. La séduire, oui. Elle était bien placée pour le savoir. Mais la violer, non. Aucun homme ne saurait feindre la compassion qu'elle avait lue dans ses yeux lorsqu'il s'était occupé de Rebecca.

Du reste, il avait changé depuis cet épisode. À présent, ses yeux ne trahissaient plus ni désir ni hostilité lorsqu'il la regardait, l'un et l'autre ayant cédé la place à une sorte de courtoisie un peu lointaine. Cassie ignorait ce qui était à l'origine de ce changement, et ce qu'il signifiait, mais elle était ravie qu'il ne parût plus la désirer. C'était mieux ainsi.

Du moins voulait-elle s'en persuader.

Mais alors, pourquoi ces larmes qui lui perlaient soudain aux yeux ?

La fatigue, décida-t-elle. La chaleur conjuguée à l'émotion de ces derniers jours causée par la malaria avaient laissé des traces, et elle refusa d'envisager une autre explication.

Elle jeta un dernier regard à son reflet dans le miroir, se leva, lissa ses jupes, et s'efforça de penser à autre chose. Il ne restait plus que deux jours avant de partir pour Crichton Hall, et ses préparatifs étaient loin d'être terminés. Inutile de perdre son temps à penser à un homme qui ne voulait pas d'elle. De toute façon, elle n'avait pas de place pour lui dans sa vie.

Dissimulé derrière un bosquet, Alec regarda Cassie chevaucher sur le chemin forestier. Cela faisait maintenant près d'un mois que tous les matins elle prenait cette même direction, et aujourd'hui, il avait décidé de percer son secret. Cela n'avait rien à voir avec une quelconque jalousie, se répéta-t-il pour la énième fois. Peu lui importait qu'elle aille retrouver un prétendant. Il ne poursuivait qu'un seul but : recouvrer sa véritable identité. Or, depuis qu'il séjournait à Blakewell Neck, il s'était heurté à un certain nombre de questions, demeurées jusqu'ici sans réponse. Peut-être qu'en suivant la jeune femme, il obtiendrait enfin ces réponses.

Elle montait à cheval avec l'aisance et l'assurance d'un homme. Bizarrement, Alec en éprouvait de la fierté, et ce, en dépit de cette habitude – qui aurait suscité la réprobation en Angleterre – de monter à califourchon.

Juché sur Aldebaran, il la suivait à distance respectable de crainte que la jument de Cassie ne détecte la présence de l'étalon. Au cas où il la perdrait de vue, ses traces étaient de toute façon faciles à repérer dans la terre humide du sentier.

Alec se détendit sur sa selle. Il avait encore plu dans la nuit, et l'air avait la fraîcheur des premiers matins du monde. Des grenouilles coassaient autour des mares, nombreuses dans la forêt, tandis que des oiseaux, inconnus pour la plupart, s'interpellaient joyeusement de branche en branche. Malgré les dangers que devait inévitablement receler ce nouveau continent, et malgré son statut d'employé à Blakewell Neck, Alec ressentait ici un sentiment de liberté dont il n'avait jamais fait l'expérience en Angleterre. Il n'avait pas de rendez-vous à honorer, pas de perruques à endurer pour les réceptions, pas de dîners ennuyeux à supporter... Il était plus libre de ses mouvements en Nicholas Braden qu'il ne l'avait jamais été en Alec Kenleigh. Mais ses obligations étaient liées à sa condition de gentleman, et il s'en accommoderait de nouveau dès qu'il aurait retrouvé son nom et sa position – et le plus tôt serait le mieux.

Un lapin traversa le chemin quasiment sous les sabots d'Aldebaran et disparut dans les fourrés. Alec eut peur que son cheval ne hennisse, et n'alerte ainsi Cassie de sa présence. Il tira sur les rênes, et l'étalon répondit aussitôt.

Celui-ci était dans une forme exceptionnelle. Son nom en était presque ironique – Aldebaran, en arabe, c'était l'étoile « suiveuse », celle qui semblait toujours suivre la constellation des Pléiades. Le père de Cassie devait ignorer cette étymologie lorsqu'il avait choisi le nom de son étalon. Aldebaran était si rapide qu'il supplanterait sans effort tous les autres chevaux de la contrée.

Alec était impatient d'assister à la course de Crichton Hall. Il s'était en effet laissé dire qu'une rivalité opposait depuis longtemps Crichton Hall et Blakewell Neck en matière de chevaux. Aussi savourait-il d'avance la mine que ferait Crichton quand sa monture se retrouverait à avaler la poussière des sabots d'Aldebaran. Certes, Cassie ne lui avait pas demandé de l'accompagner à Crichton Hall, et encore moins d'y monter Aldebaran. Mais c'était là un détail : Alec se passerait de sa permission.

Le terrain était à présent en pente douce, et il ralentit sa monture, le regard rivé sur la silhouette de Cassie qu'il apercevait un peu plus bas. La jeune femme venait de pénétrer dans un bosquet au sol marécageux.

Cassie arrêta Andromède, et tendit l'oreille. Depuis qu'elle était entrée dans le marais, elle avait l'impression que quelqu'un l'espionnait. Mais elle eut beau regarder discrètement autour d'elle, elle ne vit personne. Elle attendit pourtant encore quelques instants, aux aguets. Des moustiques susurraient autour d'elle. Une corneille croassait au-dessus de sa tête. Et Andromède soufflait par les naseaux comme si elle s'impatientait. La jument connaissait parfaitement le chemin qui menait à la cabane abritant le père de Cassie, et elle était pressée de manger les pommes qu'elle recevait toujours en récompense à leur arrivée.

La jeune femme se remit en route. Sans doute étaitelle le jouet de son imagination. D'autant que ce marais n'était pas pour la rassurer. Avec tous les serpents et les insectes qui l'infestaient, l'endroit n'était guère hospitalier, que ce soit pour les humains ou pour les chevaux. L'air, atrocement humide, était connu pour y favoriser les maladies. D'ailleurs, le père de Cassie avait bien pris soin de construire leur maison à l'écart de cet endroit. Et cependant, maintenant qu'il y vivait, il semblait épargné par les fièvres qui y rôdaient. Même les moustiques se tenaient à distance – grâce au baume citronné de Takotah probablement.

Cassie aperçut la petite éminence sablonneuse qui marquait sa destination. C'est Takotah qui avait découvert cet îlot des années auparavant. Six personnes seulement, dont Micah, Zach et Nan, en connaissaient l'existence. Mais ils n'étaient que trois, Takotah, Cassie et Micah, à savoir comment s'y rendre sans se perdre dans le marais. Les arbres alentour étaient si touffus que l'endroit était idéal pour se cacher : une oasis ensoleillée, au sol sec, au cœur de cette touffeur.

Une fois parvenue sur l'îlot, Cassie mit pied à terre et elle laissa Andromède dans l'abri rudimentaire qui lui servait de stalle. Elle récupéra son sac de selle, donna quelques pommes à la jument, et gagna la cabane, son panier de victuailles à la main. La construction était à peine plus grande et plus luxueuse qu'une cabane d'esclave, mais elle préservait son père de la pluie et du vent, et c'était là l'essentiel. Il l'avait bâtie lui-même lorsqu'il avait senti ses facultés mentales l'abandonner. Cassie l'avait supplié de rester dans la grande maison, mais il avait refusé, et, muni de quelques vêtements de rechange, il était allé s'installer dans la cabane dès qu'elle avait été terminée.

— Père ? appela-t-elle.

Elle poussa la porte et le trouva debout, dos à la fenêtre. Son regard errait sur les murs comme s'il y cherchait quelque chose. Takotah prétendait qu'il écoutait les esprits, mais Cassie pensait plutôt qu'il était perdu dans ses songes. Ses vêtements étaient froissés, preuve qu'il avait dormi avec, et ses cheveux étaient en bataille.

— Je t'ai apporté à manger, papa. J'espère que tu as faim.

Son père ne répondit rien. Elle ne s'attendait pas à une réponse, du reste. Il continuait obstinément de scruter les murs. Cassie disposa du pain et du fromage sur la table, puis elle prit son père par le bras. Ce n'est qu'à ce moment-là qu'il s'aperçut de sa présence. Il la fixa d'un regard vide, ne la reconnaissant visiblement pas. Il ne dit pas un mot tandis qu'elle le poussait doucement vers une chaise.

— Assieds-toi, papa.

Elle lui glissa une tranche de pain beurré dans la main. Il commença par ignorer la nourriture. Puis au bout d'un moment, il porta le pain à sa bouche et se mit à mâcher lentement. Son état avait empiré au point que Cassie craignait de devoir bientôt le nourrir elle-même. Et elle se demandait comment elle trouverait le temps de s'en occuper. Takotah passait déjà une grande partie de ses journées sur l'îlot, et elle y dormait même parfois, et aidait son père à se laver. Heureusement, ce dernier ne semblait pas se rendre compte à quel point son état s'était dégradé. S'il avait eu toute sa tête, il n'aurait sans doute pas supporté ces humiliations.

Pendant que son père mangeait, elle lui raconta les dernières nouvelles. Un entrepôt de tabac avait brûlé à Williamsburg. L'incendie était de toute évidence criminel, mais personne ne savait à qui s'en prendre. Certains croyaient que c'était le fait de planteurs mécontents contre l'autorité coloniale, d'autres y voyaient la main d'esclaves révoltés. Cassie trouvait trop facile d'accuser systématiquement les esclaves.

Quand son père eut terminé sa tartine, elle remplit un gobelet de cidre et l'encouragea à boire, guidant le gobelet jusqu'à ses lèvres. Après quoi, elle lui donna un morceau de fromage.

— Le bébé de Rebecca est adorable, reprit-elle. Elle a déjà pris du poids.

Cassie se sentait un peu ridicule de babiller ainsi alors que son père ne paraissait même pas l'entendre. Mais qui sait ? Peut-être qu'un mot finirait par percer la brume qui semblait entourer son cerveau et le ramènerait dans le monde réel ? Il fallait au moins essayer. À première vue, il semblait en bonne forme pour un homme de cinquante-quatre ans. Si l'on ne tenait pas compte du fait qu'il avait beaucoup maigri et que ses cheveux avaient blanchi, il n'avait pas l'air malade. Sauf lorsqu'on regardait ses yeux : ils avaient perdu tout éclat, comme si la vie qui l'animait s'était retirée, ne laissant que son enveloppe charnelle.

Takotah prétendait que son esprit était parti rejoindre sa chère Amanda. Si tel était le cas, alors Cassie avait des raisons de se sentir coupable. Si elle ne s'était pas honteusement enfuie lors de l'accouchement, sa mère vivrait peut-être encore, et son père serait toujours lui-même. Le quotidien à Blakewell Neck serait autrement plus facile. Elle n'aurait pas besoin de mentir et de ruser sans cesse. Depuis que son père était tombé malade, Cassie avait prié chaque jour pour qu'il recouvre la santé, mais Dieu semblait avoir mieux à faire.

Le fromage terminé, elle coiffa son père. Le moment était venu de lui faire faire sa petite promenade quotidienne. Depuis quelque temps, même la marche lui était une épreuve. Il ne semblait plus voir le sol, et se déplaçait comme un vieillard. Mais sa main était toujours chaude, et il se cramponnait fermement à celle de Cassie comme s'il cherchait quand même à se raccrocher à la vie. Du moins voulait-elle le croire.

Quand elle eut fini de le peigner, elle l'aida à se relever.

— La journée est magnifique, papa, lui dit-elle. Un peu de soleil te fera le plus grand bien.

Une heure plus tard, elle avait raccompagné son père dans la cabane, et se dirigeait vers Andromède.

— On dirait que je ne suis pas votre seul prisonnier ?

Cassie fit volte-face. Et découvrit Cole adossé à un arbre.

# 16

Le cœur de Cassie tambourinait dans sa poitrine, et ses oreilles bourdonnaient.

D'un mouvement vif, Cole lui agrippa le bras et l'attira à lui.

— Ne perdez pas votre sang-froid, mademoiselle Blakewell. Vous allez devoir inventer un mensonge, et vite. Ce n'est pas à moi, mais à vous, de vous justifier. Combien de personnes savent que vous retenez votre père prisonnier dans les marais ?

— Allez-vous-en !

— Je veux une explication. Et je la veux *maintenant*.

— Lâchez-moi, et vous aurez votre explication !

Il desserra son étreinte. Cassie se libéra et recula, hors de portée de main. Mais que lui dire ? La vérité paraîtrait un mensonge. Et elle ne voyait pas quel mensonge pourrait sembler véridique. Cependant, si elle lui révélait ce qu'il en était, il aurait alors le pouvoir de détruire ce que son père avait construit. Elle pouvait, bien sûr, le faire mettre sous bonne garde, et s'assurer ainsi qu'il ne répéterait à personne ce qu'il savait. Mais s'il était bel et bien Alec Kenleigh, il serait bientôt libre. Et elle ne pourrait plus contrôler ses actions.

— J'attends, *maîtresse*, insista-t-il, les bras croisés sur la poitrine comme s'il avait tout son temps, alors même que son regard trahissait son impatience.

— Très bien. Mais jurez-moi de ne pas répéter ce que je vais vous dire.

— Je ne promets rien.

Cassie s'arma de courage. Elle avait toujours su que ce jour finirait par arriver.

— Mon père n'est pas prisonnier, commença-t-elle en évitant de croiser le regard de Cole. Il… il est tombé malade peu après la mort de ma mère. Au début, ce n'étaient que des petites choses. Il oubliait ce qu'il devait faire, par exemple. Nous pensions que c'était la conséquence de son chagrin. Mais au bout d'un moment, nous nous sommes aperçus qu'il se perdait même dans sa propre maison.

Elle sentit des larmes lui monter aux yeux, mais ne fit rien pour les retenir.

— Je l'ai supplié de consulter un médecin, poursuivit-elle. Mais il a refusé, car il craignait qu'on l'enferme dans un asile. Quand il a compris que son état empirait, il a construit lui-même cette cabane afin de venir s'y réfugier le moment venu. Il ne voulait pas que les autres planteurs assistent à sa déchéance. Il craignait qu'ils ne profitent de sa faiblesse pour s'emparer de ses terres. Avant de s'installer ici, il leur a écrit une lettre leur expliquant qu'il retournait en Angleterre pour quelque temps et qu'il me confiait la charge de la plantation. Il m'a demandé de garder le secret, et de m'occuper de Blakewell Neck jusqu'à ce que Jamie soit en âge de la diriger. J'étais bouleversée, évidemment, mais je me suis soumise à sa volonté.

Il y eut un long silence pesant. Puis Cole se mit à applaudir lentement.

— Bravo, mademoiselle Blakewell. Écouter une aussi belle tirade valait le coup d'attendre.

— C'est la vérité, et vous feriez mieux de la garder pour vous, répliqua Cassie.

Elle essuya ses larmes d'un revers de main et s'empara des rênes d'Andromède.

— Enchaîner un homme est contraire aux principes auxquels nous avons toujours cru, mon père et moi, ajouta-t-elle, mais je n'hésiterai pas à le faire si cela permet de protéger ma famille !

Sur ces mots, Cassie grimpa en selle et éperonna sa monture. Elle s'éloigna sans un regard en arrière. Le diable emporte Cole Braden ! Mais devait-elle s'étonner qu'il ne l'ait pas crue ? Elle se reprochait sa naïveté. Et s'en voulait de continuer à pleurer.

La garce manipulatrice !

Alec s'était attendu à tout, mais certainement pas à cela. Et probablement n'aurait-il pas cru ceux qui le lui auraient raconté s'il n'avait vu de ses yeux le pauvre homme qui vivait là. Quel genre de fille fallait-il être pour garder son propre père prisonnier d'un marais fétide ? Cet homme avait besoin d'un médecin, pas de la compagnie des serpents et des rats d'eau.

Il alla récupérer Aldebaran, qui était attaché à un arbre, monta en selle et se lança à la poursuite de la jeune femme. Elle avait beau être partie au galop, elle ne le sèmerait pas. Du reste, il apercevait sa silhouette, loin devant.

Elle venait juste de disparaître derrière un bosquet plus épais que les autres quand il entendit sa jument hennir de détresse. Alec crut que l'animal avait trébuché sur des racines immergées. Mais il réapparut peu après, sans sa cavalière.

Alec planta les talons dans les flancs d'Aldebaran.

— Cassie ! cria-t-il.

Pas de réponse.

Penché sur l'encolure de sa monture, il la lança au triple galop, soulevant des gerbes d'eau et de boue mêlées qui éclaboussaient ses vêtements.

Lorsqu'il atteignit enfin le bosquet, il ne vit rien. Il s'imagina que la jeune femme s'était jouée de lui, et méditait déjà sa vengeance quand il repéra de longues mèches rousses flottant à la surface du marécage.

— Cassie !

Il sauta à bas de son cheval, et s'empressa de tirer la jeune femme inerte de l'eau. Elle avait une plaie sur le côté de la tête, et elle ne respirait plus. Alec la fit rouler sur le ventre, enroula les bras juste en dessous des côtes et serra à plusieurs reprises. Un vieux marin rencontré sur les quais de Londres lui avait expliqué avoir ramené ainsi à la vie un compagnon qui venait de tomber à la mer, et Alec pria pour qu'il lui ait dit la vérité. Mais les secondes s'écoulaient, interminables, et la jeune femme ne réagissait pas.

— Bon sang, Cassie, respirez ! lui ordonna-t-il.

Il répéta la manœuvre, plus violemment, cette fois, pour chasser l'eau de ses poumons. Avec succès. Elle se mit à tousser. Faiblement, d'abord, puis avec plus de force, et il la sentit prendre une profonde inspiration.

Il la retourna alors, et l'étreignit. Vivante ! Il la garda dans ses bras un long moment, lui caressant la joue, et remerciant Dieu d'avoir répondu à sa prière.

Elle était vivante, oui, mais mal en point. Il la déposa avec d'infinies précautions sur Aldebaran et remonta en selle. Deux choix s'offraient à lui : rebrousser chemin et regagner la cabane du père, ou poursuivre son chemin. Le risque était grand, cependant, qu'il ne se perde. Or, s'ils étaient contraints de passer la nuit dans le marais, Cassie pouvait ne pas survivre. Sa décision prise, Alec tourna bride et repartit au pas. Comme il s'y attendait, la jument les suivit docilement.

Après avoir attaché les chevaux, il porta Cassie à l'intérieur de la cabane et l'étendit sur le lit étroit. Ignorant M. Blakewell, qui se balançait sur son rocking-chair, il entreprit de dévêtir la jeune femme. Ce n'était certes pas la première fois qu'il déshabillait une femme, mais cette fois il était mû par un sentiment d'urgence qui n'avait rien d'érotique.

Une fois Cassie débarrassée de ses vêtements, il l'examina sous toutes les coutures afin de repérer d'éventuelles blessures. Sa peau était froide et pâle, et des marques bleuâtres apparaissaient là où Alec lui avait comprimé le buste. Son examen terminé, il drapa une couverture sur elle.

Puis il déchira l'extrémité du drap pour en faire un bandage de fortune qu'il lui enroula autour de la tête pour protéger sa blessure. Elle ne saignait plus, mais il faudrait nettoyer la plaie. Elle avait probablement heurté une branche basse, encore qu'il ne comprenait pas qu'une cavalière aussi aguerrie ait pu commettre une pareille erreur. D'autant qu'elle connaissait parfaitement le terrain.

En fait, si, il comprenait. À quoi bon se mentir ? Il savait très bien comment l'accident était arrivé. Les paupières gonflées de la jeune femme l'attestaient : elle pleurait au moment du drame.

Mais bon sang, ce n'était pas sa faute !

Enfin, pas tout à fait. Certes, il l'avait suivie, il lui avait fait peur, il l'avait forcée à s'expliquer, et pour finir, il l'avait traitée de menteuse.

Mais elle lui avait bel et bien menti ! Son père n'était pas en Angleterre, comme elle l'avait prétendu. Quant à son explication sur sa présence dans cette cabane, Alec la trouvait toujours aussi peu crédible. Il avait du mal à imaginer qu'un père, se sentant perdre la raison, prenne la décision de vivre en reclus et d'abandonner la direction de son domaine à sa fille.

Cela dit, ce n'était pas moins crédible que cette histoire abracadabrante d'enlèvement dont lui-même avait été victime.

Il se remémora soudain les paroles de la cuisinière, le soir où Rebecca avait accouché. *Le maître ne s'est jamais remis de la disparition de sa chère Amanda. C'est à cette époque que nous avons commencé de le perdre...*

Il contempla Cassie endormie, et sentit le remords poindre. Certes, la jeune femme était autoritaire, et elle n'hésitait pas à mentir si cela servait ses intérêts. Mais pour autant qu'il sache, jamais elle n'avait causé intentionnellement du tort à quelqu'un. C'était même tout le contraire. Elle travaillait dans les champs avec les esclaves et s'occupait d'eux lorsqu'ils étaient malades. Il avait été également témoin de son dévouement envers Rebecca, dont elle avait cherché à apaiser les souffrances. Voilà pourquoi il lui paraissait inconcevable qu'elle traite son père avec moins de sollicitude que le dernier de ses serviteurs.

La jeune femme gémit dans son sommeil, comme si elle faisait un cauchemar. Alec remonta la couverture sur elle et s'autorisa à lui caresser la joue. Il aurait évidemment préféré qu'elle lui ait menti. La situation aurait été tellement plus simple s'il avait pu remplacer le désir qu'elle lui inspirait par du mépris. Il n'aurait alors eu qu'un seul souci en tête : regagner l'Angleterre au plus vite.

*Londres*

Socrate alla ouvrir la porte à laquelle on venait de frapper, et découvrit un gamin des rues, le regard brillant, qui brandissait une lettre.

— Ça vient des colonies, monsieur, expliqua-t-il.

— Merci, mon garçon, répondit Socrate, qui lui glissa quelques pièces dans la main.

C'était davantage que ne l'exigeait l'usage, mais M. Alec avait toujours insisté pour qu'on se montre bienveillant envers les pauvres, et Socrate entendait maintenir la tradition.

— Oh, merci, monsieur ! s'exclama le gamin, ravi de sa bonne fortune.

Et il s'éclipsa avec un grand sourire.

Socrate referma la porte et jeta un coup d'œil à la lettre. Elle était adressée au lieutenant, qui venait juste de rejoindre Elizabeth et les enfants à la campagne. La missive attendrait donc. Le lieutenant avait besoin de prendre un peu de repos, et Socrate ne voulait pas lui gâcher son séjour avec de la paperasse.

Il s'apprêtait à déposer la lettre dans le bureau, quand son regard fut irrésistiblement attiré par l'enveloppe. Ce n'était pas dans ses habitudes de se mêler des affaires de ses maîtres, mais cette lettre, sans qu'il s'expliquât pourquoi, lui semblait particulière. Ne serait-ce que parce que les Kenleigh recevaient rarement du courrier des colonies. Même M. Alec, qui avait pourtant des correspondants dans tout…

Socrate crut que son cœur s'arrêtait de battre. L'écriture sur l'enveloppe ! C'était impossible ! M. Alec était mort et enterré. Le lieutenant et M. Philip avaient formellement identifié son corps – du moins, ce qu'il en restait.

Socrate s'assit au bureau du lieutenant et s'efforça de reprendre ses esprits. Mais après avoir failli s'arrêter, son vieux cœur était reparti, et battait à présent à tout rompre dans sa poitrine.

— Socrate, que fabriques-tu là ?

M. Philip, encore en chemise de nuit, venait d'apparaître sur le seuil, une bouteille à la main, une jeune femme pendue au bras. Socrate était sous le choc, si bien qu'il ne l'avait pas entendu arriver.

— J'allais déposer sur le bureau une lettre pour votre beau-frère, expliqua-t-il du ton le plus neutre possible.

Il préférait ne pas s'ouvrir à M. Philip de sa découverte. Celui-ci le prendrait pour un fou s'il lui annonçait qu'ils avaient reçu un courrier de M. Alec.

— Donne-la-moi.

Philip s'approcha, lui arracha pratiquement la lettre des mains et lâcha à l'adresse de sa compagne :

— Voyons qui écrit à notre cher beau-frère.

La fille gloussa bêtement.

Philip déchira l'enveloppe avant que Socrate ait le temps de l'en empêcher.

Mais à peine Philip eut-il commencé à lire le contenu de la lettre qu'il blêmit. Il s'empressa de replier la missive.

— Va-t'en, Peggy, aboya-t-il avant de tourner les talons pour se rendre dans le salon.

La fille ouvrit de grands yeux.

— Mais, je... commença-t-elle.

— Va-t'en ! répéta Philip.

Socrate entendit la porte claquer et la clé tourner dans la serrure.

La fille demeura interdite.

Le vieux domestique réfléchit à la meilleure manière de procéder. Il n'avait jamais adressé la parole à une prostituée – et encore moins, bien sûr, donné de l'argent à ce genre de créature. Mais il ne serait pas dit que les Kenleigh ne payaient pas leurs fournisseurs, quel que soit le métier desdits fournisseurs.

— À combien s'élèvent vos... euh, vos gages, mademoiselle ? s'enquit-il après avoir s'être éclairci la voix.

— Cinq livres, répondit la fille, les yeux rivés sur ses pieds.

Socrate la suspecta d'avoir gonflé ses tarifs, mais il la paya sans broncher.

Elle le remercia, et quitta la maison sans demander son reste

À peine la porte s'était-elle refermée qu'un bruit de verre brisé s'éleva dans le salon. Puis ce fut le silence. Bien qu'il fût habitué au mauvais caractère de M. Philip, cet éclat surprit le valet de chambre.

Quand M. Philip réapparut, une heure plus tard, il paraissait sobre, et cela aussi, c'était surprenant. Il enfila sa redingote et annonça qu'il sortait. Il n'avait même pas dîné. Socrate retrouva la lettre, ou plutôt ce qu'il en restait, c'est-à-dire quelques cendres, dans la cheminée du salon.

Tout cela était décidément étrange, songea-t-il en s'efforçant de récupérer ce qu'il pouvait. Le lieutenant serait sans doute de son avis quand il le lui raconterait.

Alec leva les yeux de son livre et contempla la jeune femme qui dormait toujours. La prose ardente de Catulle lui semblait tout à coup fastidieuse. Cassie s'était réveillée à deux reprises, mais pour retomber presque aussitôt dans l'inconscience. Takotah prétendait qu'elle se rétablirait, mais Alec en aurait été davantage convaincu si elle avait rouvert les yeux et lui avait parlé. Au moins, sa fièvre était-elle tombée.

Takotah était déjà venue deux fois dans la journée. D'abord, pour s'occuper de M. Bakewell, puis pour soigner Cassie. En repartant, elle avait emmené le père de la jeune femme avec elle, celle-ci étant trop faible pour qu'on la porte hors de la cabane.

Si Takotah avait été surprise de découvrir Alec, elle n'en avait rien montré. Micah, en revanche, n'avait pas caché sa colère. Une colère qu'Alec comprenait du reste. Parce qu'en plus d'avoir espionné Cassie et découvert son secret, il estimait avoir une part de responsabilité dans son accident. Si Takotah n'avait pas insisté pour qu'il reste au chevet de la jeune femme pour la veiller, Micah se serait fait un plaisir de le sortir de là et de lui passer les fers aux chevilles.

— Il a des talents de guérisseur, avait assuré Takotah à Micah, faisant allusion à l'accouchement de Rebecca.

Micah et Takotah avaient confirmé l'histoire de Cassie. Micah avait menacé Alec des pires châtiments s'il se risquait à dévoiler la vérité, puis un autre événement était survenu, qui avait fait passer Alec à l'arrière-plan de ses priorités. Micah avait en effet surpris l'Écossais, Henry, rôdant dans le marais. Ce dernier avait d'abord expliqué qu'il voulait juste pêcher un peu, mais devant l'insistance de Micah, il avait fini par avouer qu'il tentait de s'évader. Micah l'avait ramené de force à la plantation, et enfermé dans sa cabane, avec menace de le renvoyer à Crichton Hall s'il essayait à nouveau de s'enfuir. Mais Alec avait bien vu, à son regard, que le vieux Noir n'avait pas trouvé l'explication de l'Écossais satisfaisante. Lui non plus n'avait pas été convaincu, d'ailleurs. Sans se le dire, tous deux s'inquiétaient à l'idée qu'Henry ait repéré l'îlot.

Secouant la tête, Alec s'obligea à reporter son attention sur son livre.

Cassie faisait un rêve étrange. Elle était dans la cabane de son père, et elle se disputait avec Cole. Elle était furieuse contre lui, mais elle n'arrivait pas à se souvenir pourquoi. Que lui avait-il dit, qui ait pu provoquer sa colère ? Quoi qu'il en soit, elle voulait le fuir au plus vite. Elle allait prendre son cheval et…

Une main lui caressa la joue.

— Cassie ?

C'était la voix de Cole. Que fabriquait-il dans sa chambre ? Elle devait encore rêver. Mais son crâne l'élançait douloureusement. Elle batailla pour ouvrir les yeux. Puis pour s'éclaircir la vision. Et c'est alors qu'elle se rendit compte qu'elle n'était pas dans sa chambre, mais bel et bien dans la cabane de son père !

Cole était assis à côté du lit. Il la scrutait d'un air inquiet.

— Que... bredouilla-t-elle, incapable de formuler une question cohérente.

— Du calme, murmura-il. Vous vous êtes assommée en heurtant une branche, et vous avez failli vous noyer. C'est moi qui vous ai ramenée ici.

— Vous... vous m'avez suivie ?

— Oui.

Finalement, elle n'avait pas rêvé !

— Comment vous sentez-vous ?

— J'ai mal au crâne.

Elle regarda autour d'elle, avec le sentiment que quelque chose clochait. Puis tout lui revint d'un coup.

— Où est mon père ? s'écria-t-elle.

Elle voulut se redresser, mais une douleur lui vrilla le crâne. Cole se leva et s'approcha pour l'aider à se rallonger. Elle le laissa faire.

— Du calme, répéta-t-il. Takotah l'a emmenée chez elle. Elle assure que vous serez bientôt rétablie, mais elle veut que vous buviez ceci, ajouta-t-il, et, lui relevant doucement la tête, il approcha une tasse de ses lèvres.

Cassie grimaça – la potion sentait le rhum et les herbes –, mais elle la but sans rechigner.

— Le... le répéterez-vous ? souffla-t-elle.

— Au sujet de votre père ?

Elle hocha la tête.

— Je ne sais pas, répondit-il. Vous avez fait ce que votre père vous demandait, mais ce n'était pas forcément le bon choix.

— Je vous supplie de ne pas nous trahir.

— Comme il vous plaira, *maîtresse*.

— Quand cesserez-vous de m'appeler ainsi ?

— Quand cesserez-vous de m'appeler Cole ?

Cassie réfléchissait à une réponse intelligente lorsqu'elle aperçut sa camisole sur le dossier du rocking-chair de son père. Affolée, elle jeta un coup d'œil sous les couvertures. Elle était entièrement nue !

— J'ai été obligé de vous déshabiller, expliqua Cole, qui avait suivi la direction de son regard, et il ajouta, avec un sourire : Ce qui nous met à égalité.

Cassie rougit violemment. Il n'était vraiment pas obligé de lui rappeler cet épisode. Certes, elle l'avait vu nu. Mais le contexte était différent ; à l'époque, il n'était pour elle qu'un inconnu.

— J'imagine que vous avez déshabillé des centaines de femmes avant moi, risqua-t-elle.

Il sourit de nouveau.

— Des milliers.

Elle écarquilla les yeux, horrifiée, avant de comprendre qu'il la taquinait.

— À quoi ressemblent les Londoniennes ? Sont-elles belles ? demanda-t-elle.

Elle se sentait soudain étrangement euphorique. L'effet du rhum, sans doute.

— Pas aussi belles que certaine.

Son regard arracha un frisson à Cassie.

— Embrassez-moi, s'entendit-elle murmurer.

Cole traça le contour de ses lèvres du bout de l'index, avant d'aller se rasseoir, et de reprendre son livre.

— Croyez bien que j'aurais été ravi de vous satisfaire, mon ange. Mais j'ai peur que la potion de Takotah ne soit montée à votre charmante petite tête.

Cassie soupira, déçue et en même temps ravie. Il l'avait appelée « mon ange ». Elle s'étira, réprima un bâillement, mais s'efforça de rester éveillée pour profiter de ce moment d'intimité avec Cole. C'était la première fois, depuis qu'ils se connaissaient, qu'ils ne se disputaient pas.

— Que lisez-vous ?
— Catulle.
— Lisez-moi quelques lignes.
— En anglais, ou en latin ?
Elle pouffa.
— En anglais, bien sûr.
Cole lui sourit, ouvrit le livre au hasard, et commença sa lecture. Lorsqu'il releva les yeux, Cassie s'était rendormie. Refermant son livre, il la contempla, et se demanda quand, exactement, il était tombé amoureux d'elle.

# 17

— Vous êtes sûre d'être en état de voyager, mademoiselle Cassie ? s'inquiéta Nan, son visage rond luisant de transpiration.

— Mais oui, la rassura Cassie.

Elle accepta la main de Micah pour monter en voiture.

En vérité, elle ne se sentait pas si bien que cela. Il ne s'était écoulé que deux jours depuis son accident, et elle souffrait toujours de migraines et de vertiges, même si ceux-ci avaient diminué en intensité. Mais si elle écrivait à Geoffrey pour lui expliquer qu'elle était souffrante et qu'elle ne pourrait venir à sa réception, il s'inviterait de nouveau à Blakewell Neck. Or, après ce qui s'était passé la dernière fois, elle ne tenait pas à se retrouver en tête-à-tête avec lui.

Elle installa Jamie à côté d'elle, laissant la banquette d'en face pour Elly. Elle avait en effet fini par céder et autoriser Elly à l'accompagner.

Micah aida cette dernière à monter, et referma la portière. Un instant plus tard, l'attelage s'ébranlait.

Elly, qui n'avait jamais voyagé en voiture, battit des mains, ravie, tandis que Jamie – pour qui ce séjour loin de la maison faisait figure d'aventure – adressait des signes d'adieu à ses camarades massés près de la grille. Daniel, inconsolable d'avoir été tenu à l'écart, avait refusé de se joindre aux autres enfants, et pleurait dans son coin.

Cassie se sentait elle-même au bord des larmes. Elle aurait de loin préféré rester à la maison, plutôt que de se rendre à l'anniversaire de Geoffrey. Il y avait tellement mieux à faire que de perdre trois jours à écouter les mêmes personnes rabâcher les mêmes histoires. Les femmes parleraient chiffons et échangeraient des ragots tandis que les hommes discuteraient politique et chevaux ou joueraient aux cartes en buvant de l'alcool.

Lorsque les bâtiments de Blakewell Neck disparurent à la vue, le cœur de la jeune femme se serra davantage. Elle demeurerait trois jours sans voir Cole. Quand Takotah avait jugé qu'elle était en état de quitter l'îlot, il l'avait aidée à grimper en selle, puis avait chevauché à ses côtés, la couvant d'un regard inquiet, comme s'il craignait qu'elle ne tombe à tout moment.

Mais dès que la maison s'était profilée à l'horizon, Cole avait repris une attitude plus distante. Il avait accompagné Cassie jusqu'à l'écurie, l'avait aidée à mettre pied à terre sans mot dire. Et lorsque Nan et les autres s'étaient précipités pour l'accueillir, il en avait profité pour s'éclipser discrètement.

Elle n'avait même pas eu le temps de le remercier de lui avoir sauvé la vie.

— Sois sage ! lança-t-elle à Jamie, qui se penchait par la fenêtre de la portière. Tu ne voudrais pas tomber tout de même ?

Jamie grimaça. Il serait sans doute resté à son poste d'observation si la voiture n'avait soudain roulé dans une ornière. Il perdit l'équilibre et s'affala sur les genoux d'Elly.

— Vous croyez qu'il y aura de la tête de veau ? s'enquit celle-ci en rendant le gamin à sa sœur.

— Oui. Et du cochon rôti. Et des gibiers de toutes sortes. Mais je ne suis pas sûre que le père de Geoffrey en ait prévu pour les serviteurs.

Cassie lui avait déjà expliqué que même si les serviteurs pourraient également festoyer, le menu qui leur serait servi ne serait pas le même que celui des maîtres.

— Et des gâteaux ?

— Oui. Des tartes, des puddings, des gâteaux aux amandes…

Elly ouvrait de grands yeux émerveillés, et Cassie prit soudain conscience de sa jeunesse. Elle n'avait que dix-sept ans, après tout. Et elle était seule au monde. C'était du reste sa jeunesse qui avait incité Cassie à racheter sa traversée. Sans plus de parents pour s'occuper d'elle, Elly serait vite tombée sous la coupe d'un gredin qui l'aurait mise enceinte avant de l'abandonner. Cassie avait préféré lui éviter ce sort.

— Si tu veux, j'essaierai de te ramener un peu de nourriture dans ma chambre.

— Oh oui, maîtresse ! Merci !

Cassie lui retourna son sourire. Il était facile de comprendre pourquoi Zach s'était entiché d'elle. Menue, les traits délicats, de beaux cheveux blonds, Elly évoquait une poupée de porcelaine. En revanche, Cassie n'arrivait pas à comprendre que la jeune fille ne s'intéresse pas davantage à Zach.

Jamie admirait de nouveau le paysage qui défilait par la portière, et Cassie s'apprêtait à le réprimander quand elle entendit un cavalier approcher. Jamie sourit et cria :

— Debaran !

Le cœur de Cassie bondit dans sa poitrine.

— Bonjour, jeune homme, fit la voix de Cole.

Elle écarta brutalement Jamie de la portière et ordonna au cocher de s'arrêter.

— Auriez-vous décidé de me suivre en toutes circonstances ? lança-t-elle à Cole dès que l'attelage se fut immobilisé.

À vrai dire, elle était aussi furieuse que ravie de le voir.

Cole la gratifia d'un grand sourire.

— Auriez-vous oublié que vous m'avez demandé de monter Aldebaran pour la course de demain ? rétorqua-t-il sur le même ton.

— Je ne vous ai jamais...

— Ce doit être ce coup que vous avez reçu sur la tête, l'interrompit-il. Je me demandais pourquoi vous étiez partie sans moi.

Cassie se retint de lui lancer une réplique acerbe, mais elle le fusilla du regard. Elle savait pertinemment qu'elle ne lui avait pas demandé de courir avec les chevaux de son père. À quoi diable jouait-il ?

Cole approcha sa monture de la voiture.

— Ne craignez rien, reprit-il. Mes intentions sont tout ce qu'il y a de plus honorables. Je veux simplement prouver à Crichton que l'étalon de votre père est le plus rapide du pays. Et à moins que vous ne me tiriez une balle dans le dos, rien ne m'en empêchera.

— Êtes-vous devenu fou ? À leurs yeux, vous n'êtes qu'un repris de justice. Ils ne vous autoriseront jamais à courir. Ils se sentiraient insultés.

— Laissez-moi faire.

— Vous allez m'humilier, Cole Braden.

— J'espère bien que non, répliqua-t-il, une lueur amusée dans le regard.

Cassie ne s'était jamais intéressée aux courses de chevaux. Mais elle savait qu'elle aimerait voir gagner Aldebaran. L'an dernier, le père de Geoffrey avait interprété la défection de son père comme une preuve de lâcheté de sa part.

— Très bien, céda-t-elle. Mais ne faites rien qui pourrait nuire à ma famille ou je vous ramène à la maison en vous tirant par les oreilles.

Jamie tendit la main pour caresser l'étalon.

— Viens ici, garnement, l'invita Cole.

Se penchant, il attrapa l'enfant par la taille et le jucha devant lui.

— Que…

— Rassurez-vous, il arrivera entier.

Sur ce, il talonna sa monture.

Une heure plus tard, à leur arrivée à Crichton Hall, Jamie, épuisé par tant de nouveautés, était tout disposé à faire sa sieste. Et Cassie avait de nouveau la migraine.

— Catherine ! s'exclama Geoffrey depuis le perron.

Mais son sourire s'évanouit dès qu'il aperçut Cole.

— Bonjour, Geoffrey, répondit la jeune femme, qui refusa l'aide de Cole pour descendre de voiture.

Pas question de provoquer inutilement la jalousie de Geoffrey.

— Vous vous sentez bien ? s'enquit ce dernier. Vous êtes toute pâle.

— Je vais bien, assura-t-elle. Je souffre juste de légers vertiges.

— Elle s'est cogné la tête à une branche il y a deux jours, et elle est tombée de cheval, expliqua Cole.

Geoffrey lui jeta un regard noir.

— Que fait ce gredin ici ? demanda-t-il à Cassie.

— Il…

— Je suis venu prouver qu'Aldebaran était l'étalon le plus rapide du comté.

— Mon père… commença Cassie.

— Vous, un repris de justice, courir contre des gentlemen ? articula Geoffrey, avant d'éclater d'un rire méprisant.

— Geoffrey ! Monsieur Braden ! S'il vous plaît…

— C'est Blakewell en personne, qui m'a demandé de courir à sa place, mentit Cole. Mais peut-être ne vous sentez-vous pas de taille à relever le défi, Crichton.

Le visage de Geoffrey se ferma.

— Ooh… gémit soudain Cassie, feignant l'évanouissement.

Elle n'avait rien trouvé de mieux pour empêcher les deux hommes d'en venir aux mains.

Cole se précipita le premier pour la soutenir.

— Ne la touchez pas ! lui intima Crichton.

L'ignorant, Cole souleva la jeune femme dans ses bras.

— Il faut qu'elle s'allonge.

Crichton crispa les mâchoires, avant de lâcher :

— Très bien. Suivez-moi.

Cassie entendit Jamie fondre en larmes. Il semblait si choqué qu'elle regretta aussitôt sa petite comédie. Elle n'avait pas pensé à l'effet que son faux évanouissement produirait sur son frère.

— Ne t'inquiète pas, Jamie, le rassura Cole. Il faut juste qu'elle dorme un peu. Pourrais-tu m'aider ensuite à installer Aldebaran dans les écuries ?

— Ou… oui, bredouilla Jamie entre deux sanglots.

— Alors, attends-moi ici. Je reviens dans une minute.

Cassie dans ses bras, Cole gravit le perron d'un pas rapide et pénétra dans le hall, où la jeune femme fut assaillie par une odeur de parquet fraîchement ciré à laquelle se mêlait la fragrance d'un immense bouquet de roses. Elle connaissait Crichton Hall comme sa poche pour y avoir joué quand elle était enfant, et bien qu'elle gardât les yeux fermés, elle devina tout de suite que Geoffrey les emmenait dans l'une des chambres d'amis, à l'étage.

Cole la déposa doucement sur le lit.

— Il faudrait prévoir une boisson fraîche à lui donner lorsqu'elle reviendra à elle, recommanda-t-il.

— Vous avez de la chance que mon souci du confort de Mlle Blakewell l'ait emporté sur mon envie de vous punir de votre impudence, répliqua Geoffrey d'une voix vibrante de rage contenue. Osez encore me défier, Braden, et je vous promets que vous le regretterez. À présent, sortez !

— Prenez soin d'elle, Crichton.

Cassie ne comprenait pas pourquoi Cole s'entêtait à provoquer Geoffrey. Les hommes étaient décidément impossibles ! Elle venait juste de s'évanouir – avec ce qu'il fallait de théâtralité –, et pourtant ils continuaient de s'invectiver. Jusqu'où comptaient-ils aller ?

Quand Cassie sortit de sa chambre, une heure plus tard, elle se sentait beaucoup mieux. Son mal de crâne avait disparu, et la limonade qu'on lui avait montée l'avait ragaillardie, au point qu'elle en avait oublié son irritation contre Geoffrey et Cole. Elle avait même pris le temps de se changer, et portait maintenant une robe légère en mousseline vert émeraude.

Se laissant guider par le bruit des conversations, elle gagna la véranda, où le petit cercle des intimes des Crichton – les Carter et les Page, notamment – sirotait une limonade en attendant l'arrivée des autres invités.

Geoffrey se leva aussitôt pour lui prendre le bras.

— N'êtes-vous pas descendue trop tôt, Catherine ?

— Je suis en pleine forme, Geoffrey. Je vous assure.

— Vous n'auriez peut-être pas dû entreprendre le voyage aussi vite après votre accident. Êtes-vous sûre que tout va bien ?

— Elle est aussi folle que son père, murmura une voix masculine.

Cassie soupçonna l'un des frères Harrison. Ce n'était pas la première fois qu'on l'insultait en sa présence. Son père avait également souvent fait l'objet de remarques désobligeantes.

— Vous savez très bien, Geoffrey, que rien ne peut jamais me faire changer d'avis, répondit-elle avec un sourire en s'asseyant à côté de Lucy Carter sur une banquette de bois peint. J'avais décidé d'assister à votre anniversaire, et ce n'est pas une petite bosse sur le crâne qui aurait pu m'en empêcher.

— Une bosse ? Que vous est-il donc arrivé ? s'enquit Lucy.

Benjamine des filles de Robert Carter, Lucy était l'une des rares jeunes femmes des environs que Cassie appréciait sincèrement. Lucy et Mary, sa sœur aînée, s'étaient toujours montrées aimables avec elle, et elles n'avaient jamais regardé avec mépris ses toilettes démodées, ni critiqué son comportement parfois peu orthodoxe. Bien qu'elle ne les vît que deux ou trois fois par an, elle les considérait comme des amies. Leur mère était morte très jeune, et elles avaient su consoler Cassie lorsqu'elle avait perdu sa propre mère.

— J'ai heurté une branche alors que je chevauchais, et j'ai fait une chute, expliqua-t-elle.

Les femmes poussèrent un cri d'effroi collectif.

— Vous avez eu de la chance de vous en sortir, commenta Robert Carter, qui jouait au whist avec le père de Geoffrey.

— Elle s'est évanouie en arrivant ici tout à l'heure, précisa Geoffrey, provoquant de nouvelles exclamations horrifiées. Heureusement que j'étais là, sinon elle serait tombée dans l'escalier.

— En effet, Geoffrey. Merci de votre galanterie, répliqua Cassie, forcée d'avaler son mensonge.

C'était Cole, qui s'était précipité pour la recueillir dans ses bras, mais, bien sûr, elle n'était pas censée le savoir.

— Cela vous fait mal ? demanda Lucy.

— Un peu.

— Que devient votre père ? demanda le père de Geoffrey. Toujours à la recherche de nouvelles montures ?

Cassie entendit quelqu'un s'esclaffer, et feignit d'ignorer le sous-entendu.

— Il va très bien, merci.

— Vous ai-je dit, père, que Blakewell avait envoyé son forçat participer à la course ? intervint Geoffrey.

Crichton leva les yeux de ses cartes et fixa Cassie.

— Qu'est-ce que c'est que cette histoire ?

Cassie n'avait jamais aimé le père de Geoffrey ; il lui faisait peur. Relevant fièrement le menton, elle répliqua :

— Il ne voulait pas être faussement accusé de couardise une deuxième fois.

— Il doit commencer à trouver vos insultes lassantes, commenta Carter en riant.

Crichton marmonna quelque chose que Cassie ne comprit pas, et retourna à son jeu.

— Bonjour, tout le monde ! lança une voix, depuis la maison.

C'était Robert Carter Junior, accompagné de sa femme, Priscilla. Le couple pénétra dans la véranda, au grand soulagement de Cassie, soulagée de n'être plus au centre de l'attention.

L'après-midi s'écoula sans autre incident, tandis que les invités se succédaient : les Braxton, les Randolph de Turkey Island, les Fitzhugh, les Lee, les Byrd, les Nicholas, les Lucywell de Green Springs... Cassie discuta surtout avec Lucy et Mary, qui avaient beaucoup à lui raconter. Judith, leur sœur aînée, portait encore le deuil de son mari, décédé subitement en janvier. Elle était restée chez elle, comme l'exigeait l'usage, avec ses six enfants. Lucy et Mary avaient fait la connaissance du gouverneur Gooch et de sa belle-sœur, Anne

Stauton, et elles les avaient trouvés charmants. Leur frère, Landon, un beau jeune homme de vingt ans, s'était récemment entiché de la jeune Elizabeth Wormley, mais personne ne s'attendait que cette relation dure davantage que les autres. En revanche, et c'était la nouvelle la plus excitante, Lucy épouserait William Fitzhugh au printemps prochain.

Cassie était sincèrement ravie pour son amie, qu'elle félicita avec chaleur. Cependant, à mesure que la conversation avançait, elle sentait une sourde tristesse l'envahir. Elle avait si peu à partager avec Lucy et Mary. Qu'aurait-elle pu leur raconter ? Que son père déclinait de jour en jour ? Qu'elle mentait à tout le monde depuis plus d'un an ? Qu'elle pensait jour et nuit à un homme que la bonne société considérait comme un paria ?

Le soir, au dîner, elle se contenta de picorer dans son assiette. Puis elle alla souhaiter bonne nuit à Jamie, qui dormirait dans la nurserie. Son petit frère avait apparemment passé une excellente journée. Après avoir aidé Cole dans les écuries, il avait joué avec les autres enfants.

Que faisait Cole, à présent ? s'interrogea-t-elle tandis qu'elle regagnait sa chambre. Probablement aurait-il du mal à s'endormir au milieu des chevaux. Qu'il s'appelât Cole Braden ou Alec Kenleigh, il était évident qu'il était davantage habitué aux confortables matelas de plumes qu'à la paille des écuries.

Elly n'était pas encore couchée. Elle s'admirait dans la glace, l'une des plus belles robes de Cassie plaquée sur le corps.

— Oh ! s'exclama-t-elle en lâchant la robe.

Se ressaisissant, elle la ramassa en hâte et s'empressa d'aller la suspendre dans la penderie.

— Je t'ai ramené quelque chose de la cuisine, annonça Cassie, feignant de n'avoir rien vu.

Elle déplia son mouchoir sur la coiffeuse. Il contenait une partie de son propre dîner, dont une tranche de gâteau.

Elly ne se fit pas prier pour y goûter. Quand elle eut terminé, Cassie, qui avait commencé d'ôter les épingles de son chignon, demanda :

— Alors, c'était bon ?

— Hmm, délicieux.

— Je t'en rapporterai demain, promit-elle, espérant que grâce à ces menus présents, Elly finirait par l'aimer.

Son crâne la faisait de nouveau souffrir, et elle était impatiente de se coucher. Après une bonne nuit de sommeil, elle se réveillerait en pleine forme, et serait enfin capable de penser à autre chose qu'à un gredin aux cheveux noirs, essaya-t-elle de se convaincre.

Même s'il s'appelait vraiment Alec Kenleigh, Cole Braden était bel et bien un gredin, car il lui avait volé son cœur.

Elly terminait sa tranche de gâteau en regardant Mlle Cassie se préparer pour la nuit. Elle n'avait jamais rien goûté d'aussi bon. C'était agréable en bouche, et léger comme un nuage. Si elle épousait un riche planteur, elle mangerait tous les jours des gâteaux comme celui-là. Bien qu'elle fût reconnaissante à Mlle Cassie d'avoir pensé à elle, elle s'était sentie incapable de formuler le moindre remerciement. Car Mlle Cassie ne la considérerait jamais autrement que comme une servante. Or, Elly supportait de moins en moins de recevoir des ordres. Mlle Cassie n'était pas aussi importante qu'elle aimait à le croire.

Elle n'était pas davantage la lady qu'elle prétendait être. Cet après-midi, Elly avait vu les sœurs Carter. Elles, au moins, savaient s'habiller. De vraies princesses ! Dieu qu'elle aurait aimé être l'une d'elles ! Sûr qu'elles ne marchaient jamais pieds nus dans la boue, comme Mlle Cassie, et travaillaient encore moins dans les champs. Jusqu'à présent, elle avait été naïve, mais ses yeux commençaient à se dessiller. En arrivant en Virginie, elle avait trouvé Blakewell Neck immense, mais en comparaison de Crichton Hall, c'était un trou à rat. Avec ses plafonds immenses, ses parquets luisants comme des miroirs et ses escaliers si grands qu'ils semblaient mener au ciel, Crichton Hall était un palais.

Un jour, Elly en serait la maîtresse. Geoffrey l'aimait, c'était un point d'acquis. Il le lui avait dit cet après-midi. Elle l'avait croisé alors qu'elle descendait chercher de la limonade pour Mlle Cassie, et il l'avait attirée dans une pièce déserte. Elle avait protesté quand il avait essayé de l'embrasser. Il lui avait alors expliqué qu'il était amoureux d'elle, qu'il l'avait aimée au premier regard, et elle avait cédé. Son baiser ne l'avait pas autant enflammée que ceux de Zach, mais c'était parce que Geoffrey était un gentleman, et qu'il s'était contenu pour ne pas lui faire perdre la tête. L'essentiel, de toute façon, c'était qu'il fût amoureux d'elle.

Le lendemain matin, le temps avait tourné à la pluie. Cassie regardait par la fenêtre du salon, attendant avec impatience une éclaircie, pendant que les autres femmes se livraient à des travaux d'aiguille. Elle brûlait d'envie de monter à cheval. La pluie n'avait pas empêché les hommes de partir à la chasse, mais les dames étaient supposées rester à la maison par un tel temps. Ce n'était vraiment pas juste !

— Cassie, vous m'écoutez ? Vous ne m'avez pas répondu.

— Excusez-moi, Priscilla, j'avais la tête ailleurs.

— Je vous disais que j'ai d'autres broderies dans ma chambre, si vous voulez vous occuper les mains.

— Non, merci. Je suis trop maladroite. Je ne voudrais pas gâcher vos modèles.

C'était vrai. Mais il était encore plus vrai que Cassie avait toujours détesté les travaux d'aiguille.

— Votre mère ne vous a donc pas enseigné l'art de la broderie ?

— Elle a essayé, mais j'étais une très mauvaise élève.

— Alors peut-être devriez-vous vous entraîner avec Anne, sur des échantillons.

Cassie ignora les gloussements étouffés des autres femmes. Anne, la fille de Priscilla, âgée de trois ans, leva les yeux de son ouvrage en entendant son nom.

— Ma belle-sœur m'a raconté que vous aviez refusé deux offres de mariage, poursuivit Priscilla. Auriez-vous décidé de rester vieille fille ?

En dehors du petit bruit de gorge qui échappa à Lucy manquant de s'étrangler, un silence de plomb s'abattit dans la pièce.

Cassie se sentit rougir.

— Une femme est faite pour avoir un mari et des enfants, insista Priscilla.

— Au contraire de certaines, qui ne considèrent que l'argent, je ne vois qu'un motif valable d'épouser un homme : l'amour, répliqua Cassie. Je n'aimais pas ces messieurs à qui vous faites allusion, j'ai donc décliné leur proposition. Mais vous ne pouvez pas comprendre, j'imagine. C'était la bourse de Robert qui vous attirait. Pas sa personne.

Sur ces paroles, elle quitta la pièce dignement, sans un regard en arrière.

— Priscilla Churchill Carter, vous devriez avoir honte de vous ! entendit-elle Lucy s'exclamer juste avant de refermer la porte.

Dehors, la pluie s'était muée en bruine. Cassie inspira une grande goulée d'air frais. Elle se demandait bien ce qu'elle avait pu faire pour s'attirer l'hostilité de Priscilla. Lucy lui avait un jour expliqué que la plupart des femmes du comté lui en voulaient de sa liberté, mais Cassie n'avait pas voulu la croire. Elles semblaient au contraire s'enorgueillir de cet esclavage conjugal qui était le leur, et n'avaient aucun scrupule à infliger le même destin à leurs filles.

La jeune femme se couvrit la tête de son châle, et rejoignit les écuries en courant. Elle souhaitait s'assurer qu'Aldebaran allait bien. Du moins était-ce la raison qu'elle s'était trouvée. En réalité, elle avait envie de voir Cole.

Elle le trouva occupé à panser l'étalon, ses manches de chemise remontées jusqu'aux coudes. Sa visite ne parut pas le surprendre.

— Bonjour, mademoiselle Blakewell, la salua-t-il poliment.

— Comment va Aldebaran, monsieur Braden ?

Elle trouvait bizarre de s'entretenir aussi formellement avec un homme qu'elle avait embrassé plusieurs fois, et qui l'avait vue nue. Mais comme d'autres palefreniers travaillaient dans les stalles voisines, il était impossible de faire autrement.

— Il est en pleine forme. Et est impatient de courir. Vous êtes-vous remise de votre évanouissement ?

— Oui, merci, répondit-elle, intriguée par son sourire.

— J'ignorais que vous étiez une aussi bonne actrice, murmura-t-il, et son sourire s'élargit.

— Vous aviez deviné ?

— Oui.

— Mais vous...

— J'ai joué le jeu, bien sûr. Je n'allais quand même pas vous laisser choir. Et puis, je n'aurais raté pour rien au monde une pareille occasion de vous tenir dans mes bras.

Cassie lut dans son regard qu'il était sincère.

— Ce que j'aimerais savoir, en revanche, c'est qui vous espériez protéger en agissant ainsi, reprit-il tout en brossant le flanc de l'étalon d'un geste régulier. Si c'était moi, c'était inutile. Je suis parfaitement capable de m'occuper seul de ce dandy.

— Je crois que vous ne vous rendez pas très bien compte de la position qui est la vôtre, Cole Braden. Geoffrey pourrait vous faire fouetter. Je connais sa cruauté et celle de son père envers leur personnel. Vous êtes sur leurs terres, à présent. S'ils décidaient de vous donner une leçon, je ne pourrais rien faire pour les en empêcher.

— Donc, c'était bien moi que vous cherchiez à protéger. Vous m'en voyez fort marri, observa-t-il, feignant d'être atteint dans son orgueil.

Cassie ne put retenir un sourire.

— Ah, les hommes ! Ils ont de gros muscles, mais leur fierté est facile à blesser.

Il prit soudain une expression grave.

— Un jour, Cassie, l'animosité entre Crichton et moi tournera à la violence. Ce jour-là, ne vous en mêlez pas.

La jeune femme frissonna.

— Cole, vous ne parlez pas sérieusement !

— Vous ne pouvez sans doute pas comprendre, Cassie, mais un homme doit parfois faire des choses s'il veut rester un homme.

— Vous avez raison, monsieur Braden, je ne comprends pas. Le diable emporte votre orgueil !

Elle tourna les talons et s'éloigna à grands pas, encore plus abattue que lorsqu'elle était entrée dans l'écurie.

# 18

Quand les chasseurs rentrèrent, en début d'après-midi, la pluie avait cessé et le ciel s'était éclairci. Les femmes abandonnèrent leurs broderies et se rassemblèrent dans la véranda pour savourer des rafraîchissements et retrouver leurs maris et leurs fils. Soucieuse d'éviter un nouvel accrochage, Cassie demeura sagement dans son coin, à regarder Jamie jouer avec ses nouveaux camarades sur la pelouse. Pendant ce temps, des esclaves s'employaient à ratisser la piste destinée à la course. À un moment, une servante affichant des airs de conspiratrice invita Jamie à la suivre dans la nurserie. Intriguée, Cassie leur emboîta le pas. Ils découvrirent le chiot que Geoffrey avait promis d'offrir au garçonnet. Celui-ci décida de l'appeler Pirate, et s'endormit en le serrant dans ses bras.

Quand Cassie quitta la nurserie, les autres invités rejoignaient déjà la piste. L'heure était venue du grand événement que la plupart des hommes attendaient avec impatience.

Les cavaliers apparurent un à un, chevauchant ou tenant par la bride leur monture favorite.

Cassie s'obligea à combattre sa nervosité. Il n'était encore jamais arrivé qu'un gentleman autorise un serviteur à participer à ce genre de course – sans parler d'un repris de justice. Elle espérait donc que Cole renoncerait au dernier moment, et sans faire d'éclat. S'il essayait de passer en force, Cassie redoutait les conséquences non seulement pour lui, mais aussi pour elle.

Elle se joignit aux autres femmes, qui discutaient de la soirée à venir.

— Vous devriez vous accorder un petit somme avant le dîner, Mary, conseillait Priscilla. Si vous voulez retenir l'attention de George Braxton, il ne faudrait pas que vous ressembliez à une pâquerette flétrie.

— Vous avez sans doute raison, acquiesça Mary.

— N'est-ce pas votre forçat ? s'enquit soudain Lucy dans un murmure.

Cassie fit volte-face, et découvrit Cole qui conduisait Aldebaran vers l'extrémité de la piste.

— Oui, c'est lui, répondit-elle brièvement.

— Il est diablement bel homme, commenta Lucy.

— Et diablement têtu, également.

— C'est vrai, ce qu'on raconte à son sujet ?

— Et que raconte-t-on ?

Il était décidément impossible de garder le moindre secret, dans ce comté !

— Qu'il prétend être un gentleman déporté de force dans les colonies.

— C'est en effet ce qu'il prétend.

— Et vous le croyez ?

Cassie hésita. Le croyait-elle ?

— Oui.

— Pensez-vous qu'ils le laisseront participer à la course ?

— Et vous ?

Les deux femmes regardèrent Cole s'approcher du point de départ.

— Votre présence ici n'est pas souhaitée, lança Geoffrey, qui chevauchait un cheval rouan. Cette course est réservée aux gentlemen.

— Vraiment ? répliqua Cole, avec un regard méprisant à l'adresse Geoffrey.

Tout le monde fit silence. Cassie aurait voulu se couvrir les yeux et les oreilles.

— Très bien, reprit Cole, tournant la bride à son étalon, pour regagner les écuries. C'est exactement ce que Blakewell avait prévu dans sa lettre.

— Et qu'avait-il prévu ? ne put s'empêcher de demander Geoffrey.

— Que vous refuseriez le défi.

— Oh, non... gémit Cassie.

Un murmure parcourut l'assistance.

— Vous vous trompez, Braden, répliqua Geoffrey. Personne ne...

— Tais-toi, mon garçon, le coupa son père, qui vint se planter devant Cole. Nous acceptons le défi de Blakewell. Le gagnant contre Aldebaran. J'ai assez souvent traité Blakewell de lâche pour ne pas lui donner la possibilité de me rendre la pareille.

Cassie entendit Robert Carter s'esclaffer.

— Mais, père... voulut protester Geoffrey.

— Ne discute pas mes ordres !

Geoffrey se renfrogna, mais il obéit.

— Qui est cet homme ? chuchota une femme.

— Le forçat des Blakewell, répondit quelqu'un. Il paraît qu'il a été condamné pour viol.

— Vu son physique, il n'a pourtant pas dû rencontrer beaucoup de résistance.

— Si vous voulez mon avis, ils auraient mieux fait de le pendre, murmura quelqu'un d'autre.

Les premières courses se déroulèrent presque dans l'indifférence. Il était évident depuis le début que l'affrontement ultime opposerait l'étalon de Geoffrey à l'un des chevaux récemment acquis par Robert Carter. Tous les autres compétiteurs étaient peu à peu éliminés.

Finalement, ce fut Geoffrey qui passa le premier la ligne d'arrivée, d'une courte tête.

— Vous avez eu de la chance, commenta Carter à l'intention du père de ce dernier. Nous n'avons pas eu assez de temps pour entraîner convenablement notre cheval.

— Taratata ! répliqua Crichton. Notre cheval était meilleur, voilà tout.

Il ne restait plus que la dernière course : celle qui devait opposer Aldebaran au vainqueur.

Aldebaran était déjà sur la ligne de départ, et Cole attendait que Geoffrey les rejoigne. Cassie sentit son pouls s'accélérer. Elle espérait qu'il gagnerait, pour son père, et pour elle. Ce serait une belle revanche après toutes les insultes qu'ils avaient endurées.

— Vous misez combien ? s'enquit Crichton.

Cassie ne comprit pas tout de suite qu'il s'adressait à elle.

— Les femmes ne parient pas, père, lui rappela Geoffrey.

— Il traite sa fille comme un garçon, rétorqua Crichton. Alors, combien ?

Cassie avait conscience que tous les regards s'étaient braqués sur elle. Relevant le menton, elle répondit :

— Une barrique de tabac.

Un murmure stupéfait courut dans la foule.

— Elle est aussi folle que son père ! s'exclama quelqu'un.

Cassie regretta aussitôt son impulsivité. Une barrique contenait près de cinq cents kilos de tabac. Elle n'en avait pas autant en réserve. Si Aldebaran perdait, elle serait débitrice des Crichton jusqu'à la prochaine récolte.

Crichton lui adressa un regard noir. Lui aussi jugeait sans doute l'enchère un peu haute, mais il finit par hocher la tête en signe d'acquiescement.

— Vous n'auriez pas dû entrer dans son jeu, murmura Lucy.

— C'est trop tard, à présent, fit valoir Cassie.

Geoffrey gagna à son tour la ligne de départ.

William Byrd leva son pistolet.

— Une course à la loyale, messieurs !

Cole opina du chef. Geoffrey l'imita, mais il ricanait.

La détonation retentit avec un bruit sinistre. Cassie avait peur de regarder, mais elle était comme tétanisée, et elle fut incapable de détourner la tête. Elle avait les tempes bourdonnantes tant elle était anxieuse.

Le cheval de Geoffrey prit un départ foudroyant, mais Cole ne tarda pas à le rattraper. Arrivé à la moitié du parcours, il le dépassait déjà d'une longueur.

Ensuite, tout se passa très vite. Cassie vit Geoffrey brandir son fouet, et en assener un coup à Cole. La lanière déchira sa chemise.

— Non ! cria-t-elle, mais sa voix se perdit dans le tumulte.

Geoffrey donna un nouveau coup de fouet, cette fois dans les flancs d'Aldebaran. L'étalon fit un écart, et Cassie crut qu'il allait trébucher.

Geoffrey repassa devant. Il jeta un coup d'œil pardessus son épaule.

Avant que Cassie ait pu reprendre son souffle, Cole avait calmé son cheval, et regagnait du terrain.

S'apercevant qu'il le talonnait, Geoffrey dévia son cheval sur la gauche dans l'intention manifeste de lui bloquer le passage.

Mais Cole devait s'y attendre. Il engagea Aldebaran sur la droite et doubla Geoffrey à une vitesse telle que celui-ci n'eut pas le temps de réagir. Cole franchit la ligne d'arrivée avec plus d'une longueur d'avance.

Cassie s'entendit hurler de joie.

Mais son soulagement fut de courte durée.

Le visage fermé, Cole sauta à terre et s'approcha de Geoffrey au pas de charge. L'empoignant par les revers de sa veste, il le tira de sa selle, et le laissa tomber dans la poussière.

— Immonde salaud ! siffla-t-il. Si mon nom était restauré, je vous ferais payer votre ignominie !

— Non, Cole ! cria Cassie.

Elle se précipita vers les deux hommes, affolée à la pensée que Cole puisse commettre un acte qui l'envoie croupir dans un cachot – ou pire. Mais le temps qu'elle atteigne l'extrémité de la piste, il avait pivoté sur ses talons, et rejoignait Aldebaran.

Geoffrey se releva maladroitement. Il écumait de rage.

— Arrêtez-le ! ordonna-t-il.

Mais personne ne bougea. La plupart des invités détournèrent même le regard.

Cole s'éloigna avec l'étalon en direction de l'écurie.

— Vous êtes tout sauf un gentleman, Geoffrey Crichton, articula Cassie, qui dut se retenir pour ne pas le gifler.

Elle voulut rattraper Cole, mais le père de Geoffrey s'interposa. Alors qu'elle s'attendait à une réprimande de sa part, Crichton se contenta de lui glisser une reconnaissance de dette dans la main. Sans un mot, il regagna la maison.

— Père ! s'exclama Geoffrey. Vous n'avez pas vu ? Ce renégat m'a agressé !

Crichton n'eut pas un regard pour son fils.

Alec ignora les regards médusés qui le suivaient. Son sang bouillonnait dans ses veines, et sa rage était telle qu'il en oubliait la morsure du coup de fouet dans sa chair. Crichton avait de la chance d'être encore en un seul morceau. Alec se serait sans doute jeté sur lui si le cri de Cassie ne l'avait arrêté. Il ne voulait pas la mettre en difficulté.

Il pénétra dans les écuries. Un groupe de gamins tourna vers lui des yeux vides. Tous les serviteurs de cette plantation donnaient l'impression d'être mal nourris et, pour certains, malades. Même les chiens avaient triste mine.

Il conduisit Aldebaran dans sa stalle, et examina ses flancs. Il constata avec soulagement que le fouet de Crichton n'avait laissé aucune marque de lacération.

— Tu l'as battu à plate couture, mon gars, murmura-t-il, caressant les naseaux de l'animal. Je savais que tu réussirais.

Il finissait d'ôter la selle quand Cassie le rejoignit.

— Merci, dit-elle.

— Merci pour quoi ? répliqua-t-il, plus sèchement qu'il ne l'aurait voulu.

— D'avoir gagné.

Elle esquissa un sourire, qui le dérida aussitôt.

— Il n'y a pas de quoi.

— Je vais soigner votre dos.

— Ce n'est pas nécessaire. Je ne sens rien.

— Ne dites pas de bêtises ! De toute façon, je ne partirai pas tant que je ne me serai pas occupée de vos blessures.

— Très bien, céda-t-il.

Après avoir accroché la selle, il s'assit sur un banc, dans l'allée, et se débarrassa de sa chemise. Ce simple geste provoqua une douleur qui le surprit. Puis il entendit Cassie pousser une exclamation, et ne put s'empêcher de tressaillir quand elle approcha la main de sa blessure.

— Excusez-moi. Je ne voulais pas vous faire mal.

— Vous ne m'avez pas fait mal, assura Alec.

— Je crois que vous rentrerez en Angleterre avec tout un assortiment de cicatrices qui feront de vous une curiosité.

Alec s'esclaffa.

— C'est vraiment si vilain ?

— Eh bien… ça dessine une diagonale, de là, jusque-là…

Tout en parlant, elle promenait les doigts dans son dos, remonta jusqu'à la nuque. Si elle ne cessait pas très vite…

Il se releva abruptement, plongea son regard dans le sien et suivit de l'index le contour de ses lèvres.

— Vous feriez mieux de partir tout de suite, maîtresse, lui conseilla-t-il.

Et pour une fois, elle s'empressa d'obtempérer.

Une heure plus tard, assise devant sa coiffeuse, Cassie s'escrimait à refaire son chignon. Pourquoi était-elle si maladroite et si distraite ? L'attitude d'Elly, qui tapait du pied en soupirant, ne l'aidait certes pas. Elle lui avait déjà demandé d'arrêter, sans succès.

— Elly, s'il te plaît ! lança-t-elle avec plus de sévérité.

Elly fit la grimace, mais son pied s'immobilisa.

Cassie acheva enfin son chignon. Puis elle s'empara d'un pot de fard.

Pourquoi Cole l'avait-il congédiée aussi brutalement ? Elle regardait dans la glace son doigt appliquer du rouge sur ses lèvres, et ce geste lui rappelait celui de Cole. Sans doute aurait-elle dû lui être reconnaissante de sa froideur. Or il n'en était rien. Elle aurait voulu qu'il l'embrasse. Pour tout dire, elle aurait voulu même beaucoup plus qu'un simple baiser. S'il lui faisait un enfant, au moins serait-elle assurée de garder un souvenir de lui lorsqu'il rentrerait en Angleterre. Car elle était certaine, à présent, qu'il repartirait. Une lettre arriverait un jour ou l'autre, et il ne serait plus Cole Braden.

Cassie s'obligea à combattre la mélancolie qu'elle sentait poindre. Elle ouvrit son écrin à bijoux et en sortit le collier de perles de sa mère et les pendentifs assortis. En bas, les musiciens accordaient leurs instruments, et le dîner n'allait pas tarder. Elle attacha elle-même le collier et les pendentifs.

— Si tu veux, tu peux te joindre aux autres serviteurs qui ont prévu de festoyer autour d'un feu de joie, suggéra-t-elle à Elly en se levant pour lisser ses jupes.

Nettie avait travaillé jour et nuit pour terminer sa robe à temps. Elle avait réutilisé la soie ivoire d'une des robes de sa mère, sur laquelle elle avait brodé des petits boutons de roses entourés de feuilles vertes. C'était sans consteste la robe la plus ravissante que Cassie ait jamais portée.

— Merci, répondit Elly d'une voix morne, les yeux fixés sur le parquet.

— Je te monterai quelques-unes des bonnes choses qui nous seront servies au repas, promit Cassie, avant d'enfiler ses gants de soie et de quitter la chambre.

Des esclaves couraient en tous sens dans les couloirs pour satisfaire aux exigences des uns et des autres. Cassie gagna le rez-de-chaussée et prit la direction de la salle de billard, où elle savait trouver la plupart des jeunes gens à cette heure de la journée. Elle voulait avoir une explication avec Geoffrey. Ce qu'il avait fait durant la course était par trop méprisable.

La porte de la salle de billard était entrouverte. Cassie hésita. En principe, les jeunes femmes n'étaient pas censées s'aventurer dans ces espaces réservés aux messieurs.

— Ce gredin ne perd rien pour attendre, croyez-moi !

Reconnaissant la voix de Geoffrey, elle se figea.

— Mais Geoffrey, tu avais donné ton accord pour une course à la loyale, fit valoir Landon. Tu as humilié ton père, tu ne peux pas lui en vouloir d'être furieux contre toi.

— Il n'empêche que ce vaurien m'a agressé devant nos invités. Je le lui ferai payer. La question est de savoir si vous êtes prêts à m'aider ou pas ?

Le pouls de la jeune femme s'emballa.

— Je suis prêt, répondit une voix qu'elle ne reconnut pas.

— À condition que ton plan soit bon, précisa un autre. Je n'ai pas envie que Blakewell s'en prenne à nous quand il rentrera d'Angleterre.

— Profitons de ce que Braden est sur les terres de mon père, fit valoir Geoffrey. Tout ce dont j'ai besoin, c'est de quelques témoins, et d'une complice féminine.

— Tu veux lui tendre un piège ?

Plusieurs s'esclaffèrent. Cassie en avait la nausée.

— Tu te passeras de moi, intervint Landon. Braden est peut-être un repris de justice, mais je n'ai aucune raison de le piéger.

Cassie comprit que Landon s'apprêtait à quitter la pièce. Elle voulut battre en retraite vers l'escalier. Trop tard ! Il venait d'ouvrir la porte en grand. Elle se retourna, et feignit d'arriver.

— Bonsoir, Landon, lança-t-elle d'un ton léger.

Surpris, ce dernier referma le battant derrière lui.

— Bonsoir, Catherine.

— Je boirais bien une limonade. Il fait chaud, ce soir, vous ne trouvez pas ?

— Voulez-vous que j'aille vous en chercher un verre ?

— Ce serait très aimable à vous.

Cole était en danger. Elle devait absolument l'avertir.

# 19

Cassie avala une autre bouchée de rôti de bœuf, et la fit suivre d'une gorgée de vin rouge. Ce dîner ne finirait-il donc jamais ? Ils venaient de terminer les hors-d'œuvre – des huîtres, puis un potage au poisson –, et attaquaient à présent le plat suivant : un assortiment d'une dizaine de viandes différentes. Cassie n'avait aucun appétit.

— Il paraît qu'il prétend avoir été déporté de force, murmura une femme à sa voisine.

— Non !

— Si. Et qu'en fait, ce serait un gentleman.

Cole était le sujet de toutes les conversations chuchotées de la soirée, mais personne n'osait en parler à voix haute. La course non plus, du reste, n'était pas évoquée afin de ne pas faire davantage honte à leur hôte. Et Cassie, qui tendait l'oreille pour surprendre le moindre ragot, n'avait qu'une hâte : gagner les écuries pour avertir Cole de ce que préparait Geoffrey.

Elle avait tenté de s'esquiver avant le dîner, mais Landon l'avait retenue pour l'interroger sur Elizabeth Wormley, dont il était amoureux. Il lui demandait encore des conseils pour gagner son cœur lorsqu'on avait annoncé que le dîner était servi.

Un instant Cassie avait songé à affronter Geoffrey pour lui dire sans détour qu'elle était au courant de ce qu'il mijotait. Elle s'était ravisée, craignant que son intervention ne l'incite au contraire à précipiter son projet funeste, ce qui ne lui laisserait pas le temps de prévenir Cole. Elle avait également envisagé de révéler les projets de Geoffrey à son père, mais ce dernier nierait en bloc, et ce serait parole contre parole.

— En tout cas, il a des manières de gentleman.

— Son comportement, cet après-midi, a été incontestablement supérieur à celui d'un certain jeune homme.

— Et il est diablement bel homme.

Cassie leva les yeux de son assiette, et son regard accrocha furtivement celui de Geoffrey. Lui aussi avait entendu la dernière remarque, et bien qu'il ait gratifié la jeune femme d'un sourire, son regard trahissait une rage froide. Il avait été blessé dans son orgueil, or c'était un homme maladivement orgueilleux.

Quand le dessert fut enfin achevé, près de deux heures plus tard, Cassie avait les nerfs en pelote. La plupart des messieurs se retirèrent dans la salle de billard pour fumer et boire du brandy, tandis que les femmes remontaient vérifier leur toilette dans leurs chambres avant le bal. L'orchestre, qui avait accompagné le dîner en sourdine, se préparait à attaquer les premières danses.

Cassie s'échappa discrètement par le jardin baigné par la clarté d'un quartier de lune. Le son des violons la suivit un moment, leur paisible mélodie contrastant avec le staccato de son cœur. Elle coupa par la roseraie pour rejoindre plus vite les écuries.

— Je crois que j'ai trouvé la plus belle fleur, fit une voix.

Cassie sursauta en voyant Cole surgir de derrière un saule. Malgré la gravité de la situation, elle ne put s'empêcher de sourire tant elle était ravie de le retrouver. Comment avait-elle pu penser un seul instant que cet homme fût un dangereux repris de justice ?

— Cole, vous devez partir sur-le-champ ! chuchota-t-elle. Prenez Aldebaran et rentrez à la maison.

— Je voulais profiter encore un peu de la musique, répliqua-t-il avec un sourire charmeur.

C'était en partie vrai. Depuis son arrivée en Virginie, Alec n'avait entendu que des airs folkloriques joués sur des instruments de piètre qualité. Il ne s'était pas rendu compte à quel point la musique de chambre lui manquait jusqu'à ce qu'elle parvienne à ses oreilles, un peu plus tôt. Il ne s'était toutefois pas rapproché de la demeure pour l'écouter, mais bien dans l'espoir d'apercevoir Cassie. Et voilà qu'elle venait de se matérialiser devant lui comme s'il l'avait attirée par la seule force de ses pensées. Sa robe, plus recherchée que d'ordinaire, soulignait magnifiquement ses formes, et lui aurait à coup sûr attiré la jalousie de nombre de Londoniennes, bien qu'elle ne fût pas coupée à la dernière mode. Elle portait un collier de perles orné d'une grosse perle solitaire qui semblait plonger dans son décolleté. Mais Alec était surtout fasciné par ses yeux, dans lesquels se lisait un mélange d'appréhension et de détermination.

— Cole, écoutez-moi ! Geoffrey médite de vous tendre un piège. Vous devez rentrer immédiatement à la maison !

— Pas immédiatement, non.

Elle voulut protester, mais il posa un doigt sur ses lèvres pour la réduire au silence.

— Je n'écouterai pas un mot de plus tant que vous ne m'aurez pas accordé cette danse.

— Mais vous...

— Milady...

Il s'inclina solennellement avant de lui prendre la main.

Cassie voulut se libérer, mais il la tenait fermement et elle n'eut d'autre choix que d'acquiescer à sa requête.

C'était un quadrille inspiré d'une composition de Lully, et bien qu'Alec l'ait déjà dansé des centaines de fois, il n'y avait jamais pris autant de plaisir que ce soir. Un délicieux parfum de lavande flottait dans l'air nocturne, et sous la lumière argentée de la lune, la peau de Cassie brillait d'un étrange éclat qui lui donnait une irrésistible envie de la caresser. Leurs regards se croisèrent, et il sut qu'elle partageait son désir.

Mais il s'immobilisa soudain.

— Pourquoi devrais-je partir ?

— Geoffrey a comploté de vous faire arrêter. Pour viol, je suppose. Il a des complices.

— Je ne m'enfuirai pas comme un lâche.

— S'il vous plaît, Alec ! Obéissez-moi. Je ne veux pas qu'il vous arrive quelque chose.

Il ne se rendit pas tout de suite compte de ce que sa déclaration signifiait. Elle l'avait appelé par son vrai prénom !

— Très bien, répondit-il après un silence, conscient qu'il devait sourire comme un idiot. Mais c'est uniquement pour ne pas vous nuire, maîtresse.

— Prenez la direction du sud. Avec Aldebaran, vous ne devriez pas mettre beaucoup plus d'une heure pour rejoindre Blakewell Neck.

— Je me souviens de la route.

— Si des cavaliers approchent, cachez-vous dans la forêt.

— Cessez de vous inquiéter. Et retournez à l'intérieur avant que quelqu'un s'aperçoive de votre absence.

— Mais vous me promettez de partir ?

— Vous avez ma parole, assura-t-il en lui prenant la main pour la porter à ses lèvres. Redites-le encore une fois.

— Redire quoi ?

— Mon prénom.

Elle le fixa un instant sans comprendre. Puis un sourire éclaira son visage.

— Je vous ai appelé Alec.

— Oui. Redites-le.

— Bonne nuit, Alec. Et que Dieu vous protège.

Elly arpentait nerveusement la bibliothèque. Elle avait la désagréable impression que les portraits accrochés aux murs la suivaient du regard. Geoffrey lui avait donné rendez-vous ici à 9 heures, or il était déjà presque 9 h 30. Que diable fabriquait-il ?

Elly n'avait aucune idée de ce qu'il avait à lui dire, et cela ne faisait qu'accroître sa nervosité. Elle aurait aimé vérifier sa tenue dans un miroir, mais la pièce en était dépourvue. En tout cas, elle avait fait de son mieux pour être présentable – elle avait même utilisé un peu du fard de Mlle Cassie.

Les portraits la mettaient de plus en plus mal à l'aise. Dans quelque direction qu'elle portât les yeux, il lui semblait qu'ils l'observaient. Suffoquant presque, elle se précipita vers la porte. Juste à ce moment, celle-ci s'ouvrit. Elly faillit crier, mais une main se plaqua sur sa bouche.

C'était Geoffrey. Enfin !

— De quoi as-tu peur ? demanda-t-il avec un sourire.

— C'est... c'est eux, balbuatia-t-elle, soulagée, en indiquant les portraits du doigt. Je n'aime pas cette pièce.

— Moi non plus. Trouvons-nous un autre endroit.

Geoffrey inspecta le couloir, histoire de s'assurer qu'il n'y avait personne, puis l'entraîna vers un escalier de service.

— Où allons-nous ? s'enquit-elle.

— Chut. Tu vas voir.

En haut de l'escalier, il poussa une porte, et Elly comprit qu'il s'agissait d'une chambre à coucher. Elle n'aurait pas dû le suivre. Ce n'était pas convenable.

— Geoffrey, je ne…

— Elly, ma chérie, je ne vois pas de meilleur endroit où nous puissions être tranquilles. As-tu déjà goûté à un bon madère ?

Elle secoua la tête. Elle ne savait même pas ce qu'était un madère.

— Rassure-toi, ma chérie, je ne ferai rien qui pourrait ternir ta réputation.

Une petite voix intérieure lui chuchotait de partir, mais Elly décida de l'ignorer. Geoffrey était un gentleman, elle pouvait lui faire confiance.

— De toute façon, reprit-il, nous serons bientôt fiancés. Et plus personne ne pourra médire dans notre dos.

Elly n'était pas certaine d'avoir bien entendu.

— Geoffrey… ?

Il s'empara d'une bouteille, l'ouvrit et remplit deux verres.

— Comment, chérie, tu n'avais donc pas compris mes intentions ? Bien sûr, il faudra un peu de temps pour obtenir la permission de mon père. Mais il finira par céder. Et tu deviendras la maîtresse de Crichton Hall.

— Mon Dieu, Geoffrey ! s'écria Elly, qui n'en croyait pas ses oreilles.

Il lui tendit un verre.

— Portons donc un toast à notre avenir, suggéra-t-il. Et à notre bonheur.

Il leva son verre, et en vida le contenu d'un trait.

— À notre bonheur, répéta Elly, avant de porter son verre à ses lèvres, et d'en goûter une gorgée.

C'était doux en bouche, mais cela lui brûla un peu le gosier.

— Non, non, ma chérie, pas comme cela. Tu ne peux pas boire à notre avenir en te contentant d'une petite gorgée timide. Il faut tout avaler d'un coup, comme moi.

Elly contempla son verre, puis obtempéra, non sans un frisson. Geoffrey remplit aussitôt son verre, et fit de même avec le sien.

— À ta beauté, déclara-t-il.

Le deuxième verre brûla moins que le premier. Au quatrième, Elly trouva cette boisson tout à fait plaisante. D'autant qu'elle distillait en elle une délicieuse chaleur.

— Tu es ravissante, Elly, murmura Geoffrey en lui caressant la joue.

— Vous le pensez vraiment ?

— Oui.

Sur ce, il l'embrassa.

Elly s'accrocha à son cou – en partie parce que ses jambes la portaient à peine.

— Viens par là, fit-il en l'entraînant vers le lit. On dirait que tu ne supportes pas bien le vin.

— Le vin ? Je croyais que c'était du… du madère.

— Le madère est un vin, charmante petite idiote.

Elly s'entendit glousser. Geoffrey l'aida à s'installer sur le lit, puis s'allongea à côté d'elle.

— Tu es belle, souffla-t-il.

Il lui caressa le cou, puis sa main s'égara plus bas, et elle comprit qu'il tentait de lui dégrafer son corsage.

— Non, Geoffrey ! protesta-t-elle.

— Pourquoi non ?

— Nous ne sommes pas encore mariés.

— Est-ce que c'est désagréable ?

— Non, mais…

— Alors, détends-toi, et savoure l'instant.

Il lui caressait maintenant les seins. Puis il lui retroussa ses jupes jusqu'à la taille, et caressa sa féminité.

*Oh, Zach, oui !...*

— Je sens que tu as envie de moi, Elly.

Mais la voix était celle de Geoffrey.

Il roula sur elle et lui écarta les cuisses. Elly se rendait plus ou moins compte qu'elle aurait dû lui dire d'arrêter, mais aucun son ne sortait de sa bouche.

Tout à coup, une douleur lui vrilla l'entrejambe, et elle poussa un cri.

— Chut, chérie, chuchota Geoffrey. Dans deux minutes, tu n'auras plus mal du tout. Ce sera même le contraire.

Mais c'était faux. La douleur persistait. Elly se mordit les lèvres pour ne pas crier, et s'efforça de ne pas bouger. Elle désirait satisfaire Geoffrey, et le laissa la pilonner.

Finalement, il poussa un grognement et s'écroula sur elle, pantelant.

Dès qu'il eut repris son souffle, il se releva et reboutonna son pantalon.

— Ne t'inquiète pas, dit-il. Ça ne fait mal que la première fois. Je vais te raccompagner dans la chambre de ta maîtresse, et j'irai retrouver mes invités.

Avant qu'Elly ait compris ce qui se passait, elle se retrouva à contempler les murs de la chambre de Mlle Cassie. Geoffrey s'était volatilisé sans même un baiser d'adieu. Elle avait un peu la migraine, et encore mal entre les cuisses. Mais Geoffrey allait l'épouser. Son rêve deviendrait réalité.

Alors pourquoi se sentait-elle si misérable, et si seule ?

Cassie regarda discrètement par-dessus l'épaule de son cavalier pour consulter la pendule. Alec avait sûrement déjà atteint Blakewell Neck. Du moins l'espérait-elle.

Alec Kenleigh. Elle répéta mentalement son nom, savourant chaque syllabe. Sur le coup, elle ne s'était pas rendu compte qu'elle l'avait appelé par son vrai prénom. Lorsqu'il le lui avait fait remarquer, elle avait été étonnée, et même un peu effrayée.

Elle connaissait Cole Braden, ou croyait le connaître : il partageait son labeur quotidien sur la plantation où elle était née. Et elle en était tombée amoureuse – impossible de le nier, désormais.

Mais Alec Kenleigh était un riche gentleman anglais. Un homme issu d'un autre monde, et qui s'en irait bientôt le retrouver.

— Oh, je suis désolée ! s'excusa-t-elle.

Elle était tellement perdue dans ses pensées qu'elle avait marché sur le pied de son cavalier.

— Cela ne va pas, Cassie ? s'enquit Charles Braxton, soudain inquiet. Mary m'a parlé de votre chute de cheval.

Charles était un jeune homme charmant, plutôt bel homme, et doté des manières exquises, ce qui ne gâchait rien. Cassie aurait pu envisager de l'épouser – avant qu'Alec surgisse dans sa vie.

— Je crois que j'ai eu un vertige, mentit-elle.

— Je vais vous chercher un rafraîchissement.

Il l'escorta jusqu'à une chaise libre, puis se fraya un chemin en direction du buffet. Tandis qu'elle regardait les danseurs, Cassie s'aperçut que Geoffrey n'était pas du nombre. Il avait disparu juste après qu'elle eut prévenu Alec, et elle ne l'avait pas revu depuis. Où diable était-il passé ? L'avait-il vue avec Alec dans le jardin, et lui avait-il tendu une embuscade alors que ce dernier regagnait la plantation ?

Charles revenait déjà avec un verre de limonade. Il le lui tendit, et elle le remercia, le gratifiant de son sourire le plus radieux.

Ils demeurèrent assis côte à côte en silence un moment. Puis Charles se racla la gorge.

— Comment s'annonce la récolte de votre père, cette année ?

— À moins d'un désastre, toujours possible, ce sera la meilleure depuis des années, répondit Cassie, sans cesser de chercher Geoffrey dans la foule.

— Combien d'hectares avez-vous plantés ? demanda encore Charles, avant de secouer la tête. Pardonnez-moi de vous poser ces questions, Cassie. Vous devez me trouver bien ennuyeux. Ce n'est pas une conversation à avoir avec une femme.

— Au contraire, Charles. Mon père a toujours discuté avec moi des détails des cultures. Et j'ai toujours trouvé cela passionnant.

Il sourit.

— Décidément, vous n'êtes pas une femme ordinaire.

Son sourire intrigua Cassie. La courtisait-il ? Il y a encore quelques mois, elle aurait accueilli chaleureusement ses avances. Mais aujourd'hui ?

— Oh, je n'ai rien d'extraordinaire, vous savez ! Je suis aussi fascinée par les belles robes que n'importe quelle femme.

Surgi de nulle part, Geoffrey se matérialisa près d'elle et lui prit le bras pour l'inciter à se lever. Il affichait un sourire suffisant.

— Pardonnez-moi, Catherine, mais je dois vous parler sans délai.

La jeune femme sentit son pouls s'emballer. Avait-elle averti Alec trop tard ?

— Que se passe-t-il, Geoffrey ?

Il l'entraîna dans le hall, où plusieurs jeunes gens semblaient l'attendre. C'étaient sans doute ceux qui avaient décidé de l'aider à tendre un piège à Alec. Cassie les détesta d'emblée.

— Le forçat s'est enfui avec Aldebaran, annonça Geoffrey.

Elle était tellement soulagée qu'elle pouvait à peine parler. Alec était sauvé. Sauvé !

— Que se passe-t-il ? demanda Crichton, qui arrivait en compagnie de Robert Carter.

— Le forçat s'est enfui, père. Et il a pris Aldebaran. Mais nous allons nous lancer à ses trousses. Il n'ira pas loin, croyez-moi.

Carrant les épaules, Cassie s'obligea à regarder Geoffrey droit dans les yeux.

— Vous aimeriez le traquer comme un gibier, n'est-ce pas ? lança-t-elle froidement. Malheureusement pour vous, vous n'aurez pas ce plaisir. Je l'ai renvoyé à Blakewell Neck avant le début du bal.

Geoffrey arborait une expression si médusée qu'elle en aurait presque ri.

— Il semblerait que quelques têtes brûlées aient comploté de lui tendre un piège en le faisant accuser de viol, intervint Robert Carter. Landon m'a tout raconté. Je comptais m'en mêler, mais je constate avec satisfaction que Mlle Blakewell a pris les devants.

— Qu'est-ce que c'est que cette histoire ? éructa Crichton en foudroyant son fils du regard.

— C'est un malentendu, père, je vous assure, plaida celui-ci.

Cassie devina qu'il devait écumer de rage. C'était la deuxième fois de la journée qu'il essuyait une humiliation publique.

— Un simple malentendu, répéta Carter, mais son ton laissait entendre exactement le contraire. Venez, mademoiselle Blakewell, je crois que les Crichton père et fils ont deux mots à se dire.

Carter lui prit le bras pour la ramener dans la salle de bal.

— Ce garçon est détestable, lui confia-t-il. Votre père n'aurait pas dû vous abandonner la plantation. Il serait grand temps que vous vous trouviez un mari. Quelqu'un qui puisse vous protéger et veiller à vos intérêts.

— Oui, certainement, acquiesça Cassie, qui n'écoutait que d'une oreille tant elle se sentait euphorique. Merci, monsieur.

Lucy se précipita à sa rencontre.

— Que s'est-il passé, Cassie ? s'écria-t-elle. Rien de grave, j'espère !

— Non, Lucy. Tout va bien. Très, très bien, même.

Geoffrey avala la dernière gorgée de madère et jeta la bouteille dans le feu. Elle se brisa dans la cheminée, et le fracas lui arracha un ricanement. Ce salaud de Landon avait tout raconté à son père ! Et Catherine était au courant. Pour l'heure, il était pieds et poings liés. Les Carter étaient intouchables.

En ce qui concernait Catherine... Geoffrey avait cru lire de la haine dans son regard. Ne comprenait-elle donc pas qu'il l'aimait ? Et qu'il cherchait uniquement à la protéger ?

Cole Braden paraissait peut-être un galant homme, mais ce n'était qu'une façade. Il avait réussi à gagner la sympathie de Cassie avec son histoire abracadabrante, et vu la façon dont les choses se profilaient, toutes les matrones de Virginie n'allaient pas tarder à chanter ses louanges comme s'il était un prince anglais. Lui seul voyait clair dans son jeu. Cole Braden n'était qu'un repris de justice, prêt à tout pour obtenir sa libération.

L'aube pointait déjà. Abandonnant son fauteuil, Geoffrey alla s'écrouler sur son lit. Une odeur lui chatouilla les narines, et il reconnut celle de la femme de chambre qu'il avait déflorée quelques heures plus tôt.

Celle-là, au moins, valait le mal qu'il s'était donné. Au souvenir de leurs ébats, il sentit son sexe durcir.

Tout n'était pas perdu, cependant. Il avait un autre plan, et celui-ci serait couronné de succès. La première tentative d'Henry avait certes échoué, mais ce n'était qu'une question de temps avant que l'Écossais atteigne son but. D'autant qu'il avait une excellente motivation : la promesse de sa libération.

Des accidents arrivaient tous les jours. Celui-ci aurait raison du forçat. Il suffisait de se montrer patient.

# 20

Les bras chargés d'une pile de draps propres, Cassie entra dans la chambre de Jamie, où Nettie aérait la literie. Depuis leur retour de Crichton Hall, il avait plu pratiquement sans discontinuer, et Cassie entendait profiter du soleil pour une fois qu'il se décidait à briller. Toutes les fenêtres de la maison étaient grandes ouvertes, et l'on entendait les rires des enfants monter de la cour.

— Voilà les draps, dit-elle.

Elle les tendit à Nettie, puis gagna sa propre chambre, évitant soigneusement de regarder du côté du bureau de son père en passant.

Alec s'y trouvait depuis le début de la matinée. Il épluchait les livres de comptes – « pour l'aider », avait-il expliqué. Cassie se demandait encore pourquoi elle l'avait laissé faire. Elle savait parfaitement compter, et s'y connaissait autrement mieux en matière de culture du tabac qu'Alec. C'est d'ailleurs ce qu'elle lui avait d'abord répliqué. Ils s'étaient alors vivement querellés. De toute évidence, Alec n'approuvait pas qu'elle dirige seule la plantation. Et, bizarrement, elle avait cédé, l'autorisant à se plonger dans les registres du domaine.

Elle jeta les draps propres sur son lit, et s'efforça de le chasser de ses pensées.

— Elly !

C'était Nan, qui appelait de la cour. Elly avait encore dû disparaître.

— Eleanor !

Elly n'était pas devenue plus malléable depuis qu'elle avait accompagné Cassie à Crichton Hall. Bien au contraire. Elle s'éclipsait de longs moments, sans autorisation, et elle traitait les autres serviteurs avec de plus en plus de dédain. Elle ignorait même Zach, qui l'aimait pourtant toujours autant.

— Cette fille va finir par nous apporter des ennuis, avait prédit Nettie pas plus tard que ce matin, quand Elly ne s'était pas montrée au petit déjeuner.

Nettie aussi avait changé. Mais en bien. Elle semblait enfin heureuse – il lui arrivait même de fredonner pendant qu'elle travaillait. Et il n'était pas difficile de deviner la cause de cette métamorphose. Depuis la fièvre de Daniel, Luke leur rendait régulièrement visite. Il s'acquittait de tâches telles que porter le bois de chauffage, réparer les trous dans le toit, qui incombaient normalement à un mari. En échange, Nettie lui offrait le dîner et ravaudait son linge. Daniel adorait Luke et le suivait comme son ombre. Mais Cassie n'avait fait aucune remarque à Nettie à ce sujet ; elle préférait attendre que celle-ci se confie à elle.

Une cavalcade résonna soudain dans l'escalier.

— Non ! Pas de ça ! cria Nettie.

Cassie se rua dans le couloir pour lui prêter main-forte, hélas, trop tard.

Jamie avait sauté sur son lit tout propre. Il n'était pas seul. Pirate l'accompagnait, remuant joyeusement la queue. Il avait laissé des traces de pattes sur le parquet fraîchement lavé. Nettie, qui contemplait la scène, semblait osciller entre amusement et consternation.

— Je croyais t'avoir interdit d'amener ce chien dans la maison, Benjamin Blakewell ? lança Cassie d'un ton sévère.

— Je m'excuse, marmonna Jamie, tout contrit.

Il savait que lorsque sa sœur employait son prénom ce n'était pas bon signe.

— Et toi, tu ne sais pas qu'un chien bien élevé doit rester dehors ? ajouta Cassie à l'adresse de l'animal.

Tout content d'être au centre de l'attention, Pirate bondit du lit et vint poser les pattes sur les jupes de la jeune femme.

Cette dernière se retint de le caresser. Si elle n'y mettait pas bon ordre, Pirate réclamerait bientôt une place à table.

— Fichez-moi le camp tous les deux, ordonna-t-elle.

Jamie prit le chiot dans ses bras et quitta la pièce sans demander son reste. Mais à peine dans le couloir, il reposa Pirate sur le sol, lequel se mit à courir partout, laissant des traînées de boue dans son sillage. D'abord dans la chambre de Cassie, où il bondit pareillement sur le lit, puis dans le bureau de son père.

— Pirate, arrête tout de suite ! cria Cassie.

Mais le chiot semblait prendre tout cela comme un jeu, et il aboyait maintenant sous le bureau. Alec s'arracha à son livre de comptes et regarda autour de lui, l'air quelque peu dérouté par cette brusque agitation.

— Jamie, viens tout de suite récupérer ce chien !

Cassie gratifia Alec d'une mimique d'excuse, et le sourire qu'il lui retourna lui réchauffa le cœur.

— Mon Dieu, que se passe-t-il ici ? s'exclama-t-il, comme Jamie déboulait à son tour dans le bureau. Ne serait-ce pas l'horrible Barbe-Noire, et son terrible fauve ? Que Dieu nous préserve tous !

— Que Dieu nous préserve, en effet ! lui fit écho Nettie, depuis le couloir. La lessive sera en partie à recommencer.

— Je suis désolée, murmura Cassie.

— Ce n'est pas grave, assura Alec en se levant. Cette petite interruption est la bienvenue. J'ai besoin de me dégourdir les jambes.

Il jucha Jamie sur ses épaules et sortit, Pirate dans son sillage.

Quand Cassie redescendit dans la cour, un peu plus tard, avec les draps à relaver, Alec et Jamie s'affrontaient en duel, pour le plus grand plaisir des autres enfants, rassemblés comme au spectacle.

— Prépare-toi à l'abordage, Barbe Noire ! menaçait Alec, qui brandissait un bout de bois censé être un sabre. Cette fois, tu ne m'échapperas pas !

— Tu ne m'auras jamais ! répliqua Jamie, qui maniait également un bâton.

Et avec un entrain qui fit s'esclaffer Nan et le vieux Charlie, il chargea.

Alec esquiva le coup, et contre-attaqua.

Les bras toujours chargés de linge, Cassie s'adossa à un mur pour regarder l'affrontement. Pieds nus, sa chemise entrouverte sur son torse hâlé, Alec avait l'air d'un vrai pirate – et diablement viril. Si seulement…

Non. Il valait mieux que leurs relations demeurent platoniques. Car elle craignait, s'ils allaient plus loin, de ne jamais cesser de l'aimer.

— Par le diable ! Tu m'as eu, Barbe Noire ! s'exclama Alec.

Et pressant les mains sur le ventre, il s'écroula en grimaçant.

Jamie leva triomphalement son sabre, tandis que Pirate, excité par toute cette agitation, courait autour d'Alec en aboyant, s'interrompant à intervalles réguliers pour lui lécher le visage.

Alec finit par ressusciter, se remit debout et souleva Jamie dans les airs, pour le plus grand bonheur de celui-ci.

Cassie devina qu'elle ne serait pas la seule à déplorer le départ d'Alec pour l'Angleterre. Jamie le regretterait également beaucoup.

— Allez, c'est fini pour aujourd'hui, garnement, décréta Alec en reposant le petit garçon sur le sol.

Cassie s'aperçut soudain qu'elle avait les joues humides de larmes, et s'empressa de tourner les talons.

Plus Alec épluchait les registres de la plantation, et plus il était impressionné par les prouesses de Cassie. Elle avait réussi à maintenir à flot les finances du domaine, qui étaient pourtant en piteux état – pour rester poli.

Abraham Blakewell avait eu le tort de tout miser sur la culture du tabac. Ses revenus en dépendaient entièrement, car le maïs planté à Blakewell Neck ne servait qu'à l'alimentation du personnel. Les années de bonnes récoltes, il avait dépensé l'argent sans compter, achetant des livres, des chevaux et des cadeaux pour sa femme et sa fille. Faute d'avoir songé à économiser, il avait dû s'endetter les mauvaises années. Et ses dettes n'avaient fait que se creuser au fil du temps. Jusqu'à ce que Cassie reprenne l'affaire en mains.

Elle avait commencé par supprimer les dépenses superflues. Puis elle avait planté du blé et de l'orge, se procurant ainsi de nouvelles sources de revenus – certes modestes. Elle avait également initié un programme d'exploitation des ressources forestières du domaine, afin de vendre du bois de charpente aux entreprises de Williamsburg. Tout cela l'avait bien sûr obligée à recruter de la main-d'œuvre supplémentaire. Pour l'instant, elle ne dégageait donc aucun bénéfice, mais à terme, Alec était convaincu que ses efforts finiraient par payer. D'après ses propres calculs, la plantation, qui avait été très près de la ruine, pourrait rembourser ses dettes d'ici à cinq ou sept ans – tout dépendrait de la qualité des récoltes de tabac. Si Blakewell Neck survivait, Jamie pourrait remercier sa sœur.

Alec entendit un froufroutement de jupes dans le couloir, et s'obligea à ne pas lever les yeux. Travailler aussi près de la jeune femme lui était une nouvelle forme de torture. Cela faisait plus d'une semaine qu'il s'efforçait de l'éviter, s'abrutissant de travail jusqu'à l'épuisement. En l'appelant par son vrai prénom, elle avait fait voler en éclats la dernière barrière qui les séparait et il craignait plus que jamais de se retrouver seul avec elle. Si cela arrivait… Non, il valait mieux éviter que cela ne se produise. Du moins, tant qu'il n'aurait pas recouvré son entière liberté.

Il se força à poursuivre sa lecture. L'an dernier, la récolte de tabac avait été la meilleure, et la plus profitable depuis cinq ans. Pour cette année…

Le froufroutement s'était rapproché, et il ne put s'empêcher de glisser un regard en direction de la porte. Un plateau dans les mains, Cassie s'arrêta sur le seuil, comme si elle hésitait, puis se décida à entrer.

— J'ai pensé que vous auriez faim, dit-elle en déposant le plateau sur le bureau.

— Ah oui, en effet. Merci.

Le fumet de viande de bœuf et de pain frais lui mit certes l'eau à la bouche, mais la faim qui le tenaillait était d'une nature fort différente. Cassie portait une robe de mousseline verte – pratiquement du même vert que ses yeux. Un fichu ivoire était drapé sur ses épaules, les pointes recouvrant son décolleté, mais Alec brûlait d'envie de l'arracher pour révéler ce qu'il cachait. Il se réprimanda intérieurement. À peine avait-il posé les yeux sur la jeune femme qu'il était prêt à enfreindre toutes ses bonnes résolutions. Il déplia sa serviette sur ses genoux dans l'espoir que Cassie le laisserait manger en paix.

Mais elle ne semblait pas décidée à bouger. Elle demeurait plantée là, bras croisés, à le regarder. Il finit par comprendre qu'elle attendait qu'il lui donne son avis sur sa gestion du domaine.

— Vous vous demandez ce que je pense de tout cela ? fit-il, désignant la pile de registres.

Elle hocha la tête.

— Je dois vous avouer que je suis impressionné. Vous vous débrouillez très bien. Je ne suis pas sûr qu'il se trouve un homme de votre âge, dans tout le comté, qui aurait fait mieux à votre place.

Elle parut se détendre.

— Merci, souffla-t-elle, le regard brillant.

— En revanche, je crois que votre négociant, à Williamsburg, vous escroque.

— Quoi ?

Alec tira une chaise près de lui et lui fit signe de s'asseoir.

— J'ai constaté qu'environ dix pour cent de la récolte de tabac est perdue à la vente chaque année, reprit-il.

— En effet, mais cela n'a rien d'extraordinaire.

— Qu'il y ait une déperdition naturelle est tout à fait normal. Certains lots peuvent être abîmés dans le transport, avoir pris la pluie, que sais-je ? Mais je me suis permis de remonter plusieurs années en arrière, et je me suis rendu compte qu'avant que votre père traite avec ce négociant, la déperdition annuelle n'était que de deux pour cent. Cela fait une sacrée différence.

Alec lui montra les pages qu'il avait cornées dans les anciens registres. Elle se pencha pour les parcourir, ne se doutant apparemment pas que sa proximité le crucifiait.

— Vous avez raison, admit-elle finalement en croisant son regard. Il y a une grosse différence.

— En d'autres termes, ce type met huit pour cent de votre récolte directement dans ses poches. En plus de cinq ans, cela fait…

— Une petite fortune, le coupa Cassie. Oh, la canaille ! Mais que puis-je faire ?

Alec s'amusa de sa fureur.

— Sans témoins de ses agissements, vous ne pouvez pas prouver qu'il vous vole. Mais vous pouvez changer de négociant. Trouver quelqu'un de plus honnête. Robert Carter pourrait peut-être vous aider. Il doit connaître du monde.

Elle acquiesça.

— J'ai noté également que vous aviez acheté un grand nombre d'esclaves récemment, enchaîna-t-il. Plutôt que de dépenser de l'argent pour acquérir de nouveaux esclaves, vous feriez mieux d'inciter ceux que vous possédez déjà à travailler davantage.

Elle fronça les sourcils.

— Je ne comprends pas ?

— En leur promettant la liberté, par exemple. Cela les encouragerait à donner le meilleur d'eux-mêmes.

— On ne peut pas affranchir les esclaves comme cela. La loi...

— La loi peut toujours être contournée.

— Si je libérais tous mes esclaves, je finirais ruinée. De toute façon, il ne fait pas bon être noir et libre en Virginie. Les affranchis de Williamsburg sont souvent victimes d'agressions. Vous savez, Alec, je n'aime pas plus l'esclavage que vous, mais ce n'est pas simple.

— Efforcez au moins de trouver des solutions pour y recourir le moins possible.

Il prit une profonde inspiration, se passa la main dans les cheveux, et poursuivit :

— Mon père avait eu l'occasion de visiter la Virginie, il y a longtemps. Il y avait acheté un esclave, qu'il a ramené en Angleterre avec lui, où il l'a affranchi. Mon père avait bien des défauts, mais il tenait l'esclavage en horreur. Cet homme, qu'il avait affranchi, est resté dans notre famille. Il est devenu mon valet de chambre, mais je le considère un peu comme un oncle.

— Comment s'appelle-t-il ?

— Socrate. Il serait outré de me voir habillé ainsi. Il est devenu plus anglais que le roi George !

Cassie rit de bon cœur.

— L'esclavage est une pratique abominable, reprit Alec. Il ne suffit pas de dire que vous n'aimez pas cela : vous devez agir pour y mettre fin.

— Je ne vois vraiment pas comment je le pourrais. Les lois…

Elle s'interrompit, et Alec comprit qu'elle ferait au moins l'effort d'y réfléchir.

— Autre chose, dit-il. Vous devriez songer à construire votre propre bateau.

— Un bateau ? Pour quoi faire ?

— Pour économiser le coût du transport. Certes, il faudrait payer l'équipage, mais vous vous rembourseriez largement en transportant aussi la cargaison d'autres planteurs.

Alec entendait presque les rouages de son cerveau cliqueter tandis qu'elle faisait ses comptes mentalement. Il devina sa question suivante avant qu'elle la formule.

— Mais comment pourrais-je mettre en œuvre un chantier aussi compliqué que la construction d'un bateau ?

— Il se trouve que je connais très bien une certaine entreprise londonienne spécialisée dans ce travail. Ses bateaux sont d'excellente qualité, si je puis me permettre. Et je crois savoir que son propriétaire a une dette envers vous. Je pense que je pourrais vous arranger quelque chose.

— Vous feriez ça pour nous ?

Il lui caressa la joue.

— Non. Je le ferais uniquement pour vous.

Elle resta un instant silencieuse. Ses prunelles brillaient d'émotion.

— Merci, Alec, articula-t-elle finalement.

Sentant qu'ils posaient le pied en terrain glissant, il se leva pour mettre un terme à leur entretien. Cassie l'imita, et ils se retrouvèrent presque pressés l'un contre l'autre. Et soudain, spontanément, elle se laissa aller contre lui et l'enlaça. Incapable de résister, il s'empara de ses lèvres tandis que ses mains s'égaraient au creux de ses reins.

Leurs langues se mêlèrent. Alec sentit son désir s'enflammer alors même que la voix de sa raison lui criait d'arrêter pendant qu'il en était encore temps. Sans compter qu'on était au milieu de la journée et que la porte était grande ouverte !

Mais rien ne l'empêchait d'aller fermer le battant, et de la posséder là, sur le bureau de son père…

— Cassie, il vaut mieux s'en tenir là.

— Rejoignez-moi cette nuit, Alec.

Ses prunelles exprimaient un désir identique au sien.

— S'il vous plaît, ajouta-t-elle.

Il la lâcha, recula d'un pas.

— J'essaie de faire… ce qui est le mieux, marmonna-t-il, peinant à trouver ses mots.

— Cessez de vous poser des questions, Alec, lui conseilla-t-elle doucement comme il se dirigeait vers la porte.

# 21

Cassie posa sa brosse sur la coiffeuse, et alla se jeter sur son lit, laissant enfin libre cours aux larmes qu'elle avait retenues toute la soirée. Elle n'avait pas prémédité de se jeter à la tête d'Alec – et encore moins de l'inviter à la rejoindre dans sa chambre. Que devait-il penser d'elle, à présent ? Seigneur ! Il y avait des noms pour désigner les femmes qui se conduisaient ainsi. Alec la prenait-il pour une dévergondée ? Pire, une catin ? Probablement. Après leur baiser, il avait quitté le bureau sans un mot. C'était aussi bien ainsi, du reste. Tôt ou tard, il repartirait pour l'Angleterre, et il l'oublierait. De toute façon, il ne l'aimait pas. Tout au plus la désirait-il physiquement.

Mais elle se serait contentée de cela. Rien que pour une nuit, elle lui aurait volontiers abandonné...

Quoi ? L'avenir de Jamie ? L'honneur familial ? Sa propre réputation ?

Alec était lui aussi conscient de ce qu'elle risquait. À cette différence près qu'il n'avait pas laissé son désir supplanter son bon sens. Au fond d'elle-même, Cassie savait qu'il avait raison de se montrer aussi prudent.

Un éclair zébra soudain le ciel, suivi de près par un coup de tonnerre. L'orage était tout proche. Cassie se redressa et sécha ses larmes. Pleurer ne servirait à rien, décréta-t-elle.

Alec avala une nouvelle gorgée d'alcool de maïs dans l'espoir de combattre le feu par le feu. Peut-être qu'en buvant tout son soûl, il finirait par se sortir Cassie de l'esprit.

« Cessez de vous poser des questions », lui avait-elle dit.

Savait-elle seulement quel danger elle courait ? Depuis des jours, des semaines même, il essayait désespérément de se conduire en gentleman. Mais même un gentleman digne de ce nom n'était pas dépourvu de points faibles.

Un nouvel éclair déchira le ciel, et un coup de tonnerre ne tarda pas à y répondre. À croire que les éléments s'étaient mis au diapason de son agitation.

De sa cabane, Alec apercevait les fenêtres de la chambre de la jeune femme. Et la lueur qui filtrait à travers les rideaux lui prouvait qu'elle ne dormait pas davantage que lui.

Ce serait si simple de céder à l'appel de la chair…

La pluie tombait à verse, et le tonnerre ébranlait la maison à intervalles réguliers. L'orage se déchaînait juste au-dessus de la plantation, comme s'il avait décidé de déverser sa fureur sur leurs têtes. Cassie s'empara d'une chandelle et se rendit dans la chambre de Jamie, pour vérifier qu'il n'était pas terrorisé. Elle le trouva paisiblement endormi, indifférent au tumulte ambiant, le bras refermé sur Pirate, qui dormait lui aussi. Rassurée, Cassie ressortit sur la pointe des pieds et regagna sa propre chambre.

Elle venait juste de poser sa chandelle sur la table de chevet quand un nouveau coup de tonnerre retentit. Au même instant, une rafale de vent s'engouffra dans la pièce, soufflant sa chandelle.

Cassie se retourna vivement, persuadée qu'une bourrasque plus violente que les autres avait ouvert la porte-fenêtre donnant sur son balcon.

Elle se figea, et un petit cri s'échappa de sa gorge.

Alec.

Un éclair illumina un bref instant la pièce. Il était torse nu, son pantalon trempé collait à ses cuisses musclées.

Il s'avança vers elle.

— Je suis venu chercher ce que tu m'offrais.

— Vous... tu disais que tu ne voulais pas, murmura Cassie.

Elle ne portait qu'une fine chemisé de nuit, et croisa pudiquement les mains sur la poitrine.

— J'ai changé d'avis. On dirait que ça ne te fait pas plaisir ?

— Non, si... bredouilla-t-elle.

Elle se sentait comme un animal pris au piège. Sauf que c'était elle qui avait actionné le piège...

— Veux-tu que je reparte ?

— Je... je...

Il était trop près pour qu'elle puisse réfléchir correctement.

Il fit un pas supplémentaire, et lui caressa la joue.

— Tu n'as rien à craindre de moi.

— Je sais.

— Tu trembles, pourtant.

Éclair. Tonnerre.

— Je tremble ?

— Oui. Serait-ce de désir ou de peur ?

— Je ne sais pas. Peut-être les deux...

Il l'attira dans ses bras et captura ses lèvres. Cassie se sentit perdre pied.

Éclair. Tonnerre.

Sans cesser de l'embrasser, il commença à dénouer le ruban qui fermait sa chemise de nuit. Tout à coup, Cassie s'affola.

— Alec, non ! Arrête !

— Je m'en vais si tu veux.

— Je ne sais pas ce que je veux ! lâcha-t-elle dans un sanglot. Dès que je suis dans tes bras, je… Mais je… j'ai peur de ce qui va m'arriver.

— Je ne te ferai jamais mal, tu le sais.

Elle détourna les yeux.

— La plupart des femmes prétendent pourtant que c'est douloureux.

Il lui prit les mains.

— La première fois, ça l'est un peu, en effet, concéda-t-il. Mais je te promets de me montrer le plus tendre possible. Je ne désire que ton plaisir.

— J'en ai entendu certaines dire qu'il n'y avait jamais aucun plaisir pour les femmes, s'entêta-t-elle.

— Je les plains.

— Et tu as souvent… défloré des femmes ? ne put s'empêcher de demander Cassie, taraudée par un sentiment qui ressemblait à de la jalousie.

— Tu seras la première.

— Alors comment être sûr que tu sauras t'y prendre ?

Il s'esclaffa, et ses dents brillèrent un instant dans la pénombre. Puis il la prit de nouveau dans ses bras, et Cassie sut qu'elle attendait ce moment depuis toujours. Quand il couvrit sa bouche de la sienne, elle rendit les armes sans combattre.

Éclair. Tonnerre.

— Peut-être devrais-tu me déshabiller en premier, suggéra-t-il. Cela t'aiderait à te sentir plus à l'aise.

— Te déshabiller ? répéta Cassie, stupéfaite.

— Oui, me déshabiller.

Et, joignant le geste à la parole, il lui prit la main, et l'approcha de sa braguette.

Cassie sentit de nouveau la panique la submerger. Il allait trop vite en besogne. Elle n'était pas prête… Elle lutta pour se ressaisir. Elle n'était plus une enfant, que diable !

Elle baissa les yeux et, d'une main tremblante, ferrailla avec les boutons qui fermaient le pantalon d'Alec. Le vêtement glissa sur ses chevilles, et il s'en débarrassa d'un mouvement fluide.

Il ne portait rien dessous.

Cassie l'avait déjà vu nu. Mais il était alors fiévreux et inconscient. Et elle avait évité avec soin de regarder sa virilité. Aujourd'hui, il se tenait devant elle, au meilleur de sa forme, son sexe orgueilleusement dressé. Un frisson d'excitation et d'appréhension mêlées la parcourut. C'était la première fois qu'elle voyait le désir masculin se manifester de manière aussi… concrète. Et le spectacle la fascinait autant qu'il l'inquiétait. Se pouvait-il vraiment que… *ceci* entre en elle sans lui faire mal ?

Alec lui caressa la joue.

— N'aie pas peur, souffla-t-il, comme s'il avait deviné ses pensées.

Il l'enveloppa de ses bras, son érection se pressant contre son ventre. Mais il restait encore une épaisseur de tissu entre eux. Et cette fois, quand Alec entreprit de la débarrasser de sa chemise de nuit, elle ne lui opposa aucune résistance.

Elle ne s'était toutefois jamais retrouvée entièrement nue devant quiconque – pas depuis l'enfance, du moins. D'instinct, elle plaqua les mains sur ses seins.

— Non, fit-il en lui prenant les poignets pour les lui écarter. Tu n'as aucune raison d'avoir honte. Tu es magnifique, crois-moi.

Sans attendre, il la souleva dans ses bras, la porta jusqu'au lit, et l'y déposa avant de s'allonger à ses côtés. Mais Cassie ne reconnaissait plus son lit : c'était soudain devenu un territoire exotique qu'elle s'apprêtait à découvrir en voyageuse. Avec un guide personnel qu'elle s'était choisi.

— Cassie, ma douce…

Il déposa une pluie de baisers tendres sur son visage, descendit lentement jusqu'à sa gorge, puis referma la bouche sur la pointe d'un de ses seins, lui arrachant un frisson en même temps qu'un gémissement de plaisir.

Il la titillait de la langue, et elle sentit l'extrémité de son sein devenir aussi dure qu'une petite bille. La sensation était à la fois choquante et délicieuse. Elle aurait voulu qu'il cesse, ou qu'il lui en donne davantage. En fait, elle était de plus en plus perdue.

— Je ne saurais te dire combien de fois j'ai rêvé que je te faisais l'amour, avoua-t-il dans un chuchotement.

Les cuisses de la jeune femme s'ouvrirent d'elles-mêmes tandis qu'un flot de désir la submergeait. Elle avait l'impression de se noyer, et cria :

— Mon Dieu, Alec, fais quelque chose !

S'exécutant volontiers, il lui caressa le ventre, puis l'intérieur des cuisses, avant de s'aventurer… *là* ! Au cœur du triangle de boucles serrées qui dissimulait sa féminité.

Cassie laissa échapper un petit hoquet de surprise. Seigneur, jamais elle n'aurait imaginé qu'un homme puisse la caresser aussi intimement.

— Laisse-moi te donner ce que tu attends, murmura-t-il avant de la couvrir de baisers.

Lorsqu'il commença à jouer doucement avec la petite crête charnue lovée au creux de son intimité, Cassie laissa échapper un gémissement. Ce qu'il faisait avec ses doigts… La spirale de sensations qui tourbillonnait en elle… C'était absolument indescriptible !

— Tu en veux davantage ? murmura-t-il. En voilà...

Il insinua un doigt dans sa féminité.

— Mon Dieu ! gémit Cassie d'une voix qu'elle ne reconnut pas.

— Hmm... Je crois que tu es prête à me recevoir.

Il inséra deux doigts en elle.

— Tu aimes cela, n'est-ce pas ?

— Oui ! fit-elle en se cambrant, pressée de passer à l'étape suivante.

— Tu es belle de partout, murmura-t-il encore, sans cesser son exquise torture.

Elle avait l'impression de devenir folle. Folle de désir. Et lorsqu'il s'allongea enfin sur elle, elle faillit le remercier. Il se positionna à l'orée de son corps, entra à peine en elle, puis ressortit. Il recommença encore et encore, la pénétrant davantage chaque fois, jusqu'à heurter la barrière de sa virginité.

Cassie était impuissante, totalement soumise à sa force virile. Leurs regards s'accrochèrent. Il murmura son nom, et plongea en elle d'un seul coup de reins.

Elle se raidit, et Alec cueillit son cri de douleur sur ses lèvres.

— Je te promets que je ne te ferai plus mal, chuchota-t-il

Il avait cessé de se mouvoir en elle, et ses muscles étaient tendus par l'effort que cette immobilité forcée lui demandait. La douleur commença à refluer, remplacée par un merveilleux sentiment de complétude.

La sentant se détendre sous lui, Alec commença à aller et venir. Avec précaution, d'abord. Mais lorsqu'il accéléra le rythme, Cassie se surprit à onduler spontanément en réponse. Elle se laissa entraîner avec confiance sur un chemin dont elle ignorait l'existence. Et quand elle perdit l'équilibre, et que l'univers se désagrégea autour d'elle, elle bascula sans un regard en arrière dans le gouffre du plaisir en criant le nom de son guide.

Presque simultanément, Alec se figea. Puis il la rejoignit dans l'extase, et le corps traversé de spasmes, déversa longuement sa semence en elle.

Alec rouvrit les yeux et contempla la jeune femme lovée dans ses bras. Elle s'était assoupie, une esquisse de sourire flottant sur ses lèvres. Il écarta doucement une mèche de cheveux de son visage.

Le tonnerre résonnait dans le lointain. La lune et les étoiles réapparaissaient dans le ciel à mesure que les nuages s'éloignaient.

Alors qu'il aurait dû se détester d'avoir agi comme il l'avait fait, Alec n'éprouvait pas le moindre regret. Tout ce qu'il ressentait, c'était un étrange sentiment de contentement – auquel il préférait ne pas donner de nom pour l'instant. C'était la première fois, en tout cas, qu'une femme l'émouvait aussi profondément.

À supposer qu'elle tombe enceinte, il était pour l'instant toujours Cole Braden, se rappela-t-il. Si les gens s'imaginaient qu'elle portait l'enfant d'un forçat, sa vie – et celle du bébé – serait un enfer. Elle serait mise au ban de la société. Alec s'efforça de se rassurer en se disant que ce n'était plus qu'une question de semaines – deux ou trois mois, tout au plus – avant qu'il recouvre enfin sa véritable identité. Il serait donc de nouveau Alec Kenleigh avant qu'une éventuelle grossesse se remarque. Et personne ne se risquerait plus à rejeter Cassie dès lors qu'il lui donnerait son nom.

Il ferma les yeux et se laissa à son tour sombrer dans le sommeil.

Il n'aurait su dire depuis combien de temps il dormait lorsqu'il sentit la jeune femme s'agiter à son côté. Il entrouvrit les paupières, et découvrit qu'elle examinait son corps avec une curiosité empreinte d'innocence.

— Je sais que tu me reluques, lâcha-t-il, amusé de la voir étudier avec attention la partie de son anatomie qui était la plus nouvelle pour elle.

Elle sursauta, visiblement embarrassée.

— Je...

— Tu n'as pas à avoir honte, assura-t-il en basculant sur le flanc pour être face à elle. Se découvrir mutuellement est important.

Sans doute vit-elle là un encouragement à ne pas se contenter de regarder, car elle s'enhardit, et entreprit d'explorer son corps. Après lui avoir caressé le torse et le ventre, elle referma les doigts sur sa virilité. Alec tressaillit, et laissa échapper un petit gémissement. Elle lâcha aussitôt.

— Je t'ai fait mal ?

— Non, au contraire ! s'esclaffa-t-il.

Elle recommença, et Alec eut tôt fait d'arborer une érection magnifique. Il trouvait ses caresses inexpérimentées plus érotiques que celles des courtisanes les plus accomplies.

— C'est extraordinaire, souffla-t-elle.

— Qu'est-ce qui est extraordinaire ?

— Eh bien, la façon dont ton petit oiseau grandit.

— Mon *petit oiseau* ? répéta Alec, qui ne savait s'il devait éclater de rire ou se sentir vexé.

— Oui. Tu ne connais pas cette expression ? C'est ainsi que ma mère appelait, euh...

Elle rougit.

— J'imagine que c'est cette même expression que tu emploies lorsque tu en parles à Jamie ?

— Oui, bien sûr.

— Le pauvre.

— Comment l'appelles-tu, toi ?

— Ça s'appelle une queue, mon ange.

— Une queue, répéta-t-elle, pensive, puis, reprenant ses caresses, elle demanda : Est-ce que tu aimes que je te touche la queue ?

— J'adore cela.

Ils demeurèrent silencieux un moment, puis Cassie demanda à brûle-pourpoint :

— Pourquoi as-tu changé d'avis ? Tu avais dit que tu ne voulais pas venir.

— Le toit de ma cabane ne me paraissait pas assez solide pour affronter l'orage.

Elle se redressa avec une grimace indignée, mais rit quand même de sa plaisanterie.

— Non, je voudrais connaître la vraie raison.

— La vraie raison ? répéta Alec, qui l'attira dans ses bras et lui embrassa le bout du nez. J'avais envie de toi. Terriblement envie.

— Tu m'en vois ravie, répliqua-t-elle avec un sourire à damner un saint.

— Je crains que les gentlemen de Londres ne se transforment en satyres lorsqu'ils te verront, commenta-t-il. Et je me verrai obligé de les étriper les uns après les autres.

Cassie haussa les sourcils.

— Londres ?

# 22

— Oui, Londres, répéta Alec, amusé. Tu ne crois tout de même pas que je t'abandonnerais derrière moi ?

Elle détourna le regard, et il comprit que c'était précisément ce qu'elle avait imaginé.

— Regarde-moi, Cassie, fit-il, soudain grave.

Elle obéit.

— Sache que je ne te quitterai jamais. Tu as ma parole.

— Alec, je...

Il pressa un doigt sur ses lèvres pour la faire taire.

— Je sais que nous n'avons pas encore échangé nos consentements, mais je te jure devant Dieu que je ferai de toi ma femme dès que j'en aurai la possibilité.

Elle écarquilla les yeux.

— Ta femme ?

— Bien sûr. N'oublie pas que tu portes peut-être déjà mon enfant, lui rappela-t-il en posant la main sur son ventre.

Elle le regardait toujours, mais il aurait été bien en peine d'interpréter son expression. Incertitude ? Appréhension ?

— Embrasse-moi, murmura-t-elle finalement.

Il ne se fit pas prier. Ils allaient refaire l'amour, mais cette fois, ce serait différent. Il prendrait le temps de lui enseigner les secrets de son corps.

Abandonnant sa bouche, il referma les lèvres sur l'un de ses seins dont il aspira la pointe avec force. Puis il entreprit de goûter chaque centimètre carré de sa peau. Il voulait la posséder avec la langue et les lèvres, mais déjà elle le suppliait :

— Alec ! Prends-moi !

Alors il fit ce qu'elle lui demandait. À deux reprises, il l'emmena au paradis.

— Ma belle, ma magnifique Cassie, murmura-t-il en lui embrassant les joues et le front tandis qu'elle reprenait son souffle.

— C'était bien meilleur que tout à l'heure, confessa-t-elle.

— Tu n'imagines pas comme c'était bon de te voir jouir, avoua-t-il.

— Parce que tu me regardais ?

Il hocha la tête.

— La prochaine fois, garde les yeux ouverts toi aussi.

— La prochaine fois ? Oh, Alec, je ne pourrai jamais…

— Mais si, tu pourras, assura-t-il en lui soulevant les jambes pour les caler sur ses épaules. Fais-moi confiance, ajouta-t-il, comme elle le fixait d'un air perplexe.

Puis, lui agrippant les fesses, il la pénétra jusqu'à la garde. Elle cria de bonheur comme il recommençait son va-et-vient étourdissant.

Cette fois, ils atteignirent la jouissance ensemble. Et il l'emplit à nouveau de sa semence.

— Je crois bien que tu m'as tué, murmura-t-il un peu plus tard, vaincu, avant de lui embrasser le front.

Cassie examinait la feuille de tabac posée sur la paume de Micah. La couleur était parfaite – un vert virant au gris – et quand Micah la déchira, la feuille se partagea nettement en deux.

— Il est temps de récolter, déclara-t-il.

Alec se tenait en retrait, silencieux. Cassie mit la main en visière pour se protéger les yeux du soleil d'août. Les rangs de tabac s'étendaient à perte de vue devant elle. Une tâche immense les attendait.

— Tu as raison, Micah, répondit-elle. Il est temps.

Puis elle se tourna vers Alec et le gratifia d'un sourire poli. Si elle ne pouvait toujours pas se permettre de l'embrasser en public, elle se rattrapait dans l'intimité de sa chambre. Leurs nuits étaient torrides, et cela depuis maintenant six semaines. Cassie avait l'impression de vivre un rêve.

— Attention aux coups de serpette, lui chuchota-t-elle. Je ne voudrais pas que tu te coupes par accident quelque chose de très précieux.

— Merci du conseil, maîtresse, répliqua-t-il, une lueur amusée dans les prunelles.

Cassie gagna la cuisine. Les moissonneurs auraient soif, et il fallait préparer de quoi boire.

Avant de rentrer à l'intérieur, elle jeta un regard en direction des champs. Alec s'était déjà attelé à la tâche. Pour l'instant, leur liaison n'était connue de personne, à l'exception de Takotah, qui devinait toujours tout, et peut-être de Nan. Un après-midi, Takotah avait déposé un petit sac d'herbes séchées sur le lit de Cassie sans dire un mot. En l'ouvrant, Cassie avait reconnu l'odeur, et compris le message de l'Indienne – ces herbes étaient supposées empêcher la semence des hommes de germer. Elle avait gardé le sachet, mais hésité à s'en servir. Ses dernières règles étaient venues normalement, et elle en avait éprouvé un mélange de soulagement et de déception. Car Alec finirait bientôt par la quitter.

Cette perspective la hantait. Bien qu'elle soit contrainte, dans la journée, de feindre l'indifférence à son égard, il était devenu le centre de sa vie. Elle n'aurait su dire combien de fois ils avaient fait l'amour durant ces six semaines – et dans les endroits les plus variés : dans sa cabane, dans les écuries, au bord de la rivière... Chaque fois qu'elle croyait tout savoir de l'amour charnel, il lui révélait une nouvelle façon d'atteindre l'extase.

Il ne lui avait pas encore dit qu'il l'aimait. Et elle n'avait pas davantage osé lui révéler ses sentiments, même s'ils affleuraient sur ses lèvres ou dans son regard dès qu'ils se retrouvaient ensemble.

En arrivant à la cuisine, elle lança un regard du côté du porche de la maison. Il était désert, et ce vide lui serra le cœur.

Le vieux Charlie les avait quittés. La malaria était revenue à l'attaque avec virulence, et cette fois, elle avait pris des vies humaines. Le premier à mourir avait été un enfant d'esclave, à peine âgé d'un an. Charlie avait suivi. La fièvre l'avait emporté si subitement que Takotah n'avait rien pu faire pour le sauver. Cela faisait déjà presque deux semaines qu'ils l'avaient enterré, mais Cassie avait encore du mal à se dire qu'elle ne le reverrait plus. Charlie vivait déjà sur la plantation bien avant qu'elle ne vienne au monde. Il l'avait fait sauter sur ses genoux, lui avait raconté des histoires, construit des chevaux de bois... Si Alec n'avait pas été là pour la réconforter, son chagrin aurait été plus difficile à supporter.

Quatre autres malades étaient encore à déplorer, mais Takotah avait bon espoir de les sauver. Heureusement, l'été touchait à sa fin, et les chaleurs moites qui favorisaient la maladie ne seraient bientôt plus qu'un mauvais souvenir.

— Le Seigneur ne t'a-t-il donc donné aucune jugeote, ma fille ? s'écria Nan quand elle pénétra dans la cuisine.

La cuisinière s'adressait à Elly, penchée sur une bassine où elle rendait son petit déjeuner.

— Tu sais bien qu'il ne faut pas manger de baies sauvages ! Tu veux donc rejoindre le cimetière avant l'heure ?

Elly s'essuya la bouche avec la serviette que lui tendait Nan. Elle était très pâle.

— À quoi ressemblaient ces baies ? voulut savoir Cassie.

— J'ai cru que c'étaient des mûres, maîtresse, assura Elly. Sinon, je n'en aurais pas mangé.

— Ton estomac te brûle ?

— Non, maîtresse. Oooh…

Elle vomit de nouveau.

— Pauvre petit agneau, compatit Nan en lui caressant le front.

— Depuis quand es-tu malade ? s'alarma Cassie.

— Ça fait bientôt une semaine que ça me prend tous les matins, expliqua Elly en se redressant.

Perplexe, Cassie se creusa la cervelle, cherchant quelle maladie ces symptômes lui évoquaient.

— De quand datent tes dernières règles ? s'enquit Nan.

Cassie tressaillit. C'était l'hypothèse qu'elle aurait préféré ne pas envisager.

Elly demeura muette.

— À quand remontent tes dernières règles ? insista Nan.

Elly devint cramoisie.

— Au mois de juin.

Nan secoua la tête.

— Tu n'es pas malade, ma fille. Tu es enceinte.

— Qui est le père ? interrogea Cassie.

— Enceinte ! murmura Elly, comme émerveillée, avant d'adresser à sa maîtresse un regard de défi.

— Peu importe, dit Cassie. De toute façon, je crois connaître la réponse.

Elle sortit en trombe de la cuisine. Zach n'était plus le même, ces derniers temps. Il buvait en solitaire une partie de la nuit, se levait tard et était constamment de mauvaise humeur. Alec prétendait qu'Elly n'était pas étrangère à ce changement d'attitude. Il ne s'était pas trompé.

Elle trouva le menuisier avec Alec, en train de moissonner le tabac.

— Zachariah Bowers !

Les deux hommes se redressèrent d'un même mouvement. Cassie s'efforça d'ignorer le spectacle qu'offrait Alec, son corps musclé ruisselant de sueur sous le soleil déjà implacable.

— Qu'y a-t-il, mademoiselle Cassie ? demanda Zachariah.

— Tu ferais bien d'abandonner l'alcool maintenant que tu vas être père, répondit-elle de but en blanc.

Zach arqua les sourcils.

— Père ? Comment cela ?

Cassie s'impatienta.

— Parce qu'Elly ne porte peut-être pas ton bébé ?

— Oh, Seigneur, non ! murmura-t-il.

Et il tomba à genoux comme s'il avait reçu un coup de poing dans le ventre.

Ce n'était pas exactement la réaction à laquelle s'attendait Cassie.

— Non, maîtresse, répondit-il, se ressaisissant. Le bébé ne peut pas être de moi.

— Tu es sûr ?

— Oui. Si j'avais réussi à attirer Elly dans mon lit, je crois que je m'en souviendrais.

— Je suis désolée. Je... je...

Cassie comprenait mieux pourquoi Zach s'était mis à boire. Non seulement Elly l'ignorait, mais elle en avait choisi un autre.

Elle se reprochait son manque de tact, mais Zach, le visage fermé, s'était déjà remis à la tâche.

Cassie échangea un regard consterné avec Alec, avant de tourner les talons.

Si Zach n'était pas le père, alors qui était-ce ?

Alec suivit Cassie du regard, les yeux rivés sur ses hanches qui oscillaient doucement sous sa robe de travail de coton bleu. Ainsi, Elly était enceinte. Il n'était pas vraiment surpris. Zach, lui, l'était en revanche. Il coupait à présent le tabac comme s'il s'agissait de terrasser un ennemi, et Alec jugea plus prudent de ne rien dire pour l'instant. Il risquait de se prendre un direct en pleine figure.

Quelques mois plus tôt, il aurait trouvé Zach idiot d'aimer une femme qui ne prêtait pas attention à lui. Mais aujourd'hui ? Tout bien considéré, Zach ne réagissait pas trop mal à ce coup du sort. Alec se serait probablement emporté davantage s'il avait appris que Cassie avait couché avec un autre homme. Et qu'elle portait l'enfant de cet homme !

Il se remit au travail, et ne s'arrêta que lorsque Zach lui tapa sur l'épaule pour lui tendre un cruchon de cidre. Il se redressa, en avala une longue goulée.

C'est alors que la détonation retentit.

Le cruchon qu'Alec tenait toujours vola en éclats.

# 23

Instinctivement, Alec plongea à terre, entraînant Zach avec lui.

— Ça venait de là-bas, dit-il en pointant le doigt vers la forêt.

Autour d'eux, les autres moissonneurs poussèrent des cris affolés avant de se laisser tomber sur le sol.

— J'ai bien entendu ? C'était un tir de mousquet ? demanda Micah, qui rejoignit les deux hommes, courbé en avant.

Alec hocha la tête.

— Apparemment, c'est toi qu'on visait, commenta Zach.

— En effet. Et j'ai bien envie d'aller voir de quoi il retourne.

— Je t'accompagne.

Tous deux se faufilèrent, tête baissée, jusqu'à la lisière de la forêt. Micah et les autres les suivirent. Le sol couvert d'aiguilles de pin ne portait aucune trace de pas. En revanche, l'odeur de poudre flottait encore dans l'air.

— Là-bas ! cria Henry, qui se tenait à l'extrémité de la ligne formée par les hommes. Des types habillés comme pour la chasse. Ils se sont enfuis en nous voyant arriver.

Alec regarda dans la direction que désignait l'Écossais, mais ne vit rien.

— Ils ne reviendront pas, déclara Henry, qui semblait nerveux. Ce n'était qu'un accident de chasse.

— Retournons au travail, ordonna Micah.

À son air soucieux, Alec devina qu'il n'était pas convaincu par la thèse de l'accident. Lui-même l'était encore moins. Après l'arbre qui était tombé juste derrière lui, et la vipère qu'il avait trouvée dans son lit – il l'avait sortie par la queue –, c'était la troisième fois qu'on tentait de le tuer. Et l'assassin était manifestement de plus en plus pressé d'en finir pour prendre le risque de l'abattre en plein jour.

— Je ne veux pas que mademoiselle Cassie soit mise au courant de cet incident, dit-il à Micah et à Zach. Elle a bien assez de soucis comme cela.

Les deux hommes hochèrent la tête, et tous reprirent leur fauchage.

Les femmes et les enfants arrivèrent à leur tour afin de ramasser les feuilles de tabac et de les aligner. Elles resteraient trois jours dehors, le temps de flétrir, puis seraient suspendues dans le séchoir. Le tabac engrangé, il faudrait ensuite couper le maïs, et récolter les pommes. Cassie avait prévenu Alec : ils travailleraient tous d'arrache-pied pendant deux à trois semaines.

Plus il y songeait, et plus il s'émerveillait des sentiments qu'il éprouvait pour la jeune femme. Lui, le célibataire invétéré, rêvait à présent de mariage. Matthew, qui avait toujours prédit que ce jour finirait par arriver, ne manquerait pas de s'amuser quand il apprendrait la nouvelle.

Quelque chose clochait, cependant. Dès qu'il évoquait leur mariage ou leur retour à Londres, Cassie devenait distante. Elle refusait obstinément de parler de l'avenir.

Peut-être doutait-elle de sa sincérité et était-elle convaincue que, le moment venu, il repartirait sans un regard en arrière. Il avait beau lui répéter qu'il ne la quitterait jamais, elle détournait les yeux, et sa réaction le blessait plus qu'il ne voulait l'admettre. Peut-être aussi doutait-elle encore de sa véritable identité. À moins qu'elle ne désire tout simplement pas l'épouser. Elle n'avait jamais caché son dédain pour le mariage, et la soumission des épouses envers leurs maris. Il n'empêche qu'il n'osait envisager qu'elle puisse refuser de l'épouser.

Cassie rassembla avec soulagement les dernières feuilles de tabac. Le soleil n'allait pas tarder à se coucher, et elle avait mal partout. Un bon bain chaud avant le dîner lui ferait le plus grand bien.

La journée s'était déroulée au-delà de ses espérances. Ils avaient déjà fauché plus de la moitié des plants de tabac, et à l'allure où ils allaient, ils auraient terminé le lendemain soir. En outre, la récolte s'annonçait comme la plus abondante de ces dernières années. Mais Cassie n'osait se réjouir trop vite. Rien n'était encore gagné. S'il pleuvait trop, les feuilles pourriraient dans le séchoir ; s'il ne pleuvait pas assez, elles tomberaient en poussière dès qu'on voudrait les empaqueter. Et puis, les entrepôts pouvaient brûler, les navires couler… La culture du tabac était un pari risqué.

Alors qu'elle revenait vers la maison, une odeur de viande rôtie la fit saliver. Elle avait fait tuer plusieurs cochons pour le banquet de ce soir. Afin de respecter la tradition instaurée par son père, chaque journée de moisson s'achevait par un festin, avec musique, danse et cidre à volonté. Tout le monde avait travaillé dur, aujourd'hui, et il était normal d'en être récompensé.

À peine eut-elle poussé la porte de la cuisine qu'elle eut une bonne surprise : le tub déjà rempli d'eau chaude. Et une robe propre l'attendait sur le dossier d'une chaise.

— Dieu te bénisse, Nan !

La cuisinière était depuis si longtemps à son service qu'elle était capable d'anticiper le moindre de ses désirs.

— Ne me remerciez pas, mademoiselle Cassie. C'est Nettie qui a porté les seaux d'eau.

Nettie n'étant pas là, Cassie supposa qu'elle avait déjà rejoint les autres pour la fête.

— Elle cherche Elly, précisa Nan. Ma foi, je ne sais pas ce qu'elle lui veut. Mais bon, ce ne sont pas mes affaires.

Cassie se retint de sourire. Nan, qui adorait les ragots, détestait qu'on lui cache quoi que ce soit. Cela dit, elle aussi se demandait ce que Nettie pouvait bien vouloir à Elly. Après tout, ces deux-là ne s'étaient jamais entendues.

— Profitez bien de votre bain, reprit la cuisinière, qui se dirigea vers la porte. Et dépêchez-vous de venir manger un morceau avec nous. Vous devez être affamée.

Cassie ôta en hâte sa robe sale et se plongea avec délices dans le tub. Les yeux fermés, elle s'étira langoureusement.

— Tu apprécies ton bain, mon ange ?

Elle se redressa abruptement.

— Alec ?

Il referma la porte derrière lui, et coinça une chaise sous la poignée pour la bloquer.

— Tu m'as fait une peur bleue ! s'écria-t-elle, mais elle souriait.

— Désolé, fit-il, sans paraître le moins du monde contrit.

Il ne lui fallut que quelques secondes pour se débarrasser de ses vêtements.

— Que… que fais-tu ? balbutia Cassie.

— Je viens t'aider à prendre ton bain.

Et, sans plus de cérémonie, il se glissa derrière elle dans le tub, et l'attira contre son torse.

— Mais si jamais Nan frappe…

— Tu lui conseilleras d'aller voir ailleurs.

S'emparant de la petite bassine, sur le tabouret tout proche, il entreprit de verser de l'eau chaude sur la tête de la jeune femme.

— Dieu que ça fait du bien, soupira-t-elle.

Il lui massa ensuite le crâne avec un savon parfumé à la lavande.

— C'est bon ?

— Hmm.

Il lui massa la nuque et les épaules, dénouant les nœuds de tension qui lui durcissaient les muscles, puis plongea de nouveau la bassine dans l'eau pour lui rincer les cheveux. Elle se sentait à présent aussi sereine qu'un bébé dans les bras de sa mère.

— Tu ne vas pas t'endormir ? s'inquiéta-t-il.

Elle gloussa, devinant qu'il avait une idée derrière la tête et que la regarder dormir ne faisait pas partie de son plan. Mais il n'en avait pas fini avec le savon, apparemment. Il se mit à lui laver les seins, effectuant des mouvements circulaires avec les paumes. Cassie en frissonnait de la tête aux pieds.

Quand il estima avoir terminé, il attrapa l'éponge qui flottait sur l'eau, et s'en servit pour lui rincer les seins.

Cassie se demandait quelle serait l'étape suivante, mais elle n'eut pas à attendre longtemps. Il s'attaqua à son ventre, puis laissa sa main descendre plus bas.

— Souhaites-tu que je te lave là ? s'enquit-il.

— Volontiers.

Il lui écarta les cuisses, et Cassie crut défaillir lorsqu'il commença à masser doucement la petite crête, source de tous les plaisirs.

— Tu aimes toujours cela ? murmrua-t-il.

— Oh oui !

— Et qu'aimerais-tu d'autre ?

Cassie gémit de frustration. Elle avait bien une idée, mais c'était si indécent…

— Je… j'aimerais que tu me fasses l'amour avec ta bouche, articula-t-elle d'une toute petite voix.

— Ce sera avec plaisir, mais pas dans ce tub.

Il se redressa, et l'aida à faire de même. Puis, la soulevant dans ses bras, il l'emporta jusqu'à la table, sur laquelle il la déposa après avoir repoussé quelques ustensiles qui traînaient là.

— Si tu savais comme tu es belle, souffla-t-il, le regard si intense que Cassie en fut bouleversée.

Debout entre ses cuisses écartées, son sexe fièrement érigé, il transpirait la virilité par tous les pores de sa peau, et elle songea qu'elle aurait pu lui retourner le compliment.

Il lui souleva les jambes, les appuya sur ses épaules, et s'inclina sur elle.

Cassie ferma les paupières et retint son souffle. Un long frisson la secoua lorsque sa bouche frôla sa féminité.

Creusant les reins, elle enfouit les doigts dans les cheveux d'Alec et laissa échapper un gémissement.

Il l'explora de la bouche et de la langue, tour à tour sensuel et vorace, et l'amena au plaisir avec une facilité déconcertante.

Mais Cassie n'avait pas dit son dernier mot. Lorsqu'elle eut repris son souffle, elle descendit de la table, lui caressa doucement le torse, puis s'agenouilla devant lui. Il voulut protester, mais elle ne lui en laissa pas le temps, et le prit en bouche.

Spontanément, Alec se mit à onduler des hanches pour aller à la rencontre de ces lèvres divines.

Mais juste avant que le torrent du plaisir ne l'emporte, il incita Cassie à se relever, la fit pivoter, et appuya doucement sur son dos afin qu'elle se penche sur la table. Il la pénétra d'une poussée fluide, et eut à peine le temps de se mouvoir en elle que la jouissance leur arracha un cri qui se répercuta entre les murs de la cuisine.

— Je crois que je devrais prendre davantage de bains, commenta Cassie un instant plus tard, le souffle encore haletant.

— Hier soir, au billard, j'ai délesté ce salaud de Landon Carter de cinquante livres, se vanta Geoffrey, qui remettait déjà son pantalon. Cet imbécile joue comme un manche, mais il s'obstine à miser de grosses sommes.

Elly rabattit ses jupes, heureuse que ce soit terminé. La vérité, c'était qu'elle n'appréciait pas du tout leurs ébats. Elle espérait au moins que cela ne faisait pas de mal au bébé. Elle n'avait pas encore annoncé la nouvelle à Geoffrey. Elle attendait le bon moment.

— Pardon ? fit-elle, se rendant soudain compte qu'il lui avait posé une question.

Il s'assit dans l'herbe près d'elle, et croqua dans une pomme qu'il avait apportée.

— Encore perdue dans tes pensées, hein ? dit-il. Je me demande ce qui peut bien se passer dans ta charmante petite tête.

Elly adorait qu'il la trouve charmante. Elle s'interrogea : devait-elle lui annoncer maintenant ?

Il ne lui en laissa pas le temps :

— Je te demandais si ta maîtresse s'inquiétait de tes absences ?

— Non, mentit-elle, puis, après un silence, elle ajouta : J'ai quelque chose à te dire.

— Quoi donc, mon cœur ?

— Je vais avoir un bébé, lâcha-t-elle.

Geoffrey s'esclaffa, et mordit de nouveau dans sa pomme.

— Je me doutais que ça finirait par arriver. Encore un bâtard Crichton !

— Tu es content ? Tu disais que tu voulais des enfants.

— C'est vrai, sauf que celui-là ne comptera pas. Mon père n'acceptera jamais que je le reconnaisse.

Elly sentit son cœur s'emballer.

— Mais, tu m'avais dit…

— Dit quoi ? la coupa-t-il, le regard froid tout à coup.

— Tu avais juré de m'épouser.

— Tu as des témoins ?

Il acheva tranquillement sa pomme et jeta le trognon au loin.

Des témoins ? Ils s'étaient toujours rencontrés en secret. Comment aurait-elle pu avoir des témoins ?

— Geoffrey, tu ne parles pas sérieusement ! Tu ne peux pas me faire ça !

— Je crois que c'est déjà fait, au contraire, répliqua-t-il.

Il se releva, et conclut :

— C'est dommage. Je t'aimais bien.

— Geoffrey !

— Nous pouvons continuer à nous voir. Ton ventre rond ne me dégoûtera pas. À présent excuse-moi, j'ai un rendez-vous. Nous discuterons une autre fois.

Sur ce, il rejoignit son cheval.

— Que… que vais-je faire ? s'affola-t-elle.

— Débarrasse-toi de ce bébé si tu n'en veux pas. Mais fais attention : j'ai entendu dire que ça pouvait être dangereux.

Il enfourcha sa monture, la talonna, et disparut dans la forêt.

Elly avait l'impression d'avoir reçu un coup sur la tête. Elle fut tout d'abord incapable d'aligner deux pensées cohérentes. Puis l'énormité de ce qui lui arrivait s'imposa brutalement à elle. Elle enfouit le visage dans ses mains et éclata en sanglots, le cœur en pièces.

Dire qu'elle l'avait cru ! Qu'elle lui avait fait confiance ! Comment avait-elle pu se montrer aussi stupide ?

Elle ignora combien de temps elle demeura ainsi à pleurer. Le soir commençait à tomber quand elle entendit quelqu'un l'appeler. C'était Nettie.

Elly aurait voulu se cacher, mais Nettie l'avait déjà repérée et s'avançait vers elle. Elly s'attendait qu'elle se fâche et lui reproche d'avoir encore disparu, mais à sa grande surprise, elle resta silencieuse. Elle la regarda un moment, bras croisés, l'expression indéchiffrable, puis lâcha :

— Ce n'est pas le moment de pleurer. Tu dois penser à ton bébé. Relève-toi.

Et Nettie lui tendit la main.

Geoffrey se rendit à l'endroit convenu, descendit de cheval et attendit.

Du bruit dans les fourrés lui annonça l'arrivée de celui avec qui il avait rendez-vous.

— Alors ? s'enquit-il aussitôt.

— Je l'ai manqué de très peu, répondit l'Écossais.

Geoffrey tapa du pied.

— Bon sang ! Ce n'est quand même pas si difficile de tuer quelqu'un !

— Cette fois, j'ai bien failli me faire prendre.

— Je t'ai chargé d'une mission simple, Henry. En échange, tu auras ta liberté. Tu n'as pas oublié notre arrangement, n'est-ce pas ?

— Non, monsieur. Mais j'ai du mal à le coincer seul. Quand il ne travaille pas avec les autres, il couche avec la maîtresse.

Geoffrey se raidit. Ses oreilles avaient dû lui jouer un tour.

— Qu'as-tu dit ?

— Ils couchent ensemble tous les soirs. Ils s'imaginent que personne n'est au courant de leur manège, mais j'ai l'œil.

Geoffrey sentit un flot de bile lui monter à la gorge.

— Tu es sûr de ce que tu avances ?

— Oui, monsieur. Sûr et certain. Je vous dis que je les ai vus.

— Beau travail, Henry, le félicita Geoffrey,

Il lui flanqua une tape amicale dans le dos alors même qu'il avait envie de lui briser le crâne.

— Voilà qui change tout.

— Ah, bon ? s'étonna Henry.

— Oui, assura Geoffrey, avant de l'agripper à la gorge comme s'il voulait l'étrangler. Mais tu vas me donner ta parole de ne parler de cette histoire à personne.

Henry avait du mal à respirer. Il hocha frénétiquement la tête.

— Un mot, *un seul*, à qui que ce soit – à qui que ce soit, tu m'entends ? –, et je te ferai fouetter à mort, l'avertit Geoffrey.

Il le relâcha si brutalement qu'Henry tomba à genoux. Il porta les mains à sa gorge en toussant tandis que Geoffrey faisait les cent pas dans la clairière.

— Le diable soit de ce Braden ! marmonnait-il. Et de Cassie !

— Il y a autre chose, monsieur, risqua Henry quand il eut retrouvé sa voix. J'ai vu son père.

Geoffrey s'immobilisa.

— Continue.

— Il se cache dans le marais. Sa cabane est difficile à trouver. Je crois qu'il a perdu la tête. Il ne reconnaît même plus sa propre fille.

Un sourire mauvais retroussa les lèvres de Geoffrey.

— Ainsi, il n'est pas en Angleterre. Écoute-moi bien, Henry. Voici ce que tu vas faire…

Tapant du pied au rythme de la musique, Alec avala une gorgée d'alcool de maïs avant de passer la cruche à Luke. Ce dernier en but une goulée tout en gardant les yeux rivés sur Nettie, qui dansait devant le feu. Ce n'était un secret pour personne qu'ils étaient amants, mais Luke refusait encore d'épouser la jeune femme. Ils s'étaient du reste querellés plusieurs fois à ce sujet, mais à voir le désir qui se lisait dans les yeux de Luke, Alec ne doutait pas que Nettie finirait par triompher.

Lui-même coulait régulièrement des regards en direction de Cassie, qui était assise à côté de Rebecca, et berçait la petite Catherine dans ses bras. Elle était allée d'un feu de camp à l'autre durant la soirée afin de discuter avec les uns et les autres. Son regard avait plusieurs fois accroché celui d'Alec, mais elle avait feint une suprême indifférence. Ce petit jeu, auquel ils se livraient depuis maintenant plusieurs semaines, était au fond très amusant.

— Venez danser ! l'invita une esclave alors que la jeune femme se levait pour aller prendre place près d'un autre feu.

— Oh, j'en serais bien incapable ! s'exclama-t-elle en resserrant son châle.

— Enfin, mademoiselle Cassie, auriez-vous oublié ce que vous avez appris étant jeune ? la taquina Nettie. À moins que vous ne trouviez plus nos danses convenables ?

Alec faillit éclater de rire.

— Eh bien, je… commença Cassie. Oh, et puis, après tout !

Elle lâcha son châle, ôta ses chaussures, et rejoignit la danse. Il lui fallut quelques minutes pour trouver la cadence, mais elle prenait un plaisir manifeste à l'exercice, et bientôt Nettie et elle se lancèrent dans une joute où chacune devait imiter les mouvements de l'autre. À ce spectacle, Alec sentit son sang s'échauffer. Il reprit la cruche des mains de Luke et s'en offrit une grande rasade. Combien de temps cette maudite danse allait-elle encore durer ? se demandait-il.

Bon sang, il avait envie de coucher avec Cassie. Et tout de suite.

— Mademoiselle Cassie ! appela Nan, qui s'approchait d'un pas pressé.

Prise par la danse, la jeune femme ne lui prêta pas attention.

— Mademoiselle Cassie ! répéta Nan en faisant de grands gestes.

L'apercevant enfin, Cassie la salua de la main. Mais quelque chose dans son expression la fit s'arrêter de danser.

« Il est arrivé quelque chose », se dit-elle en la rejoignant.

Alec, qui n'avait rien perdu de l'échange, se releva en hâte, tous les sens en alerte.

Cassie se tourna vers lui pour lui crier quelques mots. Un seul lui parvint dans le tumulte ambiant : *Londres*.

# 24

La lettre, scellée à la cire rouge, attendait sur la table de la cuisine. Mais Cassie ne se sentit pas le courage de l'ouvrir. Une chape de tristesse s'était abattue sur elle à l'instant où Nan lui avait appris la nouvelle. Elle savait pourtant que ce moment finirait par arriver, et elle avait essayé de s'y préparer. En vain. Cette lettre rendrait à Alec sa véritable identité, et avec elle, sa liberté. Seul Dieu savait ce qu'il adviendrait ensuite.

— À toi l'honneur, proposa-t-elle d'un ton faussement joyeux.

Alec souriait, et il était aisé de comprendre pourquoi. Toute son attitude trahissait une excitation difficilement contenue. Il attendait cette réponse depuis si longtemps. Cassie ne voulait pas le priver de son bonheur.

Mais au lieu de s'emparer de la lettre, il attira la jeune femme dans ses bras.

— Je ne te quitterai pas, lui rappela-t-il, et sa voix vibrait d'une tendresse si sincère que Cassie ne put retenir ses larmes.

— Lis la lettre, articula-t-elle en s'obligeant à sourire.

— J'attends depuis quatre mois. Je ne suis plus à une minute près.

Il prit le visage de Cassie entre ses mains et l'embrassa avec ardeur tout en essuyant ses larmes des pouces. Quand leurs lèvres se séparèrent, la jeune femme resserra son châle autour de ses épaules, et le regarda décacheter la lettre, puis la lire.

— Nom de Dieu ! s'exclama-t-il soudain en abattant un poing rageur sur la table.

— Qu'y a-t-il ?

Son visage était déformé par la colère. Cassie ne l'avait encore jamais vu ainsi.

— Nom de Dieu ! répéta-t-il. C'était Philip, bien sûr. J'aurais dû m'en douter.

— Alec ?

— Lis, dit-il sèchement en lui tendant la lettre.

Cassie s'en empara et la parcourut.

*Monsieur,*

*J'ai été navré d'apprendre que vivait parmi vous un repris de justice prétendant s'appeler Alec Kenleigh, comme mon estimé frère aîné. Malheureusement, mon frère a été assassiné au mois de mars de cette année, une nuit qu'il rentrait chez lui. Il m'a été demandé d'identifier son corps – tâche ô combien pénible –, aussi puis-je vous certifier que le misérable installé chez vous ne peut être mon frère.*

*Après avoir reçu votre troublante lettre, je suis allé interroger le directeur de la prison de Newgate. J'ai appris qu'un certain Nicholas Braden, connu notamment pour ses talents d'usurpateur, était allé chercher fortune dans les colonies où il tentera, je suppose, de séduire quelque fille de riche planteur. Je ne saurais trop vous conseiller de le traiter avec toute la sévérité qu'il mérite. De savoir qu'il a eu l'audace de se faire passer pour mon frère n'a fait qu'ajouter à mon chagrin encore vif, et s'il ne tenait qu'à moi, je m'empresserais de le faire pendre.*

*Signé de ma main, le 23 juin, l'an III du règne de notre souverain George II.*

*Philip Kenleigh*

Cassie relut la lettre une deuxième fois. Les mots dansaient devant ses yeux, le sang lui rugissait aux oreilles.

— C'est impossible, articula-t-elle d'une voix blanche.

La lettre lui échappa des mains et tomba sur le sol.

Alec voulut la prendre dans ses bras, mais elle le repoussa.

— Ne me touche pas ! s'entendit-elle crier.

— Cassie, calme-toi, je t'en prie !

— Me calmer ? Me calmer… alors que tu n'as fait que me mentir ?

— Tu ne crois quand même pas…

— Que suis-je supposée croire ? D'après cette lettre, tu n'es pas celui que tu prétends être.

— Cassie, écoute-moi…

— T'écouter ? Je n'ai fait que cela. Et je t'ai crue. Oh, Seigneur ! Et j'ai couché avec toi !

Sa vision se troubla. Elle se sentit vaciller, mais deux bras musclés la retinrent, et l'aidèrent à s'asseoir sur le sol, ses jupes déployées en corolle autour d'elle.

Alec s'accroupit près d'elle et lui caressa les cheveux.

— Je comprends ce qui s'est passé, à présent, dit-il d'une voix douce. Quand Nicholas Braden est mort, on a mis son corps à ma place. Et mon frère Philip, qui a tout manigancé depuis le début, a fait croire à mon décès.

Le corps de Nicholas Braden à la place du sien ? Le frère d'Alec véritable coupable ? Cassie essayait de remettre du sens dans toute cette histoire. « Oui, c'est bien ainsi que cela s'est passé », lui criait son cœur. Sinon, comment expliquer les sentiments qu'elle éprouvait pour cet homme ? D'un autre côté, si cette lettre disait vrai…

— Laisse-moi, murmura-t-elle d'une voix chevrotante. Laisse-moi.

Un instant, elle lut dans le regard rivé sur elle un désespoir sans fond, puis celui-ci se fit glacial.

— Très bien, mademoiselle Blakewell, répliqua Alec en se redressant.

Et il sortit sans ajouter un mot.

Cassie souffla sa chandelle et laissa retomber la tête sur l'oreiller. La semaine avait filé de manière presque irréelle. Elle s'était épuisée à la tâche, travaillant du matin au soir – dans les champs, à la maison, auprès de ceux qui étaient atteints de la malaria – dans l'espoir de ne plus penser. En pure perte.

Le remords la rongeait insidieusement, de jour comme de nuit.

Elle était consciente d'avoir réagi stupidement à l'arrivée de la lettre. Dès qu'elle avait eu l'occasion d'y réfléchir à tête reposée, il lui était apparu qu'Alec disait vrai. Le corps de Nicholas Braden avait bel et bien été utilisé en lieu et place du sien, dans le cadre d'une odieuse machination. Certes, elle ne possédait aucune preuve, mais elle sentait intuitivement qu'Alec ne lui avait pas menti. La gentillesse dont il faisait montre envers Jamie et les autres enfants, l'énergie qu'il dépensait sans compter dans les champs, la tendresse qu'il lui manifestait lorsqu'ils faisaient l'amour… Aucun homme, même le plus rusé des usurpateurs, n'aurait pu feindre une telle bonté d'âme.

Du reste, qu'aurait-il gagné à mentir ainsi ? Elle n'était pas riche. Il n'y avait rien de valeur à voler sur la plantation. Et il savait pertinemment qu'il ne lui suffirait pas de la séduire pour reconquérir sa liberté. La justice aurait son mot à dire.

Donc, il était sincère. De cela, Cassie était certaine. Et elle savait aussi qu'elle aurait dû lui demander pardon depuis longtemps. Mais son intuition lui soufflait aussi qu'Alec allait la quitter. Et qu'elle devrait le laisser partir. Pour son bien.

Elle n'était pas dupe. Elle avait bien vu que, ces derniers jours, il soumettait Aldebaran à un entraînement inhabituel. Aujourd'hui, ils étaient sortis près de quatre heures. Un matin, sans doute plus très éloigné, il s'en irait avec l'étalon, pour ne plus revenir. Il filerait à bride abattue jusqu'au port le plus proche, et s'embarquerait comme matelot sur le premier bateau en partance pour l'Angleterre.

Elle aurait eu parfaitement le droit – et même l'obligation légale, au regard du contenu de la lettre – de le mettre aux fers. Mais elle ne pouvait s'y résoudre. Elle savait qu'elle ne supporterait pas de le voir enchaîné comme un animal. En outre, s'il ne tentait pas de rentrer en Angleterre pour prouver à sa famille qu'il était encore vivant, il devrait endurer quatorze années de servitude. Cassie l'aimait trop pour lui souhaiter un pareil sort.

Pour le reste du comté, il était désormais définitivement Nicholas Braden. Le lendemain de l'arrivée de la lettre, le shérif Hollingsworth avait écrit pour en connaître le contenu. Il voulait savoir s'il pouvait ou non classer le dossier. Cassie avait pris son temps pour lui répondre. Elle avait songé à mentir, mais elle risquait de se retrouver en prison si son mensonge venait à être découvert. Elle s'était donc contentée d'une réponse assez vague, expliquant au shérif que les Kenleigh pensaient qu'Alec était mort. Le shérif lui avait répondu le jour même qu'il considérait l'affaire comme close.

Alec n'avait donc d'autre solution que de s'enfuir. S'il était pris, il serait pendu. Mais Cassie croyait en ses chances de réussite. Aldebaran était le cheval le plus rapide du pays. Et si elle tardait à prévenir les autorités de sa fuite – sachant que la loi l'y obligeait –, il aurait une bonne journée d'avance sur ses poursuivants.

Des incidents pouvaient certes survenir en route. Aldebaran pouvait perdre un fer. Ou désarçonner Alec. Il se pouvait également qu'aucun capitaine de navire n'accepte de l'embaucher de crainte d'avoir affaire à un fugitif. Enfin, Alec pouvait s'égarer et ne pas atteindre de port. Il connaissait les environs de Blakewell Neck, mais pas le reste de la Virginie. Saurait-il seulement quelle direction prendre ?

Cassie bondit brusquement hors de son lit, se rhabilla à la hâte et gagna le bureau de son père sur la pointe des pieds, sans emporter de chandelle. Elle ne voulait réveiller personne, et surtout pas Pirate, dont les aboiements alerteraient toute la maison.

Elle fouilla méthodiquement le bureau à la clarté de la lune, et finit par débusquer entre deux registres le vieux parchemin qu'elle cherchait. Elle s'approcha de la fenêtre, le déroula pour vérifier que c'était bien la carte dont elle se souvenait. Puis elle descendit dans la bibliothèque, s'empara d'une boîte posée sur une étagère, en épousseta le couvercle et quitta la pièce. Toujours sans bruit, elle sortit par la porte de derrière et prit le chemin des écuries. Elle comptait y déposer la carte et la boîte. Alec les trouverait le lendemain matin, et saurait quel usage en faire.

La fraîcheur nocturne lui donna la chair de poule. Au moment où elle s'apprêtait à pousser la porte de l'écurie, celle-ci s'ouvrit d'elle-même, et une main se plaqua sur sa bouche. Elle se retrouva à l'intérieur avant d'avoir compris ce qui lui arrivait.

— Pourquoi viens-tu rôder par ici ? demanda Alec en la relâchant.

— Tu m'as fait une peur bleue ! s'exclama la jeune femme, dont le cœur battait à tout rompre.

— Tu n'as pas répondu à ma question.

— Je suis ici chez moi, au cas où tu l'aurais oublié. Et c'est à moi de poser les questions.

— Très bien, *maîtresse,* répliqua-t-il d'un ton glacial. Je vous écoute.

— Alec, je... je t'aime. Et je te supplie de me pardonner. Tu auras plus besoin de cela que moi.

Elle lui tendit la carte et la boîte qu'elle avait projeté de cacher dans la stalle d'Aldebaran.

Il s'en empara, les considéra d'un air perplexe, puis ouvrit la boîte. L'expression de surprise qui se peignit sur ses traits quand il découvrit les deux pistolets fit sourire Cassie. Dieu qu'il lui avait manqué !

— Ils appartiennent à mon père, expliqua-t-elle.

Il posa la boîte sur un banc, déroula le parchemin et l'examina rapidement avant de reporter le regard sur la jeune femme.

— Cassie, je ne peux pas emporter cela. Si je suis capturé...

— Si tu es capturé, je dirai que tu me les as volés, coupa-t-elle avec un calme et une assurance qu'elle était loin de ressentir.

— Je ne voudrais pas que ma fuite te cause du tort. Si tu devais te trouver impliquée...

— S'il te plaît, Alec ! Prends-les.

Il resta un moment silencieux avant de lâcher, railleur :

— Puisqu'ils voudront de toute façon me pendre, je peux bien ajouter un autre forfait à la liste de mes crimes.

— Il n'y a vraiment pas de quoi plaisanter, le réprimanda Cassie.

La peur l'étreignit soudain. Si Alec se trouvait dans l'écurie à cette heure de la nuit, c'est qu'il projetait de partir à l'aube.

— C'est pour ce matin ? articula-t-elle, sans chercher à retenir ses larmes.

— Oui.

— Auras-tu besoin d'autre chose ? De quoi manger... un couteau de chasse... que sais-je ?

— À ton avis, que s'imagineront les gens de Blakewell Neck s'ils me voient partir avec des provisions ? Que je vais pique-niquer ? Non, mon ange. Tu devrais t'en aller, à présent. Si jamais on te trouve ici...

Cassie hocha la tête. Elle mourait d'envie de se jeter dans ses bras.

— Sois prudent, Alec. Je n'aurai pas un moment de paix tant que je ne te saurai à bon port.

— Je t'écrirai dès mon arrivée à Londres.

Ses larmes s'étaient muées en gros sanglots. Alec l'enlaça, et lui chuchota des paroles de réconfort. Et tout naturellement, leurs bouches se trouvèrent. Ils s'embrassèrent avec fièvre, puis Cassie se sentit soulevée dans les airs. Alec la porta dans une stalle inoccupée, la déposa avec précaution sur la paille.

— Fais-moi l'amour, l'implora-t-elle.

Alors qu'il sortait Aldebaran de l'écurie, Alec n'en finissait pas de se maudire. Il s'était conduit comme un goujat. Pourtant, après avoir reçu la lettre de Philip, il s'était bien juré de ne plus coucher avec Cassie, ou du moins de ne plus jouir en elle. Le risque était trop grand qu'elle tombe enceinte. Mais ses belles promesses avaient volé en éclats quand la jeune femme l'avait supplié de lui faire l'amour. Et il avait remis ça deux fois. D'abord dans l'écurie. Puis dans la chambre de la jeune femme, où il avait tenu à la ramener. Quand il lui avait semblé qu'elle dormait, il l'avait embrassée une dernière fois sur la joue, et s'était levé.

— Va toujours vers le nord. En direction du Maryland, lui avait-elle murmuré sans rouvrir les yeux.

Alec avait fini la nuit dans sa cabane. Peu après l'aube, il avait regagné l'écurie.

Si Aldebaran semblait impatient de prendre la route, lui ne l'était pas. Et c'était d'autant plus étrange qu'il n'aurait dû éprouver aucun regret à quitter cet endroit. Après tout, Blakewell Neck avait été sa prison durant cinq mois. Et c'était l'Angleterre son pays, pas la Virginie. Chez lui, sa famille devait le pleurer. Il n'osait imaginer le chagrin de sa sœur.

Philip avait ourdi un complot véritablement diabolique. Alec s'interrogeait cependant : pourquoi son frère s'était-il donné la peine de le faire déporter dans les colonies alors qu'il aurait été tellement plus simple de le tuer ? Se pouvait-il qu'il ait éprouvé des scrupules au dernier moment, et ait hésité à se rendre complice d'un assassinat ?

Quelle que soit la réponse, Alec était bien décidé à lui réserver la surprise de sa vie.

Il traversa la cour au pas, les sabots d'Aldebaran résonnant sur le pavé. De la fumée s'échappait de la cheminée de la cuisine. Nan était déjà aux fourneaux, apparemment.

— Dieu soit loué, vous êtes levé ! s'exclama la cuisinière.

Alec tourna la tête. Nan se tenait sur le porche de la maison du maître. Elle semblait en plein désarroi.

— Mademoiselle Cassie m'a demandé de ne pas vous déranger, mais j'ai pensé que vous voudriez être à ses côtés dans un moment pareil.

Alec s'immobilisa.

— Que se passe-t-il ?

— Oh, monsieur Braden, c'est Jamie. Il a la malaria !

# 25

Alec sauta à terre et attacha Aldebaran à la balustrade du porche. Il grimpa les marches deux à deux, s'engouffra à l'intérieur, et rejoignit la chambre du garçonnet.

Ce dernier gisait sur son lit. Il était très pâle, et son petit corps était agité de convulsions. Il ne paraissait pas entendre les paroles apaisantes que lui murmurait sa sœur. Elle pleurait.

— Cassie, y a-t-il quelque chose que je…

La jeune femme tressaillit et se tourna vers lui. Elle ne l'avait visiblement pas entendu entrer. À en juger par ses yeux rouges et gonflés, elle pleurait bien avant d'apprendre que Jamie était malade.

— Que fais-tu là ? demanda-t-elle. Je te croyais parti.

Et elle se détourna et se mit à caresser le front de son frère.

Alec refusa de se laisser rebuter par son attitude. Il savait que sa réaction était due à la peur et au chagrin. Il s'approcha du lit.

— Comment va-t-il ?

Les épaules de Cassie s'affaissèrent.

— Il a beaucoup de fièvre. Et je n'ai plus assez de quinine, avoua-t-elle d'une voix brisée. Zach aussi est tombé malade pendant la nuit.

— Personne ne te reprochera de privilégier Jamie, murmura-t-il. C'est ton frère. Et l'héritier de la plantation.

Cassie secoua la tête.

— Je serais incapable de laisser les autres mourir afin de sauver Jamie.

— Alors procure-toi de la quinine.

Elle secoua de nouveau la tête.

— À cette époque de l'année, il n'en reste plus dans la région, sinon chez les planteurs les plus riches qui n'hésitent pas à se l'accaparer. Et ils refuseront de partager leur stock avec nous.

Alec s'assit à côté d'elle sur le lit, et la prit dans ses bras. Deux de ses nièces avaient contracté la rougeole, mais elles avaient pu profiter des soins d'un bon médecin, et de tous les remèdes que l'argent de leurs parents pouvait acheter. Ici, la situation était bien différente. La malaria était une maladie redoutable. Elle pouvait tuer. Et les jeunes patients comme Jamie étaient particulièrement vulnérables.

Cassie s'abandonna un instant contre son épaule, puis elle se redressa et remonta la couverture sur son frère.

— Tu devrais partir, conseilla-t-elle. Tout le monde sera bientôt levé.

— Cassie, je...

— Non ! coupa-t-elle. Pars maintenant, pendant que tu le peux encore. Et s'il te plaît, ne me fais pas souffrir davantage. J'ai déjà trop pleuré cette nuit. Je ne supporterais pas de nouveaux adieux.

— Très bien, céda-t-il en se levant.

Leurs regards s'accrochèrent un court instant, puis Alec tourna les talons et quitta la chambre.

— Fais-la sortir, bon Dieu !

Elly ferma les yeux pour contenir ses larmes. Elle ne pouvait pas le blâmer de la détester : c'était tout ce qu'elle méritait.

— Zachariah ! s'écria Nan, perdant soudain patience. Si tu ne te calmes pas tout de suite, et si tu ne bois pas cette potion, je te donnerai une fessée dont tu te souviendras toute ta vie !

— Je boirai quand tu l'auras fait sortir.

Il tremblait de tous ses membres, au grand effroi d'Elly. Elle avait perdu deux frères à cause de la scarlatine, et un troisième à la suite d'un mauvais coup sur le crâne. Sa mère était morte d'épuisement, et son père avait été tué par l'alcool. Elle connaissait bien l'odeur de la mort, et savait que celle-ci s'était insinuée dans la cabane de Zach. Et si Zach était malade, c'était sa faute.

— Je me demande pourquoi mademoiselle Cassie gâche sa précieuse quinine pour un gredin comme toi, grommela Nan. Elle ferait mieux de la réserver à de meilleures âmes. Dépêche-toi de boire, et je ne veux pas t'entendre te plaindre que c'est amer. Si tu n'étais pas resté toute la nuit dehors à te soûler, tu n'en serais pas là.

— Oh, mais tais-toi donc, Nan !

Zach se décida à boire une gorgée, mais s'interrompit avant la deuxième.

— Qu'entendais-tu par de « meilleures âmes » ?

— Elle n'entendait rien du tout, intervint Elly, pressée qu'il avale cette maudite potion.

Il ne se rendait donc pas compte qu'il était très malade ?

— Tu mens, répliqua-t-il. Mais ce n'est pas nouveau.

Et il détourna le regard.

Elly voulut protester, mais elle se sentait trop honteuse. Elle baissa piteusement les yeux.

— Nan, qui d'autre est malade ? insista Zach. La poudre risque-t-elle de manquer ?

— Elly a dit vrai, mentit Nan. Je voulais juste te blâmer pour ta mauvaise conduite. Et maintenant bois, ou je vais ordonner qu'on commence à creuser ta tombe.

Zach lui sourit.

— Tu as toujours su parler aux hommes, Nan. Mais je répète ma question : qui d'autre est malade ?

— Les mêmes que ceux qui l'étaient déjà hier. Bois !

— La vérité, Nan. Je vois bien que tu me caches quelque chose.

La cuisinière soupira.

— Très bien. C'est Jamie.

— Seigneur ! s'exclama Zach, qui ferma brièvement les yeux. Et vous m'avez quand même donné de la quinine ?

— Jamie a déjà eu une dose. Mademoiselle Cassie a décidé de partager ce qui restait entre tous les malades, et de s'en remettre à la grâce de Dieu.

Zach secoua la tête.

— Je ne veux pas priver un enfant de remède. Donnez-le à Jamie.

— Je me doutais que tu réagirais ainsi, se radoucit Nan. Tu as beau être un fieffé gredin, tu as toujours eu le cœur noble.

— Mais Zach, si tu ne bois pas cette potion... commença Elly, avant de tomber à genoux près du lit.

Elle prit la main du jeune homme, qui se libéra aussitôt.

— Je vais mourir ? acheva Zach à sa place. Serait-ce vraiment si triste ?

— Oui. Zach, je...

— Tu tiens à moi, c'est ça ? Tu voudrais même me faire croire que tu m'aimes ? railla-t-il. Va-t'en.

Elly se mit à sangloter.

— Viens, Elly, fit Nan. Mademoiselle Cassie a besoin de nous.

La jeune femme essuya ses larmes avec son tablier, et se releva.

— Allez-y sans moi, Nan. Je vais rester ici, qu'il le veuille ou non.

Zach émit un gémissement de protestation. Nan le fusilla du regard, mais Elly trancha dans le vif.

— Je ne quitterai pas cet endroit tant que Zach ne sera pas rétabli, décréta-t-elle, elle-même surprise par sa soudaine assurance.

Rien ni personne ne l'éloignerait de Zach.

— Bien, lâcha Nan après un silence. De toute façon, il est trop faible pour argumenter.

Sur ce, elle quitta la cabane.

— Ne crois pas ça ! cria Zach dans son dos.

S'il se fiait à la carte que Cassie lui avait donnée, Alec traversait à présent les terres de Robert Carter. Les distances anglaises semblaient bien étriquées comparées aux vastes espaces qui séparaient ici les propriétés voisines. Le trajet lui avait déjà réclamé plus de temps qu'il ne l'avait prévu, or le temps pressait, justement.

Il commençait à se demander s'il n'avait pas pris la mauvaise direction quand il aperçut un homme qui venait à sa rencontre. Un garde, probablement

— Vous êtes le forçat des Blakewell, dit l'homme.

Et sans attendre de réponse, il dégaina un pistolet qu'il pointa sur Alec.

— En effet, reconnut ce dernier. Je souhaiterais m'entretenir avec Robert Carter, de la part de M. Blakewell.

L'homme hésita. Il regarda tour à tour Alec, la carte qu'il avait à la main et l'étalon.

— J'ai plutôt dans l'idée que vous cherchez à fuir, répliqua-t-il finalement.

— Dans ce cas, je ne vous aurais pas demandé de parler à Carter, objecta Alec.

Le garde médita l'argument, avant de demander :

— Et qu'est-ce que vous lui voulez, au maître ?

— Je ne suis pas sûr qu'il apprécierait que vous vous mêliez de ses affaires.

Le garde se mordilla nerveusement la lèvre, puis :

— C'est par là. Passez devant moi. Et si vous essayez de vous enfuir, je vous tire dessus.

Après avoir chevauché un moment, Alec distingua la silhouette de Corotoman, l'imposante demeure des Carter. Cassie lui avait raconté que la maison d'origine avait brûlé deux ans plus tôt. La nouvelle construction était encore plus grande que Crichton Hall. Et le bruit courait que Carter possédait plus de deux mille esclaves.

Avant d'atteindre la maison, le garde ordonna à Alec de s'arrêter devant une bicoque. Le garde descendit de cheval, pénétra à l'intérieur, et ressortit presque aussitôt, une paire de menottes à la main. Deux esclaves l'accompagnaient.

— Tenez-le, ordonna-t-il à ces derniers.

Alec tressaillit à la vue des menottes. L'instinct lui commandait de fuir, mais il repoussa les esclaves et tendit les poignets au garde.

— Si cela peut vous rassurer, dit-il, ce qui fit rire les esclaves, qui trouvaient sans doute ridicule qu'on puisse craindre un homme qui n'opposait aucune résistance.

Le garde refermait les bracelets métalliques autour des poignets d'Alec lorsque Carter sortit de la maison. Malgré la chaleur oppressante, il était d'une élégance irréprochable. Il dévisagea Alec, puis son regard tomba sur les menottes.

— Pourquoi cet homme est-il attaché ? demanda-t-il au garde, qui parut soudain se recroqueviller.

— C'est un forçat, maître. Je l'ai trouvé sur nos terres. Il prétendait vous chercher pour vous parler, mais je crois plutôt qu'il tentait de s'enfuir. Il avait une carte à la main.

— S'il me cherchait, il m'a trouvé. Détachez-le.

Le garde sortit une clé de sa poche et libéra Alec.

— Que faites-vous ici ? s'enquit Carter, après avoir congédié le garde et les deux esclaves.

— Blakewell m'a envoyé vous acheter de la quinine.

— La malaria sévit à Blakewell Neck ?

— Oui.

— Et qu'est-ce qui fait croire à Blakewell que j'aurais de la quinine à lui vendre ? Mon personnel aussi est touché par la maladie.

Alec sourit. Il avait tout prévu.

— Blakewell est prêt à vous offrir quelque chose de très grande valeur en retour.

— Et qu'est-ce donc ?

— Une saillie d'Aldebaran.

Carter écarquilla les yeux.

— Je devrais peut-être vous faire menotter de nouveau. Cela ne ressemble pas à Blakewell.

— Cette fois, il n'a pas le choix.

— Sa fille est malade ?

— Son fils. Et il n'a plus de poudre.

— Son unique héritier. Je comprends son dilemme.

Carter demeura un moment silencieux, l'air songeur, puis reprit :

— Rentrons nous abriter du soleil. Nous avons beaucoup à nous dire, j'imagine.

— En effet. Et le temps presse.

Cassie baignait le front brûlant de Jamie avec un linge humide. Elle lui avait administré une deuxième dose de quinine – celle dont Zach n'avait pas voulu – un peu moins d'une heure plus tôt. Elle avait d'abord refusé que Zach se prive du remède en faveur de son frère et avait renvoyé Nan à sa cabane. Mais la cuisinière était revenue peu après, déclarant qu'il ne voulait rien entendre.

Cassie avait été bouleversée par son geste. Quand bien même une seule dose n'aurait sans doute pas suffi à le soigner, refuser la quinine était pratiquement une condamnation à mort. Certains malades étaient emportés en quelques jours, voire en quelques heures. D'autres se mouraient beaucoup plus lentement. Zach savait tout cela, et cependant, il avait préféré se sacrifier dans l'espoir de sauver Jamie.

— Cassie ?

Jamie avait ouvert les yeux et levait vers elle un regard implorant.

— Tout va bien, mon chéri, je suis là, le rassura-t-elle, une boule dans la gorge.

— J'ai chaud, dit-il, essayant de repousser la couverture.

— Je sais, chéri, mais il faut rester couvert sinon, tu auras des frissons.

Il ferma les paupières, et Cassie crut qu'il s'était rendormi.

— Où est Pirate ? demanda-t-il soudain, rouvrant les yeux pour regarder autour de lui.

— Dehors, à faire sans doute des bêtises. Je ne voulais pas qu'il te réveille.

Jamie se tourna vers elle. Il était blême, et ses lèvres, desséchées avaient perdu toute couleur.

— Raconte-moi une histoire.

— Oui, mais d'abord, je voudrais que tu boives un peu de cidre.

Jamie hocha la tête.

Cassie approcha un verre de ses lèvres et l'encouragea à boire plusieurs gorgées. Puis elle voulut lui raconter l'histoire de Robin des Bois, mais Jamie secoua la tête.

— Non. Raconte-moi une histoire de Barbe Noire.

Depuis qu'Alec l'avait initié aux récits de pirates, Jamie ne voulait plus entendre d'autres histoires.

— J'ai bien peur de n'en connaître aucune, mon chéri.

— Cole les connaît toutes.

Cassie dut faire un effort pour réussir à répondre :

— Oui. Mais il est parti… faire du cheval.

— À son retour, il pourra monter m'en raconter une ?

Cassie sentit des larmes affluer. Quand elle avait entendu le bruit des sabots d'Aldebaran s'éloigner, ce matin, elle avait cru mourir de chagrin. Elle se reprochait à présent de ne pas avoir assez dit à Alec qu'elle l'aimait.

Elle devrait bientôt signaler sa fuite. Elle trouvait du reste étrange que personne ne se soit inquiété de son absence, car l'après-midi était déjà bien entamé.

« Mon Dieu, protégez-le », pria-t-elle en silence.

Elle voulait lui accorder encore une heure avant d'alerter les autorités. Voire deux.

— Il ne rentrera pas tout de suite, chéri. Mais peut-être que toi, tu pourrais me parler de Barbe Noire ?

Le visage de Jamie s'éclaira. Il ouvrait la bouche pour répondre quand l'arrivée d'un cheval dans la cour provoqua les aboiements frénétiques de Pirate. Puis le cheval hennit, et Cassie crut le reconnaître.

Le cœur battant, elle se rua à la fenêtre.

Alec avait mis pied à terre et s'entretenait avec Nan.

— Allez chercher Takotah, l'entendit-elle lui dire.

C'était invraisemblable. Pourquoi diable était-il revenu ?

Elle eut à peine le temps d'imaginer une réponse qu'il s'encadrait sur le seuil de la pièce. Cassie le fixa, n'en croyant pas ses yeux.

— Cole, fit Jamie d'une petite voix, viens me raconter une histoire de Barbe Noire.

— À vos ordres, moussaillon.

Il s'approcha du lit, caressa les cheveux du garçonnet, et chuchota à Cassie :

— J'espérais bien ne pas arriver trop tard.

Il lui glissa une petite bourse de cuir dans la main, et précisa :

— C'est de la quinine.

Cassie le regarda, médusée.

— De la quinine ? Mais comment te l'es-tu procurée ?

— Le plus honnêtement du monde. Je t'expliquerai plus tard. Fais bon usage de cette poudre.

Cassie ouvrit la bourse. Elle contenait assez de quinine pour soigner au moins une douzaine de malades. La jeune femme était si émue qu'elle dut s'asseoir.

Alec s'approcha, l'air amusé.

— Ce n'est pas le moment de vous évanouir, maîtresse.

— Je pensais ne jamais te revoir, murmura-t-elle.

— Je ne pouvais pas partir tant que Jamie n'était pas hors de danger. Comment va-t-il ?

Cassie jeta un regard vers le lit.

— Il est très affaibli. Je m'attendais à pire, mais il est vrai que sans quinine, il aurait sans doute…

— Chut, mon ange, l'interrompit Alec en pressant l'index sur ses lèvres. Nous avons désormais toute la quinine qu'il nous faut. Et maintenant, je m'occupe de lui.

Il retourna vers le lit.

— Barbe Noire était le plus redoutable pirate qui ait jamais sillonné les mers, commença-t-il.

Cassie referma la bourse de cuir, se leva et quitta la chambre. Avec l'aide de Dieu, Jamie et Zach pourraient s'en sortir.

# 26

Trois jours plus tard, Jamie avait recouvré assez de forces pour refuser le bouillon de poulet de Nan. Au bout d'une semaine, il était sur pied, quoique encore trop faible pour courir avec les autres enfants de la plantation. Cassie n'avait quasiment pas quitté son chevet, et Alec lui avait raconté toutes les histoires de pirates qu'il connaissait.

Zach se remettait également, bien que plus lentement que le garçonnet. Il avait commencé par refuser de prendre la quinine rapportée par Alec, croyant à une ruse des femmes pour lui faire avaler la potion destinée à Jamie. Mais elles avaient profité de ce que la fièvre le rendait à peine conscient pour l'obliger à avaler le remède. Elly s'était occupée de lui sans relâche, le veillant jour et nuit jusqu'à ce que la fièvre tombe enfin.

Il n'y avait eu à déplorer que deux autres malades. Et grâce au surplus de quinine, tous avaient survécu. L'été touchant à sa fin, on avait bon espoir que la malaria ne frapperait plus avant l'année prochaine. On n'était certes sûr de rien : il était déjà arrivé qu'elle resurgisse au cœur de l'hiver. Mais tout de même, le danger semblait s'éloigner, et le travail dans la plantation avait repris de plus belle.

Assise sur les marches de la cuisine, Cassie écossait des petits pois. L'air sentait déjà l'automne. Les feuilles changeraient bientôt de couleur, et les soirées se feraient plus fraîches. L'automne avait toujours été sa saison préférée : il ne pleuvait pas autant qu'au printemps, il faisait moins chaud qu'en été, et pas aussi froid qu'en hiver. La nature semblait se préparer tranquillement au grand sommeil hivernal.

— Laisse-moi donc tranquille à la fin !

C'était Zach. Il se dirigeait à pas lents vers le puits, Elly à ses côtés.

— Tu as échappé de peu à la tombe, Zachariah Bowers. Tu devrais être au lit au lieu de parader dehors !

Elly avait raison, bien sûr. Zach était encore très faible, même s'il s'efforçait courageusement de le cacher. Et Cassie voyait bien que cette courte promenade l'avait épuisé.

— Ce n'est pas à toi de me dire ce que je dois faire ou ne pas faire !

Cassie se concentra sur ses petits pois pour ne pas avoir l'air de se mêler de ce qui ne la regardait pas. Nan avait prédit que Zach finirait par pardonner à Elly, et elle espérait de tout cœur qu'elle ne se trompait pas. Takotah avait proposé à Elly de se débarrasser du bébé, mais celle-ci avait refusé, expliquant que même si l'enfant était un bâtard, il aimerait quand même sa mère. Nettie l'avait soutenue. C'était du reste étrange de voir Nettie – qui détestait Elly il n'y a pas si longtemps – se comporter à présent comme une véritable amie.

— Bon, maintenant, ça suffit ! s'impatienta Elly. Si tu refuses de rentrer, je vais chercher Luke pour qu'il te porte dans ton lit comme un vulgaire sac de farine.

Cassie risqua un coup d'œil. Bien que plus petite que Zach d'une bonne tête, Elly l'avait saisi à la taille pour l'obliger à faire demi-tour. Il accepta d'abord son soutien, avant de la repousser violemment.

— Je n'ai pas besoin de ton aide.

Trébuchant sur un pavé, la jeune femme s'affala lourdement sur le sol. Elle poussa un cri, et referma les mains sur son ventre.

Cassie lâcha ses petits pois pour se précipiter à son secours. Mais le temps qu'elle arrive, Zach s'était accroupi près d'elle.

— J'espère que je n'ai pas fait de mal au bébé ? disait-il, tout contrit.

Elly reprenait difficilement son souffle.

— Il n'y a pas de quoi être fier, Zachariah ! s'exclama Cassie, ulcérée.

— Non, en effet, acquiesça-t-il, l'air affreusement mal à l'aise. Pardonne-moi, Elly, ajouta-t-il à l'adresse de la jeune femme. Ce n'était pas mon intention de te faire tomber.

— Ça va déjà mieux, murmura Elly. C'était juste une douleur passagère.

Se penchant sur elle, Zach la prit dans ses bras et se redressa.

— Je vais m'occuper d'elle, mademoiselle Cassie.

Cassie en demeura bouche bée. Une minute plus tôt, Zach tenait à peine sur ses jambes. Et voilà qu'il portait Elly !

— Mais Zach, tu es trop faible ! protesta cette dernière.

— Le jour où je n'aurai plus la force de te porter, il sera temps de creuser ma tombe, répliqua-t-il.

Cassie les regarda s'éloigner, inquiète que Zach ne s'écroule et que tous deux ne se blessent, mais n'osant interférer dans leur histoire.

— J'espère qu'elle ne s'est pas fait mal, intervint Nettie, qui l'avait rejointe.

— J'espère aussi, répondit Cassie, qui ajouta après un silence : Je suis contente qu'elle t'ait comme amie.

Nettie croisa son regard.

— Nos fils seront frères.

— Frères... ?

Mais Nettie était déjà repartie, et Cassie se retrouva à nouveau bouche bée. Tandis qu'elle retournait à ses petits pois, son regard se porta vers les écuries, où Alec et Jamie donnaient de l'avoine à Aldebaran. C'était la deuxième fois en une semaine qu'Alec se rendait à Corotoman avec l'étalon. Il avait marchandé une saillie d'Aldebaran contre la bourse de quinine, et il s'employait maintenant à honorer son marché. Robert Carter avait profité de l'aubaine, et aligné quatre juments susceptibles de recevoir la semence d'Aldebaran, offrant quelques solides pièces d'or pour monnayer les trois juments non prévues dans le contrat initial.

Cassie avait d'abord mal pris l'arrangement d'Alec, convaincue que son père aurait refusé de brader le sang de son plus bel étalon. Mais comment lui en vouloir alors qu'il avait fait passer la vie de Jamie avant sa liberté.

Elle était bien sûr très heureuse qu'il reste un peu plus longtemps parmi eux. Mais ce n'était qu'un répit, aussi s'obligeait-elle à modérer sa joie. Quand Alec repartirait pour de bon, elle serait de nouveau dévastée, elle le savait.

Depuis que Jamie était guéri, Alec avait passé toutes les nuits avec elle, mais il avait refusé de la pénétrer – pour lui éviter le déshonneur d'une grossesse illégitime, lui avait-il expliqué. Il s'était donc contenté de lui donner du plaisir avec les mains et la bouche. Cassie lui avait rendu la pareille, mais elle aurait préféré le sentir en elle. De toute façon, ces précautions arrivaient sans doute trop tard.

Cassie avait en effet du retard dans ses règles, et il lui semblait que ses seins étaient plus lourds que d'ordinaire. Il était toutefois un peu tôt pour en tirer des conclusions. Il lui était arrivé à deux reprises d'être en retard, la première fois après une grosse fièvre, et la deuxième après la mort de sa mère. Elle préférait donc attendre un peu avant d'en parler à qui que ce soit.

Les petits pois écossés, elle aida Nan à peler des pommes de terre. Elle allait lui raconter ce que Nettie lui avait dit au sujet du petit Daniel et du bébé d'Elly qui auraient le même père, quand elle entendit Jamie rire et crier dans la cour. Elle s'approcha de la porte.

— Cassie, regarde ! lança le garçonnet, qui était juché sur les épaules d'Alec.

Alec imitait très bien le cheval en train de caracoler. Il croisa le regard de Cassie, et elle sentit une douce chaleur lui réchauffer le cœur.

— Cole m'a laissé nourrir Debaran ! continua son frère.

— C'est vrai ?

Jamie hocha la tête.

— Et il a dit que Dromède était en chaleur et que Debaran voulait la monter.

— Il a dit cela ? fit Cassie, qui fusilla Alec du regard.

— Oui, et aussi que le petit qui naîtrait serait pour moi.

— Traître ! lui lança Alec.

— Jamie, va te laver les mains pour dîner. Et toi aussi, murmura-t-elle à l'adresse d'Alec. J'aurais deux ou trois choses à te dire. Nan, pourrais-tu t'occuper de ce jeune vaurien ?

— Oui, mademoiselle Cassie, acquiesça la cuisinière avec un sourire narquois qui ne fit qu'accroître l'irritation de la jeune femme.

— Comment oses-tu parler de choses pareilles à un enfant de quatre ans ? protesta-t-elle, dès qu'Alec et elle furent seuls. Et de quel droit disposes-tu des futurs poulains de ma jument ?

— Je n'ai pas eu trop le choix.

— Que veux-tu dire ?

— Viens voir.

Il la tira par le bras.

— Je n'ai pas envie de voir quoi que ce soit. Je veux une réponse, un point c'est tout.

Mais Alec l'entraînait déjà vers les écuries, le sourire aux lèvres.

— Alec ! Tu es incorrigible !

— Tais-toi, femme.

Les rayons du soleil couchant inondaient l'écurie d'une lumière ambrée. Aldebaran hennit joyeusement en reconnaissant Alec.

— Que veux-tu me montrer ? Des chevaux ? J'en ai déjà vu quelques-uns dans ma vie, figure-toi.

— Patience, petite sorcière, ordonna Alec.

Et il l'embrassa sur le nez avant de la conduire devant la stalle d'Aldebaran.

Cassie sentait déjà sa colère retomber. Il était trop bel homme, et trop charmant, pour qu'elle reste longtemps furieuse. Si quelqu'un s'y connaissait en sorcellerie dans l'histoire, c'était bien lui. Et il lui avait jeté un sort.

Il débarrassa Aldebaran du sac d'avoine accroché à son encolure et ouvrit la porte de sa stalle, laissant l'étalon sortir dans l'allée. Puis il se dirigea vers la stalle d'Andromède.

— Alec ? Que fais-tu ?

Il l'ignora.

Cassie le rattrapa et se planta devant lui.

Il s'immobilisa.

— Me bloquerais-tu le passage ?

— Parfaitement. Cette jument est à moi, et j'exige de connaître tes intentions.

Alec secoua la tête et fit un pas vers elle.

— T'ai-je déjà dit à quel point tu étais belle ?

Sur quoi, il s'empara de ses lèvres.

Cassie se sentit perdre pied. Mais à peine avait-elle commencé à lui rendre son baiser qu'il le rompit. Il la gratifia d'une petite tape sur les fesses et poursuivit son chemin jusqu'à la stalle de la jument.

— Oh ! Tu croyais pouvoir me berner avec une ruse aussi grossière ? s'écria-t-elle.

— Il me semble que ça a marché, non ?

Cassie soupira théâtralement, puis se décida à le rejoindre.

— Maintenant, regarde, fit-il.

Il libéra à son tour la jument. La réponse de l'étalon fut immédiate : dès qu'il vit Andromède dans l'allée, son énorme phallus se dressa hors de son fourreau.

— Jamie a vu ça tout à l'heure, et il m'a posé des questions, expliqua Alex. Qu'aurais-tu répondu à ma place ?

Cassie s'empourpra.

— Je... euh, c'est-à-dire...

La première fois qu'elle avait assisté à ce spectacle, elle avait éclaté en sanglots et avait couru se réfugier auprès de son père. Quelques jours avant, elle avait vu les hommes tuer un cochon et l'éviscérer, aussi s'était-elle imaginé que l'étalon perdait ses entrailles. Son père avait ri de sa réaction, et lui avait expliqué ce qui se passait entre un étalon et une jument. Peut-être qu'Alec n'avait pas eu tort, au fond, de raconter à Jamie de quoi il retournait.

— Oui ? la pressa Alec, amusé.

— Rien.

Andromède secoua sa crinière et trotta vers l'extrémité de l'allée.

— Ha ! s'exclama Cassie, triomphante. Elle n'est pas intéressée.

— Si j'étais toi, je me garderais de conclure trop vite, répliqua-t-il. Les femelles réagissent souvent bizarrement. Froides une minute, et chaudes la minute d'après.

Nullement intimidé par la réaction d'Andromède, l'étalon la suivit, et frotta le museau contre sa croupe. La jument souleva la queue, lui signifiant qu'elle était prête à le recevoir.

— Tu vois ? ricana Alec. C'est bien une femelle !

— Il faut les arrêter, décréta Cassie.

Elle fit mine de se diriger vers les chevaux, mais Alec la retint par la taille.

— As-tu jamais vu chevaux mieux assortis ? Ton père savait ce qu'il faisait quand il les a achetés.

Cassie secoua la tête.

— Il n'avait pas l'intention de les accoupler.

— C'est bien dommage, car je serais prêt à parier que ces deux-là y pensent depuis un moment déjà. Ce ne doit pas être drôle de se trouver à proximité de l'être qu'on désire et de ne pas pouvoir le toucher.

— Ce ne sont que des chevaux. Je doute qu'ils raisonnent comme nous. L'accouplement chez eux n'est qu'une réaction instinctive qui permet la reproduction.

— En es-tu bien sûre ?

Andromède allait et venait dans l'allée, se frottant aux flancs de l'étalon à chaque passage. Aldebaran hennissait puissamment, attendant le bon moment pour la monter.

— Il ne risque pas de lui faire mal ? s'inquiéta Cassie.

— Il n'y a rien à craindre. Elle est bâtie pour le recevoir.

Cassie regarda quelques instants les deux chevaux s'accoupler, puis détourna le regard. La scène avait fait naître dans son esprit des visions fort peu convenables.

Alec se tenait juste derrière elle, et elle sentit un flot de désir l'envahir.

— J'espère que vous êtes conscient de votre faute, forçat ? murmura-t-elle.

— Ma faute ?

— Oui. Vous avez fait saillir ma jument contre ma volonté. Je vais devoir vous châtier pour votre audace.

— Et quel sera mon châtiment ?

— Rejoignez-moi dans ma chambre cette nuit, et vous découvrirez quel sort je réserve aux serviteurs qui osent me défier.

— À vos ordres, maîtresse.

Cassie ne put s'empêcher de glousser à la pensée de ce qu'elle projetait. Quand elle avait menacé Alec de le châtier pour lui avoir désobéi, elle plaisantait évidemment. Puis une idée avait germé dans son esprit. Et durant la soirée, cette idée s'était transformée en plan. Elle avait bien tenté d'y renoncer : c'était par trop indécent. Mais l'envie d'offrir à Alec la surprise de sa vie l'avait emportée sur la décence, et elle avait décidé de mettre son plan à exécution.

Elle étudia son reflet dans le miroir, et s'adressa un sourire de conspiratrice. Son chignon était impeccable, elle s'était légèrement fardée, et elle avait enfilé la robe de soie ivoire qu'elle portait au bal d'anniversaire de Geoffrey. Ainsi parée, on aurait juré qu'elle se rendait à une réception. Sauf qu'elle ne portait rien sous sa robe. Strictement rien.

Elle lissa ses jupes et inspecta une dernière fois la pièce du regard. Alec ne tarderait plus à arriver. Le chandelier sur sa table de chevet diffusait une lumière douce. Drap et couvertures avaient été rabattus, révélant la seule paire de menottes qu'elle avait pu trouver sur la plantation. Quoique très anciennes, et inutilisées depuis des années, elles fonctionnaient toujours. La clé pendait au bout d'une cordelette de soie qui plongeait dans le décolleté de Cassie.

Des pas dans le couloir l'avertirent de son arrivée. Elle lissa de nouveau ses jupes pour calmer sa nervosité. Irait-elle au bout de son plan ?

Alec poussa la porte. Il était magnifique, bien sûr, et Cassie dut refréner son envie de se jeter dans ses bras.

— Cassie, je… Tu es très en beauté ce soir !

— Vous êtes à l'heure, forçat, répliqua-t-elle sèchement, luttant pour ne pas pouffer de rire. C'est préférable pour vous.

Alec parut d'abord dérouté. Puis, comprenant son petit jeu, il esquissa un sourire, et endossa le rôle qu'elle lui avait attribué.

— Vous avez donc vraiment l'intention de me punir, maîtresse ? s'enquit-il, le regard dur.

— Je ne peux tolérer davantage votre insolence, forçat. Il est temps que je vous donne une leçon.

Elle se félicitait d'avoir répété ses tirades, car elle n'aurait pu trouver l'inspiration devant lui.

Il s'adossa nonchalamment au mur, bras croisés.

— Et vous vous imaginez que je vais me laisser faire, maîtresse ? Alors qu'il me serait si facile de briser votre charmant petit cou ?

— Je crois que mon châtiment ne vous incitera pas à désobéir.

— Peut-être pourriez-vous m'expliquer ce que vous avez en tête ?

# 27

— Déshabillez-vous, ordonna-t-elle. Lentement.

Alec haussa un sourcil, puis commença à déboutonner tranquillement sa chemise. Il la fit glisser le long de ses bras et la laissa tomber à ses pieds. La lumière des chandelles soulignait sa musculature parfaite. Il s'attaqua à son pantalon.

— Plus lentement, forçat, lui intima Cassie, qui sentait le désir lui incendier les veines.

Il accrocha son regard, et, sans cesser de la fixer, se débarrassa de son pantalon. Son sexe était déjà au garde-à-vous.

Cassie étouffait presque.

— Vos cheveux. Libérez-les.

Il s'exécuta, puis fit un pas vers elle.

Elle recula d'autant.

— Les menottes ! fit-elle en indiquant le lit. Attachez-en une à votre poignet droit, passez la chaîne derrière le montant du lit, allongez-vous, et attachez l'autre à votre poignet gauche.

Il tourna la tête vers le lit, vit les menottes. Une ombre traversa fugitivement son regard.

— Vous ne me faites donc pas confiance, maîtresse ? demanda-t-il d'une voix suave, comme n'importe quel gredin qui chercherait à duper une femme en jouant de ses charmes.

— Non, riposta-t-elle. Obéissez.

Il s'attacha comme elle le lui demandait, et se retrouva allongé sur le lit, les bras étirés au-dessus de la tête, dans une position de totale vulnérabilité. Sa virilité se dressait sur son ventre.

— Aimez-vous ce que vous voyez, maîtresse ?

— Oui, forçat. Et c'est tant mieux pour vous.

Tremblante d'excitation, elle délaça son corsage, juste assez pour révéler ses seins. Puis elle s'approcha du lit et commença de le caresser. D'abord les pieds. Puis les chevilles. Puis les mollets... Partout où ses mains passaient, sa langue ne tardait pas à suivre. Elle remonta ainsi jusqu'à son sexe, qu'elle ne toucha pas.

— Vous avez une très belle... queue, forçat.

Il gronda de frustration.

— C'est ça, mon châtiment ? D'être torturé à coups de caresses et de baisers ?

Cassie se découvrait des audaces insoupçonnées. Tel un chat jouant avec sa proie, elle s'allongea à côté de lui, et fit courir ses doigts sur son ventre, puis autour de sa virilité.

— Votre châtiment, c'est de voir sans pouvoir toucher. Du moins, jusqu'à ce que j'en décide autrement.

Il gronda de plus belle. Elle l'embrassa sur le torse, le mordilla... Ces dernières semaines, elle avait appris les diverses façons de lui donner du plaisir, et elle avait l'intention de toutes les mettre en œuvre.

Refermant enfin les doigts autour de son sexe, elle inclina la tête et entreprit d'en lécher doucement l'extrémité. Puis elle le prit complètement en bouche.

— Doux Jésus ! murmura-t-il, les yeux fermés.

Cassie sentit à quel moment il était au bord de basculer dans la jouissance. Elle interrompit ses caresses le temps que son excitation retombe. Elle avait elle-même le plus grand mal à juguler son désir, tant elle brûlait de l'avoir en elle. Mais c'était la première fois qu'elle prenait le contrôle des opérations, et elle en éprouvait un sentiment de puissance si enivrant, qu'elle voulait prolonger l'intermède.

Elle le reprit dans sa bouche, et l'emmena de nouveau tout près de la jouissance, avant de s'arrêter une fois encore, lui arrachant des gémissements de plaisir et de frustration mêlés. Puis elle s'accroupit au-dessus de ses hanches, et recommença.

— J'ai envie de toucher tes seins, grogna-t-il.

Cassie ouvrit davantage son corsage, exhibant sans vergogne sa poitrine opulente.

— Pas question, répondit-elle.

Il tira sur ses chaînes.

— Vous êtes cruelle, maîtresse.

— Pas tant que cela. J'ai envie de m'empaler sur votre queue, forçat. Cela devrait vous plaire, non ?

Et, joignant le geste à la parole, elle se souleva légèrement et entreprit de le guider en elle.

Elle le chevaucha avec fougue, se donnant tout le plaisir possible, et ignorant délibérément le sien. Quand elle eut joui tout son soûl, elle lui demanda :

— Alors, forçat ? La leçon vous a servi ?

Elle s'apprêtait à tirer la clé des menottes de son décolleté, quand une main se plaqua soudain sur sa bouche. Avant d'avoir compris ce qui se passait, elle se retrouva à plat ventre sur les draps, un bras coincé dans le dos.

— Il ne faut jamais demander à un forçat de s'attacher lui-même, maîtresse. Si vous criez, ce sera le dernier son qui sortira de votre jolie bouche. C'est compris ?

Elle hocha la tête, le cœur battant, en proie à une excitation intense.

Il ôta la main de sa bouche, et elle entendit la chaîne des menottes cliqueter.

— Vous n'allez pas me faire mal ? demanda-t-elle d'une voix implorante.

— On verra. Si votre corps me procure assez de plaisir, peut-être vous épargnerai-je. Ce serait dommage de devoir trucider une aussi belle créature.

Il s'empara de son autre bras, et le rapprocha de l'autre. Puis elle sentit le métal froid des menottes sur ses poignets, et comprit qu'elle était prise au piège. Ce n'était pas du tout prévu dans son plan !

Cela fait, il lui retroussa ses jupes.

— Vous avez une superbe chute de reins, maîtresse, commenta-t-il en lui caressant les fesses.

Ne le voyant pas, elle ne pouvait qu'imaginer ce qui allait suivre. Elle trouvait cependant cette soumission forcée très excitante.

Il lui écarta les cuisses d'un geste brusque, et la pénétra d'une seule poussée.

Cassie essaya de se débattre, ce qui le fit rire.

— Oui, maîtresse, débattez-vous ! J'aime ça !

Plus tard, quand sa robe fut accrochée dans la penderie, et les menottes dissimulées dans un tiroir, Cassie se lova dans les bras d'Alec.

— Tu as été surpris ? voulut-elle savoir.

— J'avoue que oui. Je ne t'imaginais pas capable de telles fantaisies. Mais maintenant que je sais…

— Eh bien ?

— Vous pouvez me menotter quand vous voulez, maîtresse.

Un chien aboya.

Une porte vola en éclats.

Cassie se redressa d'un bond dans son lit et cria.

C'était un cauchemar.

— Portez le gamin et le chien dans ma voiture, ordonna une voix.

Ce n'était pas un cauchemar.

— Alec !

Six hommes, peut-être sept, déboulèrent dans la chambre. Henry était du nombre.

Alec était déjà debout, nu. Il envoya un premier homme à terre, et fracassa une chaise sur le crâne du deuxième. Mais ses assaillants étaient trop nombreux, et ils réussirent à l'entraîner dans le couloir.

— Alec !

Sans se soucier de sa propre nudité, Cassie bondit hors du lit pour lui prêter main-forte. Elle sentit qu'on lui saisissait les bras par-derrière, et elle se retrouva prisonnière.

— Vous allez me suivre, lui dit l'homme.

Cassie connaissait parfaitement cette voix. Elle se pétrifia.

— Si je ne l'avais pas vu de mes propres yeux, je ne l'aurais jamais cru, articula Geoffrey. Comment avez-vous pu vous abaisser à coucher avec lui ?

La relâchant, il ordonna :

— Habillez-vous.

Cassie s'empara de son peignoir.

— Mon père ne tolérera pas cette intrusion. Quand il apprendra…

Geoffrey éclata d'un rire mauvais.

— Votre père n'est plus en état de vous défendre.

Cassie sentit ses jambes se dérober sous elle. Il savait ! Mais comment ?

— Vous avez cru me berner, ajouta Geoffrey. Mais c'était mal me connaître.

— Où est Jamie ?

Et où était Micah ? Pourquoi n'était-il pas venu à leur secours ?

— Jamie nous attend dans ma voiture. Rassurez-vous, je ne lui ferai aucun mal.

Les hommes de main de Goeffrey revinrent dans la chambre. Deux d'entre eux tenaient Alec sous les bras. On l'avait frappé et il semblait à peine conscient.

— Mon Dieu, Alec ! cria Cassie.

Elle se serait précipitée vers lui si Geoffrey ne l'avait retenue fermement.

— Réveillez-le ! ordonna ce dernier à ses hommes. Je veux qu'il voie la suite.

Ses propos furent salués par une salve de rires gras, puis Henry sortit son couteau de chasse.

Cassie s'affola.

— Geoffrey, non ! Que voulez-vous qu'il fasse ?

— Vous allez bien voir, ma chérie.

Alec battit des paupières, et rouvrit les yeux. Il parcourut la pièce du regard, s'arrêta sur la jeune femme.

— Ils t'ont fait du mal, Cassie ? demanda-t-il aussitôt.

— Non, le rassura-t-elle.

Alec reporta alors son attention sur Geoffrey. Ses prunelles luisaient d'une lueur haineuse.

— Si vous touchez à un seul de ses cheveux, je vous tuerai, Chrichton, lâcha-t-il. Vous m'entendez ?

Il avait beau s'être exprimé d'une voix forte, Cassie percevait sa souffrance.

— Vous n'êtes pas en position de me menacer, Braden, répliqua Geoffrey d'un air dédaigneux. Du reste, je ne veux aucun mal à Cassie. Bien au contraire. Elle va devenir ma femme.

Cassie ouvrit la bouche pour protester, mais Alec la prit de vitesse :

— Si le pasteur est honnête et qu'il requiert le consentement de la mariée, vous dormirez seul, Crichton.

L'un des hommes de Geoffrey lui flanqua un direct à l'estomac, lui coupant provisoirement la parole.

— Mon Dieu, arrêtez ! plaida Cassie.

Alec avait déjà repris son souffle.

— Vous me craignez donc à ce point pour avoir besoin que sept hommes me maîtrisent pendant que vous agressez une femme ? demanda-t-il d'une voix qui suintait le mépris.

— Un homme de ma condition ne se salit pas les mains avec les viles besognes, rétorqua Geoffrey. Quand je veux saigner un porc, je m'adresse au boucher.

Il adressa un signe de tête à Henry, qui s'approcha d'Alec.

Cassie poussa un cri, et tenta frénétiquement de se libérer.

— Calmez-vous, ma chérie, fit Geoffrey, mielleux. Je ne vais pas le tuer. Vous le pleureriez toute votre vie, et je ne pourrais pas lutter contre un fantôme. Non, il vivra, rassurez-vous. Mais il ne sera plus un homme.

— Que… qu'allez-vous lui faire ? balbutia la jeune femme.

En guise de réponse, Geoffrey se tourna vers Henry.

— Châtre-le.

# 28

— Non ! hurla Cassie.

Son cœur battait si violemment qu'elle crut qu'il allait exploser.

— Vous pouvez me châtrer, Crichton, siffla Alec, je n'en demeurerai pas moins davantage un homme que vous.

Cassie réagit instinctivement. Elle pivota si vivement que Geoffrey, qui ne s'y attendait pas, perdit l'équilibre et s'affala à terre. Enfin libre de ses mouvements, elle courut se planter devant Alec, faisant un bouclier de son corps.

— Vous ne le toucherez pas, Geoffrey ! Ou je vous jure de vous rendre la pareille. Vous serez constamment sur vos gardes, sans une minute de répit !

Geoffrey se relevait déjà. Il la fixait avec dans le regard un mélange de haine et d'étonnement. Cassie crut qu'il allait la frapper.

— Si vous la touchez, Crichton, vous êtes un homme mort, prévint Alec.

— Pas de risque, Braden ! En revanche, *vous* vivrez assez longtemps pour voir que je peux faire avec elle ce que bon me semble.

Puis, attrapant Cassie par les cheveux, il la tira à lui tout en ordonnant à ses hommes :

— Fouettez-le.

— Non, Geoffrey ! protesta Cassie. Vous ne pouvez pas faire une chose pareille !

Ignorant ses supplications, il l'entraîna vers l'escalier.

— Je vais me gêner ! Il mériterait d'être pendu pour vous avoir séduite. Mais rassurez-vous, je n'irai pas le dénoncer aux autorités. J'aurais trop peur d'en faire un martyr à vos yeux.

— Me séduire ? Je peux vous certifier que j'ai couché avec lui de mon plein gré !

Geoffrey lui tira violemment le bras, lui arrachant un cri de douleur.

— Répétez cela, et je le ferai châtrer, lui murmura-t-il à l'oreille.

— Geoffrey, je vous en supplie, ne lui faites pas de mal ! Vos hommes l'ont déjà roué de coups. Qu'espérez-vous gagner en vous conduisant de la sorte ?

Geoffrey ne prit même pas la peine de lui répondre. Il la poussa de côté pour laisser passer ses hommes qui emmenaient Alec dans la cour.

— Alec ! cria la jeune femme.

Elle décocha un coup de pied à Geoffrey, qui la gifla en retour.

— Ne m'obligez pas à vous punir !

Elle eut juste le temps de croiser le regard d'Alec. « Je t'aime », articula-t-elle en silence.

Munis de torches et d'armes à feu, une douzaine d'autres hommes de main attendaient dans la cour. Ils tenaient en respect les habitants de la plantation. Nan pleurait. Micah arborait une blessure au front, et Zach avait un œil au beurre noir. Cassie comprit qu'on les avait tirés de force de leur lit pour assister à ce spectacle.

Geoffrey la poussa sous le porche.

— Je veux que vous ayez la meilleure vue possible, expliqua-t-il d'une voix mauvaise.

Soudain, l'un de ses hommes cria :

— Monsieur ! Monsieur ! Le gamin a disparu !

Jamie ! Il avait réussi à s'enfuir ! Mais le pauvre devait être terrorisé…

— Disparu ? répéta Geoffrey, incrédule.

Takotah le trouverait sûrement et le cacherait, voulut se rassurer Cassie.

— Oui, monsieur. Je l'ai quitté une minute, et il en a profité pour se carapater.

— Takotah, grommela Geoffrey. Cherche la sorcière indienne !

L'homme hésita. À en juger par son expression, il n'était pas chaud pour remplir une telle mission.

— Retrouve-moi le gamin, ou, toi aussi, tu goûteras du fouet ! le menaça son maître.

N'ayant pas le choix, l'homme s'éclipsa sans demander son reste.

Entre-temps, Alec, toujours entièrement nu, avait été ligoté à la charpente du puits. Cassie sentit les larmes lui embuer les yeux.

— Geoffrey, vous ne pouvez pas faire cela ! Je ferai tout ce que vous voudrez, proposa-t-elle en désespoir de cause.

— Qu'on en finisse ! cria-t-il à ses hommes comme s'il ne l'avait même pas entendue.

— Non, Geoffrey ! Je vous en supp…

Le premier coup de fouet lui arracha un cri déchirant.

— Alec !

Geoffrey plaqua la main sur sa bouche.

— Taisez-vous donc ! siffla-t-il. Ce n'est pas vous qu'on fouette.

Le fouet s'abattit de nouveau, lacérant la chair d'Alec. Les coups continuèrent de pleuvoir avec une régularité de métronome. Encore et encore…

La douleur était atroce. Il avait l'impression que son dos était en feu.

Où était-il ?

Des bribes de souvenirs lui revenaient en mémoire.

Les hommes de Chrichton.

Cassie ! Où était-elle ?

Il commença à s'agiter, sentit une main ferme se poser sur lui.

— N'essayez pas de bouger.

Il reconnut la voix de Takotah.

— Buvez, ajouta-t-elle.

Alec émergea lentement de son cauchemar. Dieu qu'il souffrait !

Il était allongé sur le ventre. Takotah lui souleva doucement la tête et approcha un gobelet de ses lèvres. Il reconnut le goût du laudanum. La drogue apaiserait certes ses douleurs, mais elle lui ôterait aussi toute volonté. Or, il devait absolument retrouver Cassie.

— Il faut d'abord vous rétablir si vous voulez lui venir en aide, reprit l'Indienne comme si elle avait lu dans ses pensées.

Alec s'obligea à ouvrir les yeux. Il reconnut le lit. Les étagères pleines de livres. C'était la cabane du marais.

— Comment suis-je arrivé ici ?

— J'avais mélangé un somnifère au cidre des gardes. Quand ils se sont endormis, Luke a coupé vos liens et vous a chargé sur Aldebaran. Puis Micah vous a conduit à moi.

— Et Jamie ?

— Il est là. Ne vous inquiétez pas pour lui.

Comme pour confirmer les dires de Takotah, un rire d'enfant lui parvint. Dieu soit loué, Jamie était sain et sauf !

— Quelle heure est-il ?

— Vous avez dormi deux jours.

— Deux jours ?

Alec s'alarma. Tout avait pu arriver à Cassie pendant tout ce temps ! Il voulut se lever, mais la douleur l'obligea à se rallonger.

— Ils vous traquent comme un gibier, avec des chiens, expliqua Takotah, qui approcha de nouveau le gobelet de ses lèvres. Vous devez reprendre des forces et vous reposer avant de partir.

Alec but la potion à contrecœur.

Ainsi, Crichton le cherchait. Heureusement, il y avait peu de chances qu'ils le trouvent ici. Même les chiens les mieux entraînés perdraient sa trace dans le marais. En revanche, ils remonteraient jusqu'à lui dès qu'il quitterait la cabane.

Mais Cassie avait besoin de lui. Maintenant. Il ne pouvait pas l'abandonner.

Il ferma les yeux, et essaya de réfléchir à un plan.

Debout devant la fenêtre, Cassie regardait le paysage sans le voir. Elle n'avait pas touché au déjeuner que lui avait apporté une jeune esclave. Elle savait qu'elle aurait dû manger – pour son bébé, sinon pour elle-même –, mais son estomac se révoltait à cette idée. Depuis deux jours qu'elle était enfermée dans cette pièce, elle n'avait rien avalé. Et n'avait pas davantage dormi.

Si seulement elle était sûre qu'Alec était sain et sauf ! Quelqu'un avait-il pu prendre soin de lui ? Soigner ses blessures ? Souffrait-il ? Elle n'était même pas certaine qu'il soit toujours vivant.

« Mon Dieu, faites qu'il soit encore de ce monde », pria-t-elle.

Elle ferma les yeux pour tenter de chasser les souvenirs qui la hantaient, mais ils étaient imprimés sur sa rétine. Et ses oreilles entendaient encore le sifflement de la lanière de cuir s'abattant sur le dos d'Alec.

On l'avait fouetté jusqu'à ce qu'il perde connaissance. Mais il n'avait pas crié une seule fois – à la grande déception de Geoffrey.

Cassie avait encore la nausée à la pensée du supplice auquel on l'avait contrainte d'assister.

Et Jamie ? On ne l'avait pas retrouvé. Elle était à peu près certaine que Takotah l'avait recueilli, et probablement l'avait-elle conduit à la cabane de son père. Mais là encore, elle n'avait aucune certitude, et cela ne faisait qu'ajouter à ses tourments.

Un merle se posa quelques instants sur le rebord de la fenêtre, avant de s'éloigner à tire-d'aile. Cassie l'envia. Elle avait songé à s'enfuir en s'accrochant à la vigne vierge qui recouvrait la façade, mais elle avait craint que celle-ci ne supporte pas son poids. Si elle n'avait pas été convaincue de porter l'enfant d'Alec, sans doute aurait-elle quand même pris le risque.

Le soir de son arrivée, des femmes esclaves l'avaient lavée longuement, lui frictionnant avec énergie l'intérieur des cuisses. « Pour lui ôter toute trace de souillure », avait expliqué Geoffrey. À part ces femmes, et celle qui lui montait à manger et vidait son pot de chambre, elle n'avait vu personne. Même Geoffrey n'était pas revenu lui rendre visite. Mais de cela, au moins, elle ne songeait pas à se plaindre.

Pourquoi avait-il agi ainsi ? Il prétendait que c'était pour protéger sa future épouse. Le diable l'emporte ! Elle lui avait pourtant dit qu'elle ne l'épouserait jamais. Il assurait l'aimer, mais comme la plupart des fils de planteurs, il était surtout amoureux de sa dot.

Cassie n'ignorait plus depuis longtemps qu'il avait tendance à se montrer violent et cruel, mais jamais, même dans ses pires cauchemars, elle n'aurait imaginé qu'il puisse en arriver à de telles extrémités.

Hélas, elle n'avait personne vers qui se tourner pour lui venir en aide ! Personne. Ni le shérif, ni un juge, ni même le père de Geoffrey ne feraient payer à celui-ci ses actes. Au contraire : aux yeux de beaucoup, il serait considéré comme un héros pour l'avoir sauvée des griffes du forçat qui l'avait séduite. Certains le trouveraient même stupide de vouloir encore épouser une femme dont la réputation était entachée.

Des pas résonnèrent dans le couloir, tirant la jeune femme de ses sombres pensées. Elle entendit une clé tourner dans la serrure, et la jeune esclave entra. Une robe était drapée sur son bras.

— Le maître vous demande de vous habiller pour descendre dîner, dit-elle, avant de déposer avec précaution la robe sur le lit, le regard émerveillé.

Coupée à la dernière mode, c'était un ravissant modèle de soie émeraude rebrodée de petites abeilles dorées. Cassie y jeta à peine un coup d'œil.

— Dites à M. Crichton que je refuse. Qu'il ne m'achètera pas avec des robes. Dites-lui aussi que je préférerais dîner avec le diable en personne plutôt qu'avec lui.

La fille sursauta ; une expression affolée se peignit sur ses traits.

— Si je vous renvoie avec ce message, il vous punira, c'est cela ? devina Cassie.

La fille ne répondit pas.

— Dans ce cas, dites-lui que je suis trop fatiguée pour dîner avec lui ce soir.

L'esclave parut hésiter, puis elle tourna les talons et ressortit, prenant bien soin de refermer à clé derrière elle.

Cassie s'approcha du lit. Chaque fois qu'elle essayait de dormir, les cauchemars l'assaillaient. Mais elle était si fatiguée... Elle jeta la robe par terre, et se glissa entre les draps.

S'obligeant à contenir sa rage, Geoffrey se dirigea vers la chambre de service où il avait enfermé Catherine. Pourquoi diable refusait-elle de dîner avec lui ? La garce ingrate ! Il avait tant fait pour elle. Il était même allé jusqu'à épargner la vie de son précieux forçat.

Du reste, il regrettait aujourd'hui sa clémence. Car le forçat avait réussi à s'échapper – avec la complicité probable de la sorcière indienne. Et le gamin demeurait toujours introuvable. Il avait disparu avec son chien. Geoffrey était convaincu qu'ils se cachaient tous les trois sur le petit îlot du marais, mais ce stupide Écossais était pour l'instant incapable d'en retrouver le chemin.

Il soupçonnait aussi les esclaves de Blakewell Neck d'en savoir plus qu'ils ne voulaient bien le dire, mais ils semblaient tous prêts à se sacrifier plutôt que de révéler les secrets de leur maîtresse. Et Geoffrey ne la forcerait pas à parler. Il se refusait à la frapper, car il l'aimait. Pourquoi s'obstinait-elle à ne pas vouloir admettre qu'ils pourraient être très heureux ensemble ?

Il s'arrêta devant la porte de la jeune femme, prit une profonde inspiration, et tourna la clé dans la serrure.

Catherine était couchée. Elle paraissait dormir, mais même les paupières closes, il était évident qu'elle avait pleuré.

Il l'appela doucement, mais elle ne réagit pas. Se pouvait-il qu'elle soit malade ? Elle était bien pâle, en tout cas. Geoffrey lui tâta le front, et constata, soulagé, qu'elle n'avait pas de fièvre.

Puis il remarqua la robe qui gisait sur le sol, et la colère le saisit.

— Levez-vous ! ordonna-t-il.

# 29

Catherine se redressa d'un bond, les yeux écarquillés de terreur.

— Je vous ai dit de vous lever !

— Non, répliqua-t-elle.

Et la haine avait déjà remplacé la peur dans son regard.

Geoffrey lui agrippa le poignet pour la tirer de force hors du lit.

— Je vous préviens, Catherine, jusqu'à présent, je me suis montré indulgent avec vous, mais ma patience a des limites !

Il la relâcha brutalement. Il devina qu'elle essayait une fois de plus de le faire sortir de ses gonds, mais elle n'y réussirait pas.

Il ramassa la robe, la posa sur le lit.

— Levez-vous et habillez-vous. Immédiatement.

— Et si je refuse ? Me frapperez-vous ?

Geoffrey serra les poings et alla se planter devant la fenêtre, lui tournant le dos.

— Je n'ai nullement l'intention de vous frapper.

— Non ? Alors laissez-moi tranquille. De mon côté, je n'ai nullement l'intention de jouer les maîtresses. Pas même le temps d'un dîner.

Il se retourna.

— J'ai commandé cette robe spécialement pour vous à la meilleure couturière de Williamsburg. Et il y en a d'autres comme celle-ci qui vous attendent dans une penderie.

— Après m'avoir enlevée et avoir frappé ceux que j'aime, vous n'espérez quand même pas gagner mon cœur avec quelques chiffons ? Ou alors, c'est que vous avez une bien piètre opinion de moi, et des femmes en général.

La rage bouillonnait dans les veines de Geoffrey, qui s'efforça cependant au calme.

— Peut-être préféreriez-vous entendre parler de Blakewell Neck ?

Elle tressaillit.

— Vous avez des nouvelles ?

Bien qu'éprouvant un sentiment de triomphe, Geoffrey réfléchit soigneusement à ce qu'il pouvait dévoiler.

— Le nouveau régisseur supervise la récolte de cidre.

— Un nouveau régisseur ? Et Micah ?

— Le tabac sèche bien. Félicitations, ma chère, la récolte est abondante.

— Vous ne m'avez pas répondu au sujet de Micah. Et Jamie ? Qu'est-il devenu ?

Geoffrey devinait l'autre question qui lui brûlait les lèvres, mais, à sa grande satisfaction, elle s'abstint de la poser.

— Le nègre a été congédié. Ne prenez pas cet air horrifié, ma chère, il a conservé sa liberté. Je l'ai mis dehors avec des papiers en règle.

— Mais pourquoi…

— Quant aux autres, y compris le… *forçat*, fit-il, méprisant, j'ai peur que vous ne soyez obligée de me rejoindre à dîner pour en apprendre davantage.

Très content de lui, il prit congé. Sans oublier, bien sûr, de verrouiller la porte derrière lui.

Cassie se faisait l'effet d'être une catin. Elle devait d'ailleurs en avoir l'allure, dans cette robe dont le décolleté frisait l'indécence. Accrochant son reflet dans l'un des miroirs du couloir, elle eut un haut-le-cœur. C'est à peine si elle se reconnaissait, avec cette robe vulgaire, ce teint blême et ces cernes sous les yeux. Elle aurait voulu pleurer, mais elle se l'interdit. Geoffrey l'attendait, et elle était décidée à rentrer dans son jeu jusqu'au bout.

Enfin, peut-être pas tout à fait jusqu'au bout. Peut-être ne se satisferait-il pas de l'avoir à dîner. Et voudrait-il aller plus loin…

Quoi qu'il en soit, elle ne coucherait pas avec lui. Sous aucun prétexte.

— Ah, vous voilà enfin, Catherine ! Vous êtes ravissante, lança-t-il en guise d'accueil lorsqu'elle pénétra dans la salle à manger. Il la détailla sans vergogne, avant de s'arrêter sur son décolleté. Je savais que cette couleur vous irait, ajouta-t-il. Vous l'aimez, j'espère ?

Cassie comprit qu'il attendait vraiment sa réponse. Comme si quelque chose d'aussi futile que la couleur d'une robe faisait partie de ses préoccupations du moment !

— Oui, dit-elle, et elle eut l'impression d'entrer en trahison.

Il lui tira un siège. Elle s'assit et déplia une serviette. La table, éclairée par deux lourds candélabres, était déjà surchargée de mets. Une jeune esclave lui servit du vin dans un verre de cristal.

— Catherine, vous m'écoutez ?

— Je… j'avais l'esprit ailleurs.

— Je disais que la cuisinière avait préparé vos plats préférés. J'espère qu'ils seront à votre convenance.

— Certainement.

Elle porta le verre à ses lèvres, but une gorgée de vin. Son goût doucereux lui donna la nausée. Elle picora ensuite une bouchée de viande, convaincue qu'elle ne la garderait pas. Mais à sa grande surprise, elle se découvrit de l'appétit. La bouchée fut suivie d'une autre, et d'une autre encore, tant et si bien qu'elle vida son assiette.

Geoffrey paraissait de bien meilleure humeur, soudain.

— Je me doutais que vous aviez faim, fit-il, et agitant un doigt sentencieux, il ajouta : Que cela vous serve de leçon. Quand vous refusez ma générosité, vous ne faites du mal qu'à vous-même.

— Les événements de ces derniers jours m'avaient coupé l'appétit.

— Eh bien, je suis heureux de constater que vous l'avez retrouvé.

Cassie aussi était soulagée d'être de nouveau capable de manger. Pas pour elle, mais pour son bébé.

Son assiette fut remplacée par une autre, et les mets s'enchaînèrent, jusqu'au dessert.

— Dépêchez-vous, ou le pudding va être froid ! lança Geoffrey avec impatience aux esclaves chargés du service. Ce n'est pas étonnant que leur race soit réduite à l'esclavage. Je n'ai jamais vu une telle lenteur !

Catherine dut prendre sur elle pour ne pas protester. Geoffrey était décidément un être détestable.

— On dirait que mes manières vous déplaisent, Catherine ? observa-t-il, pas dupe.

Elle ne répondit pas.

— Je suis navré, mais ici, nous ne dorlotons ni nos esclaves ni nos serviteurs.

Elle continua de l'ignorer.

Geoffrey enchaîna sur des histoires de chasse, puis sur ses derniers succès au jeu. Il avait encore plumé Landon Carter au whist !

Incapable de se retenir, Cassie cria soudain :

— Arrêtez !

Consciente d'avoir été trop loin, elle ajouta vivement :

— Je... Pardonnez-moi, Geoffrey, mais vous m'aviez promis de me donner des nouvelles de la maison si j'acceptais de dîner avec vous. Sachez que je ne m'intéresse ni à la chasse ni au whist.

Un silence pesant tomba entre eux. Geoffrey était visiblement furieux. Au prix d'un effort visible, il parvint pourtant à esquisser un sourire.

— Vous feriez bien d'essayer de vous montrer plus polie, Catherine, ou je crains de ne rien pouvoir vous dire.

Cassie sentit une boule se former dans sa gorge, mais elle se rappela son serment de ne pas pleurer devant lui.

Geoffrey reprit son bavardage insipide sans paraître s'apercevoir qu'elle ne l'écoutait plus. Elle était convaincue, à présent, qu'il ne lui dirait rien ce soir. Et elle se reprochait d'avoir été assez naïve pour s'imaginer le contraire.

Mais il lâcha tout à coup :

— Je suppose que vous serez heureuse d'apprendre que Jamie a été retrouvé sain et sauf ?

Cassie s'efforça tant bien que mal de masquer sa déception, mais Geoffrey l'avait cueillie par surprise.

— Où... où était-il ?

— Il se cachait dans les écuries. Ne faites pas cette tête, ma chère. Il valait mieux que cela se termine ainsi, plutôt qu'il erre sans fin dans les bois avec cette sorcière indienne.

— Comment va-t-il ? A-t-il demandé de mes nouvelles ?

— Je crois vous avoir précisé qu'il était sain et sauf, non ?

Geoffrey termina tranquillement son pudding, puis :

— Il a demandé une ou deux fois de vos nouvelles. Je lui ai dit que vous étiez chez moi, et il n'a plus posé de questions. Vous savez comment sont les enfants : ils ne pensent qu'à leurs jeux.

Pauvre Jamie. Elle avait tellement espéré qu'il réussirait à s'échapper ! Et voilà qu'il était lui aussi prisonnier de Geoffrey.

— J'aimerais le voir, fit-elle, et, après une pause, elle crut bon d'ajouter : S'il vous plaît.

— Nous verrons cela. Peut-être d'ici à une semaine, ou deux.

— Et pourquoi pas demain ?

Geoffrey s'essuya la bouche avec le coin de sa serviette.

— Je ne vous cache pas que votre conduite laisse à désirer, Catherine. Laissons passer un peu de temps, que vous puissiez regagner mes faveurs. En attendant…

— Mais ce n'est qu'un enfant ! Et je suis pour lui comme sa mère.

— Certes. Mais vous l'avez trop dorloté, lui aussi. Cela ne lui fera pas de mal de s'éloigner un peu de vos jupes.

Cassie s'alarma. Geoffrey était connu pour traiter les enfants avec la même rudesse que les serviteurs.

— Si vous osez lever la main sur lui…

— À présent qu'il est à ma charge, je me conduirai avec lui comme j'estimerai devoir le faire, coupa Geoffrey avant de frapper dans ses mains pour réclamer une bouteille de porto.

Cassie en demeura sans voix. La colère et la frustration l'étranglaient.

— Avez-vous déjà bu de l'excellent madère, ma chère ? C'est à peine si vous avez touché à votre vin. Goûtez-moi cela. Je vous le recommande pour les nerfs.

Cassie ignora le verre qu'il avait poussé dans sa direction.

— Je vois que vous n'appréciez pas ma décision.

— Non, en effet. Elle est cruelle. *Vous* êtes cruel.

— Quantité de gens penseraient au contraire que je me suis montré bien clément. Mais vous n'avez pas demandé de nouvelles du forçat. Votre cœur volage l'aurait-il déjà oublié ?

Cassie luttait contre la boule qui lui obstruait la gorge.

— Me répondriez-vous sincèrement si je vous posais la question ?

Geoffrey s'esclaffa.

— Oui. Mais pas gratuitement.

Cassie sentit la boule prendre des proportions inquiétantes, alors même qu'elle s'attendait à cette réponse.

— Expliquez-moi comment se rendre à la cabane de votre père, et je vous dirai si le forçat vit encore.

C'était donc bien Henry qui les avait dénoncés ! comprit-elle.

— Je ne vous dirai rien.

Il se pencha pour lui caresser la joue.

— Un jour viendra où vous ferez exactement ce que je vous demanderai pour épargner des souffrances à ceux que vous aimez.

— Vous êtes méprisable, articula-t-elle.

Geoffrey sourit.

— Prenez vos responsabilités, ma chère. Si vous voulez que Braden souffre davantage…

— Il est donc toujours vivant ? ne put s'empêcher de lâcher Cassie.

— Aujourd'hui, oui. Mais demain, qui sait ?

Geoffrey vida son verre, fit un signe pour qu'on le lui remplisse de nouveau, et reprit :

— Allons, ma chère, vous n'avez pas encore goûté à mon madère.

Cassie s'obligea à porter le verre à ses lèvres.

— Voilà qui est mieux, commenta-t-il en lui caressant le bras.

Cassie se déroba, le cœur au bord des lèvres.

— Nous pourrions être si heureux ensemble, Catherine, si seulement vous étiez moins entêtée. Je suis convaincu que vous pourriez apprendre à m'aimer comme je vous aime.

Il se pencha davantage pour tenter de l'embrasser. Elle recula.

— Non.

Le visage de Geoffrey se durcit.

— Vous avez écarté les cuisses pour ce forçat, et vous me refusez un baiser ?

— Je ne vous aime pas.

— Vous m'aimiez, autrefois. L'auriez-vous oublié ?

— J'étais une enfant, à l'époque. J'ignorais tout de l'homme sans cœur que vous deviendriez.

— C'est vous qui m'avez obligé à me conduire ainsi. Un jour ou l'autre, vous finirez bien par en convenir.

— Même l'éternité ne suffirait pas pour vous pardonner ce que vous avez fait.

Geoffrey parut accuser le coup. Puis il esquissa un sourire mauvais.

— Je pourrais vous culbuter ici, sur cette table. Et personne n'interviendrait pour m'en empêcher.

— Peu importe ce que vous me ferez. Je ne pourrai pas vous haïr davantage que maintenant.

— Vous dites cela sous l'effet de la colère. Mais vous verrez que vous aimerez mes caresses. Toutes les femmes les aiment.

— Je ne coucherai jamais avec vous de mon plein gré, Geoffrey, répliqua-t-elle froidement. Ce ne sera jamais que du viol.

Il quitta abruptement la table et lui tourna le dos.

— Vous vous trompez, Catherine, ce ne sera pas du viol. D'ici à quelques jours vous serez ma femme, et vous n'aurez plus votre mot à dire sur la question. La loi m'autorisera à vous posséder autant qu'il me plaira.

Cassie se leva à son tour.

— Quel pasteur assez corrompu avez-vous réussi à dénicher pour célébrer cette parodie de mariage ?

— Un pasteur qui connaît la valeur de l'argent, en effet, mais qui pense aussi sincèrement vous sauver, Catherine. Il croit que vous portez mon enfant, et il souhaite vous épargner la honte.

Cassie faillit lui répliquer que ce n'était pas *son* enfant qu'elle portait, mais elle jugea préférable de s'abstenir, convaincue qu'il n'hésiterait pas à la frapper s'il apprenait la vérité – avec tous les risques que cela comportait pour son bébé.

— Le diable vous emporte, Geoffrey ! Je ne consentirai jamais à vous épouser.

Il pivota lentement vers elle, un sourire suffisant aux lèvres.

— Oh, que si, Catherine ! Sinon Braden paiera le prix de votre refus.

Cassie fut prise de vertige. Elle sentit ses jambes se dérober sous elle et se laissa choir sur sa chaise.

— Allons, Catherine, pas de scène, je vous en prie.

Elle haletait, tentait de reprendre sa respiration. En vain. Elle rendit tout son dîner sur le parquet de la salle à manger.

Alec pansait Aldebaran en s'efforçant d'ignorer la douleur qui lui vrillait le dos à chaque mouvement. Ses plaies n'étaient pas encore complètement cicatrisées, et il n'avait pas recouvré toutes ses forces, mais la fièvre était tombée depuis quarante-huit heures, et Takotah ne pourrait plus l'obliger à garder le lit. Il avait déjà perdu suffisamment de temps comme cela. Dieu seul savait ce que Cassie avait été contrainte d'endurer au cours de la semaine écoulée.

Il ferma les yeux pour tenter de maîtriser les émotions qui menaçaient à tout instant de le submerger. Il savait depuis le début qu'en aimant la jeune femme il provoquerait sa ruine. Et cependant, il avait cédé à son désir. Ce qu'elle subissait maintenant était entièrement sa faute.

Il partirait au coucher du soleil.

Aldebaran tapa nerveusement du sabot en voyant une souris traverser devant lui.

— Enfin, mon vieux, ne me dis pas que tu as peur d'une souris !

Il aurait aimé prendre Aldebaran, mais Takotah le lui avait déconseillé : l'étalon permettrait plus facilement aux chiens de les repérer. S'il voulait se rendre chez Crichton en toute discrétion, il devrait y aller à pied. Le voyage, l'avait-elle averti, prendrait une bonne journée de marche à travers les marais et la forêt.

L'aide de l'Indienne s'avérait inestimable. Tandis qu'il gisait dans son lit, rongé par la fièvre, elle s'était rendue sur les terres de Crichton. Elle avait appris par l'une des esclaves des cuisines que Cassie était retenue prisonnière dans une chambre de service du deuxième étage. Takotah lui avait alors dessiné une carte dans le sable, et elle lui avait enseigné ses secrets pour égarer les chiens.

Le plan d'Alec était simple : il arriverait à la tombée de la nuit, libérerait Cassie et repartirait sur-le-champ. Takotah lui avait assuré qu'il ne rencontrerait aucune résistance de la part des esclaves de Crichton, écœurés par les abus de leur maître. Personne ne sonnerait l'alarme ni n'essaierait de lui barrer le chemin. Mais personne non plus ne lui viendrait en aide. Si la chance était avec eux, ils seraient de retour tous les deux d'ici au lendemain soir. Puis, lorsque Alec serait complètement rétabli, ils feraient route vers le nord avec Jamie, et embarqueraient pour l'Angleterre dans le premier port venu.

Le garçonnet jouait un peu plus loin. Il essayait d'apprendre à Pirate à rapporter un bâton. Il avait tenté de se montrer courageux dans l'épreuve, mais Alec l'avait plus d'une fois entendu pleurer dans son sommeil, et appeler sa sœur.

— Allez, Pirate ! Rapporte !

Mais le chien, son bâton dans la gueule, s'entêtait à filer dans la direction opposée. À en juger par la façon dont il agitait la queue, il semblait prendre beaucoup de plaisir à ce petit jeu.

« Je te promets que je te ramènerai ta sœur, moussaillon », jura Alec en silence.

Micah le rejoignit avec la boîte contenant les pistolets du père de Cassie. Crichton avait congédié Micah, mais ce dernier avait feint de partir. Après avoir pris la direction du nord, il avait profité de la nuit tombante pour bifurquer en direction de l'îlot. Ce petit arpent de sable au milieu du marais était devenu leur refuge à tous.

— Je les ai bien nettoyés, expliqua Micah. J'espère que vous n'aurez pas à vous en servir, mais, au cas où, ils devraient fonctionner à merveille.

Alex le remercia et s'empara de la boîte.

— Vous partez ce soir ?

— Oui.

Le dîner lui parut interminable. Il mangea sans appétit. Seul Jamie fit joyeusement honneur au repas. Ils étaient convenus de ne pas l'informer des projets d'Alec de libérer sa sœur, et le garçonnet ne parut pas s'apercevoir de la tension qui régnait autour de lui.

— Cole, tu me raconteras une histoire, avant de me coucher ?

— Pas ce soir, moussaillon.

Jamie fit grise mine, mais ne protesta pas. Alec s'en voulut soudain de son refus. Si ce n'était pas ce soir, quand ? Peut-être ne reverrait-il jamais l'enfant.

— Tout bien réfléchi, reprit-il en attirant Jamie sur ses genoux, je veux bien t'en raconter une. Laquelle veux-tu entendre ?

— Une histoire de Barbe Noire !

Un peu moins d'une heure plus tard, Alec se frayait un chemin à travers le marais, les pieds chaussés de mocassins en cuir que lui avait confectionnés Takotah. Mû par un sentiment d'urgence, il marchait aussi vite que possible, malgré le terrain difficile. Plus d'une fois, il buta sur des racines émergées, et s'affala dans l'eau boueuse. Mais il se relevait aussitôt, et continuait d'avancer vaille que vaille.

Rien d'autre ne lui importait que de retrouver Cassie.

# 30

Cassie regardait par la vitre de la portière en proie à un sentiment d'accablement. Elle rêvait de bondir hors de la voiture, et de s'enfuir dans la forêt, mais Geoffrey lui tenait fermement le bras – à lui faire mal. Elle n'aurait même pas le temps d'atteindre la poignée. En outre, il lui avait clairement signifié que la vie d'Alec – et peut-être même celle de Jamie – dépendait de sa docilité. Elle n'avait donc d'autre choix que de se soumettre.

Elle s'était toujours imaginé que le jour de ses noces serait le plus heureux de sa vie. Il se révélait le plus désespéré. Elle allait devenir la femme de Geoffrey, et cette perspective la révulsait. Elle ne se voyait pas partager son lit, ne serait-ce qu'une seule nuit, et encore moins passer avec lui le restant de sa vie. Elle ne supportait pas davantage la pensée que l'enfant d'Alec serait obligé de l'appeler « père ». Malheureusement, aussi atroce qu'il s'annonce, elle ne se voyait désormais pas d'autre avenir.

Elle avait tenté de convaincre l'esclave qui l'avait aidée à s'habiller de la laisser s'enfuir, mais celle-ci s'était affolée à l'idée du châtiment que le maître lui infligerait. Cassie avait alors envisagé de déclarer au pasteur qu'elle n'attendait pas d'enfant. Sauf qu'elle était réellement enceinte – même si c'était d'Alec.

Était-ce là la punition que Dieu lui destinait pour avoir fauté à maintes reprises ? Elle avait menti au sujet de son père, imité sa signature, et couché avec un homme sans avoir échangé de serments devant le pasteur. Elle avait aussi vécu très librement comparée aux autres femmes de la communauté. Devait-elle à présent payer le prix de son indépendance ?

Cassie préféra chasser cette pensée de son esprit. Dieu, qui se voulait amour, ne pouvait se montrer aussi cruel.

Depuis cette horrible soirée où il l'avait obligée à dîner avec lui, Geoffrey ne lui avait pas adressé la parole. Elle avait donc passé la semaine seule dans sa chambre, où elle avait eu tout le loisir de ruminer ses angoisses. Que devenaient Alec, Jamie et tous ceux qu'elle aimait ? Geoffrey croirait-il vraiment que l'enfant serait de lui ? Et dans le cas contraire, comment réagirait-il ?

Elle avait redouté ce jour comme un condamné à mort redoute l'échafaud. Et maintenant qu'elle y était, elle avait bel et bien le sentiment de se rendre à sa propre exécution. Tôt, ce matin, Geoffrey était entré dans sa chambre, et lui avait présenté une robe de soie rose en guise de robe de mariée. Parce qu'elle devait protéger Alec et le bébé, Cassie avait accepté de la revêtir.

— Nous sommes presque arrivés, annonça soudain Geoffrey, la tirant de ses pensées. Essayez d'afficher une expression un peu plus joyeuse, ma chère. Ce sont vos noces, après tout.

Cassie aperçut la silhouette familière de St Mary White Chapel et les quelques bâtisses qui l'entouraient, et son sang se glaça dans ses veines.

« Mon Dieu, faites que cela n'arrive pas ! » supplia-t-elle en silence.

L'attelage s'immobilisa devant les marches de l'église.

— Venez, ma chère.

Geoffrey descendit de voiture et lui tendit sa main. Refusant son aide, Cassie sauta à terre.

Le révérend Dinwiddie les attendait sous le porche, les mains croisées dans le dos, la mine sévère.

— Bonjour, révérend, le salua Geoffrey.

— Bonjour, Geoffrey, répondit le pasteur. Bonjour Catherine, ajouta-t-il avec un regard désapprobateur à l'adresse de la jeune femme.

Geoffrey poussa fermement Cassie à l'intérieur.

— Je dois vous avouer que je n'aime guère tout cela, Geoffrey, enchaîna le pasteur. J'éprouve des scrupules à agir dans le dos de votre père. Il s'est toujours montré très généreux envers notre église, et je détesterais le décevoir. N'oubliez pas que vous êtes son seul héritier. Il aurait préféré, j'imagine, que vous épousiez une femme digne de vous.

Loin de se sentir insultée, Cassie reprit au contraire espoir. Si le révérend Dinwiddie était réticent à conclure cette cérémonie, elle se sentirait davantage encline à lui parler librement. À condition, bien sûr, qu'elle en prenne le risque.

— Je peux vous assurer que mon père vous sera, au contraire, très reconnaissant d'avoir contribué à éviter un scandale. Et croyez bien que sa gratitude sera sonnante et trébuchante. Peut-être même pourrez-vous vous offrir un nouveau vitrail. Pour le narthex, par exemple.

— Espérons que vous disiez vrai, Geoffrey, sinon je pourrais être amené à prononcer une annulation. Mais avec un enfant en route, ce serait très délicat.

Cassie se sentit pâlir en entendant parler du bébé dont Geoffrey s'était servi pour obtenir ce mariage précipité.

— Qu'y a-t-il, ma chère ? Vous ne vous sentez pas bien ?

La fausse sollicitude de Geoffrey lui donnait la nausée.

— Non, je ne me sens pas bien. Vous savez pertinemment que j'ai été amenée ici de force.

Il répliqua par un sourire.

— Geoffrey m'a expliqué que vous ne souhaitiez pas l'épouser, Catherine, mais je partage son opinion sur la question. Votre père vous a très mal éduquée, et sa trop grande indulgence a fini par porter ses fruits – ou son fruit, si je puis me permettre. Votre refus de vous ranger à la raison prouve, s'il en était besoin, qu'il est grand temps de vous mettre au pas, que cela vous plaise ou non. Geoffrey saura prendre les bonnes décisions vous concernant.

Le sang de Cassie ne fit qu'un tour.

— Depuis quand l'Église autorise-t-elle un homme à épouser une femme contre son gré ?

— Vous n'êtes pas la première que je marie contre son gré. Mais toutes celles qui vous ont précédée sont revenues me voir quelques mois plus tard, bien contentes de pouvoir faire baptiser leur bébé.

— Alors... alors, vous allez sanctifier cette farce sacrilège ?

Le révérend Dinwiddie ne répondit pas.

Voyant ses derniers espoirs s'envoler, Cassie se mit à pleurer.

Geoffrey s'esclaffa.

— Je vous avais prévenu qu'elle était têtue !

Le révérend Dinwiddie s'éclaircit la voix.

— Nous sommes réunis ici, en présence du Seigneur tout-puissant, pour célébrer l'union de cet homme et de cette femme par les liens sacrés du mariage...

Cassie continua de pleurer tandis que le révérend continuait imperturbablement. Sa vision s'était brouillée. Elle avait l'impression de vivre un cauchemar éveillé.

— Catherine, acceptez-vous de prendre cet homme pour époux, et de vivre avec lui dans les liens sacrés du mariage ? Jurez-vous de l'aimer, de lui obéir et de lui être fidèle jusqu'à votre dernier souffle ?

La voix du révérend semblait lui parvenir de très loin. Elle se trouva incapable de formuler la réponse qu'on attendait d'elle.

Geoffrey lui pinça méchamment le bras.

— Redemandez-le-lui, ordonna-t-il au pasteur.

— En effet, brave révérend, intervint une voix familière dans leur dos. Redemandez-le-lui.

Cassie et Geoffrey se retournèrent d'un même élan. Couvert de boue de la tête aux pieds, Alec se tenait à l'entrée de l'église. Il avait un pistolet à la main, mais le canon en était pointé vers le sol.

— Vous ! cracha Geoffrey.

— Alec !

Le soulagement qui submergea Cassie était tel que ses jambes se mirent à trembler sous elle, menaçant de ne plus la porter. Et pourtant, elle se serait volontiers jetée au cou d'Alec si Geoffrey ne l'avait saisie à la taille pour la pousser devant lui afin de s'en faire un bouclier.

— Vous avez vraiment cru vous être débarrassé de moi, Crichton ? reprit Alec, qui s'approchait d'eux, son pistolet maintenant braqué devant lui. Vous auriez dû vous douter que je reviendrais chercher Cassie dès que je serais de nouveau sur pied.

— Vous avez eu tort de ne pas vous enfuir, Braden, siffla Geoffrey. En revenant, vous avez signé votre arrêt de mort.

— Je ne veux pas d'effusion de sang dans mon église ! s'écria le révérend Dinwiddie, qui avait retrouvé sa langue.

— Lâchez-la, Crichton, ordonna Alec, ou ce brave révérend aura du ménage à faire.

— Vous tireriez, au risque de la tuer ? lança Geoffrey. Je n'en crois rien.

Alec pointait toujours son arme dans la direction de celui-ci.

— C'est mon père, qui m'a appris le maniement des armes à feu. Et c'était un excellent professeur. À cette distance, je pourrais vous éclater la cervelle sans qu'une goutte de sang éclabousse sa robe.

Cassie sentit son sang se figer dans ses veines. Mais, contre toute attente, Geoffrey la relâcha. Elle courut se réfugier dans les bras d'Alec.

— Je ne peux pas vous reprocher de la désirer, Braden, ricana Geoffrey. Elle sait comment satisfaire un homme au lit.

Elle sentit Alec se raidir, et voulut lui assurer que Geoffrey ne l'avait pas touchée, mais il ne lui en laissa pas le temps.

— Si j'apprends que vous l'avez prise de force, Crichton, vous êtes un homme mort, articula-t-il d'une voix glaciale, avant de baisser les yeux sur la jeune femme : T'a-t-il touchée, mon ange ?

— Non, souffla-t-elle, le regard rivé au sien.

— Qui êtes-vous, monsieur ? s'enquit le révérend Dinwiddie en s'approchant d'eux.

— C'est un forçat au service de Blakewell, révérend, expliqua Geoffrey. Catherine s'est entichée de lui, et elle a poussé le vice jusqu'à l'inviter dans son lit.

Le révérend Dinwiddie en eut un sursaut d'effroi.

Relevant fièrement le menton, Cassie lâcha :

— C'est exact, révérend. Et c'est son enfant que je porte, et non pas celui de Geoffrey.

Le pasteur faillit s'étrangler, tandis que Geoffrey passait de la stupeur au dédain.

Mais la réaction d'Alec réchauffa le cœur de la jeune femme, qui en oublia presque la présence des deux autres.

Il regarda son ventre, puis la contempla tendrement.

— Tu attends un enfant ? murmura-t-il.

— Oui.

— Braden emmenez cette garce ! cria Geoffrey. Et fuyez pendant que vous le pouvez encore !

Le visage grave, Alec chuchota :

— Écoute-moi bien, Cassie. J'ai détaché les chevaux de Crichton de sa voiture. Prends-en un et galope jusqu'à l'îlot. Je t'y rejoindrai. Si tu rencontres un problème, demande l'aide de Robert Carter. C'est un homme de confiance.

— Mais…

— Pars tout de suite. Je ne veux pas que tu assistes à ce qui va suivre.

— Que…

— Va !

Jugeant préférable de ne pas insister, Cassie empoigna ses jupes et se rua vers la porte.

— Nous avons un compte à régler, Crichton, lança Alec dans son dos.

Inquiète quant à ce qu'il pourrait faire, elle s'arrêta avant de franchir le seuil et se retourna. Le pistolet coincé dans la ceinture, Alec s'avançait vers Geoffrey.

Ce dernier recula d'autant.

Alec tendit le bras et l'empoigna par le col, le soulevant presque de terre.

— Vous avez de la chance d'être dans une église, Crichton. Mais prenez garde. Si jamais vous remettez les pieds à Blakewell Neck ou que vous approchez de Cassie, je vous tue.

Il s'était exprimé calmement, mais ses paroles se répercutèrent entre les murs de l'église, menaçantes.

Pour faire bonne mesure, il abattit le poing sur le visage de Geoffrey, qui tomba à la renverse. Le sang gicla de son nez, maculant son jabot.

Sur ce, Alec tourna tranquillement les talons et rejoignit Cassie sans un regard en arrière. Il la prit par la main et l'entraîna dehors.

— Je croyais t'avoir demandé de partir ? Quand donc te décideras-tu à faire ce qu'on te dit ?

— J'avais peur…

— Que je le tue ? J'aurais peut-être dû.

Les chevaux de l'attelage de Geoffrey étaient attachés à un tronc. Ils n'avaient pas de selles, mais Cassie savait monter à cru.

— Où est passé le cocher ? s'inquiéta-t-elle.

— Un petit coup sur la tête l'a envoyé au pays des songes.

Du coin de l'œil, Cassie aperçut Geoffrey qui sortait de l'église. Elle eut à peine le temps de voir un éclat argenté, et hurla :

— Alec !

Ce dernier fit volte-face. Le pistolet réapparut comme par magie dans sa main, et il fit feu.

Geoffrey tituba, lâcha son arme, et porta les mains à sa gorge. Il s'écroula d'un bloc sur les marches de l'église.

— Cathe… coassa-t-il en tendant une main ensanglantée avant de s'immobiliser pour toujours.

Cassie se réfugia dans les bras d'Alec.

— Nous devons partir, la pressa-t-il. T'en sens-tu la force ?

Elle se contenta de hocher la tête.

Il la souleva par la taille, et la jucha sur l'un des deux chevaux.

— Les voilà ! Arrêtez-les !

Cassie se retourna sur sa monture. Le révérend Dinwiddie les désignait d'un doigt accusateur à trois hommes qui fonçaient dans leur direction. L'un d'eux tentait maladroitement de charger son mousquet tout en courant.

— Vite, Cassie, file ! Et ne t'arrête sous aucun prétexte, ordonna Alec, avant de flanquer une bonne claque sur la croupe de son cheval.

Ce dernier partit au galop, et Cassie dut se cramponner à sa crinière pour ne pas tomber.

— Alec !

Elle était en équilibre précaire, mais tenta tout de même de regarder par-dessus son épaule.

— Dépêche-toi ! lui cria-t-il encore.

Elle eut le temps de le voir grimper en selle. Mais à peine avait-il éperonné sa monture qu'une détonation retentit, suivie d'un hennissement. Le cœur battant la chamade, Cassie s'efforça d'arrêter son cheval, mais le coup de feu l'avait effrayée. Comme elle jetait un nouveau coup d'œil derrière elle, un cri lui échappa :

— Non !

Alec était à terre, et essayait de dégager sa jambe coincée sous son cheval agonisant. L'homme au mousquet était à quelques mètres de lui, talonné par le révérend et ses deux compagnons.

Cassie réussit enfin à faire faire demi-tour à sa monture, mais il était déjà trop tard. Les autres avaient rejoint Alec.

— Fuis, Cassie ! hurla-t-il. Fuis !

— Pas sans toi !

— Si ! Il le faut !

Horrifiée, elle regarda l'homme au mousquet recharger son arme. Il allait tuer Alec à bout portant ! C'est alors que son regard accrocha celui de l'homme, et qu'elle se rendit compte que c'était *elle* qu'il visait.

— Cassie, pour l'amour de Dieu, fuis ! hurla encore Alec, avant de se jeter sur l'homme armé.

La jeune femme lança son cheval au triple galop. Les larmes ruisselaient sur ses joues. Quand survint la deuxième détonation – à laquelle elle s'attendait –, sa gorge se noua.

Alec était mort.

# 31

*Londres*

Matthew tapa avec sa canne sur le battant de chêne.

— Entrez, lieutenant, fit le greffier qui lui ouvrit. Le juge ne va plus tarder.

Matthew découvrit un bureau au décor tapageur. Des tapis d'Orient à dominante bleue recouvraient le parquet, leur teinte s'opposant violemment au pourpre des tentures qui encadraient les fenêtres et au tissu rose et vert des fauteuils. Les étagères qui couraient le long d'un mur étaient chargées de livres luxueusement reliés signés de grands auteurs classiques : Cicéron, Dante, Chaucer... Matthew en prit un au hasard et constata qu'il n'avait jamais été ouvert. Cette belle collection n'était là que pour éblouir les visiteurs, et le bureau entier sentait le nouveau riche.

— Ah, lieutenant Hastings ! Je vois que vous admirez ma collection de livres.

Matthew se retourna.

— Bonjour, juge Woodhull, dit-il à l'homme qui venait de pénétrer dans la pièce. Votre bibliothèque est en effet impressionnante.

Il remit le livre à sa place.

— Désirez-vous un brandy ? proposa Woodhull, visiblement ravi de son compliment.

— Non, merci. Je ne bois jamais pendant le travail.

Woodhull s'esclaffa.

— Vous avez raison.

Matthew s'assit dans l'un des fauteuils.

— Je souhaitais obtenir des renseignements complémentaires sur le vieux mendiant arrêté le matin qui a suivi le meurtre de mon beau-frère, expliqua-t-il.

— Oh, nous savons très peu de choses à son sujet, lieutenant ! Il est mort peu après le drame.

— Je pensais que vous pourriez m'aider à repérer un détail qui nous aurait échappé, insista Matthew.

— Si vous y tenez, je peux convoquer le policier qui a recueilli sa déposition.

— Je vous en saurais gré.

Le policier se présenta une heure plus tard, mais son récit n'apprit pas grand-chose de nouveau à Matthew, qui se retrouva plus que jamais confronté à des questions sans réponses. Pourquoi ses agresseurs avaient-ils d'abord assommé Alec s'ils voulaient de toute façon le tuer ? Et surtout, pourquoi l'avaient-ils entraîné dans une ruelle avant de le ramener dans sa voiture, alors qu'ils avaient égorgé le cocher sur place ? Pourquoi, enfin, avaient-ils mutilé son cadavre ?

Depuis des mois, Matthew avait le sentiment que quelque chose clochait. Et puis était arrivée cette mystérieuse lettre en provenance des colonies, que Socrate disait avoir vue, mais que Philip lui avait dérobée. Matthew pouvait d'autant moins chasser cette lettre de son esprit que Philip refusait d'en discuter avec lui. Il en était plus ou moins arrivé à la conclusion que ce dernier lui cachait des choses, et avait engagé un homme pour le suivre. Mais, jusqu'à présent, il n'avait rien appris qu'il ne connaissait déjà.

— Êtes-vous sûr de ne pas vouloir de brandy ? insista Woodhull.

Matthew s'appuya sur sa canne pour se relever.

— Non, merci. Et merci également de votre collaboration.

— J'avoue que votre visite m'a surpris. Votre beau-frère m'avait clairement fait comprendre que la famille souhaitait clore l'affaire, malgré la lettre.

— Quelle lettre ?

— Eh bien, celle des colonies. Je vous l'avais fait parvenir en juin.

Matthew sentit son pouls s'accélérer, mais il s'obligea à rester calme.

— Des colonies ? Non, je ne vois pas. Vous vous souvenez de son contenu ?

— Elle était envoyée par un shérif local. Il expliquait qu'un forçat prétendait être Alec Kenleigh. C'est étrange que votre beau-frère ne vous en ait pas parlé. Je crois l'avoir conservée quelque part.

— Dans ce cas, vous seriez bien aimable de me la trouver.

Les doigts de Cassie tremblaient si fort qu'elle n'arrivait pas à accrocher les boucles d'oreilles que Lucy lui avait prêtées. Trop de questions angoissantes se pressaient dans sa tête.

Comment allait Alec ? L'avait-on obligé à dormir sans couverture dans sa cellule ? Avait-il été convenablement nourri ? Le juge était-il déjà monté contre lui ?

— Laissez-moi vous aider, proposa Lucy en lui prenant les perles des mains. Avec ces pendentifs et cette nouvelle robe, vous serez ravissante.

Sa robe, en soie bleue gansée de satin ivoire, était en effet magnifique. Lucy lui avait commandé plusieurs nouvelles toilettes, que son père avait payées sans rechigner. Cassie était en proie à un tel chagrin qu'elle doutait de les avoir suffisamment remerciés.

— Vous avez été très bonne avec moi, Lucy.

— Vous auriez fait la même chose pour moi, assura celle-ci.

Cassie lui sourit dans le miroir. Lucy était indulgente, car Cassie savait pertinemment qu'aucune des filles de Robert Carter ne se serait retrouvée dans sa situation. En outre, son père ne possédait pas non plus le pouvoir de Carter. Sans son intervention, elle serait elle aussi en prison pour complicité de meurtre et vol de chevaux.

Ce jour fatal où tout avait basculé, elle s'était rendue directement à Corotoman, où elle était arrivée exténuée, et en pleurs. Elle s'était confiée à Robert Carter et à Lucy, ne leur cachant ni l'état de son père ni ses sentiments envers Alec et sa conviction qu'il disait la vérité. Elle leur avait raconté enfin comment Geoffrey l'avait enlevée, avait mis la main sur Blakewell Neck, et comment il avait tenté de la contraindre à l'épouser. Elle leur avait même avoué qu'elle portait l'enfant d'Alec.

Elle leur avait tout révélé, sauf l'endroit où se cachait son père.

Cassie s'attendait que Robert Carter la jette dehors en la traitant de catin ou, pire, qu'il ne convoque le shérif pour la faire arrêter. Au lieu de quoi, il avait fait ramener à Crichton Hall, avec un mot d'excuse et quelques pièces en dédommagement, le cheval qu'elle avait « emprunté » à Geoffrey. Puis il avait demandé à Lucy de s'occuper d'elle, de lui faire préparer un bain chaud et de veiller à ce qu'elle se repose. Cassie avait pleuré toute la soirée jusqu'à ne plus avoir de larmes, et Lucy ne l'avait quittée que lorsqu'elle s'était enfin endormie.

Le lendemain, à son réveil, elle avait eu la stupéfaction d'apprendre qu'Alec était vivant. La détonation qu'elle avait entendue était un coup manqué. Mais son soulagement avait été de courte durée. Robert Carter lui avait expliqué qu'Alec avait été transféré, chaînes aux pieds, jusqu'à Williamsburg, où il serait jugé pour meurtre. Le shérif Hollingsworth était arrivé peu après afin de l'arrêter pour complicité de meurtre. Cassie s'était déjà résignée à son sort, mais le shérif était finalement reparti sans elle, Robert Carter ayant réussi à le convaincre qu'elle n'avait aucune responsabilité dans la mort de Geoffrey.

Quarante-huit heures plus tard, Cassie, Lucy et Robert Carter s'étaient rendus à Williamsburg pour attendre le procès.

Et le jour attendu était arrivé.

— Voilà, déclara Lucy, qui acheva de replacer quelques mèches rebelles après avoir fixé les pendentifs. Vous êtes ravissante. Nous y allons ?

La voiture les attendait déjà en bas. L'idée de se montrer en public et d'affronter les regards répugnait à Cassie. Excepté pour se rendre à la messe, le dimanche, elle s'était jusqu'ici tenue à l'écart de la foule de Williamsburg.

Robert Carter, qui avait poussé la sollicitude jusqu'à engager un avocat pour défendre Alec, était déjà parti pour le tribunal.

Cassie s'adossa aux épais coussins de la banquette et ferma brièvement les yeux. Elle savait que l'épreuve qui l'attendait serait humiliante, et qu'il lui faudrait être forte. Le trajet jusqu'au tribunal serait court, mais Robert Carter l'avait prévenue que la salle d'audience serait assaillie par les badauds alléchés par cette histoire de meurtre.

Moins d'une demi-heure après leur départ, l'attelage s'arrêta devant le tribunal. Cassie ne put réprimer un frisson. Lucy lui étreignit la main.

Une petite foule s'était massée sur le trottoir, et le temps que les deux femmes gravissent les marches du tribunal, Cassie entendit des commentaires fuser de toutes parts.

— Elle est plutôt jolie, fit l'un.

— Quelle honte, murmura une autre.

— Elle n'a que ce qu'elle mérite.

— Catin !

Cassie mourait d'envie de s'enfuir, mais elle s'obligea à monter chaque marche avec une lenteur délibérée.

— N'écoutez pas ces vautours, Cassie, lui chuchota Lucy.

Cassie pensa à Alec, qui avait gravi ce même escalier un peu plus tôt, des chaînes aux pieds. Elle retint difficilement une larme à la pensée de la foule le conspuant copieusement.

Plus que trois marches. Encore deux. Une dernière.

Cassie laissa Lucy la conduire jusqu'à la salle d'audience, où deux sièges leur avaient été réservés au premier rang. Elle s'assit, et lissa consciencieusement ses jupes, s'efforçant d'ignorer les regards des curieux qui s'étaient rassemblés dans la galerie surplombant la salle.

— Voilà Crichton, souffla Lucy.

Le père de Geoffrey lui décocha un regard haineux au passage, avant de s'asseoir au premier rang, du côté opposé. Elle pouvait difficilement lui reprocher de la détester. Geoffrey était son unique héritier, et il était mort à cause d'elle. Du moins était-ce ainsi que se résumait l'affaire aux yeux de la plupart des gens, et même si Cassie se considérait comme innocente, elle ne pouvait leur donner entièrement tort. Geoffrey s'était conformé aux règles de la bonne société, alors qu'elle les avait foulées au pied. Et s'il s'était mal conduit, c'est parce qu'il s'était laissé aveugler par un sentiment qu'il avait pris pour de l'amour.

La porte réservée aux magistrats s'ouvrit enfin, et le silence se fit dès que le juge et ses assesseurs, coiffés de lourdes perruques, apparurent. Puis ce fut le gouverneur

Gooch en personne qui fit son entrée, preuve que le procès était d'importance.

— Qu'on fasse entrer le jury, ordonna le juge.

La porte se rouvrit, et une douzaine d'hommes gagnèrent les bancs qui leur étaient destinés.

Le procureur s'avança alors au centre de la salle. Sa longue robe écarlate frôlait presque le parquet.

— C'est Edward Drysdale, le fils aîné d'Hugh Drysdale, murmura Lucy.

Cassie ne put s'empêcher de le détester d'instinct. Son rôle serait de convaincre le jury de la culpabilité d'Alec.

— Honorable Gouverneur, messieurs les juges et membres du jury, commença-t-il, nous allons aujourd'hui juger Nicholas Braden, repris de justice précédemment employé sur la plantation de Blakewell Neck, convaincu de meurtre, et qui prétend s'appeler en réalité Alec Kenleigh.

Le juge hocha la tête.

— Faites entrer le prisonnier, ordonna-t-il.

— Faites entrer le prisonnier ! répéta le crieur.

# 32

Cassie s'exhorta au calme en entendant le bruit de pas qui signalait l'arrivée d'Alec. À sa grande surprise, elle découvrit un autre Alec que celui qu'elle connaissait.

Elle s'était attendue à voir un prisonnier enchaîné, hirsute, le visage peut-être tuméfié, et vêtu d'une combinaison de toile grossière. Au lieu de quoi, elle vit entrer un authentique gentleman anglais, rasé de frais, en habit de velours bleu et gilet brodé d'or, et portant aux pieds des souliers de cuir parfaitement cirés.

Leurs regards se verrouillèrent un court instant lorsqu'il passa devant elle pour gagner le banc des accusés.

— Silence, dans la salle ! cria le juge, comme un brouhaha s'élevait à l'entrée du prisonnier.

Puis le juge demanda au procureur de lire l'acte d'accusation.

— Nicholas Braden, condamné à quatorze années de servitude pour viol, comparaît aujourd'hui pour divers crimes : séduction illicite, tentative d'évasion, vol de cheval et meurtre sur la personne du gentleman, Geoffrey Crichton. Que répondez-vous à ces charges, accusé ?

— Je plaide non coupable pour toutes, sauf une : la séduction.

Un murmure excité parcourut la salle. Cassie elle-même en demeura bouche bée. C'était ridicule ! Elle l'avait accueilli dans son lit de son plein gré !

— C'est mon père qui a demandé à Drysdale d'inclure cette charge, afin de protéger votre réputation, souffla Lucy.

— Mais c'est faux ! rétorqua Cassie.

— Silence ! ordonna de nouveau le juge. À la prochaine interruption, je fais évacuer la salle !

Cassie était anéantie. Elle comprenait mieux pourquoi Robert Carter avait réussi à renvoyer le shérif. Mais en acceptant de mentir pour la protéger, Alex leur donnait du même coup toutes les raisons de le pendre.

Un jeune homme svelte, que Cassie n'avait pas remarqué jusqu'à présent, s'avança alors.

— George Ludwell, se présenta-t-il au juge. Avocat commissionné par M. Robert Carter pour défendre M. Kenleigh.

— Il s'appelle Braden, intervint Drysdale. M^e^ Ludwell essaie d'égarer le tribunal.

Le juge balaya l'argument d'un revers de main, et fit signe à Ludwell de continuer.

— Mon client comprend très bien la gravité des faits qui lui sont reprochés, mais il espère que la cour consentira à écouter son cas, car les circonstances qui ont dicté ses actes sont pour le moins extraordinaires. Et nous pensons qu'une fois qu'elle aura entendu son récit, la cour lavera M. Kenleigh…

— Braden !

— … de toutes les charges retenues contre lui.

Tout le monde se mit à tempêter dans la salle, y compris le gouverneur. L'assistance avait manifestement oublié les menaces du juge.

— Vous voyez, fit Lucy en étreignant la main de Cassie, tout espoir n'est pas perdu !

— Silence !

Cette fois, ce fut le crieur qui se chargea de rétablir le calme. Il se planta au centre de la salle, et répéta avec force :

— Silence !

Le brouhaha s'évanouit progressivement.

Le père de Geoffrey se leva alors de son siège.

— Gouverneur, vous ne pouvez accepter que cette parodie de justice se poursuive ! Cet homme a tué mon fils, et il voudrait endormir la cour avec ses histoires abracadabrantes ? Il m'est déjà suffisamment pénible de savoir que sa catin ne sera pas pendue avec lui…

Cassie sentit ses joues s'empourprer.

— Monsieur Crichton, un peu de dignité ! tonna le gouverneur Gooch, qui ajouta dans le silence enfin revenu : Dans l'intérêt de la justice, j'ordonne que ce procès continue. Mais prenez garde, Me Ludwell. Je ne tolérerai pas que vous avanciez des assertions qui ne seraient pas fondées sur des faits.

— C'est compris, Votre Honneur. Merci, répondit Ludwell.

À midi, les espoirs de Cassie s'étaient de nouveau effondrés. Les témoins s'étaient succédé à la barre pour raconter les événements ayant abouti à la mort de Geoffrey, et après chaque récit la jeune femme avait eu le sentiment que les jurés condamnaient davantage l'homme qu'elle aimait. Nicholas Braden, le repris de justice qui avait tenté d'échapper par tous les moyens à ses quatorze années de servitude. Nicholas Braden, le forçat qui, pour reconquérir sa liberté, avait séduit la fille de son maître et l'avait pliée à sa volonté. Nicholas Braden, l'homme sans foi ni loi qui avait troublé le sanctuaire d'une église, et tué le gentleman au grand cœur qui s'était offert pour sauver la réputation de la jeune femme.

Le shérif Hollingsworth expliqua à la cour qu'il avait presque failli croire à l'histoire d'Alec, jusqu'à ce que la lettre de Philip Kenleigh – qu'il lut à haute voix – lui parvienne de Londres.

La Bible à la main, le révérend Dinwiddie certifia que Geoffrey avait essayé de sauver Cassie, allant jusqu'à offrir son nom à un bébé qui ne le méritait pas. Puis, avec beaucoup d'exagération, il narra l'intrusion d'Alec pendant la cérémonie, son altercation devant l'autel avec Geoffrey, et enfin l'assassinat de celui-ci sur les marches du bâtiment, avant que le coupable prenne la fuite avec la fiancée déshonorée.

Curieusement, tous ces témoignages n'avaient pas paru troubler Alec. À plusieurs reprises, Cassie avait glissé des regards furtifs dans sa direction. Elle l'avait trouvé chaque fois très calme, écoutant ce qui se disait avec attention, mais sans paraître s'inquiéter le moins du monde de son sort. La jeune femme ne partageait pas son assurance. Pour le procureur, l'affaire était simple : Nicholas Braden avait séduit la fille de son maître, et il était sur le point de s'échapper quand il avait tué l'homme qui tentait de l'en empêcher. Tout concourait à cette unique conclusion.

— Cela va être au tour de Ludwell de parler, chuchota Lucy, alors que Drysdale regagnait sa place.

Ludwell le remplaça au centre de la salle.

— J'appelle Alec Kenleigh pour qu'il livre son témoignage à la cour, commença-t-il.

— Je proteste ! se récria Drysdale. L'accusé se nomme Nicholas Braden, et il ne doit pas lui être donné d'autre nom. Ce n'est pas parce que vous appellerez un rat « Votre Excellence » et que vous l'habillerez d'hermine qu'il en deviendra un prince pour autant.

Quelques rires fusèrent.

Le juge hocha la tête.

— Usez du nom qui est inscrit au dossier, dit-il à l'avocat.

— Très bien, Votre Honneur. Mais la question de l'identité de cet homme constitue pourtant un élément central dans cette affaire.

À la différence des autres témoins, qui s'étaient succédé à la barre, Alec dut rester dans le box des accusés.

— Monsieur, lui demanda l'avocat, pourriez-vous donner à la cour votre nom en entier ?

— Alec Madison Kenleigh.

Cassie l'écouta, fascinée, décrire pour Ludwell des détails de sa vie qu'elle n'avait encore jamais entendus. Se rendre compte qu'Alec lui était, au sens littéral du terme, un étranger était quelque peu troublant. Il avait fait ses classes à Eton, puis il était parti étudier à Oxford. Depuis sa plus tendre enfance, son père l'avait préparé à reprendre un jour les rênes de l'entreprise familiale. Depuis sa mort, Alec la dirigeait avec l'aide de son beau-frère, le lieutenant Matthew Hasting.

— Tout cela est fort intéressant, l'interrompit Drysdale, mais avez-vous des preuves de ce que vous avancez ? Nous aimerions tous entendre la suite de cette passionnante histoire, mais je vous rappelle que nous sommes ici pour juger une affaire de meurtre.

Cassie fut horrifiée d'entendre quelques membres du jury s'esclaffer.

— Oui, venons-en aux faits, approuva le juge.

Cassie se souviendrait plus tard que la salle avait écouté dans un silence absolu Alec raconter comment il avait été assommé, un soir à Londres, pour ne reprendre connaissance qu'au fond d'une cale de bateau. Comment il avait été fouetté pour avoir tenté de se libérer, et comment il avait fini par échouer sur une plantation de Virginie.

— Quelle fut la réaction de Mlle Blakewell lorsque vous lui avez raconté cette histoire ?

— Elle ne m'a pas cru. Je crois même me souvenir qu'elle m'a ri au nez, répondit Alec, avec un sourire si charmeur que Cassie se surprit à sourire à son tour. Toutefois, ajouta-t-il, elle a convoqué le shérif, et m'a permis d'envoyer une lettre en Angleterre.

— Avez-vous eu connaissance de la réponse de Philip Kenleigh ?

— Oui.

— Et qu'en avez-vous pensé ?

— Que mon frère avait tout manigancé, répondit Alec, qui enchaîna sur sa dispute avec Philip le matin de son enlèvement.

— En d'autres termes, Philip Kenleigh voulait vous écarter, pour profiter seul de l'héritage familial et ne plus subir les restrictions que vous lui imposiez. C'est bien cela ?

— Je ne vois en tout cas pas d'autre explication logique à ce qui m'est arrivé.

Bien qu'elle ne pût voir son regard, Cassie sentit de la tristesse dans sa voix. Ce devait être terrible de découvrir que votre propre frère vous haïssait au point de vouloir se débarrasser de vous.

Alec raconta ensuite la partie que connaissait déjà la jeune femme : sa promesse de ne pas s'enfuir de Blakewell Neck, son travail sur la plantation, et auprès des chevaux… Cassie reprit espoir. Les jurés verraient bien qu'il disait la vérité.

— Ainsi, vous avez tenu parole au point de ne pas profiter de l'occasion qui vous était donnée de vous échapper, résuma Ludwell, après qu'Alec eut narré son excursion à Corotoman pour obtenir de la quinine auprès de Robert Carter. À présent, reprit l'avocat, expliquez à la cour l'enchaînement d'événements qui ont conduit à la mort de Geoffrey Crichton.

Cette partie-là de l'histoire était entièrement nouvelle. Choquée, Cassie écouta Alec décrire la façon dont il l'avait séduite et manipulée.

— C'était une jeune fille vierge qui ignorait tout des hommes. Elle n'avait aucune chance contre quelqu'un d'expérience, expliqua-t-il. J'ai abusé de sa vulnérabilité et de sa naïveté pour briser ma solitude. Je regrette aujourd'hui d'avoir agi ainsi, et je suis disposé à assumer mes responsabilités envers Mlle Blakewell une fois que la question de mon identité aura été résolue.

Cassie sentit son cœur se serrer. Elle savait pourtant bien qu'il ne disait cela que pour la protéger. Il n'avait pas profité d'elle. Et il ne pouvait pas davantage regretter les moments qu'ils avaient partagés.

Alec raconta pour terminer comment Geoffrey les avait surpris ensemble, comment il l'avait fait fouetter, et comment il avait séquestré Cassie à Crichton Hall, avant de la conduire de force à l'église. Comment, enfin, il était arrivé à temps pour interrompre un mariage dont la jeune femme ne voulait pas.

— Quand Geoffrey Crichton a pointé son pistolet sur moi, j'ai tiré pour me protéger, conclut-il.

— Tout cela est fascinant, commenta Drysdale, qui quitta son siège pour s'approcher d'Alec. Dites-moi, Braden, combien de temps vous a-t-il fallu pour inventer cette histoire ?

— Je ne l'ai pas inventée. C'est la vérité.

— Mlle Blakewell vous a-t-elle aidé à forger certains détails ? Elle sait très bien mentir, elle aussi. Pendant plus d'un an, elle a trompé tout le monde sur l'état de son père. D'ailleurs, peut-être devrions-nous l'entendre à ce sujet, non ?

Cassie vit les traits d'Alec se durcir.

— Laissez Mlle Blakewell en dehors de cela, répliqua-t-il d'une voix lourde de menaces.

Drysdale se tourna vers le juge.

— Je n'ai plus d'autres questions pour l'accusé. Il est trop difficile de mettre en doute la véracité de la fiction.

Le public éclata de rire, et Cassie comprit, mortifiée, que personne ne croyait Alec. Ils s'imaginaient tous, à l'instar du procureur, qu'il leur avait raconté une histoire de son cru. Même les membres du jury souriaient.

— Ils ne le croient pas, chuchota-t-elle à Lucy.

— Je sais acquiesça Lucy. C'est affreux.

Ludwell appela ensuite son unique témoin à la barre. C'était Murphy, l'ancien passager de *l'Easy Mary*, qui avait cru Nicholas Braden mort. Celui-ci répéta à la cour ce qu'il avait déjà raconté à Cassie et au shérif Hollingsworth. Mais Drysdale réussit à le désarçonner, et le pauvre Murphy eut beau protester de sa bonne foi, son témoignage fut entièrement décrédibilisé aux yeux du jury.

— Avez-vous d'autres témoins, M^e^ Ludwell ? s'enquit le juge, qui ajouta, avec un sourire entendu : Quelqu'un qui ne serait pas lui-même un ancien repris de justice ?

— Non, Votre Honneur. Si vous le permettez, je souhaiterais maintenant plaider devant le jury.

— Laissez-moi d'abord témoigner ! intervint Cassie, se levant soudain.

Tous les regards convergèrent vers elle.

— S'il vous plaît, Votre Honneur, insista-t-elle.

— Non, Cassie ! s'écria Alec. Tu ne…

— Laissez-la parler, coupa Drysdale. Si Mlle Blakewell est en mesure d'apporter un éclairage nouveau à ce procès, nous serons heureux de l'entendre.

— M^e^ Ludwell ? interrogea le juge.

— Je suis de l'avis du procureur, répondit Ludwell, qui ignora les regards furieux d'Alec. Que Mlle Blakewell vienne témoigner.

Ses jambes la soutenant à peine, Cassie s'avança d'une démarche mal assurée jusqu'à la barre.

— Posez la main sur cette Bible, mademoiselle Blakewell, et jurez de dire la vérité, toute la vérité et rien que la vérité, lui demanda le crieur.

— Je le jure.

— Mademoiselle Blakewell, puis-je savoir pourquoi vous souhaitez témoigner aujourd'hui ? attaqua Ludwell.

— Je veux que tout le monde sache quel homme est exactement Alec Kenleigh, commença Cassie, surprise de constater que sa voix portait. Vous croyez tous qu'il ment, mais je sais, au fond de mon cœur, qu'il dit vrai.

Elle coula un regard dans sa direction. Il semblait toujours furieux, mais également inquiet pour elle.

— Continuez, mademoiselle Blakewell. Nous vous écoutons.

Cassie raconta l'arrivée d'Alec, dans un état pitoyable, à Blakewell Neck. Le choc qu'il avait éprouvé en découvrant, à son réveil, qu'il se trouvait en Virginie. Puis sa lente acclimatation à son nouvel environnement. Elle assura qu'il aurait eu plusieurs fois l'occasion de s'enfuir, mais qu'il avait honoré sa promesse de n'en rien faire. Elle narra également comment il avait sauvé Jamie quand celui-ci était tombé dans le puits, et comment il avait obtenu de la quinine auprès de Robert Carter pour sauver les malades de la plantation. Elle raconta même qu'il avait aidé Rebecca à mettre sa fille au monde.

— Enfin, conclut-elle, pourquoi crierait-il son innocence depuis le début s'il n'y avait pas un fond de vérité ?

— J'ai vu beaucoup d'accusés clamer leur innocence jusque sur le gibet, marmonna le juge.

— Alors peut-être avez-vous assisté à la pendaison d'innocents, Votre Honneur.

Le public réprima quelques rires.

— Et tout cela vous a donc convaincue qu'il était sincère ?

Cassie leva les yeux vers la galerie. Les hommes ne semblaient pas avoir changé d'opinion. Les femmes, en revanche, commençaient à comprendre. Elles la regardaient désormais non plus avec dédain, mais avec compassion.

— Oui. D'ailleurs...

Elle prit une profonde inspiration, et regarda Alec droit dans les yeux avant d'ajouter :

— Je ne me serais jamais donnée de mon plein gré à un homme que j'aurais cru capable de violences envers autrui.

La salle explosa littéralement. Alec était bouleversé. Jamais personne ne lui avait témoigné une telle confiance. Dieu qu'il aimait cette femme ! Elle s'était volontairement mise dans une situation très délicate parce qu'elle pensait que ses sentiments pourraient convaincre le jury. Malheureusement, il était déjà trop tard. Les jurés étaient persuadés qu'il était coupable de ce dont on l'accusait.

— Silence ! cria le juge. J'ai dit, silence !

Drysdale s'approcha de la barre. Alec comprit, à son expression, qu'il comptait s'amuser aux dépens de Cassie. Il se raidit instinctivement.

— Mademoiselle Blakewell, commença le procureur, nous sommes tous très émus par votre témoignage.

Et, se tournant vers la salle, il ajouta, provoquant des rires masculins :

— Je ne crois pas que les désirs d'une femme aient jamais été invoqués comme argument par la défense. C'est une première !

Imitant une voix féminine, il s'adressa au juge :

— Votre Honneur, je sais qu'il est innocent parce que j'ai couché de mon plein gré avec lui.

Les rires redoublèrent.

Alec vit une lueur de colère s'allumer dans les yeux de Cassie. Il sourit, car il savait de quoi elle était capable lorsqu'elle était furieuse.

— J'ignorais que vous possédiez un talent pour imiter les femmes, monsieur Drysdale. Vous arrive-t-il parfois de porter des robes ? s'enquit-elle, portant l'hilarité à son comble.

Même Alec ne put s'empêcher de s'esclaffer. Drysdale, en revanche, ne parut pas goûter la plaisanterie. Pas plus que le juge, du reste.

— Mademoiselle Blakewell, soyons sérieux, reprit Drysdale. Vous ne nous avez pas apporté la moindre preuve que Nicholas Braden n'était pas Nicholas Braden.

— Au contraire, monsieur Drysdale. Le fait qu'il aurait pu s'échapper plusieurs fois et qu'il n'en a rien fait est pour moi une preuve de son innocence.

— Ah oui, l'attitude chevaleresque de Nicholas Braden ! Et cependant, il a reconnu vous avoir déflorée. N'avez-vous pas pensé un seul instant, mademoiselle Blakewell, qu'il ne cherchait qu'à endormir votre confiance pour mieux vous ravir votre virginité ?

Alec vit Cassie rougir, et il sentit son propre sang s'échauffer.

— Non, monsieur.

— Ne vous est-il jamais venu à l'esprit que ses baisers et ses caresses n'étaient qu'une tactique pour obtenir sa liberté ?

— Non !

— Il s'est servi de vous, mademoiselle Blakewell. Vous n'avez été que son jouet.

— C'est faux ! protesta Cassie.

Elle pâlit tout à coup, et s'effondra sur le sol.

— Cassie ! cria Alec.

Poussant ses gardes de côté, il sauta par-dessus la barrière du box des accusés et courut s'agenouiller auprès de la jeune femme.

— Bon sang, Drysdale ! Si jamais vous avez causé du tort à son bébé… lança-t-il au procureur abasourdi. Y a-t-il un médecin dans la salle ? demanda-t-il à la cantonade.

— Je suis médecin, répondit un vieil homme en se levant.

— Votre Honneur, intervint Robert Carter, ne serait-il pas opportun de prononcer une interruption de séance ?

# 33

— Cassie, tu m'entends ?

C'était la voix d'Alec. Il semblait inquiet. Pourtant, il n'y avait pas de raison. Elle dormait paisiblement, dans ses bras. Cela faisait longtemps qu'elle ne s'était pas sentie aussi bien.

— Peut-être que des sels...

— Écartez-vous, Drysdale. Vous avez fait assez de mal comme cela.

Drysdale. C'était le procureur. Il voulait qu'on pende Alec. *Bonté divine ! Le procès !*

Que s'était-il passé ?

Cassie voulut ouvrir les yeux, mais ses paupières étaient affreusement lourdes.

— Je crois qu'elle revient à elle, fit la voix de Lucy.

— Cassie ? Tu m'entends, Cassie ?

Elle parvint enfin à rouvrir les yeux, et découvrit plusieurs visages penchés sur elle – Robert Carter, Lucy, Me Ludwell, le gouverneur, Drysdale. Et Alec.

*Son cher Alec.*

— Que... que s'est-il passé ? balbutia-t-elle. Ils t'ont libéré ?

— Non, mon cœur, répondit Alec avec un sourire un peu triste. Tu t'es évanouie. Le docteur pense que c'est l'émotion, et que tu as besoin de repos. As-tu mal quelque part ?

— No... Non.

Elle essayait de rassembler ses souvenirs. Elle était venue témoigner à la barre et... Tout lui revint brutalement en mémoire, et les larmes affluèrent.

— Mon Dieu, Alec ! Ils ne veulent pas nous croire.

— Chut, mon ange. Tu as été très brave. Je connais beaucoup d'hommes qui n'auraient pas eu le courage de faire ce que tu as fait.

Les larmes roulaient à présent sur ses joues.

Alec releva la tête.

— Vous ne pourriez pas nous laisser seuls un instant ? demanda-t-il.

— Il n'en est pas question !

— Mais certainement !

Drysdale et Robert Carter, qui avaient parlé en même temps, se fusillèrent mutuellement du regard.

— Ce n'est pas très régulier... mais dans la mesure où vous n'avez aucune possibilité de vous enfuir de cette pièce dont la porte est gardée, je donne mon accord, intervint le gouverneur.

Cassie les entendit s'éloigner.

— Tu as pris de gros risques, Cassie, reprit Alec, quand ils ne furent plus que tous les deux. Pour toi, et pour le bébé.

— Je devais à tout prix tenter quelque chose pour te sauver.

— Je ne suis pas sûr que quelqu'un puisse encore me sauver.

— Que... que veux-tu dire ?

— Que le jury est déjà convaincu de ma culpabilité.

Elle secoua la tête.

— Non ! C'est impossible !

Alec la serra dans ses bras.

— Cassie, ma douce, murmura-t-il, il faut regarder les choses en face. C'est peut-être la dernière fois que nous nous voyons. J'espère qu'un jour tu trouveras la force de me pardonner. Je savais qu'en t'aimant, je risquais de ruiner ta vie, et pourtant, je n'ai pas pu m'en empêcher.

À présent, Cassie pleurait à chaudes larmes en se cramponnant à lui.

— Écoute-moi, mon ange, reprit-il. Robert Carter est d'accord pour s'occuper de toi. Et j'ai déjà envoyé une copie de mon testament à mon beau-frère à Londres. Il...

— Non, Alec ! Je t'en supplie !

— Cassie, s'il te plaît ! Matthew sera en mesure de prouver que je disais la vérité. Je te promets que vous ne manquerez de rien, ni toi ni le bébé. Jamie ira dans les meilleures écoles anglaises. Et ma sœur Elizabeth t'aimera comme sa propre sœur. Tu ne seras pas seule au monde.

Cassie avait l'impression que son cœur volait en éclats. Leur histoire ne pouvait pas se terminer aussi abruptement ! Ce n'était pas possible !

— Enfuis-toi, Alec, le supplia-t-elle. Quand les gardes rouvriront la porte, bouscule-les et cours !

Il essuya tendrement les joues trempées de larmes de la jeune femme.

— Ce serait leur offrir un prétexte rêvé pour me tirer dans le dos. Ce serait peut-être préférable à la pendaison, mais non, il est trop tard pour tenter quoi que ce soit.

On frappa à la porte.

— Plus qu'une minute ! cria l'un des gardes.

— Non, Alec ! Ne les laisse pas faire cela !

Il l'enlaça et l'étreignit avec force.

— Sois forte, ma douce.

Elle lui prit la main, la posa sur son ventre qui commençait à peine à s'arrondir.

— Co... comment veux-tu que j'appelle le bébé ? hoqueta-t-elle.

Une ombre de tristesse passa dans ses yeux.

— Si c'est un garçon, je serais honoré que tu lui donnes mon prénom.

— Et si c'est une fille ?

— Sarah Elizabeth, murmura-t-il. Comme ma mère et ma sœur.

— C'est l'heure ! cria le garde.

Cassie réprima avec peine un sanglot.

— Allons, Cassie ! Où est passée la femme si forte qui défiait tout le comté ? la taquina Alec.

Il sortit un mouchoir de sa poche et lui en tamponna doucement les yeux avant de le glisser dans sa main.

La porte se rouvrit. Les gardes pénétrèrent dans la pièce et se saisirent d'Alec.

— Alec ! sanglota Cassie, à genoux.

— Je t'aime, Catherine Blakewell, cria-t-il alors que les gardes l'entraînaient vers la salle d'audience. S'il y a une justice sur cette terre, nous serons bientôt de nouveau réunis. Je te le promets.

Quelque chose clochait.

Cassie s'arrêta un instant de tricoter et tendit l'oreille.

Et tout à coup, elle comprit. Les coups de marteau avaient cessé.

— Ils ont fini, souffla-t-elle.

Lucy écouta à son tour, puis reposa son ouvrage pour entourer du bras les épaules de Cassie.

Le bruit des marteaux avait résonné toute la semaine dans les rues de Williamsburg : les charpentiers dressaient le gibet où Alec serait pendu. À présent, il était prêt.

Cassie avait trouvé le bruit insupportable. Mais ce silence était encore pire.

— C'est pour demain ? demanda-t-elle dans un murmure.

— Oui.

Cassie hocha tristement la tête. Elle n'était pas assez naïve pour croire qu'un miracle était encore possible.

— J'aimerais que mon père en ait terminé avec ses affaires pour que nous puissions rentrer à la maison, avoua Lucy. Je sais que vous n'êtes pas d'accord avec moi, mais il serait préférable que vous soyez loin de tout cela.

Cassie avait conscience que son amie essayait de la protéger, mais elle savait qu'elle ne serait plus jamais heureuse nulle part. Elle avait passé toutes ses journées recluse dans sa chambre, à regarder par la fenêtre le ciel gris de novembre, en proie à un sentiment de vide insondable. Elle comprenait mal que son corps fonctionne encore alors qu'elle se sentait morte à l'intérieur. Chaque soir, elle se couchait en serrant dans la main le mouchoir qu'Alec lui avait donné, mais son cœur en miettes ne recelait plus de larmes.

— Je préfère rester, Lucy. Je veux être le plus près possible de lui jusqu'à...

Elle n'eut pas la force de terminer sa phrase.

Lucy lui adressa un regard compatissant.

— Je comprends, murmura-t-elle.

Cassie s'obligea à lui sourire et reprit ses aiguilles. Tricoter était supposé lui changer les idées – c'était du moins ce qu'avait prétendu Lucy. Et pourtant, l'esprit de la jeune femme continuait de battre la campagne. Alec aussi avait dû remarquer que les marteaux s'étaient tus. Serait-il capable de dormir cette nuit en sachant ce qui l'attendait le lendemain matin ? Avait-il peur ?

Souffrirait-il, le moment venu ?

Cassie avait entendu dire qu'une pendaison n'entraînait pas forcément une mort immédiate, et que l'agonie des suppliciés pouvait durer plusieurs minutes, à la grande joie de la foule venue assister à l'exécution.

Elle avait beau se l'interdire, elle ne pouvait s'empêcher de se représenter Alec gravissant les marches du gibet, les mains liées dans le dos. Elle savait qu'il ne chercherait pas à se débattre quand le bourreau lui passerait la corde autour du cou.

Mais elle se reprochait amèrement de l'avoir quitté sans lui avoir dit qu'elle l'aimait.

Oh, Alec !

Il devait bien exister un moyen de le libérer !

Elle abandonna soudain ses aiguilles et se leva.

— Je crois que je vais monter dans ma chambre me reposer.

Lucy lui sourit avec indulgence.

— Voulez-vous que je vous fasse porter votre dîner ?

— Oui, merci.

Cassie se dirigea vers la porte, et se retourna sur le seuil.

— J'espère qu'un jour je pourrai vous rendre votre amitié, Lucy, fit-elle d'une voix étouffée.

Cassie gagna l'escalier sur la pointe des pieds. Le cœur battant la chamade, c'est à peine si elle osait s'avouer à elle-même ce qu'elle avait l'intention de faire.

Elle descendit prudemment les marches. Arrivée en bas, elle se figea.

Un rai de lumière filtrait par la porte entrouverte du bureau de Robert Carter. Que faisait-il debout au milieu de la nuit ? Il était plus de 3 heures du matin.

Tapie dans l'ombre, Cassie attendit. Les secondes s'égrenèrent, puis les minutes. Aucun bruit ne lui parvenait du bureau. Le père de Lucy s'était peut-être endormi, auquel cas il ne l'entendrait pas se faufiler dans la pièce. Mais s'il était occupé à lire, il serait immédiatement en alerte.

Pouvait-elle courir le risque de se faire surprendre ?

Surmontant sa peur, elle fit un pas. Puis deux. Une fois devant la porte, elle s'enhardit à jeter un coup d'œil à l'intérieur. Un chandelier brûlait sur le bureau, mais la pièce était déserte. Soulagée, elle y pénétra et se dirigea droit vers l'armurerie.

Hélas, le pistolet qu'elle avait l'intention d'emprunter avait disparu ! Il ne restait plus que de lourds mousquets. Elle ne pourrait jamais s'introduire dans la prison d'Alec avec une telle arme – impossible de la dissimuler sous ses jupes. En outre, elle ne saurait pas s'en servir.

Elle hésita. Son plan était plus que compromis. Sans arme, comment obliger le garde à lui donner les clés de la cellule d'Alec ? Et comment Alec pourrait-il se défendre, une fois qu'il se serait enfui ? Dieu tout-puissant, que faire, à présent ? Remonter dans sa chambre et renoncer à son beau projet ? Impossible. Si elle abandonnait, Alec serait pendu à l'aube. Mais si elle s'entêtait, et qu'elle échouait, il mourrait quand même, et elle partagerait son sort.

Après quelques minutes d'indécision, elle décrocha un mousquet du râtelier. Peut-être lui suffirait-il de faire croire qu'elle était capable de s'en servir pour obtenir la libération d'Alec.

Elle s'empara ensuite d'un couteau de chasse. Hésita de nouveau. Oserait-elle l'utiliser, au risque de faire couler le sang d'un innocent ? Elle le reposa. Puis le reprit. Si le garde *pensait* qu'elle n'hésiterait pas à l'égorger, le couteau se justifiait. Elle referma la vitrine, et sortit pour gagner la porte de service.

Celle-ci n'était pas verrouillée, mais Cassie ne s'arrêta pas à cette bizarrerie et se glissa dehors. La porte refermée, elle adressa des adieux silencieux à Lucy et à Robert Carter.

— Pardonnez-moi, murmura-t-elle.

Le couteau dans la poche de son manteau, le mousquet sous le bras, elle se dirigea vers la grille, l'ouvrit, et balaya la rue du regard. Elle était déserte, et pas une lumière ne brillait aux fenêtres alentour.

La jeune femme remonta le trottoir à grands pas. Elle venait de tourner à gauche lorsqu'un bras puissant l'arrêta dans sa course, tandis qu'une main se plaquait sur sa bouche.

# 34

— On se promène, mademoiselle Cassie ?

Cassie ne voyait pas le visage de son agresseur, mais elle reconnut sa voix.

— Zach ! s'exclama-t-elle, stupéfaite, quand il ôta la main de sa bouche.

— Pour vous servir, répliqua-t-il avec un grand sourire.

Elle était tellement contente de le revoir qu'elle le serra dans ses bras. Zach en profita pour la fouiller, et sortit le couteau de sa poche.

— Un mousquet, et un couteau, mademoiselle Cassie ? Où alliez-vous donc ainsi ?

À cet instant, une autre silhouette surgit de l'obscurité. Luke !

Cassie s'alarma.

— Que faites-vous ici, tous les deux ?

— Nous avions ordre de vous surveiller, expliqua Luke.

— *Quoi ?*

— M. Carter se doutait que vous tenteriez quelque chose, et il nous a demandé de vous avoir à l'œil, précisa Zach. Il avait raison. Ce n'est pas prudent de vous promener seule dans les rues à pareille heure, mademoiselle Cassie.

— Mais alors, vous allez m'aider ? Je me rendais à la prison…

— Vous n'irez nulle part ailleurs que dans votre chambre, mademoiselle Cassie.

— Mais Alec…

— Ne vous occupez pas de lui.

— Comment pouvez-vous dire une chose pareille ?

Zach lui arracha le mousquet des mains.

— Ne discutez pas, mademoiselle Cassie. Et retournez vous coucher. Vous ne voudriez pas faire de mal à votre bébé ?

Cassie était anéantie. C'était là sa dernière chance de voler au secours d'Alec, et elle était ruinée par ceux qu'elle croyait ses amis.

Zach la souleva dans ses bras comme un vulgaire sac de farine, et ils repartirent vers la maison, Luke ouvrant la voie. C'est alors que Cassie s'aperçut que les deux hommes empestaient l'alcool. C'était d'autant plus étrange qu'ils ne semblaient pas le moins du monde ivres.

Ils arrivaient à la grille, quand les cloches de l'église voisine sonnèrent 4 heures.

— Vite ! murmura Zach.

Luke poussa la grille et gagna la porte de service en courant. Cassie voulut lui crier qu'elle n'était pas verrouillée, mais Luke en brisa la vitre avec la crosse de son mousquet.

À quoi tout cela rimait-il ?

Elle n'eut pas le temps d'y réfléchir, car Zach la portait maintenant à l'intérieur.

Il la déposa au pied de l'escalier. Alertée par le bruit, la maisonnée commençait à se réveiller. Cassie entendit des pas à l'étage.

— Vite ! lui intima Zach. Ôtez votre manteau !

— Mais que… ?

— Vous ne voudriez pas qu'on sache que vous étiez sortie ?

Interloquée, Cassie se débarrassa de son manteau et le tendit à Zach, qui le fourra dans un placard.

— Ébouriffez-vous les cheveux, murmura-t-il. Comme si vous aviez été surprise dans votre sommeil.

Cassie ne comprenait pas pourquoi elle lui obéissait sans broncher. Zach, pendant ce temps, s'était rué dans le bureau de Robert Carter. Il renversa des chaises, répandit des papiers par terre, tandis que Luke brisait la vitrine de l'armurerie à coups de crosse de mousquet. Ils sortirent de la pièce.

— Un dernier détail, fit Zach en se plantant devant Luke.

Luke s'esclaffa, avant de lui décocher un coup de poing en pleine figure.

Cassie en resta bouche bée.

— Bien visé, commenta Zach en se massant la mâchoire. Mais j'en ai un autre pour toi.

Et il lui rendit la pareille.

— Tu crois que ça suffira ? chuchota Luke.

— Ça devrait.

Sur ce, les deux hommes s'éclipsèrent par la porte de service.

— Cassie ! Que se passe-t-il ?

Cassie pivota sur ses talons. Lucy se tenait en haut de l'escalier, en chemise de nuit, l'air affolé.

— Je… je ne sais pas, bredouilla Cassie.

Et c'était la pure vérité.

— Père ? appela Lucy, qui dévala les marches pour se ruer dans le bureau.

Découvrant le désordre et la vitrine brisée, elle se mit à appeler :

— Père ! Père !

Cassie la rejoignit.

— Mon Dieu, Cassie ! Où est-il ? Que s'est-il passé ?

— J'aimerais bien le savoir.

Les domestiques arrivèrent à leur tour. Cassie essayait vainement de comprendre ce qui pouvait bien se tramer.

La porte de service s'ouvrit soudain sur Zach. Il avait la lèvre enflée, l'œil tuméfié, et ses vêtements étaient déchirés. Il empestait plus que jamais l'alcool.

— Il l'a enlevé ! annonça-t-il en titubant.

— Qui cela ? demandèrent Cassie et Lucy d'une même voix.

— Le forçat. Il a enlevé votre père.

Les deux femmes échangèrent un regard médusé. Cassie crut que son cœur allait éclater. Alec avait réussi à s'échapper. Elle ignorait comment un tel prodige avait pu se produire, ni qui en était complice, mais une chose était sûre : Alec était libre.

« Cours, mon amour, pria-t-elle silencieusement. Et que Dieu te protège. »

Lucy la fixait comme si elle attendait une explication de sa part. Mais alors qu'elle s'apprêtait à poser une question, Lucy fut interrompue par Bess, la cuisinière, qui surgit armée d'une poêle à frire.

Elle marcha droit sur Zach.

— J'ignore qui vous êtes, et ce que vous faites ici, mais vous allez me faire le plaisir de déguerpir tout de suite !

Cassie faillit rire de l'absurdité de la scène. Zach, feignant d'être ivre, battait en retraite devant la cuisinière.

— Ne vous inquiétez pas, Bess, la rassura Lucy. Nous connaissons cet homme. Il travaille pour père.

— Mais on l'a bien mal servi, ma foi, confessa Zach, penaud. Luke et moi, on…

— Vous buviez ? le coupa Lucy, en colère.

— Oui. Et c'est là que le forçat a déboulé de nulle part. Il m'a envoyé rouler dans la poussière, et Luke… Luke n'est pas en très bon état non plus. En plus, ce salaud a volé deux chevaux ! Pardonnez mon langage, mesdames.

Il y eut un silence. Puis Lucy se métamorphosa de fille terrifiée en maîtresse de maison.

— Bess, aide ces messieurs à panser leurs blessures, et prépare-nous du thé. Qu'on aille prévenir le shérif Connelly sur-le-champ. Ainsi que mes frères et sœurs. Mlle Blakewell et moi-même attendrons les nouvelles dans le salon.

Les domestiques s'éparpillèrent dans toutes les directions pour exécuter les ordres, tandis que les deux jeunes femmes se rendaient dans le salon. À peine la porte refermée, elles se mirent à parler en même temps. Puis s'interrompirent. Ce fut Cassie qui reprit :

— Alec ne ferait jamais de mal à votre père, Lucy. Vous n'avez pas à vous inquiéter, je vous assure.

— Je le sais bien. Vous croyez qu'Alec a pu s'échapper seul ? Mon père ne l'aurait-il pas un peu aidé ?

— C'est fort probable. En fait, j'en mettrais même ma main à couper.

— Dites-moi ce que vous savez.

Cassie hésita. Si elle lui racontait la scène étrange à laquelle elle venait d'assister, elle serait obligée de lui avouer également ce qu'elle-même projetait de faire. Après réflexion, elle décida qu'elle devait la vérité à Lucy. Elle commença donc par lui raconter le vol du mousquet et du couteau.

— Pardonnez-moi, Lucy. Je ne voulais pas vous trahir.

Son amie lui sourit.

— Si le mousquet et le couteau avaient pu servir à sauver Alec, je ne vous aurais jamais reproché de nous les avoir dérobés. De toute façon, nous nous doutions que vous tenteriez quelque chose. Mais votre plan n'avait aucune chance de réussir.

— Qu'en savez-vous ?

Lucy rougit légèrement.

— J'ai entendu mon père dire que le geôlier d'Alec préférait les hommes, murmura-t-elle.

Cassie la regarda bouche bée, puis les deux jeunes femmes éclatèrent de rire. Quand elles eurent repris leur sérieux, Cassie raconta la suite de l'histoire : comment Luke et Zach avaient inventé leur agression.

Elles furent interrompues par l'entrée d'une esclave avec le thé.

— Vous voyez, conclut Cassie sitôt les domestiques reparties, vous n'avez pas de souci à vous faire pour votre père. Il rentrera sain et sauf.

De cela, en effet, elle était convaincue. Mais Alec ? Un condamné à mort qui s'échappait ne méritait aucune clémence. Les policiers auraient ordre de tirer à vue.

— Il s'en sortira, fit Lucy, qui avait deviné le cours de ses pensées.

— Je l'espère de tout mon cœur, murmura Cassie.

Le shérif arriva peu de temps après. Il réclama les détails sur « l'enlèvement » de Robert Carter.

— Le forçat n'a pas pu aller bien loin, déclara-t-il. C'était stupide de sa part, et une perte de temps, de venir ici. J'ai déjà des hommes qui fouillent les rues alentour. Nous le trouverons, mademoiselle Carter, soyez-en assurée.

Et, se tournant vers Cassie, il ajouta, le regard dur et la voix glaciale :

— Et quand nous lui aurons mis la main dessus, nous le pendrons au premier arbre venu.

— Je vous remercie de garder ce genre de précisions pour vous, shérif, intervint Lucy. Nous sommes déjà suffisamment bouleversées comme cela par les événements de cette nuit.

— Désolé, mademoiselle Carter. Mais je ne comprends pas pourquoi votre père et vous perdez du temps avec une femme comme *elle*.

Cassie s'obligea à soutenir le regard du shérif.

— À présent, laissez-nous, shérif Connelly, ordonna Lucy.

Il la salua de la tête, tourna les talons et sortit.

— Ne faites pas attention à lui, Cassie. C'est un imbécile.

À l'aube, la nouvelle de l'évasion du condamné à mort s'était répandue comme une traînée de poudre. Zach et Luke, dégrisés comme par magie, insistèrent pour que Cassie demeure dans sa chambre. Craignant qu'une foule hostile ne s'amasse devant la maison, ils se chargèrent de monter la garde.

Heureusement pour Cassie, sa fenêtre donnait sur la cour, et elle pouvait contempler le ciel sans craindre que quelqu'un ne lui lance une pierre.

Lucy lui avait promis de la tenir informée. Les hommes du shérif abandonnèrent rapidement l'espoir de retrouver Alec dans Williamsburg, et des battues furent organisées dans la campagne autour de la ville. Entre-temps, les autres enfants de Robert Carter avaient commencé d'arriver. À la différence de Lucy, ils savaient très peu de choses sur Alec et étaient tous persuadés qu'il était bel et bien le dangereux criminel qu'on dépeignait. Lucy préféra ne pas les rassurer en leur révélant la vérité, car cela risquait d'éventer le complot, et de mettre Alec davantage en danger. Cassie n'était pas mécontente de ne pas être parmi eux, car elle devinait que leurs sentiments à son égard seraient beaucoup moins généreux que ceux de leur sœur.

On lui monta un plateau de déjeuner à midi, mais elle n'avait pas faim.

L'après-midi lui parut interminable. Fatiguée d'arpenter sa chambre, Cassie finit par s'allonger. Elle sentit son enfant bouger et, pour la première fois, se demanda si c'était un garçon ou une fille.

Elle finit par sombrer dans le sommeil, et fut réveillée par des coups frappés à sa porte. Ouvrant les yeux, elle constata que la nuit était tombée.

— Cassie ?

C'était la voix de Lucy.

Elle sentit son cœur chavirer. Redoutant le pire, elle s'empressa d'aller ouvrir.

— Le gouverneur est là, il voudrait vous voir ! expliqua Lucy, ses grands yeux bleus brillant d'excitation.

— Le gouverneur ? Mais pourquoi ?

— Il est avec quelqu'un, précisa Lucy en la tirant par le bras pour l'entraîner à sa suite. Un Anglais qui boite.

Un Anglais qui boite ? Qui cela pouvait-il être ? Mais Cassie n'eut pas le temps de se perdre en conjectures : le gouverneur l'attendait au pied de l'escalier. Elle descendit en hâte.

— Mademoiselle Blakewell, permettez-moi de vous présenter le lieutenant Matthew Hasting.

*Le lieutenant Matthew Hasting !*

Cassie éprouva un soulagement sans nom. Le lieutenant s'empara de sa main qu'il porta à ses lèvres.

— Enchanté de faire votre connaissance, mademoiselle Blakewell. Je suis le beau-frère d'Alec. Et bientôt le vôtre, j'espère.

Trop bouleversée pour articuler un mot, Cassie lui étreignit la main. Puis, plongeant son regard dans celui du lieutenant, elle parvint à murmurer :

— Il faut retrouver Alec.

Le lieutenant lui sourit.

— C'est bien pour cela que je suis ici.

# 35

Alec arrêta sa monture, le temps de consulter les étoiles qu'on apercevait dans une trouée entre les arbres.

Un deuxième cheval s'immobilisa à côté du sien.

— Nous sommes perdus ? s'enquit Robert Carter.

— Non, faites-moi confiance.

Alec le dévisagea, à la recherche de signes de fatigue, mais Robert Carter se révélait incroyablement vaillant pour un homme de son âge. Il n'avait pas demandé une seule fois à descendre de cheval.

Alec donna un coup de talon dans les flancs de sa monture, lui tournant légèrement la bride en direction de l'est. Ils atteindraient l'îlot dans moins d'une heure. Un repas chaud et un lit les y attendaient. Ils passeraient la nuit sur place, Micah montant la garde. À l'aube, ils embarqueraient sur un petit bateau affrété par Carter, avec des hommes de confiance. Ils feraient voile vers le sud, jusqu'à un port de Caroline où Alec achèterait sa traversée sur le premier navire en partance pour l'Angleterre. Le plan n'était pas dénué de danger, mais il était excellent.

Alec guidait sa jument à travers la végétation dense, se fiant à son sens de l'orientation. Le marais était silencieux, contrairement à l'été, et une bise mordante glissait à la surface de l'eau. Mais après tant de semaines passées derrière les barreaux, Alec trouvait ce froid revigorant. Et il savourait son bonheur de chevaucher à l'air libre, lui qui était passé si près du gibet. Sa dette envers Robert Carter était immense, mais il avait bien l'intention de la lui rembourser à sa manière dès qu'il en aurait la possibilité.

Leurs nombreuses conversations autour des chevaux, lorsque Alec se rendait à Corotoman pour les saillies d'Aldebaran, lui avaient permis de le jauger. Robert Carter était un homme d'honneur, avec une propension à l'entêtement. Et il aimait prendre des risques. Alec s'était douté qu'il voudrait protéger Cassie, aussi n'avait-il pas été surpris quand il s'était présenté à la prison pour s'assurer qu'il était bien traité. Alec en avait profité pour lui parler du testament qu'il souhaitait rédiger afin de s'assurer que Cassie et le bébé ne manqueraient de rien. Carter lui avait procuré de quoi écrire, ainsi que des vêtements plus dignes de sa condition. Il avait aussi engagé un avocat. Les deux hommes avaient longuement parlé, et peu à peu, ce plan – ou ce pari, comme l'appelait Carter – avait pris forme. Carter avait accepté d'aider Alec à s'échapper en jouant les otages, pariant sur le fait qu'il disait vrai quant à son identité et ne lui trancherait pas la gorge. Alec, quant à lui, avait parié que leur plan marcherait. Et l'enjeu de tous ces paris, c'était bien sûr que les deux hommes s'en sortent vivants.

Alec se demandait ce qui se passait à Williamsburg. Zach et Luke avaient-ils réussi à retarder le shérif en faisant croire qu'il avait saccagé le bureau de Carter ? Avaient-ils été capables de protéger Cassie une fois que l'alarme avait été donnée ? Carter lui avait assuré que personne, pas même le gouverneur, n'oserait déloger la jeune femme de sa maison. Mais Alec n'était pas aussi confiant. Parier sur sa propre vie était une chose. Parier sur celles de Cassie et du bébé en était une tout autre.

Un bébé. Alec éprouvait encore quelque difficulté à se faire à l'idée qu'il allait être père. S'il n'avait pas vu Matthew à l'œuvre, il n'aurait rien su de la paternité. Son propre père était toujours demeuré distant, le gratifiant rarement d'une parole d'encouragement ou d'un sourire. Matthew, au contraire, passait beaucoup de temps avec ses enfants, jouant avec eux ou leur racontant des histoires.

— Que pensez-vous de la paternité ? demanda-t-il à Carter à brûle-pourpoint, rompant le silence.

Carter s'esclaffa.

— C'est donc à cela que vous réfléchissiez ? Ma foi, la paternité est une bien belle chose. Encore qu'au début, je ne trouvais pas les bébés passionnants. Et puis, j'y ai pris goût. Mais j'ai été un meilleur père pour les enfants de Betty que pour ceux de Judith. Comme dans beaucoup d'autres domaines, les choses s'améliorent avec l'expérience.

Judith était la première femme de Carter. Il n'avait que dix-sept ans lorsqu'il l'avait épousée. Et Betty, sa seconde épouse, était morte jeune, à trente-six ans, après avoir mis au monde leur sixième enfant, laissant Carter veuf pour la deuxième fois. En tout, ce dernier avait eu dix enfants.

— Dieu vous préserve d'avoir des filles ! reprit-il.

— Pourquoi dites-vous cela ?

— Si elles sont comme leur mère, vous serez obligé de les garder sous les verrous pour vous éviter bien des tracas.

Alec ne put s'empêcher de rire.

Les deux hommes poursuivirent leur route en silence. Comme prévu, ils atteignirent l'îlot moins d'une heure plus tard.

Matthew ne quittait pas des yeux la jeune femme qui deviendrait bientôt sa belle-sœur. Elle était de loin la meilleure cavalière du groupe – à croire qu'elle était née sur un cheval tant ses mouvements s'adaptaient à ceux de sa jument. Elle chevauchait en tête, imprimant à leur petite troupe une allure soutenue. Malgré l'obscurité, elle semblait savoir parfaitement où elle allait. Et si elle était fatiguée, ou si elle avait froid, elle n'en laissait rien paraître.

— J'aurais préféré attendre l'aube, observa le gouverneur Gooch.

— Si nous avions attendu, nous n'aurions aucune chance de le retrouver, lui lança Cassie par-dessus son épaule. Je suis convaincue qu'il partira au lever du soleil.

— Nous allons finir par nous perdre, dans ces ténèbres.

— Pas si vous me suivez de près.

Matthew admirait la volonté et l'opiniâtreté de Mlle Blakewell. Il la connaissait à peine, mais il l'appréciait déjà. Il aurait dû se douter qu'Alec tomberait amoureux d'une femme de ce genre. Courageuse, déterminée, elle était également très jolie à sa manière, et fort intelligente. C'était exactement ce qu'il fallait à Alec – tout le contraire de ces créatures superficielles qu'il chassait autrefois dans les salles de bal. Bien qu'il ignorât encore une grande partie de leur histoire, Matthew avait appris de la bouche du gouverneur que Cassie n'avait pas hésité à braver l'opinion en témoignant au procès d'Alec. Selon lui, une telle dévotion était digne d'admiration.

Elle avait insisté pour qu'ils quittent Williamsburg sur-le-champ, s'opposant à ceux qui préféraient attendre le matin. Des hommes avec des chiens devaient encore traquer Alec, avait-elle argumenté, et tant qu'ils ne les auraient pas retrouvés, Robert Carter et lui seraient en danger. Sa logique ayant finalement prévalu, ils avaient pris la direction du nord. Après une courte halte à Blakewell Neck – où Matthew avait pu constater que tout le personnel adorait sa maîtresse –, ils avaient poursuivi leur route.

Leur petite troupe constituait l'assortiment de cavaliers le plus hétéroclite que Matthew ait jamais vu. Outre le gouverneur Gooch, il y avait là deux shérifs, l'un nommé Hollingsworth, d'une corpulence étonnante, et l'autre, Connelly, nerveux et sec. Suivaient deux des fils Carter, Charles et Landon. Et deux serviteurs de Mlle Blakewell, l'un qu'elle appelait Zach et un esclave répondant au nom de Luke. À cela s'ajoutaient quelques gardes du gouverneur solidement armés. En tout, ils étaient un peu plus d'une douzaine.

L'aube n'était pas encore levée, mais les étoiles pâlissaient déjà dans le ciel. Après avoir suivi Mlle Blakewell à travers la forêt, ils s'enfonçaient maintenant dans ce qui ressemblait à un marais – le sol était spongieux sous les sabots des chevaux. Ils n'avaient pas ralenti l'allure pour autant. Mlle Blakewell connaissait visiblement le terrain comme sa poche, mais elle avait déjà été obligée de s'arrêter deux fois pour permettre aux autres de la rattraper.

— Où diable nous entraîne-t-elle ? marmonna le gouverneur.

— En enfer, je parie, répliqua le shérif Hollingsworth.

— Ce n'est plus très loin, les rassura Mlle Blakewell.

Elizabeth allait l'adorer, songea Matthew. Dieu que sa femme et ses enfants lui manquaient ! Cela faisait maintenant six semaines qu'il les avait quittés. Il n'avait pas voulu révéler à Elizabeth les vraies raisons de son voyage pour ne pas lui donner de faux espoir. Il lui avait simplement expliqué qu'il voulait remonter la piste des assassins d'Alec. Lui-même n'était pas certain de retrouver celui-ci vivant. La lettre que le juge lui avait montrée, ajoutée à cette autre mystérieuse missive que Philip avait interceptée et brûlée, l'avait convaincu qu'Alec avait été déporté aux colonies contre son gré. Et que Philip était probablement à l'origine de cette machination.

Quand il s'était ouvert à lui de ses soupçons, Philip avait d'abord nié en bloc. Matthew lui avait alors montré la lettre que lui avait remise le juge. Philip s'était emporté, n'avouant toujours rien, mais jurant de tuer Matthew. Il n'avait pas eu le temps de mettre sa menace à exécution : Matthew l'avait fait arrêter pour conspiration. Quand Philip s'était finalement confessé – malade et tremblant, car en manque d'alcool –, Matthew avait été saisi d'horreur par ses révélations. Son intention n'était pas de faire enlever Alec, avait-il expliqué avec un rire sinistre, mais de l'assassiner. Il avait engagé des hommes de main, qui l'avaient grugé en revendant Alec à un capitaine de bateau, histoire de doubler leur profit.

Matthew redoutait d'avoir à avouer la vérité à Alec. Elizabeth avait elle-même très mal accueilli la nouvelle de la trahison de Philip. Elle pensait avoir perdu un frère. Perdre également l'autre l'avait anéantie.

— Le soleil ne va plus tarder à se lever, annonça Mlle Blakewell, le tirant de ses pensées. Dépêchons-nous.

Alec enfila ses bottes, impatient de reprendre la route. Comme promis, Takotah les avait réveillés juste avant l'aube, et un petit déjeuner les attendait déjà.

Leur arrivée sur l'îlot, en pleine nuit, avait été quelque peu irréelle. Micah s'était occupé de leurs chevaux, pendant que Takotah leur servait un repas chaud. Alec avait été très ému de revoir Jamie. Le garçonnet avait attendu sagement qu'il ait fini de manger avant de lui demander de lui raconter comment il avait sauvé Cassie « des méchants ».

— C'est une longue histoire, lui avait répondu Alec.

— Où elle est ? Quand est-ce que je vais la revoir ?

Il était facile de deviner que ces dernières semaines avaient été également éprouvantes pour l'enfant.

— Elle est en sécurité à Williamsburg, chez M. Carter.

— Elle reviendra pas ici ?

— Pas tout de suite, moussaillon.

Jamie avait fait grise mine.

— Il n'y a pas de raison que Jamie demeure ici plus longtemps, avait plaidé Carter. Il ne craindra rien sous mon toit. Dès que je serai rentré de Caroline, je le prendrai avec moi. Et le père de Cassie par la même occasion. Ça te va, mon garçon ?

— Je pourrai emmener Pirate avec moi ?

Carter avait jeté un regard suspicieux au chien.

— Je sens qu'à vous deux, vous ferez deux fois plus de bêtises. Enfin, à la grâce de Dieu.

— Alors, ça veut dire oui ? avait demandé Jamie avec un regard implorant à l'adresse d'Alec.

— Oui, moussaillon. Je n'y vois pas d'objection.

Le visage de l'enfant s'était illuminé.

— Sait-il que nous sommes là ? avait ensuite demandé Carter, désignant Abraham Blakewell assis dans son rocking-chair, le regard vide.

Alec avait adressé un regard interrogateur à Takotah.

— Non, avait-elle répondu.

— Pauvre homme, avait murmuré Carter. C'était un type bien.

Alec avait couché Jamie et lui avait raconté une histoire de pirate. Il aurait aimé lui dire adieu avant de partir, mais il était un peu tôt pour le réveiller. En outre, Alec ne voulait pas perdre une minute. Le bateau les attendait déjà sur la rivière.

Il but son thé en quelques gorgées et se dépêcha d'avaler son porridge agrémenté de bacon.

Carter était plus lent. Il avait toussé une partie de la nuit. L'air fétide du marais ne semblait pas lui convenir. Takotah lui avait préparé l'une de ses potions, mais Carter l'avait recrachée à moitié, la jugeant infecte. Alec craignait maintenant qu'il ne tombe malade et ne les ralentisse.

— Ne vous inquiétez pas pour moi, fit Carter comme s'il avait deviné ses pensées. Je serai prêt en même temps que vous.

Il tint parole. Quand Alec eut terminé de seller les chevaux, Carter sortit de la cabane, fin prêt pour le deuxième jour de sa grande aventure.

— Je ne me suis jamais senti aussi bien, assura-t-il avec un sourire.

Les deux hommes s'apprêtaient à enfourcher leur monture quand Micah surgit d'un buisson, son mousquet à la main.

— Des hommes arrivent ici, annonça-t-il. J'en ai compté au moins sept, tous armés. Crichton est parmi eux.

# 36

Alec sursauta. Comment diable les avaient-ils retrouvés aussi rapidement ?

— Avons-nous une chance de les semer ? s'enquit-il en vérifiant son arme.

Micah secoua la tête.

— Emmène Takotah et Jamie, et cachez-vous dans le marais. Quoi qu'il arrive, ne revenez pas avant que tout soit terminé.

Micah acquiesça et fila à l'intérieur de la cabane.

Alec entendait déjà le bruit des sabots des chevaux écraser la boue du marais. Il avait sous-estimé l'impatience du gouverneur à le voir pendu.

— Les choses se corsent, dit-il à Carter. C'est le moment de mettre à exécution l'autre partie de notre plan.

— Ça tombe bien, je trouvais qu'on commençait à s'ennuyer.

Les cavaliers approchaient. Alec sortit un poignard de sa botte, le glissa dans sa ceinture, puis dégaina son pistolet.

— Prêt ?

— Oui.

Alec enroula le bras autour de la gorge de Carter et pressa le canon de son arme contre sa tempe.

— Reculez, cria-t-il, ou j'abats Carter !

— Ne tirez pas ! coassa Carter. Obéissez-lui !

Sept cavaliers, dont le père de Geoffrey et Henry, l'Écossais, s'immobilisèrent, pris de court.

— Je savais vous trouver ici, Braden, lança Crichton d'une voix haineuse. Quand il a appris que vous vous étiez échappé, Henry m'a parlé de cet endroit où il vous avait suivi une fois. Il a tenté pendant des semaines de retrouver le chemin pour mon fils. En vain. Quel dommage que Geoffrey ne m'ait pas parlé de ses intentions, sinon il vivrait encore. Et vous seriez mort. J'étais venu plusieurs fois sur cet îlot avec Blakewell quand il avait encore toute sa tête. J'ai eu un peu de mal à me repérer, mais j'ai fini par y arriver. Juste à temps, apparemment.

— Félicitations. Mais maintenant que vous m'avez trouvé, vous allez faire demi-tour, ou Carter sera le premier à mourir.

— Faites ce qu'il vous dit, plaida Carter, qui simulait fort bien la peur.

— J'ai toujours pensé que votre générosité vous perdrait, Robert, répliqua Crichton.

Il fit signe à l'un de ses hommes, qui lui tendit un mousquet, avant d'ajouter :

— Vous pensiez pouvoir m'humilier en prenant la défense du gredin qui a tué mon fils, mais vous allez payer, à présent. Je tire sur lequel des deux pour commencer ?

— Espèce de salaud ! Comment osez-vous ! se récria Carter, soudain authentiquement furieux. Ce serait un meurtre !

— Oui, mais il sera facile de faire croire que Braden vous a tué avant que nous puissions l'abattre.

Alors que Crichton le mettait en joue, Alec fourra son arme dans la main de Carter qu'il poussa de côté. Au moins ce dernier aurait-il les moyens de se défendre.

— Inutile de le tuer, plaida-t-il. C'est moi que vous voulez, Crichton.

— Inutile de tuer qui que ce soit !

La voix sonore du gouverneur Gooch précéda de peu son arrivée. Il était accompagné de...

— Cassie ?

— Alec !

— Qu'est-ce que c'est que ce cirque ? hurla Crichton, son mousquet toujours braqué sur la poitrine d'Alec.

Le gouverneur sauta à bas de son cheval, s'approcha de Crichton et lui arracha son arme.

— Personne ne sera tué ici aujourd'hui. Cet homme disait la vérité.

Alec entendit à peine le juron que lâcha Crichton. Qu'avait dit le gouverneur ?

Cassie descendit elle aussi de cheval, et se rua vers lui

— Cassie, murmura-t-il d'une voix rauque en la serrant contre lui.

— Et moi, alors ? Je n'ai même pas droit à une poignée de main ?

— *Matthew ?*

Les tempes bourdonnantes, Alec se demandait s'il ne rêvait pas. C'est à peine s'il en croyait ses yeux.

— Mon Dieu, Matthew, c'est bien toi ?

— Oui. Et je suis sacrément content de te revoir, Alec.

Les deux hommes s'étreignirent sous le regard brillant de larmes de Cassie.

— Dieu merci, tu es vivant ! souffla Matthew. Nous pensions t'avoir perdu à jamais.

— Pourquoi diable as-tu mis si longtemps à venir ?

— Je crains que ce ne soit une longue histoire.

Puis Alec accrocha le regard de Cassie, et il l'enlaça de nouveau. Elle tremblait d'émotion.

— Ma courageuse, ma belle, ma merveilleuse femme, murmura-t-il avant de s'emparer de ses lèvres.

Près d'eux, quelqu'un toussota discrètement.

— Allons, allons, vous aurez tout le temps de vous embrasser plus tard.

C'était Robert Carter.

— Nous n'aurons jamais assez de temps, chuchota Alec à l'oreille de la jeune femme avant de la relâcher. Matthew, puis-je te présenter Mlle Catherine Blakewell ? ajouta-t-il en se tournant vers le lieutenant comme s'ils ne s'étaient pas encore rencontrés.

— J'ai déjà eu le plaisir de faire sa connaissance, expliqua Matthew.

Et, prenant la main de Cassie, il la porta à ses lèvres, puis enchaîna :

— Ma famille et moi-même vous serons éternellement redevables de ce que vous avez fait pour Alec.

Cassie sentit le rose lui monter aux joues.

— Merci, lieutenant.

— Appelez-moi Matthew. Après tout, nous ferons bientôt partie de la même famille.

— Matthew, rectifia Cassie avec un grand sourire.

Détaillant Alec de la tête aux pieds, Matthew s'exclama :

— Si seulement Socrate pouvait te voir !

— Insinuerais-tu qu'il trouverait à redire à mon apparence ? Personnellement, je me trouve très bien en dangereux hors-la-loi.

Tous trois éclatèrent de rire tandis que le soleil commençait d'apparaître à l'horizon.

— Je suis soulagé que cela se termine ainsi, commenta le gouverneur, un peu penaud.

— Gouverneur Gooch, permettez-moi de vous présenter mon beau-frère, Alec Madison Kenleigh, fit Matthew.

Alec serra la main du gouverneur.

— Désolé de vous avoir mené la vie dure, s'excusa celui-ci.

— Dès lors que vous n'avez plus l'intention de me pendre, je considère que cette affaire est close.

Les deux shérifs vinrent à leur tour présenter leurs excuses à Alec. Crichton, en revanche, demeurait à l'écart, au milieu de ses hommes. Il semblait furieux de ce dénouement.

— Je n'aurais jamais imaginé que vous étiez un aussi bon comédien, avoua le gouverneur à Robert Carter.

Ce dernier afficha une expression d'enfant de chœur.

— Que voulez-vous dire ?

— Que vous avez mis en scène votre enlèvement pour aider cet homme à s'échapper.

Landon sursauta.

— Vous jouiez la comédie, père ?

— Vous l'avez aidé à s'évader ? renchérit Charles, incrédule.

Les deux garçons regardaient leur père avec un mélange de stupéfaction et d'admiration.

— N'en dites rien à vos sœurs, répondit Carter, mal à l'aise. Elles ne me le pardonneraient pas.

Tout le monde riait encore lorsque Cassie sentit la morsure du métal contre sa tempe tandis qu'un bras se refermait sur sa gorge, l'étouffant presque.

— Gardez vos distances, forçat ! cria Crichton. Lâchez vos armes. Tous !

Les mousquets tombèrent sur le sable avec un bruit mat.

Cassie tenta de se débattre, mais Crichton la serrait à l'étrangler.

— Seriez-vous devenu fou, Crichton ? s'écria le gouverneur, médusé.

— Tout le monde recule ! ordonna Crichton. Cet homme a tué mon fils, et je vais faire en sorte qu'il paie.

— C'est vrai, Crichton, j'ai tué votre fils, intervint Alec d'un ton calme.

Il s'écarta des autres, s'offrant en cible privilégiée, avant d'ajouter :

— Mais à présent, je suis là, devant vous. Pourquoi ne tirez-vous pas ?

— Non ! Vous avez tué mon fils, et je vais tuer le vôtre. Elle va mourir, et l'enfant qu'elle porte mourra avec elle.

Cassie manquait d'air. La douleur était telle qu'elle en avait les larmes aux yeux.

— Lâchez-la, et vous pourrez faire ce que vous voulez de moi, insista Alec.

— Vous pourriez aussi mourir tous les deux, répliqua Crichton.

La vision de Cassie commençait à se troubler ; des petites taches noires dansaient devant ses yeux. Était-ce cela, mourir ? Mais son bébé… Elle devait absolument respirer pour lui.

Elle entendit une détonation qui semblait provenir de très loin. Puis elle bascula dans les ténèbres.

— Cassie ?

Des bras musclés l'entouraient. Elle inspira instinctivement une grande goulée d'air.

— Dieu soit loué ! fit quelqu'un.

— Cassie, tu m'entends ?

C'était Alec. Il semblait affolé.

Elle se força à ouvrir les yeux.

— Alec, souffla-t-elle en lui caressant la joue.

Il resserra son étreinte.

— J'ai cru t'avoir perdue.

— Rentrons-la à l'intérieur, suggéra quelqu'un d'autre.

Cassie reconnut la voix de Matthew.

Quand elle eut recouvré ses esprits, elle apprit ce qui s'était passé. Henry avait tiré sur Alec, mais il avait raté son coup. Takotah avait alors lancé un poignard, l'atteignant dans le dos, avant de faire de même avec Crichton.

— Je n'avais jamais vu quelqu'un lancer un poignard comme cela, commenta Robert Carter. Comptez sur moi pour ne plus jamais dire de mal de ses potions !

— Oh, Cassie, vous êtes ravissante ! s'exclama Elizabeth avant d'entraîner la jeune femme vers la psyché qui trônait dans un coin de la chambre.

Alec avait acheté une petite maison de ville dans le centre de Williamsburg, et Cassie n'était pas encore habituée à tout ce luxe. Cette psyché était l'un des nombreux cadeaux de mariage d'Alec.

— Bonté divine ! s'exclama-t-elle en découvrant son reflet dans le miroir.

Elle se reconnaissait à peine. Ses cheveux avaient été rassemblés en une grosse torsade qui s'enroulait en chignon. Quelques mèches encadraient son visage qu'un discret maquillage rendait lumineux. Quant à sa robe, elle était tout simplement somptueuse. Toute de soie crème, rebrodée d'or et incrustée de minuscules perles, elle semblait avoir été dessinée pour une princesse. Son ventre arrondi était caché par les nombreux plis du vêtement. Cassie avait protesté, trouvant cette merveille beaucoup trop chère, mais Alec avait balayé l'argument d'un revers de main.

— Je n'ai jamais vu de mariée plus magnifique, déclara Elizabeth. Et maintenant, la touche finale.

Elle drapa le collier de perles de la mère de Cassie autour du cou de la jeune femme.

L'effet était stupéfiant. L'énorme perle centrale se détachait sur la peau claire de son décolleté, sa couleur s'accordant magnifiquement avec la soie de sa robe.

Cassie était cependant loin de se sentir aussi sûre d'elle qu'il y paraissait. Le doute la rongeait.

Il s'était passé tant de choses au cours des huit semaines écoulées qu'elle avait encore du mal à se rendre compte de ce qui lui arrivait. Après leurs retrouvailles sur l'îlot, qui avaient bien failli tourner à la tragédie, ils étaient rentrés à Blakewell Neck, emmenant son père avec eux. Bien qu'Alec eût insisté pour que Cassie garde le lit au moins deux jours, une grande fête avait eu lieu le soir même pour célébrer son retour. Zach et Elly en avaient profité pour annoncer leurs fiançailles. Cassie leur avait donné sa bénédiction, car il était évident qu'ils s'aimaient. Du reste, Zach se considérait déjà comme le père du bébé que portait Elly.

Même si son père demeurait toujours muet et ne semblait reconnaître personne, Cassie avait l'impression qu'il mangeait de meilleur appétit. Et il avait repris des couleurs. Elle se prenait à espérer qu'entouré de gens qui l'aimaient, il finirait par recouvrer ses esprits. Et à voir comment Takotah continuait à s'occuper de lui, la jeune femme en venait à se demander si l'Indienne n'était pas restée à Blakewell Neck parce qu'elle aimait son père, et pas seulement parce qu'elle avait une dette envers sa famille.

Seule une lettre de Socrate avait quelque peu terni leur bonheur. Philip s'était suicidé peu après avoir confessé son implication dans l'enlèvement d'Alec. Ce dernier avait été beaucoup plus affecté par la nouvelle que ne l'aurait imaginé Cassie. Il s'en était voulu de ne pas être intervenu plus tôt dans la vie de son frère. Philip était sous sa responsabilité, et il considérait qu'il n'avait pas su s'occuper de lui.

La justice l'ayant innocenté de tous ses supposés crimes – les autres étant considérés comme de la légitime défense –, Alec avait aussitôt entamé les préparatifs pour rentrer en Angleterre. Cassie n'avait pas eu le cœur de lui avouer combien elle se sentait triste à l'idée de quitter la Virginie. Ils avaient eu très peu le temps de parler, mais avant de regagner l'Angleterre, Alec avait insisté pour « régler une dernière chose ».

— Je veux rétablir ta réputation, et faire de toi une honnête femme, lui avait-il annoncé un matin, alors qu'ils paressaient au lit. Et je tiens à faire un vrai mariage. Je veux que toute la Virginie sache que notre amour n'est entaché d'aucune honte.

Après quoi, il lui avait offert une paire de boucles d'oreilles en émeraudes et diamants – premier d'une longue série de cadeaux.

Peu désireuse de remettre les pieds à St Mary's White Chapel, Cassie avait demandé que la cérémonie ait lieu à Williamsburg, ce qu'Alec avait bien sûr accepté.

Matthew avait immédiatement écrit à Elizabeth, lui demandant de venir avec les enfants. Il avait insisté pour que le mariage n'ait pas lieu tant qu'ils ne seraient pas là.

— Si elle devait apprendre qu'elle a été privée du mariage de son frère, elle ferait de ma vie un enfer, avait-il plaidé.

En attendant l'arrivée de ses proches, Alec et Cassie avaient été très occupés. Alec s'était tout naturellement imposé comme le nouveau maître de Blakewell Neck. Les serviteurs et les esclaves reconnaissaient son autorité, et s'adressaient désormais directement à lui au moindre problème. Cassie était si heureuse de l'avoir retrouvé vivant qu'elle s'était déchargée de ses responsabilités avec une facilité qui l'avait elle-même surprise. Alec ne manquait cependant jamais de la consulter. Il l'impliquait dans toutes les décisions qu'il était amené à prendre et tenait compte de son avis.

Pour ce qui était de l'esclavage, en revanche, leurs opinions divergeaient toujours, Alec désirant l'abolir totalement sur Blakewell Neck. Il avait au moins obtenu l'accord de Cassie pour affranchir Luke et Nettie – qui étaient désormais mariés –, afin de remercier Luke pour lui avoir sauvé la vie.

Cassie avait exprimé ses craintes : qu'adviendrait-il d'eux, après leur départ de la plantation ? Cependant, elle était consciente du bien-fondé de cette décision. Elle avait aidé Nettie à empaqueter quelques provisions, et Alec avait donné cinquante livres à Luke – une fortune – pour qu'ils commencent leur nouvelle vie.

— Dès que j'aurai appris à écrire, je vous donnerai de nos nouvelles, avait promis Nettie.

Le jour de leur départ, tout le monde avait abondamment pleuré – sans parler de Jamie et de Daniel, qui semblaient inconsolables. La semaine suivante, d'autres larmes, de joie cette fois, avaient coulé pour l'arrivée d'Elizabeth et des enfants. Socrate était également du voyage.

— Mon mari m'a tout raconté dans sa lettre, expliqua Elizabeth après les congratulations. Jamais nous ne pourrons assez vous remercier, mais sachez que je vous aime déjà comme une sœur.

— Je suis à votre service, madame, avait renchéri Socrate.

Cassie avait tant de motifs de se réjouir qu'elle ne comprenait pas les raisons de sa mélancolie.

— La mariée est-elle prête ? s'enquit Elizabeth. Il est temps d'y aller.

— Ce que vous êtes belle ! s'exclama Nan, qui avait revêtu ses plus beaux habits. Si votre mère et votre père vous voyaient !

Cassie essaya de sourire. C'était le plus beau jour de sa vie, et pourtant, elle n'était pas heureuse. Il fallait qu'elle parle à Alec.

— Quelque chose vous soucie, devina Nan. N'essayez pas de me raconter des histoires.

— Non, non, ce... ce n'est rien, bredouilla Cassie, qui luttait pour retenir ses larmes.

— C'est la nervosité, assura Elizabeth. J'étais comme vous le jour de mon mariage. Mais quand j'ai vu arriver Matthew en grand uniforme, le soleil s'est remis tout à coup à briller.

De nouveau, Cassie s'obligea à sourire. Mais elle savait que c'était plus que de la nervosité.

— Avez-vous vu Alec ? Je voudrais lui parler.

— Avant le mariage ? s'écria Nan.

— Oui, avant.

— Il est en bas, en train de boire du brandy avec... commença Elizabeth.

— Merci !

Ignorant l'expression médusée des deux femmes, Cassie se précipita vers l'escalier. Elle trouva en effet Alec dans le salon, un verre à la main, resplendissant en habit de velours bleu nuit.

— Tu es absolument magnifique, souffla-t-il lorsqu'elle vint se planter devant lui.

Matthew et Socrate interrompirent leur conversation pour l'admirer en silence.

— Alec, je... je... balbutia-t-elle, ne sachant par où commencer. Avant que... Enfin, voilà, j'ai besoin de savoir.

— Savoir quoi, ma douce ?

— Au procès, tu as dit que tu regrettais ce qui s'était passé entre nous. Que tu t'étais servi de moi pour tromper ta solitude et que... que tu étais prêt à prendre tes responsabilités envers moi. Je...

Alec, amusé, voulut l'interrompre, mais elle continua :

— Je te décharge de toute responsabilité, Alec Kenleigh. Tu es libre de retourner en Angleterre sans moi, si c'est ce que tu préfères.

— Mais *tu es* ma responsabilité, Cassie ! Ainsi que le bébé que tu portes. Et tu viendras en Angleterre avec moi.

— Je n'ai donc pas mon mot à dire sur la question ?

— Es-tu en train de m'expliquer que tu ne veux pas me suivre ?

— Mon pays c'est ici, en Virginie.

— Et mon pays à moi, c'est l'Angleterre. Ce sera aussi le tien, puisque tu seras ma femme.

— Je ne suis pas encore ta femme !

Cassie fit volte-face et sortit, les yeux pleins de larmes.

Malgré la foule enthousiaste qui s'était massée sur les trottoirs, Alec sentait son humeur s'assombrir de minute en minute. Assis en face de lui, Socrate et Matthew s'étaient plongés dans la lecture des journaux, comme s'ils n'avaient rien de plus important à faire.

Pourtant, l'heure était grave. Ils atteindraient l'église dans quelques instants, et Alec prendrait pour épouse la femme qu'il aimait. Une femme qui, apparemment, ne voulait plus vivre avec lui. Elle désirait rester ici. Il avait senti que quelque chose la tarabustait, ces derniers temps, mais il n'avait pas imaginé qu'il s'agissait de cela. Il pensait que Cassie l'aimait, mais elle aimait Blakewell Neck encore davantage, semblait-il.

Tout bien réfléchi, elle ne lui avait jamais dit qu'elle l'aimait. Du moins, pas en paroles. Il l'avait déduit de ses gestes, de la passion qu'ils partageaient, de son attitude au tribunal, des risques qu'elle avait pris pour lui.

— Sa conduite n'a pas de sens, lâcha-t-il à voix haute.

— Les femmes ne sont pas réputées être rationnelles, observa Matthew sans lever les yeux de son journal.

— Elle veut rester ici.

— C'est ce que nous avons cru comprendre, en effet.

— J'ai du mal à croire que quelqu'un puisse préférer cette contrée encore à demi sauvage aux rues civilisées de Londres, commenta Socrate.

— Elle va devenir ma femme. Son foyer sera le mien, en Angleterre.

— Absolument, acquiescèrent les deux autres.

— Dans une semaine, exactement, je prendrai le bateau, et elle sera à bord avec moi.

Matthew replia son journal.

— Cassie finira par se faire à sa nouvelle vie, avec le temps. Aujourd'hui, elle est triste de devoir quitter la Virginie, mais elle oubliera sa tristesse dès qu'elle assistera à son premier bal londonien.

Alec secoua la tête.

— Cassie ne s'intéresse pas aux bals.

— Alors Elizabeth l'emmènera courir les boutiques.

Alec grommela vaguement en réponse. Cassie ne s'intéressait pas davantage aux chiffons.

— Il faut penser à l'enfant, fit valoir Socrate. Ici, il ne pourra pas jouir de l'éducation que vous avez reçue. Il n'ira pas à Eton et à Oxford.

Alec s'agita sur son siège. Il avait détesté Eton.

L'attelage s'arrêta. Ils étaient arrivés. Matthew ouvrit la portière et descendit le premier. Alec le suivit. Il était content que Matthew et Socrate comprennent son raisonnement, et l'approuvent. Alors pourquoi diable se sentait-il coupable ?

Matthew et Socrate regardèrent Alec pénétrer dans l'église et échangèrent des sourires complices. Cela s'était révélé plus facile qu'ils ne l'avaient imaginé. La place d'Alec n'était plus en Angleterre, et plus vite il le comprendrait, mieux cela vaudrait.

Son bouquet de roses séchées et de lavande serré entre ses mains, Cassie regardait par la vitre de la portière la foule qui s'était massée aux alentours de l'église. La versatilité des habitants de Williamsburg la stupéfiait. Quelques semaines plus tôt, ils l'insultaient et la huaient. Mais aujourd'hui, elle était devenue l'héroïne d'une grande histoire romantique.

Sauf que ce n'était pas un conte de fées. Elle avait gâché la fin.

Elle regrettait son éclat de tout à l'heure.

— Tout va bien se passer, assura Elizabeth en lui tapotant la main.

— Je suis sûre d'avoir blessé Alec, fit Cassie d'une voix chevrotante. J'espère qu'il me donnera l'occasion de m'expliquer.

— C'est mon frère, et je l'aime. Mais c'est aussi un homme. Il ne faut pas en attendre trop.

L'attelage s'immobilisa. La portière s'ouvrit, et dès que Cassie sortit, les acclamations de la foule redoublèrent. Portée par leur enthousiasme, la jeune femme ne put s'empêcher de sourire. Puis elle prit une profonde inspiration.

C'était son mariage. Dans moins d'une heure, elle serait l'épouse d'Alec. Ils avaient traversé tant d'épreuves ensemble, rien ne devait altérer le bonheur de cette journée. Ce soir, elle s'excuserait – elle avait en tête un certain nombre de façons de le faire, toutes plus indécentes les unes que les autres. Elle ferait comprendre à Alec qu'elle était disposée à vivre en enfer dès lors que c'était avec lui.

— Êtes-vous prête ? s'enquit Robert Carter, qui l'attendait à l'entrée pour la conduire à l'autel.

Alec était déjà à sa place. Matthew, son témoin, à côté de lui.

— Oui.

Elizabeth les précéda.

Les invités se levèrent sur leur passage. Nan, qui pleurait abondamment, Zach, Elly, Takotah, Micah, qui tenait Jamie dans ses bras afin qu'il voie ce qui se passait, Lucy, Socrate, le gouverneur Gooch... et son père, l'air ailleurs, mais là tout de même.

Robert Carter prit la main de Cassie pour la placer dans celle d'Alec, et elle eut soudain l'impression de flotter sur un nuage.

Les doigts d'Alec se refermèrent sur les siens. Mais son regard l'interrogeait, et la blessure demeurait.

Ce soir, se promit-elle. Ce soir, elle arrangerait tout.

— Nous sommes réunis ici, en présence du Seigneur tout-puissant, pour unir cette femme et cet homme par les liens sacrés du mariage... commença le pasteur.

— Attendez ! l'interrompit Alec.

Un murmure stupéfait parcourut l'assistance.

— Cassie, avant de continuer, j'ai besoin de savoir si c'est réellement ce que tu souhaites.

Elle devinait son appréhension bien qu'il s'efforçât de la masquer.

— Bien sûr que ça l'est, Alec, répondit-elle. Ce que je t'ai dit tout à l'heure...

— Ce que tu m'as dit m'a fait réfléchir. Les événements de ces derniers mois m'ont appris que la vie était trop courte et trop fragile pour qu'on se permette de la gaspiller. J'étais si obnubilé par l'idée de retourner en Angleterre que je ne me suis même pas demandé si c'était réellement ce que je désirais. Mon seul vrai désir, Cassie, c'est que tu sois heureuse. Et si cela signifie vivre ici, en Virginie, alors nous vivrons en Virginie.

— Es-tu... es-tu sérieux ?

— Oui, assura-t-il, avec un sourire si sincère qu'elle en fut bouleversée.

— Alors, tu ne m'épouses pas uniquement par sens du devoir ?

Cette fois, il éclata de rire.

— C'est cela qui t'inquiétait ?

La jeune femme hocha la tête, et une larme roula sur sa joue. Alec l'essuya du pouce, puis lui souleva le menton.

— Ce que j'ai dit au tribunal était destiné à te protéger. Tu es ce qui m'est arrivé de mieux dans la vie, Cassie. Je ne regrette rien de ce qui s'est passé entre nous. Et si c'était à refaire, je referais exactement la même chose.

Le cœur de Cassie se gonfla de bonheur.

— Je t'aime, Alec.

— Moi aussi, je vous aime, maîtresse.

# Épilogue

La douleur était intolérable.

Cassie serrait les dents pour ne pas crier.

— Courage, Cassie, murmura Takotah.

La douleur reflua un peu, et Cassie se laissa aller contre Nan, qui se trouvait derrière elle.

— Buvez un peu, proposa Elizabeth, qui approcha une tasse de thé de ses lèvres.

Cassie s'obligea à boire une gorgée.

— Ça va durer encore longtemps ?

— Le premier est toujours le plus délicat, avoua Elizabeth. C'est difficile à estimer.

— Vous vous débrouillez très bien, mademoiselle Cassie, assura Nan.

Une nouvelle contraction s'annonça. Cassie étreignit la main de sa belle-sœur.

— N'essayez pas de combattre la douleur, lui conseilla Takotah. Vous allez y arriver.

— Non, je n'y arriverai pas ! Je souffre trop !

— Mais si, Cassie. Vous êtes forte. Vous vous en sortirez.

— Criez, ça aide, intervint Nan.

Cassie ne se le fit pas dire deux fois. Un cri déchirant lui échappa, qui s'acheva dans un sanglot.

— Où est Alec ?

— Je le soupçonne de donner du fil à retordre à mon mari. Mais ne vous préoccupez pas de lui, Cassie.

Celle-ci ne répondit pas. Elle s'était assoupie.

Alec porta la bouteille à ses lèvres et but une nouvelle gorgée de whisky. Les cris de Cassie, à l'étage, le mettaient au supplice. Les contractions avaient commencé ce matin, mais le soir était tombé, et le bébé n'était toujours pas né.

— Sortons un peu, proposa Matthew. L'air frais te fera du bien.

— Non.

Ils avaient essayé à plusieurs reprises de l'entraîner hors de la maison, mais il refusait de bouger.

— Quelle tête de mule, maugréa Zach. Je devrais faire comme vous avez fait avec moi.

La fille d'Elly était née six semaines plus tôt, et Alec avait tiré Zach de force de la chambre où les femmes s'occupaient de la parturiente.

— C'était différent, marmonna Alec.

— En quoi ?

— C'était différent, c'est tout.

Cassie cria de nouveau, et Alec ferma les yeux. Puis le silence retomba. Ses cris étaient plus rapprochés, et plus déchirants. Allait-elle mourir ? L'angoisse le rongeait, et il ne savait pas comment la combattre.

Soudain, il sentit qu'on le soulevait de son fauteuil. Zach le tenait par un bras, et Matthew par l'autre.

— Viens, fit Matthew. Tu te fais du mal inutilement. Allons marcher un peu.

— Non, protesta Alec, qui essaya de se libérer.

Sans doute était-ce l'effet du whisky, qu'ils avaient ingurgité en quantité, mais ils s'affalèrent tous les trois sur le sol dans un grand bruit.

— Bon sang ! marmonna Matthew.

Alors qu'ils tentaient de se relever, Elizabeth s'encadra sur le seuil.

— Un peu de tenue, messieurs ! Vous allez finir par effrayer Cassie, qui n'a pas besoin de cela.

Au même instant, un cri perçant retentit.

— Alec !

Elle l'avait appelé ! Sans réfléchir, Alec se rua hors de la pièce. La minute d'après, il était au chevet de sa femme, qui s'était de nouveau assoupie.

— Du calme, lui intima Takotah, ou vous allez la réveiller.

Jamais Alec ne s'était senti aussi impuissant de sa vie. Que diable pouvait-il faire pour l'aider ? Et tout à coup, il sut.

— Je vais la tenir, décréta-t-il.

Il avait tenu Rebecca en lui faisant croire qu'il était son mari. Ne pouvait-il faire de même avec sa propre femme ?

Nan s'écarta pour lui laisser sa place.

— Alec… ? murmura Cassie.

— Je suis là, mon amour.

Cassie gémit de douleur.

— Courage, Cassie, lui répéta Takotah pour la centième fois. Laissez votre corps s'ouvrir pour libérer votre bébé.

Cassie hocha la tête, et s'abandonna contre le torse d'Alec.

— Je suis contente que tu sois là, coassa-t-elle.

— Moi aussi, souffla-t-il en lui caressant les cheveux.

Il préférait mille fois être à ses côtés plutôt que de rester en bas, à s'enivrer sans rien faire d'utile.

« Mon Dieu, faites que ses souffrances ne durent pas trop longtemps », supplia-t-il en silence.

Cassie avait l'impression de n'être plus qu'un cri de douleur. Pourtant, à un moment, elle vit Takotah lui sourire.

— Nous y sommes presque, dit l'Indienne. Je vois sa tête, à présent. Ce ne sera plus très long.

— C'est presque fini, lui murmura Alec.

À la contraction suivante, Cassie eut l'impression qu'elle se déchirait en deux. Elle hurla de toutes ses forces. Puis, soudain, la douleur reflua, et quand elle rouvrit les yeux, ce fut pour découvrir l'adorable petite tête de son bébé qui sortait de son corps.

— Oh, Alec !

Quelques minutes plus tard, le fils d'Alec et de Cassie faisait son entrée dans le monde.

Nan ouvrit la porte, et cria en direction de l'escalier :

— C'est un garçon !

Émerveillée, Cassie serrait son bébé contre son sein.

— Il est magnifique, souffla-t-elle.

— Pas autant que toi.

Alec tendit la main, et le bébé enroula ses petits doigts autour de son pouce.

— Je sais que nous avions envisagé de lui donner ton prénom, commença Cassie, mais j'ai changé d'avis.

Elle s'attendait qu'il soit déçu, mais il se contenta de sourire.

— Et qu'as-tu donc en tête ?

— Nicholas, répondit-elle. Nicholas Braden Kenleigh.

Alec parut d'abord surpris, puis éclata d'un rire sonore.

— Pour dire la vérité, j'avais fini par m'attacher à ce nom.

— Je t'aime, Alec.

— Je t'aime aussi, ma douce.

## 16 août

Betina Krahn

***Héros malgré eux – 2 – La belle des hautes terres***

*Inédit*

Barclay Howard s'est fait une raison : il ne trouvera pas d'épouse à Londres. Il s'apprête à regagner son Écosse natale où l'attendent ses nouvelles responsabilités de tuteur d'un gamin de six ans. Alors qu'il assiste à une conférence sur l'amour libre, il vient en aide à une jeune femme, Norah Capshaw, qui tente d'échapper à un harceleur. Celle-ci, intimidée par son sauveur, parvient à disparaître mais, suite à l'évacuation du lieu par la police, elle se retrouve avec lui en prison ! Une nouvelle fois, Barclay sauve Norah et lui propose de l'accompagner dans les Highlands et de devenir la gouvernante de son pupille. Démunie, Norah accepte du bout des lèvres, ignorant que c'est plus qu'un pays qu'elle va trouver dans ces lointaines hautes terres.

✦

Kerrygan Byrne

***Les demoiselles Goode – 1 – L'homme aux yeux d'or***

*Inédit*

Le Dr Titus Conleith n'a pas eu une vie facile et n'est devenu médecin qu'à force d'un travail acharné. Dévoué aux pauvres, il se donne sans compter à son travail. Solitaire par choix, il se refuse à l'amour depuis qu'Honoria Goode lui a brisé le cœur en épousant un autre. Pourtant, aujourd'hui, la femme qu'il tente de sauver n'est autre que son premier amour, dont le souvenir de la trahison est encore cuisant. Il sait que la vie de celle qu'il a toujours aimée est entre ses mains, mais il ignore s'il pourra ranimer le feu de la passion qui les consumait jadis.

Adriana Herrera

***Les lionnes — 1 — Une héritière à Paris***

*Inédit*

Paris, 1889. L'Exposition Universelle bat son plein, attirant des marchands du monde entier. Luz Alana Heith-Benzan fait partie de cette foule venue commercer dans la ville Lumière. Elle doit faire connaître son rhum en Europe et développer l'entreprise familiale. Par un concours de circonstances, elle atterrit sur le même stand que James Evanston Sinclair, négociant venu vendre son whisky. Après quelques échanges plaisants, ils comprennent que l'autre est peut-être la clé pour se dépêtrer de leurs problèmes d'héritage respectifs. Un mariage de convenance plus tard et les voilà partis pour l'Écosse à la rencontre du terrible père d'Evan…

✦

Jo Beverley

***Les Malloren — 3 — Sous le masque de lady Malloren***

*Inédit*

Lady Elfled Malloren trépigne d'impatience. Elle, la jeune lady irréprochable à la vie ennuyeuse, va participer au bal masqué de Vauxhall ! Sous son déguisement, elle s'attend à une nuit d'excitation, de badinage et d'amusements. Mais il est facile de se perdre dans les allées sombres et sinueuses des jardins. Et voilà que ses pas croisent ceux de Fortitude Ware, comte de Walgrave et ennemi juré de sa propre famille. Se présentant sous le nom de Lisette, elle passe une nuit de passion avec le comte. Au matin, elle sait déjà qu'elle ne pourra jamais faire refluer les sentiments qui la submergent. Existe-t-il un monde où elle pourrait l'aimer ?

Eloisa James

***Les plaisirs – 2 – Le frisson de minuit***

Après avoir repoussé vingt-deux demandes en mariage, Sophie York se résigne à accepter celle de Braddon Chatwin, comte de Slaslow. Certes, la proposition de Patrick Foakes, ce satané séducteur, était bien plus excitante : entre ses bras, Sophie perdait tout sens des convenances. Mais ce séducteur impénitent l'aurait maintes fois trompée. Quand un inconnu déguisé en Braddon tente de l'enlever, Sophie ne met pas longtemps à reconnaître Patrick et s'abandonne sans réserve aux caresses de cet amant incomparable.

# *Regency*

Mary Balogh

***Quand Arabella s'en mêle***

*Inédit*

À la mort du vicomte Astor, sa femme et ses trois filles se retrouvent sans ressources. Tous les biens attachés au titre reviennent à un parent éloigné dont elle ignore tout : Geoffrey. Ce dernier décide d'épouser une des filles de son prédécesseur, lui permettant d'assurer sa descendance et de garantir l'avenir de toute la famille. Cet arrangement conclu, il laisse à la mère le soin de choisir celle qui deviendra vicomtesse. L'aînée, Frances, étant déjà fiancée et Jemima, la benjamine, trop jeune, c'est la cadette, Arabella, qui se porte volontaire.
Comment celle qui consentait à faire un mariage de convenance pouvait-elle imaginer que son futur époux était si jeune, si séduisant, et allait faire exploser toutes ses certitudes ?

✦

India Holton

***Dangereuses demoiselles – 1 – Les dames pirates***

*Inédit*

Cécilia Bassingwaite est junior à la Wisteria Society, une noble coterie de dames pirates pratiquant la magie et la rapine. Elles ne manquent donc pas d'adversaires parmi lesquels le capitaine Morvath, poète maudit détestant les femmes. Cécilia a une solution simple pour répondre à une vision du monde aussi étriquée : mettre fin à la vie du capitaine, son ennemi juré. Elle pourra compter sur l'aide de Ned Lightbourne, jeune gredin irlandais, assassin et espion à ses heures perdues, qui s'est épris d'elle au premier regard. D'abord fuyante, Cécilia comprend que si elle veut sauver la Wisteria Society et toutes les femmes qui l'ont élevée, elle devra accepter de faire équipe avec cet homme…

9728

*Composition*
FACOMPO

*Achevé d'imprimer en Italie*
par GRAFICA VENETA
*le 5 juin 2023*

Dépôt légal : mars 2023
EAN 9782290152836
OTP L21EPSN001753-435791

ÉDITIONS J'AI LU
82, rue Saint-Lazare, 75009 Paris

*Diffusion France et étranger : Flammarion*